W0360634

Penny L. Chapman

Damaged

LIMITED FAN EDITION

Erste Auflage im März 2021

Alle Rechte bei der Autorin

Copyright © Penny L. Chapman März 2021
c/o Autorenservice Patchwork
Schlossweg 6
A- 9020 Klagenfurt

Unfoldingserie@t-online.de
www.pennylchapman.com

ISBN: 9781674017822

Playlist

Wie immer gibt es eine Playlist mit den Liedern, die mich während des Schreibens von DAMAGED begleitet haben. Sie spiegeln die Charaktere und Szenen wider. Viel Spaß!

Asking Alexandria – The Black

Young Guns – Bones

Korn – Freak on a Leash

Trivium – The Thing that's killing me

Foo Fighters – All my Life

Eminem – Not afraid

Ashes Remain – On my own

Calvin Harris – Pray to God

Disturbed – Haunted (Elisha's Song)

Three Days Grace – Pain

Thirty seconds to Mars – This is War

Like a Storm – Love the way you hate me

Placebo – Special Needs

Apocalyptica – Broken Pieces (Phoenix' Song)

Starset – My Demons

Skillet – Whispers in the Dark

Placebo – Song to say Goodbye

Breaking Benjamin – Had enough

Three Days Grace – I hate everything about you

Bullet for my Valentine – Waking the Demon

Eminem – Till i collapse

Delerium – Silence (St. Cilline's Theme)

Halsey – Castle

Disturbed – The Vengeful One

Linkin Park – Leave out all the Rest

Simple Plan – This Song saved my Life

»Be careful what you say. You can say something hurtful in ten seconds, but ten years later, the wounds are still there.«

- Joel Osteen

Für alle, die endlich genügen.

Die einmal schwach waren.

Die etwas in sich begraben hatten.

Für alle, die sich verändert haben.

Unsere Vergangenheit macht uns zu dem, der wir sind. Jeder neue Tag gibt uns die Chance auf Veränderung. Jeder Traum, jedes Ziel ist nur einen Wimpernschlag entfernt. Und auch, wenn der Weg dorthin voller Hindernisse ist, so können wir alles erreichen, was wir wollen.

Wir sind wild, frei und lebendig.

Wir kämpfen jeden Tag für das Beste in uns.

Steh auf.

Verändere dich.

Werde zur besten Version deiner selbst.

Es ist nie zu spät.

-Penny L. Chapman

Kapitel 1

PHOENIX

Wenn ich etwas gelernt habe, war es Folgendes: Traue niemandem. Niemals. Der einzige Mensch, dem du trauen solltest, bist du selbst.

Ich warf die Zeitung auf den Stapel Altpapier. Doch auch von hier verfolgte mich die Überschrift auf der Titelseite:

Todeskandidat Logan Moore erklärt Vertrauen in die Justiz als verloren.

Mehr als der Name Moore beschäftigte mich das Wort Vertrauen. Dass es sich um denselben Nachnamen wie von Kieran handelte, war bestimmt nur Zufall, doch das Wort Vertrauen war für viele existenziell. Für mich war es Bullshit. Hinter jedem Lächeln, jeder freundlichen Geste versteckten sich zwei Absichten: Entweder dein Gegenüber wollte etwas von dir, das ihm nutzte, oder er wollte dich täuschen, damit du nicht bemerkst, was er wirklich vorhatte. Und das war in den seltensten Fällen etwas Positives. Vertrauen war nichts weiter als eine Illusion. Eine Illusion, die dir das Gefühl gab, sicher zu sein, wenn du am Abgrund standest. Die dir die Sicherheit eines Käfigs vorgaukelte, wenn dich bereits die Wölfe zum Fraß umzingelt hatten. Diese Erfahrung hatte ich unzählige Male in meinem Leben gemacht. Je näher dir ein Mensch stand, je dichter du ihn an dich heranließt, desto größeren Schaden fügte er dir zu. Deshalb hielt ich mich, so gut es ging, von Menschen fern.

Manche Leute nannten mich antisozial. Misstrauisch, einen Einzelgänger. Ich nannte es Selbstschutz. Schutz davor, wieder so verletzt zu werden, dass es mir das Herz zerfetzte. Schutz davor, wieder gedemütigt zu werden, bis nichts mehr von meinem über die Jahre aufgebauten Selbstbewusstsein übrig blieb. Vertrauen war etwas für Idioten.

»Hey Phoe, vom bloßen Anstarren fliegt das Geschirr nicht in die Schränke.« Braxtons Stimme riss mich aus den Gedanken. Ich fuhr herum.

Er lächelte, zog mich in seine Arme und küsste meine Stirn. »Willkommen zu Hause, Baby. Endlich kann ich dich wieder nackt sehen. Wie grausam kann man sein, dass man seinem Freund nicht mal Nacktbilder schickt.«

Nicht grausam, nur vorsichtig. Ich habe meine Lektion gelernt.

Die letzten zwei Jahre waren hart gewesen. Brax und ich hatten uns nur an den Wochenenden gesehen, weil er als Undercover-Cop in Miami arbeitete. Mehr noch als die Entfernung hatte mein Misstrauen dafür gesorgt, dass wir uns immer weiter voneinander entfernt hatten. Doch nachdem er den letzten Fall abgeschlossen hatte, wollte er in Miami bleiben. Und ich wollte meine Dämonen hinter mir lassen und hatte beschlossen, uns eine letzte Chance zu geben. Braxton war einer der wenigen Menschen, denen ich versuchte zu vertrauen. Für ihn lohnte sich das Risiko. Ich schlang meine Arme um seinen Nacken und küsste ihn. »Wir können auch zusammen trainieren.«

»Im Keller ist der Sportraum, von mir aus können wir sofort loslegen.« Seine Hände wanderten meinen Rücken entlang, er griff meinen Hintern und knetete ihn mit beiden Händen.

»Ich werde dich fertigmachen und es wird mir noch nicht einmal leidtun.«

»Vergiss es. Meine Rechte ist schneller als deine.«

Sein Lächeln verschwand. »Ich hoffe, wir bekommen das in den Griff. Ich will wirklich, dass das mit uns funktioniert.«

»Der ganze Scheiß tut mir leid.« Ich seufzte. »Ich bin schwierig, aber ich bemühe mich.«

Er ließ mich los und stupste mit einem Finger meine Nasenspitze an. »Du bist schwierig? Gar nicht.«

»Blödmann.« Ich lachte.

Braxton verstaute Bücher im Regal und warf mir einen Blick über die Schulter zu. »Und wegen Elisha … Kannst du versuchen, ruhig zu bleiben? Endlich habe ich Leute, die cool sind und über mich Bescheid wissen. Lass dich nicht provozieren, okay?«

Das war leichter gesagt als getan. Brax wusste nichts von meiner Vergangenheit mit Esh. Er wusste, dass er mein Stiefbruder war und wir uns nicht gut verstanden. Ich wollte ihn nicht mit Details belasten, die keine Rolle mehr spielten. Es gab nichts mehr, das uns verband. Ich kaute an der Innenseite meiner Wange und nickte.

Braxtons Freunde hatten für heute Abend eine Willkommensparty geplant. Ich hatte die Clique während meiner Wochenendbesuche kennengelernt, als ich von Michigan nach Miami geflogen war, um das neue Apartment anzusehen und mir einen Job zu suchen. Braxtons Freunde schienen okay zu sein. Zumindest alle, bis auf meinen Stiefbruder. Natürlich musste mein Freund ausgerechnet das Apartment neben Elisha mieten. Er konnte mich nicht mehr verletzen, aber ich musste vorsichtig sein. Denn Esh verdankte ich mein Misstrauen.

Das, was mir Angst machte, war, dass ich sein Lächeln nie vergessen hatte. Dass ich nie vergessen hatte, wie sehr mir seine Maske gefallen hatte. Elisha konnte ich nicht trauen. Das Beängstigende war, dass ich mir selbst nicht traute, wenn er in meiner Nähe war.

Schon von draußen dröhnten die Bässe durch die Nacht. Eine Gruppe Jungs, die Bierflaschen in den Händen hielten und lautstark diskutierten, stand auf der Veranda. Braxton und ich bahnten uns den Weg zur Haustür, er klingelte. Ich zog mein schwarzes Top zurecht, zeichnete mit dem Zeigefinger die Konturen meiner Lippen nach, um sicherzugehen, dass mein Lippenstift nicht verschmiert war, und zupfte an meinem Ohrläppchen, wie ich es immer tat, wenn ich nervös war.

Farren riss die Tür auf. Sie strahlte – wie jedes Mal, wenn ich sie sah. Noch nie hatte ich sie unfreundlich oder betrübt erlebt.

»Hey, schön, dass ihr da seid«, schrie sie gegen die Musik an. »Kommt rein.«

Sie klopfte Braxton, der ihr zunickte, auf die Schulter und breitete ihre Arme aus, doch ich wich zurück. »Sorry. Das ist nicht so meins.«

Übersetzt hieß das so viel wie, ich habe keine Lust auf diese oberflächliche Ich-find-dich-jetzt-schon-so-toll-lass-uns-Freunde-sein-Scheiße.

»Okay, kein Problem«, antwortete sie mit einem Lächeln. »So war ich auch mal und Blake mag es bis heute nicht, alles gut. Ich verstehe das.«

Falls sie es mir übel nahm, überspielte sie es gekonnt.

Braxton lief ein paar Meter vor. Er warf mir über die Schulter einen Blick zu, der sagte, ich solle mich nicht so anstellen, und verschwand zwischen den tanzenden Leuten.

»Und seid ihr mit dem Auspacken vorangekommen?« Farren und ich drängten uns an Gästen vorbei, die mir beim Tanzen ihre Ellbogen in die Rippen stießen. »Bist du aufgeregt wegen morgen?«

Offensichtlich mochte sie Small Talk.

Ich erinnerte mich an Braxtons Blick und zwang mich zu einem Lächeln. Ihm waren diese Leute wichtig und ich wollte nicht als die Freundin dastehen, die ihn an der kurzen Leine hielt.

»Es geht. Ich freue mich auf die Arbeit und was die Wohnung betrifft, wir sind fast fertig. Es fehlen nur noch ein paar Sachen im Wohnzimmer.«

»Klingt gut. Und die Sache mit Elisha? Ich weiß zwar nicht, was zwischen euch vorgefallen ist, aber es wäre schade, wenn ihr das nicht aus dem Weg räumen könntet.«

Ich nahm es ihr nicht übel. Farren befürchtete, dass die Fehde zwischen meinem Stiefbruder und mir für ein angespanntes Klima in der Gruppe sorgen würde. Doch ihre Sorge war unbegründet. Ich war nicht scharf darauf, ein Teil der Clique zu werden. Ganz davon abgesehen, war zu viel geschehen, als dass ich ihm verzeihen könnte. Außer meinem Dad kannte niemand die ganze Wahrheit und so sollte es auch bleiben. Das Mädchen, das vor sechs Jahren existiert hatte, war tot. Mit ihr war auch mein Vertrauen gestorben. Trotz allem weinte ich ihr keine Sekunde nach. Lieber lebte ich in ständiger Vorsicht, als dass ich noch einmal dieser erbärmliche Schwächling sein wollte.

»Mach dir keine Sorgen. Ich werde mich fernhalten.«

Sie runzelte die Stirn. »Kommt nicht infrage. Glaub mir, hier hatte schon jeder mit jedem Krach. Richtig schlimm sogar, aber wir halten zusammen. Und du gehörst jetzt dazu. Also keine Chance.«

Sie griff meinen Ellbogen und zog mich mit sich. Ihre Beharrlichkeit imponierte mir, aber ich würde sie vom Gegenteil überzeugen. Braxton konnte tun, was er wollte. Nur weil er diese Leute als seine Freunde bezeichnete, hieß das nicht, dass auch ich Zeit mit ihnen verbringen musste.

Als wir den Garten betraten, sah sich Farren nach den anderen um. Aus den Boxen im Wohnzimmer dröhnte *The Black* von Asking Alexandria. In Eimern mit Eis steckten Bierflaschen, auch hier tobte die Party. Drei Mädchen mit Skateboards unter den Armen drängten sich an uns vorbei. Ich nahm eine Flasche Bier, öffnete sie mit meinem Schlüssel und trank einen großen Schluck.

»Da sind sie«, rief Farren.

Beim Anblick der Clique verspürte ich Nervosität. Sie standen im Kreis zusammen und unterhielten sich. Wir gesellten uns zu ihnen.

»Namaste.« Storm fiel mir um den Hals, bevor ich fliehen konnte. Ihre langen braunen Haare kitzelten meine Wangen.

»Hi.« Ich schob sie von mir und nickte den anderen zu, ohne Elisha Beachtung zu schenken. Braxton legte seinen Arm über meine Schulter. Wahrscheinlich spürte er, wie unwohl ich mich fühlte.

Storm streckte ihre Hand aus und nahm den kleinen silbernen Pfeilanhänger meines Armbandes zwischen zwei Finger.

Sie lächelte. »Wow, schönes Armband. Hat es eine Bedeutung?«

Ich zog meinen Arm zurück. »Nein.«

»Willkommen.« Kieran prostete mir zu. »Hab schon gehört, ihr habt Nägel mit Köpfen gemacht und das Apartment direkt gekauft. Ist 'ne schöne Gegend, ich hab da früher gewohnt.«

Braxton grinste. »Phoe hat letztes Jahr geerbt. Wir haben zusammengeschmissen. Wenn schon, dann richtig. Sie hat sogar noch genug Kohle, um -«

»Über Geld redet man nicht«, unterbrach ich ihn. Manchmal sprach er, bevor er nachdachte.

Aus dem Augenwinkel sah ich, wie Braxton seinen Blick abwandte und zu Boden sah. Es passte ihm nicht, dass ich dazwischengeredet hatte.

»Moore …« Ich hielt inne, nicht sicher, ob ich das Thema ansprechen sollte. In der Zeitung hatte ich den Namen aufgeschnappt und war neugierig. Logan Moore sollte hingerichtet werden, weil er einen Auftragsmörder engagiert hatte, um seine Frau ermorden zu lassen.

»Ja?«, fragte Kieran.

»Bist du zufällig mit Logan Moore verwandt?«

Kierans Blick verhärtete sich. »Nicht mehr. Mein Erzeuger bekommt bald, was er verdient.« Er wandte sich an Elisha. »Es bleibt dabei?«

Ich hatte keine Ahnung, was sein letzter Satz bedeutete. Ich schielte zur Seite und sah, wie mein Bruder nickte.

Shit. Eine kurze Pause entstand. Ich zupfte an meinem Ohrläppchen und bereute meine Neugier.

»Sprite.« Tyler steckte sich eine Zigarette an. Ich war froh, dass er das Thema wechselte. »Ist die Party nach deinem Geschmack?«

»Sprite?«

Er pustete Rauch in die Luft. »Du hast Feuer, das spüre ich. Dein Freund meinte, du lässt es gerne ordentlich krachen.«

Ich ignorierte meinen merkwürdigen Spitznamen und warf Brax einen fragenden Blick zu.

Er winkte ab. »Ich hab ihnen erzählt, dass du boxt.«

»Ziemlich cool.« Farrens Augen weiteten sich. »Im Verein?«

»In Michigan, ja. Aber im Moment komme ich nicht dazu.«

»Da hat mein Cousin mal gewohnt.« Tyler lachte. »Aber jetzt lebt er in Atlanta. Hab ihn 'ne Weile nicht gesehen. Da kommen Erinnerungen hoch.«

Braxton zog mich an sich und küsste meine Stirn. »Phoe und ich haben uns durchs Boxen kennengelernt. Sie war meine Schülerin und hatte ganz schön viel Wut im Bauch. Auch sonst war sie nicht gerade in bester Verfassung -«

Ich stieß meinen Fuß gegen seinen, damit er die Klappe hielt. Es ging niemanden an, was damals mit mir losgewesen war.

Er räusperte sich, nahm mir die Flasche aus der Hand, trank einen Schluck und beugte sich zu mir. »Beruhig dich, war nicht so gemeint.«

Brax wandte sich an Kieran und deutete mit der Flasche auf sein Bein. »Meinst du, du bist bald wieder fit?«

Kieran zuckte mit den Schultern. »Bild dir nicht zu viel ein. Ich war nur unaufmerksam.«

Wahrscheinlich sprachen sie über eine Trainingsstunde. Brax hatte mir erzählt, dass er gelegentlich mit Kieran und den anderen boxte.

»Und du? Betreibst du klassisches Boxen oder was?« Kieran musterte mich abschätzig. Sein Blick verriet alles. Er nahm mich nicht ernst. Wahrscheinlich dachte er, ich wäre eines dieser Mädchen, die boxten, weil es im Trend lag.

Ich sah ihm in die Augen. »Thaiboxen.«

Tyler pfiff. »Nicht schlecht. Ich möchte nicht wissen, was bei euch so abgeht. Stelle ich mir explosiv vor.«

»Klar, weil wir beide boxen, hauen wir uns natürlich auch im Bett die Köpfe ein.«

Er hob die Hände. »Beruhig dich. Verstehst du keinen Spaß?«

»Nicht besonders oder, Tasty? Humor war noch nie deine Stärke.«

Ich verschränkte die Arme vor der Brust und drehte den Kopf zur Seite. Elisha grinste.

»Nicht, wenn er auf Kosten anderer geht. Mein Name ist Phoenix. Merk dir das. Falls nicht, kann ich dir versichern, dass diesmal du den Kürzeren ziehst.«

Tyler und Kieran lachten.

Elisha sah mir in die Augen und nickte. »Du musst dringend lockerer werden. Ist es wegen der Sache von damals?«

Hitze wallte in meinem Magen, meine Kehle schnürte sich zu. Ich kämpfte mit der Enttäuschung, die mir aus unseren Kindheitstagen bekannt vorkam, weil er mich wie ein kleines Kind behandelte, mit dem er umgehen konnte, wie es ihm passte.

»Vide, cui fidas«, murmelte ich. Latein war früher eines meiner Lieblingsfächer gewesen.

»Komm mir nicht wieder mit dem Scheiß«, sagte Elisha.

Ich öffnete den Mund, um ihm eine Abreibung zu verpassen, doch Braxton beugte sich zu mir herunter. »Phoe, wir reden später darüber, aber mach jetzt bitte keine Szene.«

Er wusste, wie viel er von mir verlangte. Klein beizugeben lag nicht in meiner Natur. Nicht mehr. Es kostete mich alle Überwindung, aber ich presste die Lippen zusammen, schluckte den Ärger herunter und nickte.

»Okay, da wir das jetzt geklärt haben, kann ich bitte eure Aufmerksamkeit haben?« Kieran zog Farren dicht an sich, gab ihr einen Kuss aufs Haar und blickte in die Runde. »Das hier ist nicht nur eine Willkommensparty -«

»Du bist schwanger?« Storm riss die Augen auf und wandte sich an Farren.

Doch sie schüttelte heftig den Kopf. »Gott bewahre. Jetzt sag's schon, Kieran, sonst kommen sie noch auf dumme Gedanken.«

Er lachte. »Trouble und ich gehen auf Weltreise. In acht Monaten geht's los. Und weil wir euch ein Jahr nicht sehen, dachte ich mir, dass wir es vorher noch mal richtig krachen lassen.«

Elisha boxte gegen Kierans Schulter. »Klingt nach 'nem verdammt guten Plan.«

»Lass hören«, antwortete Tyler. »Auf deiner Liste stehen nicht zufällig auch Partys mit einem ausgiebigen Büfett?«

»Du bist ein Arschloch.« Blake verschränkte die Arme vor der Brust. »Denk an unsere Abmachung.«

Sie und Tyler waren seit ein paar Monaten verheiratet. Die beiden passten optisch gut zusammen. Sie zierlich, mit langen blonden Haaren, aber der Ausstrahlung einer Löwin und er, schwarzhaarig, groß und verdammt heiß. Ich konnte nicht leugnen, dass ich Tyler attraktiv fand. Seine lässige Art und düstere Ausstrahlung gefielen mir.

Tyler schnippte seine Zigarette weg und lachte. »Baby, ich bin unzähmbar.«

»Eher unbelehrbar«, entgegnete Blake.

Ich verstand den Insider nicht, aber es war mir egal. Sie interessierten mich nicht.

»Wir haben acht Monate«, sagte Kieran, ohne sich um Tylers und Blakes Gezanke zu kümmern. »Das heißt Partys, Kämpfe, das ganze Programm.«

Elisha lachte. »Also wie immer.«

»Ich will einfach, dass wir Zeit miteinander verbringen. Wir werden ein Jahr weg sein und scheiße, ich war noch nie so lange ohne meine Brüder.«

Wie rührend. Ich nahm Braxton die Flasche aus der Hand, nippte am Bier und verdrehte die Augen.

Sie schienen nett zu sein. In gewisser Hinsicht hatten wir sogar Gemeinsamkeiten, aber ich gehörte nicht zu ihnen. Ich gehörte zu niemandem. Selbst mit Braxton, der neben meinem Vater zu den wichtigsten Menschen in meinem Leben zählte, gab es Schwierigkeiten. Mein Misstrauen zerstörte viel. Brax ließ es sich nicht anmerken, er besaß zu viel Anstand, aber ich wusste, dass ich ihn nervte.

Menschen wie ich waren alleine. Wenn man niemandem vertraute, war man einsam. Damit musste ich leben. Es war besser so.

Ich atmete aus und sah auf meine Uhr. Vor mir lag ein langer Abend.

» … Und ich wünsche mir, dass du dabei bist, Phoenix.« Farren riss mich aus den Gedanken. Was war sie? Ein Medium oder so etwas?

Sie wandte sich an meinen Stiefbruder. »Keine Ahnung, was da lief, aber ich will, dass ihr das in Ordnung bringt. Wir haben zusammen so viel durchgestanden. Ich kann sogar Ty mittlerweile leiden. Wir sind eine Familie, vergesst das nie. Wenn K und ich abhauen, will ich mir nicht die ganze Zeit Sorgen machen, was zu Hause los ist.«

»Jawohl Mom.« Esh lachte.

Am liebsten wollte ich ihm eine runterhauen. Elisha und sein zweites Gesicht. Damit hatte er damals alle getäuscht. Und ich war die Dumme, die es am Ende bereut hatte.

»Ihr könnt sofort damit anfangen.« Farren zupfte Kieran am Ellbogen. Er legte den Kopf schief, sah abwechselnd Elisha und mich an und setzte sich in Bewegung. Tyler, Blake, Storm und Harlan folgten ihnen.

Augenblicklich klopfte mein Herz schneller. Braxton nahm seinen Arm von meiner Schulter. Er gab mir einen Kuss auf die Wange. »Kommt nach, wenn ihr gesprochen habt.«

Ich hielt ihn am Ellbogen zurück. »Das ist nicht dein Ernst. Es bringt nichts. Ich will -«

»Komm schon, Schwesterchen, lass uns reden«, unterbrach Elisha mich.

»Klärt das.« Braxton befreite sich aus meinem Griff und verschwand.

Zum ersten Mal seit sechs Jahren war ich mit meinem Stiefbruder alleine.

Esh sah mich an. »Warum lügst du?«

»Was?«

Er lachte verächtlich. »Das Armband bedeutet dir nichts?«

»Das geht niemanden etwas an.«

Als ich acht Jahre alt gewesen war, hatte Mom mir das Armband mit dem Pfeilanhänger geschenkt. *Denke über deine Worte und Taten nach, denn einmal losgelassen, kann man sie nicht zurücknehmen. Halt das fest, was dir wichtig ist.* Das hatte sie mir beigebracht. Ich wünschte, diese Worte hätten auch andere Menschen beherzigt.

Das grüne Armband mit dem Anhänger bedeutete mir alles. Ein Jahr später starb sie an Lungenkrebs und ließ Dad und mich zurück.

Esh kam einen Schritt auf mich zu. »Du tust es immer noch.«

»Was?«

»Du zupfst an deinem Ohrläppchen. Mache ich dich nervös? So wie früher?«

Ich senkte die Hand. »Träum weiter. Du machst mich wütend. Kaufen die anderen dir die Scheiße ab?«

»Was meinst du?«

Ich lachte verächtlich. »Spielst du immer noch den Unschuldigen? Leuten ins Gesicht lächeln, um sie dann zu verarschen?«

Elisha verdrehte die Augen. »Scheiße, komm runter. Das waren harmlose Spielereien. Willst du mir das ewig vorhalten?«

»Du hast mir das Leben zur Hölle gemacht. Aber klar, Schwamm drüber.«

»Wir waren Kinder. Das ist Vergangenheit. Farren hat recht, hier gab's schon Schlimmeres und alle haben sich wieder vertragen.«

»Super. Herzlichen Glückwunsch.«

Er streckte seine Hand nach mir aus, wollte eine Strähne hinter mein Ohr streichen, doch ich schlug seine Hand weg. »Fass mich niemals wieder an. Spielt von mir aus glückliche Familie, aber ohne mich.«

»Du siehst gut aus.«

Seine Worte überraschten mich, aber ich wusste, was er vorhatte. Ich verschränkte die Arme vor der Brust. »Ah, jetzt kommt die Nummer?«

»Wie viel hast du abgenommen? Zehn, fünfzehn Kilo?« Er leckte sich die Lippen. »Zum Glück nur an den richtigen Stellen. Deine Hüften und dein Arsch sind immer noch zum Niederknien.«

Er lächelte anzüglich. Dieses verdammte Lächeln. Das Lächeln, das damals mein Herz zum Rasen gebracht hatte, meine Knie weich werden ließ und meine langweilige Welt ins Wanken brachte. Nicht nur ich hatte mich verändert. Seine Schultern waren breiter, seine Arme definierter. Seine Haut gebräunter und sein verdammtes Lächeln strahlender als zuvor. Aber das spielte keine Rolle. Ich würde kein zweites Mal auf Elisha hereinfallen.

»Du boxt wirklich?«

»Willst du es herausfinden?«

»Ob du abgenommen hast? Gerne, wo soll ich anfassen?« Er wackelte mit den Augenbrauen. Der Mistkerl machte sich über mich lustig.

»Treib es nicht auf die Spitze, Esh.«

»Niemand nennt mich sonst so.« Er kam näher, doch diesmal versuchte er nicht, mich zu berühren.

Gut so, ich wollte ungern vor den Gästen ausrasten.

»Ich weiß noch, wie du gewimmert hast, als ich in dir war.« Jetzt stand er mir so nah, dass ich seinen Atem an meiner Wange spürte. Mein Herz schlug schneller.

»Du hast mich angefleht, dich zu vögeln. Du wolltest, dass ich meine Hände um deinen Hals lege und zudrücke. Und wir wissen beide, wie geil es dich gemacht hat. Weiß Braxton davon? Weiß er, dass seine Freundin auf solche Spielchen steht?«

Ich hob das Kinn. »Halt Brax da raus. Du bist krank.«

»Dann sind wir schon zwei, Schwesterchen.«

Kapitel 2

PHOENIX

Es war nach drei. Die meisten Gäste waren gegangen, im Garten tanzten drei Pärchen eng umschlungen zu leiser Musik. Ich streckte die Hände über den Kopf, gähnte und lehnte mich in der Liege zurück, um das Paar zu beobachten, das sich in der Mitte des Gartens langsam im Takt der Musik wiegte. Sie schienen im Einklang mit sich und der Welt. Der Kopf des Mädchens ruhte an der Schulter ihres Freundes, sie hatte die Augen geschlossen und lächelte. Die beiden strahlten einen Frieden aus, wie ich ihn selten erlebt hatte. Ich beneidete sie um ihre Verbindung.

Nachdem mein Stiefbruder und ich geredet hatten, war ich ihm den restlichen Abend aus dem Weg gegangen. Wenn ich schon hier festsaß, so konnte ein wenig Spaß nicht schaden. Ich hatte getanzt und mich mit den Mädchen unterhalten, während die Jungs tranken, Billard spielten und Männergespräche führten. Doch Elishas Blicke waren mir nicht entgangen. Er hatte mich beobachtet, als ich mit Blake tanzte. Immer wieder hatte er dieses Lächeln aufgesetzt. Das Lächeln, das keins war.

»Hey, schläfst du schon?« Braxton kam aus dem Haus. Er schob meine Beine ein Stück zurück und ließ sich auf der Liege nieder. Ich setzte mich auf, rückte dicht neben ihn und küsste seinen Hals. »Hast du Spaß?«

»Danke, dass du mit Elisha gesprochen hast. Verrätst du mir jetzt, was da zwischen euch läuft? Ich kapiere das nicht. Er ist echt in Ordnung.«

Ich wollte nicht darüber reden. Jedes Mal, wenn ich es tat, wurde ich wütend. Aber Braxton verdiente Antworten. Ich hoffte, dass er sich mit meinen begnügen würde. »Als unsere Eltern zusammengezogen sind, war ich zehn. Zuerst haben wir uns gut verstanden. Ich war so was wie seine kleine Schwester, du weißt schon, er war der coole ältere Bruder, der aufpasste, dass mir niemand blöd kam.«

Ich lächelte, als ich uns zusammen Lego spielen sah. Obwohl Esh drei Jahre älter als ich war, hatte er anfangs gerne Zeit mit mir verbracht.

»Aber vier Jahre später änderte sich das. Er fing Schlägereien an, ständig gab's Ärger in der Schule, weil er andauernd zu spät kam und Lehrer beleidigte. Ich war die Streberin, die gute Noten nach Hause brachte und von unseren Eltern gelobt wurde. Du kannst dir vorstellen, dass ihm das nicht gepasst hat. Er fing an, seine Wut an mir abzulassen.«

Braxton nickte nachdenklich. »Also hat er dich scheiße behandelt?«

Wenn du es so nennen willst. »Er hat Sachen abgezogen, die daneben waren.« Ich hoffte, es klang gleichgültig genug, damit er nicht weiter nachfragte. »Er hat mich in der Schule fertiggemacht und keine Gelegenheit ausgelassen, um mich spüren zu lassen, was er von mir hält.«

»Also waren das Geschwisterstreitigkeiten …« Braxton kniff die Augen zusammen. »Ihr wart Kinder. Er hat sich geändert, wie lange willst du ihm das noch vorhalten?«

Natürlich verstand er nicht, wie sehr mich diese Vorfälle geprägt hatten. Oder dass ich nie darüber hinweggekommen war. In den Jahren, in denen ich Elisha nicht gesehen hatte, war auch meine Wut schwächer geworden. Doch jetzt, wo ich sein dämliches Lächeln sah, seine verdammte Selbstsicherheit spürte, kam alles wieder hoch.

»Lass uns das Thema wechseln, ich reiß mich zusammen, versprochen.«

Braxton strich mit einer Hand meine Haare zur Seite und bedeckte meinen Hals mit Küssen. »Okay, wie du willst.« Seine Lippen auf meiner Haut jagten einen heißen Schauer durch meinen Magen.

»Lass uns nach Hause fahren und noch ein bisschen feiern«, flüsterte ich in sein Ohr und schlang meine Arme um seinen Nacken.

Doch er schob mich von sich. »Sei nicht sauer, aber wir haben beschlossen, dass wir heute Nacht hierbleiben.«

»Wir? Nicht, dass ich wüsste. Warum entscheidest du einfach über meinen Kopf hinweg?«

»K hat vorgeschlagen, dass wir alle hier übernachten. Es ist spät und ich hab keine Lust mehr, nach Hause zu fahren.«

Ich atmete aus und schluckte die Wut herunter. »Okay. Also eine spontane Übernachtungsparty. Klingt spaßig. Ich muss zwar morgen arbeiten, aber was solls. Schlafen wir doch einfach woanders.«

»Komm schon. Sei nicht so schnippisch.« Er stand auf, griff meine Hände und zog mich auf die Füße. »Lass uns das Leben genießen. Morgen Nacht sind wir alleine und dann machen wir da weiter, wo wir aufgehört haben.«

Bevor ich etwas erwidern konnte, betrat Kieran den Garten. Er verabschiedete die Pärchen und kam zu uns herüber. »Blake und Ty sind auf der Couch eingeschlafen. Trouble findet es lustig, wenn wir alle im Wohnzimmer schlafen, die oberen Zimmer sind besetzt, wir haben ein paar Gäste.«

»Kein Problem.« Im Gegensatz zu mir sah Braxton die Sache locker. »Wenn ihr ein paar Decken auf den Boden legt, geht das klar.«

Kieran schlug ihm auf die Schulter und lachte. »Da fühlt man sich gleich wieder wie ein Fünfzehnjähriger im Sommercamp, was?«

Die Jungs lachten und liefen vor ins Haus, aus dem nur noch gedämpftes Licht schien. Vereinzelt zirpten Grillen, das Rauschen des Meeres beruhigte mich. Nach fünf Stunden Party war es genau das, was ich jetzt brauchte.

Ich legte den Kopf in den Nacken, beobachtete die Sterne und dachte daran, wie ironisch das Leben sein konnte. Hier war ich wieder. In einer Stadt, deren Gesichter mich wie Geister verfolgten. In einer Stadt, an der die glücklichsten und schlimmsten Erinnerungen hafteten. Der Duft von Blüten und Salzwasser stieg in meine Nase und der Kloß in meinem Hals wuchs. Ich vermisste Dad und hatte Heimweh.

»Hey, kommst du rein?«

Ich zuckte zusammen und fuhr herum.

Farren lächelte. »Alles okay?«

»Klar.«

»Lass uns schlafen gehen.« Sie drehte sich um, ich folgte ihr ins Haus.

Auf der Couch lagen Tyler und Blake eng umschlungen. Ihr rechtes Bein ruhte auf seinem Bauch, sie lag in seinem Arm und hatte das Gesicht an seinem Hals vergraben. Tyler atmete gleichmäßig, die beiden schliefen tief und fest.

Harlan und Storm lagen zusammengekuschelt etwas abseits, während Kieran in der Mitte des Raumes auf einer Decke lag. Er hatte die Hände hinter dem Kopf verschränkt und die Augen geschlossen.

»Komm her, Phoe«, flüsterte Brax. Er lag auf einer Decke neben der Couch und gähnte. Ich seufzte, zupfte mein Shirt zurecht und wünschte mir mein eigenes Bett herbei. Die Träger meines BHs schnitten in meine Schultern, meine Jeans zwickte am Bauch und ich brauchte dringend eine Dusche.

Hauptsache, Braxton war zufrieden. Am liebsten wollte ich ihn ohrfeigen. Stattdessen zog ich meine Flip Flops aus, band meine roten Haare zu einem Zopf zusammen und legte mich in seine Arme.

Aus dem Augenwinkel bemerkte ich Elishas Blick. Ich drehte mich auf die Seite, sodass ich Braxtons Brust in meinem Rücken spürte, legte meinen Kopf auf seinen Unterarm und sah Elisha an. Er trug ein weißes Shirt zu einer grauen Jogginghose und musterte mich von seiner Decke aus.

Was will er? Warum sieht er mich so an?

Farren schaltete das Licht aus und krabbelte zu Kieran. »Gute Nacht«, flüsterte sie.

»Schlaf gut.« Ich küsste Braxtons Unterarm. »Bist du noch wach?«

Er murmelte nur etwas Unverständliches und schmatzte. Ich seufzte, starrte auf einen Punkt an der Wand und wartete darauf, dass sich meine Augen an die Dunkelheit gewöhnten.

Die gleichmäßigen Atemgeräusche der anderen, die Stille in dem fremden Haus machten mich nervös. Ich stand auf, stieg vorsichtig über Braxton und schlich ins Bad, am Ende des Flures. Ich schaltete das Licht ein, stellte das Wasser an und ließ es mir über die Unterarme laufen, bis ich mich erfrischt fühlte. Ich stellte den Wasserhahn aus und sah in den Spiegel. »Willkommen zurück, Phoenix.«

Meine Wimperntusche und mein Lippenstift waren verschmiert. Mit den Fingern wischte ich die schwarzen Flecken von meiner Haut. Ich riss ein Stück Toilettenpapier ab und rieb damit die Reste der Farbe von den Lippen. Im Laufe der Jahre war der rote Lippenstift so etwas wie mein Schutzschild geworden. So lächerlich es auch war, damit fühlte ich mich weniger nackt. Rot strahlte Mut und Selbstbewusstsein aus. Es erinnerte mich daran, wer ich jetzt war.

Ich schaltete das Licht aus, öffnete die Tür und rempelte gegen jemanden. Eine Hand legte sich auf meinen Mund und erstickte meinen Schrei. Ich griff nach ihr und schob sie weg.

»Bist du bescheuert?« Mein Herz hämmerte gegen meine Rippen. Elisha stand so dicht vor mir, dass ich zurück ins Bad wich. Er drängte sich mit hinein und schloss die Tür hinter uns.

»Kannst du auch nicht schlafen?«

Mein Atem ging noch immer schnell, Adrenalin von dem Schreck peitschte durch meine Adern. Wir standen nur wenige Zentimeter voneinander entfernt im Schutz der Dunkelheit und waren alleine. Es erinnerte mich an damals. An unsere Spielchen. Sie hatten mir gefallen. Bis alles aus dem Ruder gelaufen war.

»Was willst du?«

Ich spürte die Hitze seines Körpers und schluckte. Mit ihm alleine zu sein, war eine schlechte Idee. Jedes Mal verspürte ich den Drang, ihm eine zu verpassen.

»Ich habe dich beobachtet, Phoe. Was ist passiert, als du weg warst?«

Eine Stimme riet mir, zurück zu den anderen zu gehen, mich in die Arme meines Freundes zu legen und versuchen zu schlafen. Doch ich ignorierte sie. Sie gehörte zur alten Phoenix. Der braven Phoenix, die ihre Nase am liebsten in Lehrbüchern vergraben hatte und sich herumschubsen ließ. Ich hob das Kinn und suchte Elishas Blick. Es war zu dunkel, um viel erkennen zu können, doch es war wichtig. Denn jetzt war ich ihm ebenbürtig. »Ich bin erwachsen geworden.«

Ich zuckte zusammen, als seine Hand meinen Arm berührte. »Das ist nicht zu übersehen. Ich spreche nicht von deinem Körper.« Seine Stimme klang sanft, doch mir entging der finstere Ton darin nicht.

Ein Kribbeln überzog meinen Rücken und ich spürte eine Gänsehaut auf meinen Unterarmen. »Ich weiß, wer ich bin. Und ich lasse mich nicht mehr unterdrücken. Also such dir ein neues Spielzeug.«

»Warum hast du nie auf meinen Brief geantwortet?«

»Welcher Brief?«

Esh stieß ein Lachen aus. »Verstehe. Ich schätze, dein Vater war froh, mich endlich loszuwerden.«

Nach dem Tod meiner Mutter hatte mein Vater versucht, mich vor allem zu beschützen. Er hatte Angst gehabt, auch mich zu verlieren. Doch seit der Sache zwischen Elisha und mir war Dad um einiges extremer geworden. Er musste den Brief weggeworfen haben, bevor ich ihn in die Finger bekommen konnte. Dad wusste, dass es alles schlimmer gemacht hätte.

»Er war nicht der Einzige. Ich habe dir keine Sekunde hinterhergetrauert.«

Elisha kam näher. Er presste seine Brust gegen meinen Körper, drängte mich mit dem Rücken gegen die Wand und brachte seine Lippen an mein Ohr. Die verdammte Gänsehaut breitete sich bis in meinen Nacken aus. Es wäre leicht gewesen, ihm einen Haken zu verpassen, aber etwas hielt mich zurück. *Rede es dir ruhig ein. Spürst du das? Sie ist nicht vollkommen verschwunden. Du liebst das Gefühl noch immer, ist es nicht so? Esh ist nicht der einzig Kranke.*

Ich schloss die Augen und versuchte, die Erinnerung an unsere gemeinsamen Nächte beiseitezuschieben. Mein Herz hämmerte gegen meinen Brustkorb und erschwerte das Atmen.

»Ich hab dich nie vergessen. Wollen wir weiterspielen, Schwesterchen?« Er ließ seine Hände über meine Arme gleiten. »Wollen wir das Spiel als Erwachsene spielen?«

Mit einem Ruck stieß ich ihn von mir. »Du hast keine Ahnung, was du mir angetan hast. Lass mich in Frieden.«

Ich stürmte aus dem Bad, ließ Elisha zurück und kuschelte mich wieder zu Braxton. Ich drängte mich so dicht an ihn, bis kein Zentimeter Distanz mehr zwischen uns lag, vergrub meine Nase an seinem Hals und ließ die Tränen laufen. Niemand würde sie sehen, also war es in Ordnung. In der Stille der Nacht, in der Dunkelheit des fremden Hauses konnte ich die Erinnerungen nicht mehr unterdrücken. Sie schlichen sich in meine Gedanken und warfen mich zurück in eine Zeit in meinem Leben, die ich am liebsten ausradieren wollte. Für diesen

Moment wurde ich wieder das fünfzehnjährige Mädchen mit Sommersprossen und zwanzig Kilo Übergewicht, für das der Albtraum gerade begonnen hatte.

Sechs Jahre zuvor

Ich schmiere eine extra dicke Schicht Peanutbutter auf den Toast, streiche eine dünne Schicht Erdbeergelee darüber und beiße ein Stück ab. In Gedanken gehe ich die Aufgaben von gestern noch einmal durch.

»Süße, auch wenn es eine Zwei wird, ist das nicht schlimm.«

Die Stimme meines Vaters reißt mich aus den Gedanken. Er sieht mich über den Rand seiner Tasse an und lächelt. »Du gehörst zu den Besten deiner Klasse, alles ist gut.«

»Ich will es mir selbst beweisen, Dad.« Ich schlucke den Bissen hinunter und schiele hinüber zu Elisha, der die Augen verdreht. Seit ein paar Wochen verhält er sich distanziert mir gegenüber. Sein Verhalten verletzt mich, er ist mein bester Freund.

»Was ist, Esh?«, frage ich mit pochendem Herzen und hoffe, er bemerkt nicht, dass ich rot geworden bin. Ich spüre deutlich die Wärme in meinem Gesicht.

»Wie viel willst du in dich reinstopfen, wenn erst die Abschlussprüfungen sind?«

»Elisha, bitte.« Katherine, seine Mutter, verzieht den Mund. »Vielleicht solltest du dir ein Beispiel an Phoenix' Ehrgeiz nehmen. Mr. Goldman hat angerufen, du hast schon wieder sechs Stunden geschwänzt.«

»Als ob sie ein Vorbild ist. Was helfen gute Noten, wenn du aussiehst wie ein Masttruthahn an Thanksgiving?«

»Elisha!« Katherine schüttelt den Kopf. »Was ist los mit dir?«

Ich spüle den letzten Bissen mit einem großen Schluck Orangensaft hinunter und schiebe meinen Teller beiseite. Tränen steigen in meine Augen, ich springe auf, greife nach meiner Schultasche, werfe sie über die rechte Schulter und gebe Dad einen Kuss auf die Wange. »Bis später, Daddy.«

Er nickt, sein Gesichtsausdruck verändert sich. Dad sieht an mir vorbei zu Esh. »Sprichst du noch einmal so über meine Tochter, kannst du etwas erleben.«

Elisha steht auf. Er schnappt sich einen Apfel, wirft ihn in die Luft und fängt ihn lässig mit einer Hand. »Schon gut, ich hab nur Spaß gemacht. Komm, Phoe, ich bring dich zur Schule.« Er legt eine Hand an meinen Rücken und schiebt mich zur Haustür.

Als wir im Wagen sitzen, nehme ich meinen Mut zusammen. »Warum sagst du solche Sachen zu mir? Ich dachte, du bist mein Freund.«

»Das bin ich. Und Freunde sagen sich die Wahrheit, auch, wenn sie nicht schön ist. Unsere Eltern sind von deinem guten Durchschnitt und deinem Dackelblick zu begeistert. Die würden nie was sagen, aber ich sage dir, dass du zu dick bist.«

Ich schlucke, meine Kehle kratzt und mein Magen schnürt sich zusammen. Elisha will mir nur helfen. Die Art, wie er es herüberbringt, verletzt mich, aber er meint es gut. »Ich esse immer so viel, wenn ich Stress habe. Ich will die Beste sein.«

Er lächelt. Ich liebe dieses Lächeln, es ist vertraut und bringt meinen Herzschlag jedes Mal aus dem Takt. »Um Stress abzubauen, helfen andere Sachen, vielleicht zeige ich sie dir mal. Friss einfach nicht mehr so viel, die Leute reden hinter deinem Rücken.«

Ich zupfte an meinem Ohrläppchen, plötzlich freue ich mich nicht mehr auf die Schule. »Wirklich? Bist du sicher?«

»Ganz sicher. Und es ist auch für mich peinlich, wenn meine Freunde ankommen und fragen, wann Schlachtzeit ist.«

Im Gegensatz zu meinen Klassenkameraden, die jedes Wochenende feiern gehen und Alkohol trinken, verbringe ich meine Freizeit zu Hause. Ich lese und lerne für die Schule. Ich bin ehrgeizig. Wenn ich mir etwas in den Kopf setze, lasse ich nicht locker. Elisha ist mein einziger Freund, aber ich fühle mich wohl mit ihm, es stört mich nicht.

Er gibt Gas, der Wagen schießt nach vorne, mein Rücken wird in den Sitz gepresst. Mir ist übel, seine Worte hallen in meinem Kopf nach. »Ich will nicht, dass du dich für mich schämst. Ich versuche, mich zusammenzureißen.«

»Wäre besser. Niemand steht auf fette Mädchen.«

Es ist nicht zu überhören, was es eigentlich heißen soll: *Ich stehe nicht auf fette Mädchen.* Wieder steigen Tränen in meine Augen, doch ich blinzele sie weg. Wenn ich weine, verliert er seinen Respekt mir gegenüber vollkommen. Mir fallen die Worte ein, die er noch vor drei Wochen zu mir gesagt hat. Und ich bemerke, dass er sich genau einen Tag später – an meinem Geburtstag – verändert hat. »Vor Kurzem hast du mir noch gesagt, dass ich wunderschön bin.« Meine Stimme klingt zittrig und mein Magen verkrampft sich, als ich seine

Freunde auf dem Parkplatz sehe. Zum ersten Mal schäme ich mich dafür, wie ich aussehe.

»Ich hab getrunken, Phoe. Es gibt Hübschere, aber du bist ganz nett.«

Esh bremst ab, fährt den Kiesweg zu unserer Schule entlang und lenkt seinen Wagen in eine Parklücke. Ich fühle mich schwach und klein. Am liebsten möchte ich mir eine Decke über den Kopf ziehen und mich verkriechen. Seine Freunde bemerken uns, sie schlendern auf den Wagen zu und lachen. Mein Herz klopft schneller, ich habe das Gefühl, sie lachen über mich.

»Warum bist du auf einmal so zu mir? Habe ich dir was getan?«

Elisha schaltet den Motor ab. Er nickt seinen Freunden kurz zu, dreht sein Gesicht zu mir und lächelt. »Alles gut, übertreib nicht.« Er öffnet die Tür. »Heulst du gleich, oder was?«

Ich ziehe die Nase hoch und schüttele den Kopf. »Nein. Schon gut. Danke für's Fahren.«

Wir steigen aus dem Wagen. Er begrüßt die vier anderen Jungs mit Handschlag und ich zupfe mein Shirt zurecht. Es ist zu kurz und rutscht wieder hoch. Wahrscheinlich hat Elisha recht, ich habe einfach nicht auf mich geachtet. Als Regentropfen auf meine Arme fallen, wende ich mich von ihnen ab und laufe in Richtung Eingang.

»Hey Phoe, komm noch mal her!«, ruft er mir hinterher.

Ich bleibe stehen und überlege einen Moment, weiterzulaufen.

»Bitte. Komm mal her.«

Ich drehe mich um und gehe zu ihm. Seine Freunde starren mich an und ich verschränke die Arme vor meiner Brust.

Elisha legt einen Arm über meine Schulter und nickt Ethan, seinem besten Freund, zu. »Sag's ihr.«

Die anderen Jungs lachen. Mit jeder Sekunde fühle ich mich unwohler, aber zwinge mich zu einem Lächeln. Sie sollen nicht merken, wie ich mich fühle.

Ethan lässt seinen Blick von unten nach oben über meinen Körper wandern und legt den Kopf schief. »Wie viele bekommst du?«

»Was?« Ich kneife die Augen zusammen. »Was meinst du?«

»Na, so wie du aussiehst, sind es mindestens Vierlinge. Fragt sich nur, wer dich gevögelt hat, findet man da überhaupt den Eingang?«

Sie prusten los. Der Blonde neben Ethan klopft ihm auf die Schulter. »Geil, Alter.«

Ich befreie mich aus Elishas Griff, stürme davon, damit sie nicht bemerken, dass ich weine, doch Elisha rennt mir hinterher und packt meinen Ellbogen.

»Hey, es war nicht so gemeint, Schwesterchen.« Er lächelt, als wäre nichts geschehen. »Ich dachte, er will was Nettes sagen.«

Ich ziehe meinen Arm weg. »Verarsch dich selbst!« Tränen strömen über meine Wangen wie der Regen, der auf den Asphalt plätschert. Ich renne davon, weg von ihm und dem Lachen seiner Freunde. Noch nie habe ich mich so wertlos gefühlt. Ich weiß nicht, was mit Elisha los ist, ich hoffe nur, dass er wieder normal wird.

Stunden später, nachdem ich mich im Unterricht kaum konzentrieren konnte, hat ein Gewitter eingesetzt. Ich halte meine Tasche über den Kopf und renne durch Pfützen, die den Parkplatz in einen See verwandeln. Wenn ich mich beeile, bekomme ich den Bus noch. Jemand hupt, als ich beinahe vor einen Wagen laufe, der aus einer Parklücke schießt.

»Hey Phoe!«

Ich fahre herum, als ich seine Stimme erkenne. Elisha hat das Wagenfenster heruntergelassen und grinst.

»Was willst du?«, brülle ich ihm zwischen dem Donnern zu.

»Steig ein. Ich nehm dich mit, du wirst total nass!«

Ich zögere kurz, doch meine Haare tropfen, mein Shirt klebt und meine Jeans sitzt wie eine zweite Haut.

»Komm schon.«

Ich öffne die Beifahrertür, steige ein und schnalle mich an.

»Wie lief's?«

»Gut.«

Elisha gibt Gas, lässt die Auffahrt zum Highway hinter sich und stellt die Anlage an. *Bones* von Young Guns dröhnt aus den Boxen. Ich sehe aus dem Fenster und beobachte Blitze, die am Himmel zucken. Palmen biegen sich unter dem Sturm, Wellen krachen ans Ufer. Je weiter wir fahren, desto trostloser wird die Gegend. Einfamilienhäuser verschwinden und Lager und Fabrikhallen tauchen rechts und links auf. Sie versperren den Blick aufs Meer. Ich rutsche im Sitz hin und her. »Fahren wir nicht nach Hause?«

»Nein, ich will mit dir reden.« Seine Stimme klingt sanft. Er fährt auf das Gelände einer alten Fabrikhalle und quetscht sich in die einzige, noch freie Parklücke. Was machen all die Wagen hier?

Esh stellt den Motor ab und sieht mich an. Regen trommelt aufs Dach, die Scheiben beschlagen. Von seinem Blick wird mir warm.

»Tut mir leid, was da heute passiert ist.« Er nimmt meine Hand in seine und streicht mit dem Daumen über meine Fingerknöchel. »Das war scheiße. Ethan ist ein Arschloch.«

Mein Herz rast unter seiner Berührung. Sie vertreibt jedes schlechte Gefühl und lässt mich schweben.

»Ist schon gut. Vielleicht solltest du dir andere Freunde suchen.« Ich lächele ihn an. »Warum sind hier so viele Autos?«

»Komm, ich will dir was zeigen.«

Wir steigen aus und rennen zum Eingangstor der Fabrikhalle. *Freak on a Leash* von Korn dröhnt durch das Gebäude. Jugendliche stehen in Gruppen zusammen. Sie unterhalten sich, Pärchen knutschen und ein paar Jungs sitzen auf einer Matratze auf dem Boden und rauchen Gras. Ich sehe mir alles genau an. Sauge es wie ein Schwamm in mir auf. Die Fenster sind eingeschlagen, Glas, lose Stromkabel und Spritzen übersäen den Boden. Durch das offene Dach fällt Regen, der Donner prallt von den Wänden ab und klingt bedrohlicher als draußen. Adrenalin schießt durch meinen Körper, ich fühle mich berauscht. Elisha hat mich noch nie an so einen Ort mitgenommen. Wir dürften gar nicht hier sein. Er nimmt meine Hand in seine, zieht mich mit sich und lacht.

»Was machen wir hier, Esh?«

»Gefällt es dir?«

Ich nicke. »Aber wir sollen doch eigentlich direkt nach Hause kommen.«

»Sei nicht so spießig, Schwesterchen. Das wird dir gefallen.« Er steigt eine Metalltreppe hoch, ich folge ihm. Schweiß rinnt über meine Stirn, in meinem Bauch kitzelt es. Die Musik wird lauter, die Bässe lassen den Boden unter meinen Füßen vibrieren. Hier oben tobt die Party. Die Halle gleicht einem Club. Von der Decke hängen Stromkabel und Isolierfolie und Regen fällt auf die tanzenden Leute. An einer der Steinwände steht ein langer Tisch, der als Bar dient. Bierflaschen, manche offen, viele noch ungeöffnet, stehen darauf. Mädchen werfen ihre Haare im Takt der Musik und lassen ihre Hüften kreisen. Noch immer denke ich an Ethans Worte und die Blicke meines Stiefbruders.

Die anderen Mädchen haben lange Beine, viele tragen bauchfreie Tops. Ich verschränke die Arme vor der Brust und trete von einem Fuß auf den anderen. Ich wünschte, ich könnte so unbeschwert feiern wie die Mädchen.

Er muss meine Unsicherheit bemerken, denn Elisha lächelt. »Jetzt vergiss einfach mal das Lernen, den Schwimmunterricht und die Medaillen. Hab Spaß.« Er nimmt eine Flasche Bier vom Tisch, öffnet sie und reicht sie mir. »Hier, das macht locker.«

Esh hat recht. Was soll es schaden, einmal die Regeln zu brechen? Vielleicht bemerkt er dann, dass ich kein kleines Kind mehr bin.

Ich nehme die Flasche und trinke einen großen Schluck. Ein bitterer Geschmack breitet sich auf meiner Zunge aus, ich verziehe den Mund.

Er lacht, kommt näher und streicht mit seinem Handrücken über meine Wange. Sein Blick ruht auf meinen Lippen und mein Herz schlägt schneller. Elisha nimmt die Flasche aus meiner Hand, trinkt etwas und drückt seine Lippen auf meine. Wärme schießt durch jede Faser meines Körpers. Ich denke nicht nach, vergesse die Leute um mich herum. Alles, was ich spüre, ist sein Kuss. Er öffnet die Lippen und lässt das Bier aus seinem Mund in meinen fließen. Ich schlucke es hinunter. Der Geschmack stört mich nicht mehr. Esh nimmt mein Gesicht in seine Hände. Ich bin im Himmel. Meine Beine zittern, mein Körper schwebt. Ein Traum wird wahr. Ich küsse den Jungen, in den ich seit einem Jahr verliebt bin. Er wiederholt das Spiel. Er trinkt, lässt das Bier von seinem in meinen Mund fließen und küsst mich. Immer und immer wieder.

Nach einer Weile lässt er mich los. Ich fühle mich federleicht, alle Gedanken sind weit weg.

»Besser?«

Ich sehe zu Boden und nicke. Bestimmt ist mein Gesicht rot, meine Wangen kribbeln. Die Musik wechselt, die ersten Töne von Triviums *The Thing that's killing me* hallen durch die alte Fabrik und ich lasse mich fallen. Meine Füße gleiten über den staubigen Boden, ich werfe die Haare nach hinten und bewege meine Hüften im Rhythmus der Musik. Ich fühle mich frei, voller Leben. Ich strecke meine Arme in die Luft und verliere mich in der Musik. Um mich herum dreht sich alles, ich fühle mich wie in Watte gepackt. Jemand rempelt mich an, aber ich störe mich nicht daran. Ich schließe die Augen und tanze. Wieder stößt jemand gegen mich. Ein Arm trifft mich an der Schulter. Ich öffne die Augen und stolpere gegen einen Jungen. Ethan. Ich wusste nicht, dass auch Eshs Freunde hier sind. Ich entferne mich von ihm, doch jetzt bemerke ich, dass sich ein Kreis aus Mädchen und Jungs um mich herum versammelt hat. Sie starren mich an, zeigen mit den Fingern auf mich und lachen. Und obwohl die Wärme aus meinen Armen verschwindet, dreht sich noch alles. Sie stehen jetzt so nah, dass sie mich berühren können. Ein Mädchen mit blonden Haaren versetzt mir einen Stoß in die Rippen, sie schubst mich zu einem Jungen. Ich versuche zu entkommen, aber da bekomme ich den nächsten Stoß und taumele gegen einen anderen Jungen. Er schubst mich zum Nächsten. Wie ein Ball werde ich hin und her geworfen.

Ich stürze, meine Rippen und Arme schmerzen. Tränen laufen über meine Wangen. Ich hocke auf dem Boden, umringt von Jugendlichen und suche Elisha zwischen ihnen. Er muss mir helfen.

Endlich sehe ich ihn. Er steht neben Ethan und lacht. Auch mein Stiefbruder deutet mit dem Finger auf mich.

»Esh? Was soll das?« Meine Stimme klingt schwach. »Was ist hier los?«

Es donnert, Blitze erhellen die Halle.

»Tasty, Tasty!«, brüllt Elisha. Er verzieht das Gesicht zu einer Grimasse, die anderen stimmen ein.

»Tasty, Tasty!«

Meine Beine zittern. Unter dem Tränenschleier erkenne ich die Gesichter der anderen. Sie beugen sich über mich, starren mich an, lachen, verziehen angewidert ihre Münder. »Tasty, Tasty. Du fette Sau!«, schreien sie im Chor.

Sie grunzen wie Schweine. Ihr Lachen, die schrecklichen Geräusche prallen von den Wänden ab, vermischen sich mit dem Donner und Regen. Ich weine, kauere mich zusammen, lege die Arme über meinen Kopf und verberge mein Gesicht zwischen meinen Beinen. Ich will weit weg sein. Noch nie habe ich mich so geschämt. Warum tut er mir das an? Mir ist schwindelig, ich zittere. In diesem Moment ertönt ein ohrenbetäubender Knall. Ich zucke zusammen. Mädchen schreien, Chaos bricht aus. Die Leute rennen durcheinander und ich sehe den Grund für die Panik. Der Tisch mit den Bierflaschen steht in Flammen. Sie lodern bis zur Decke und drei Matratzen, die auf dem Boden liegen, brennen. Ich stütze mich auf meine Hände, stehe auf und versuche, nicht hinzufallen, als ich mich mit den anderen zur Treppe dränge. Sie schubsen, stürmen nach unten ins Freie und schreien, doch ich höre nur noch ein Piepen in meinen Ohren. Unten angekommen, packt Elisha meine Hand, zieht mich mit sich, hält mich am Ellbogen fest und schafft es, mich auf den Beifahrersitz seines Wagens zu schleifen. Schweiß rinnt über meine Stirn, meine Haare tropfen vom Regen und das Piepen in meinen Ohren geht in ein Pfeifen über, bis endlich Stille herrscht. Meine Gedanken klären sich, ich sehe aus dem Fenster, fühle mich wie gelähmt und spüre die Tränen auf meinen Wangen. Er hat mich verraten. Sich über mich lustig gemacht, mich gedemütigt. Elisha, der Mensch, dem ich immer vertraut habe.

Ich drehe mein Gesicht zur Seite, starre ihn an, will ihm meine Enttäuschung entgegenschreien, doch ich bringe kein Wort heraus. Er streicht mit einer Hand über seine Unterlippe, sieht mich an und lächelt. »Glotz nicht. War alles nur Spaß, Tasty.«

Ich wende mich ab, lehne meine Wange gegen das Fenster, beobachte die Rücklichter der anderen Wagen, die durch den Regen leuchten, und wünsche mir, dass dieser Tag endlich vorbei ist, dass Elisha sich morgen entschuldigt und wieder

der Freund ist, mit dem ich Musik höre, auf Bäume klettere und Videospiele spiele.

Doch an diesem Tag vor sechs Jahren ahne ich noch nicht, dass von nun an meine persönliche Hölle beginnt. Dass ich mit jedem Tag, an dem sie mich in der Schule bloßstellen, mich anspucken und ausschließen, mehr und mehr zerbreche. Dass mit jedem Tag, an dem die Lehrer nicht eingreifen, meine Klassenkameraden mich ignorieren und Elisha andere Schüler anstachelt, mein Vertrauen in die Menschen mehr und mehr schwindet. Ich ahne nichts von den Dingen, die mir bevorstehen oder dass dieser Tag erst der Anfang ist. Der Anfang von etwas, das mich mein Leben lang verfolgen wird.

Kapitel 3

PHOENIX

Ich legte eine Hand auf die Klinke und hielt im letzten Moment inne. Gelächter und Gebrüll klangen aus dem Klassenzimmer. Stühle wurden über den Boden gerückt. Auch, wenn ich jetzt auf der anderen Seite stand, bereiteten Schulen mir immer noch Unbehagen.

Die Sechzehn- und Siebzehnjährigen, die hinter dieser Tür auf mich warteten, stellten keine Bedrohung dar. Ich arbeitete freiwillig hier, doch selbst nach all den Jahren sorgten Schulen und ihre langen Korridore noch immer dafür, dass sich mein Fluchtinstinkt meldete. Zumindest lag keine lange Stunde vor mir. In der Einführungsstunde ging es nur um ein kurzes Kennenlernen und Herantasten.

Ich straffte die Schultern, zupfte an meinem Ohrläppchen und betrat die Klasse.

Ein paar Schüler warfen mir einen flüchtigen Blick zu, bevor sie sich wieder über ihre Tische lehnten und sich dem Gespräch mit den anderen widmeten. Die meisten waren so auf das Display ihres Smartphones konzentriert, dass sie mich nicht bemerkten. Ich stellte meine Tasche ab, setzte mich aufs Pult, ließ die Beine vom Tisch baumeln und nahm mir eine Minute Zeit, um die Schüler zu beobachten. Ein blonder Junge riss Stücke von seinem Schreibblock ab, knüllte Papierkügelchen daraus und warf sie dem Jungen vor ihm gegen den Hinterkopf.

In der hintersten Reihe saßen zwei Mädchen auf einem Tisch, die sich mit einer Mitschülerin unterhielten. Sie trugen Miniröcke und knappe Oberteile. Ich kannte die Art von Mädchen noch aus meiner Schulzeit. Cheerleader, beliebt und verehrt. Früher hatte ich so sein wollen wie sie, doch wenn man älter wurde, sah man die Dinge klarer. Man sah unter die Oberfläche und erkannte, dass hinter der schönsten Fassade die hässlichsten Dinge lauerten. Nichts war echt, solange man es nur von außen betrachtete.

Ich kramte in meiner Tasche nach meinem Handy, zog es heraus, stellte es auf volle Lautstärke und drückte auf Play. *All my Life* von den Foo Fighters dröhnte durch den Klassenraum. Ein Mädchen stieß einen schrillen Schrei aus, Schüler starrten mich an. Ich stellte die Musik aus und legte das Handy beiseite.

»Gut, da ich eure Aufmerksamkeit habe, können wir anfangen.« Ich nickte den zwei Mädchen in der hintersten Reihe zu. »Setzt euch bitte auf eure Plätze.«

Eine von ihnen runzelte die Stirn und deutete mit dem Kopf ihrer Freundin zu, damit sie mitkam. Wortlos ließen sie sich auf ihren Plätzen nieder.

»Können die sich keine richtigen Lehrer mehr leisten oder warum dürfen jetzt schon College-Studenten unterrichten?«, rief mir der Papierkugelwerfer aus der dritten Reihe zu. Die anderen lachten.

»Ich heiße Phoenix Hendry und wie du schon festgestellt hast, bin ich keine Lehrerin. Eure Schule nimmt an einem Programm gegen Mobbing teil. Ich bin eure Ansprechpartnerin. Hat Direktor Wells euch nichts gesagt?«

Er kniff die Augen zusammen. »Der krault sich lieber die Eier. Hier wird keiner gemobbt, die Stunde ist so sinnlos wie die Likerunden auf Facebook.«

Einige Mädchen kicherten, der Junge musterte mich verächtlich. Auch diese Art von Schüler kannte ich. In fast jeder Klasse gab es einen, der für Ärger sorgte. Er sollte es versuchen, ich war vorbereitet. »Dann haben wir ja weniger Arbeit. Wie heißt du?«

Er grinste. »Owen. Aber manchmal nennen sie mich auch Gott. Sie wissen schon, Oh mein Gott, mach weiter, genau da.«

Der kleine Scheißer ging mir schon jetzt auf die Nerven. Je eher er spürte, dass ich mir nichts gefallen ließ, desto besser. »Klingt nach vorgetäuschtem Orgasmus, da übertreiben die Mädchen gerne. Aber das lernst du auch noch.«

Die Klasse verfiel in schallendes Gelächter. Owens Ohren röteten sich, er schielte zur Seite. »Ich wette, Sie dürfen das gar nicht sagen. Das ist Mobbing!«

»Das nennt man Kontern und danke für die Vorgabe. Kennt jemand von euch den Unterschied zwischen alltäglichen Streitereien und Mobbing?«

Niemand antwortete. »Nehmt euch zehn Minuten, um euch mit eurem Nachbarn auszutauschen. Bestimmt fällt euch etwas ein.«

Sie drehten ihre Köpfe, beugten sich über die Tische, um mit ihren Mitschülern zu reden. Nur der Junge, den Owen geärgert hatte, blieb an seinem Platz sitzen und senkte den Blick. Niemand schenkte ihm Beachtung oder sprach mit ihm. Seine Nasenspitze berührte fast das Papier, auf das er kritzelte.

Als die Zeit vorbei war, wandte ich mich an die Klasse. »Und? Wisst ihr es?«

Sie schüttelten die Köpfe.

»Wer von euch wurde schon mal dumm angemacht?«

Ein Mädchen lachte. »Tracy Johnson hat eben gesagt, dass ich zugenommen habe.«

»Verrätst du mir deinen Namen?«

»Erica.«

»Und wie hat sich das angefühlt, Erica?«, fragte ich, erleichtert darüber, dass sie sich auf mich einließen. Der erste Schritt war der schwierigste.

Sie zuckte mit den Schultern. »Nicht gut. Ich hab sogar zwei Kilo abgenommen.«

»Hat sie das schon öfter gemacht?«

Erica schüttelte den Kopf.

»Das ist der Unterschied. Mobbing beginnt langsam. Es dauert an. Es geht über Monate oder sogar Jahre. Und jetzt stell dir vor, du würdest das täglich von verschiedenen Leuten hören. Sie rümpfen die Nase und rufen dir hinterher, wie fett du bist.«

Das Mädchen kicherte unsicher. »Das soll einer versuchen, ich kann mich wehren.«

Das dachte ich auch. Ich schob die Erinnerung an meine schlimmste Zeit beiseite und lächelte Erica an. »Was würdest du machen?«

»Keine Ahnung, ich würde sie zurück beleidigen.«

»Und wenn dich alle ignorieren? Was, wenn du versuchst, mit ihnen zu reden, aber jedes Mal tun sie so, als wärst du unsichtbar? Was machst du, wenn dich keiner mehr wahrnimmt?«

Alle blickten mich an. Niemand sagte ein Wort, selbst Owen hörte zu.

Erica zuckte mit den Schultern. »Keine Ahnung. Ich schätze, ich würde wütend werden.«

»Verständlich. Wärst du auch traurig?«

»Na klar. Wenn man nicht dazugehört, ist das doch scheiße.«

Der Junge, der in der Reihe vor Owen saß, und die ganze Zeit auf seinen Schreibblock gemalt hatte, erstarrte. Er hatte ein Lippenpiercing und trug schwarzen Kajal, wahrscheinlich kannte er das Gefühl.

Owen warf ihm wieder eine Papierkugel gegen den Hinterkopf.

Ich stand auf und stellte mich neben den Tisch des Jungen. Er schielte zur Seite, versuchte, meinem Blick auszuweichen.

»Wie heißt du?«

»Das ist Eddie.« Owen lachte. »Der kann Ihnen alles über Doggiestyle und den ganzen Scheiß erzählen, aber wenn Sie ihn nach Starbucks fragen, denkt er, das ist 'ne Band.«

Die Schüler lachten. Eddie rutschte tiefer in seinen Sitz und kaute an seinem Lippenpiercing.

Ich drehte mich zu Owen. »Noch ein blöder Spruch und du stattest Direktor Wells einen Besuch ab, verstanden?«

»Beeilen Sie sich, es klingelt gleich.« Er grinste mich an und verschränkte die Arme hinter dem Kopf. Owen erinnerte mich an Elisha und an das, was er mir vor vielen Jahren gesagt hatte. *Hinter dem strahlendsten Lächeln verbirgt sich das hässlichste Gesicht.*

Ich wandte mich an Eddie, doch er starrte geradeaus, um nicht mehr Aufmerksamkeit auf sich zu ziehen. Ich konnte mir vorstellen, wie er sich fühlte, und beschloss, ihn vorerst in Ruhe zu lassen.

Ich lief nach vorne, schrieb meinen Namen und meine Nummer an die Tafel und drehte mich zu den Schülern. »Wir sehen uns ab jetzt jede Woche. Für den Fall, dass ihr Hilfe oder jemanden zum Reden braucht, könnt ihr mich unter der Nummer erreichen. In den Stunden, die wir zusammen haben, werden wir über Mobbing und seine Auswirkungen reden und ich werde euch Möglichkeiten zeigen, was man dagegen unternehmen kann.«

Erica lächelte mich an, während Owen und einige andere schon ihre Bücher in den Taschen verstauten. Eddie starrte auf seinen Notizblock. Mit einem Kugelschreiber trommelte er auf das Blatt Papier, sah zur Tafel und wieder auf den Block. Doch dann warf er den Stift in seine Tasche und packte seine Hefte ein.

Ich lief zu ihm. »Du kannst meine Nummer gerne aufschreiben, vielleicht hast du ja mal Lust zu quatschen.«

Es klingelte. Er stand auf, warf sich die Tasche über die Schulter und schüttelte den Kopf. »Nicht nötig. Bis nächste Woche.« Noch vor den anderen stürmte er davon.

Unruhe brach aus. Stühle wurden zurückgeschoben, Rucksäcke über die Schultern geworfen. Alle drängten zur Tür und verließen den Raum. Ich sah ihnen nach, wartete darauf, bis der letzte Schüler das Zimmer verlassen hatte, und atmete aus.

Die Stunde war gut verlaufen, ich hatte mich durchsetzen können und bis auf Owen schienen alle pflegeleicht. Ich war nicht sicher, ob Eddie in ernsthaften Schwierigkeiten steckte, aber ich würde ein Auge auf ihn haben. Sein Verhalten kam mir bekannt vor. Und wenn ich etwas an diesem Job liebte, dann war es die Aussicht darauf, dass ich etwas bewirken konnte. Ich war nicht mehr machtlos.

Ich packte mein Handy in die Tasche und verließ den Raum.

↗

Als ich das Apartment betrat, stand Braxton nur in Boxershorts bekleidet in der Küche. Er lehnte mit dem Rücken gegen den Kühlschrank, trank Orangensaft aus einem Glas und lächelte mich an.

»Na, hast du sie im Griff gehabt?«

Ich legte meine Schlüssel in den Korb auf der Kommode im Eingangsbereich und warf meine Tasche auf die Couch. Ich wollte keinen Streit, aber wir hatten seit gestern Nacht keine Gelegenheit zum Reden gehabt. Erst gegen neun waren wir nach Hause gekommen und Braxton war sofort ins Bett gefallen, während ich mich für die Schule fertig gemacht hatte. Doch ich musste es loswerden, bevor ich platzte.

»Oh oh, das Gesicht kenne ich.« Er seufzte. »Was ist jetzt wieder los, Phoe?«

Ich ging zu ihm, nahm ihm das Glas aus der Hand, trank einen Schluck und gab ihm einen Kuss.

»Wegen gestern.« Ich stellte das Glas auf die Arbeitsplatte und schlang meine Arme um seinen Nacken. »Du weißt, dass ich vieles mitmache, aber du hast mir versprochen, nichts mehr über meinen Kopf hinweg zu entscheiden. Das mit dem Übernachten kam überraschend. Ich fand's nicht gut.«

Er zuckte mit den Schultern und legte seine Hände an meine Hüften. »Phoe, das war einfach ein spontaner Einfall. K und die anderen fackeln nicht lange und ich fand's lustig.«

»Vielleicht kannst du dir vorstellen, dass es für mich nicht lustig war. Die erste Nacht in Miami hätte ich gerne in meinem eigenen Bett geschlafen. Du weißt doch, dass Esh und ich uns nicht verstehen.«

»Hätte ich vorher gefragt, hättest du Nein gesagt. Ich hatte einfach keine Lust zu diskutieren, okay?«

Ich zog meine Arme weg und befreite mich aus seinem Griff. Ich biss die Zähne zusammen, um nicht auszurasten. Diskussionen mit Braxton führten meist dazu, dass wir aneinander vorbeiredeten und stritten. Er verstand nicht, dass ich mitentscheiden wollte.

»Genau das ist es.« Ich verschränkte die Arme vor der Brust. »Als du damals nach Miami gegangen bist, hast du das einfach entschieden.«

»Ich hab dich gefragt, ob -«

»Du hast mich zwei Tage vorher vor vollendete Tatsachen gestellt, weißt du noch?«

Er verdrehte die Augen. »Was soll das jetzt?«

»Du hast einen Job in 1400 Meilen Entfernung angenommen und bist für zwei Jahre abgehauen. Ich hätte gerne was dazu gesagt …«

Er öffnete den Mund, um etwas zu erwidern, doch ich hob die Hand. »Lass mich bitte aussprechen. Also hast du dein Ding gemacht. Wir waren frisch zusammen, ich habe dich vermisst. Und ich hab dich die letzten zwei Jahre immer unterstützt. Jetzt geht es wieder los. Du machst, was du willst, ohne es mit mir abzusprechen. Ich hab dir gesagt, dass ich das nicht mehr mitmache.«

Braxton legte den Kopf in den Nacken und atmete genervt aus. »Unterstützt? Du hast mir ständig Affären mit den Frauen in Averys Club vorgeworfen. Oh und das Theater mit Elisha?« Er sah mich an. »Du merkst gar nicht, dass du wegen jedem Scheiß gleich abgehst!«

Ich biss mir auf die Innenseite meiner Wange und zwang mich, meine Wut herunterzuschlucken.

Ich hasste es, mit Braxton zu streiten, aber seine Egonummer ging mir auf die Nerven.

»Es tut mir leid, okay? Du wusstest, dass ich schwierig bin. Darum geht es jetzt nicht. Ich will, dass du auch auf mich achtest. Das kann doch nicht so schwer sein.«

Seine Faust donnerte auf die Arbeitsplatte, das Glas klirrte. »Ich habe keine Lust auf das Theater. Ich lass mir nicht vorschreiben, was ich zu tun habe. Ich liebe dich, aber so läuft das nicht. Irgendwie kann ich deinen Bruder verstehen. Du warst sicher nicht ganz unschuldig an allem, was passiert ist.«

»Du hast keine Ahnung, was du da sagst.« Ich schluckte die Tränen hinunter, nahm meine Handtasche, rannte zur Haustür und schmiss sie hinter mir zu.

»Komm wieder, wenn du dich beruhigt hast!«, brüllte Braxton mir hinterher.

Ich stürmte den Flur entlang, lehnte mich mit dem Rücken gegen die Wand und schluckte. Hatte ich wirklich geglaubt, die Probleme zwischen uns würden sich in Luft auflösen, sobald ich in Miami war? Nein, nicht wirklich.

Ich dachte nur, es wäre leichter, direkt miteinander zu reden als am Telefon. Nicht zum ersten Mal fragte ich mich, ob Brax überhaupt dasselbe empfand wie ich. Ob ich ihm so wichtig war wie er mir. Das Schlimme an seinen Worten war, er hatte recht. Auf gewisse Weise war ich selbst schuld. Es gab immer jemanden, der austeilte, und jemanden, der es sich gefallen ließ. Damals war ich naiv und schwach gewesen. Selbst meinem Vater hatte ich nichts von Elishas Schikanen erzählt. Aus Angst, es würde noch schlimmer werden. Aus Angst, Elisha würde mich noch mehr hassen. Ich irrte mich, es wurde schlimmer. Viel schlimmer. Dad erfuhr erst alles, als es zu spät war.

Genau dasselbe passiert hier. Siehst du das? Du lässt es dir verdammt noch mal gefallen.

Das Quietschen einer Tür riss mich aus meinen Gedanken. Ich senkte den Kopf und tat, als kramte ich in meiner Handtasche. Wenigstens lag Braxton etwas daran, die Sache zu klären.

»Geht das demnächst leiser? Ich wollte schlafen.«

Ich sah auf.

Mit zerzausten Haaren, die in alle Richtungen abstanden, einem zerknitterten weißen T-Shirt und Jogginghose stand Elisha vor mir. Er gähnte und streckte seine Arme über dem Kopf aus. »Ärger im Paradies? Schon Schiffbruch erlitten, Schwesterchen?«

»Geht dich nichts an. Hau ab und geh schlafen, dann kannst du wenigstens nichts sagen, das keiner hören will.«

Er zwinkerte mir zu. »So ein Sonnenschein. Gefällt ihm das nicht? Ich liebe es.«

Ich schüttelte den Kopf. Das Letzte, worauf ich Lust hatte, war eine weitere Diskussion. Ich stieß meine Schulter gegen seine Brust und drängte mich an ihm vorbei. Elisha griff meinen Ellbogen, wirbelte mich herum und presste mich mit dem Rücken gegen die Wand.

Er drängte sich an mich. Sein Atem ging schneller, das Lächeln verschwand.

Nicht dieser Blick. Sieh mich nicht so an. »Lass mich sofort los.«

Er ließ seinen Zeigefinger über meine Wange wandern und strich über die Stelle an meinem Hals, an der mein Puls raste. Aus Wut. Aus Frust darüber, dass ich von Idioten umgeben war. Doch diese Gefühle waren nichts im Vergleich zu der Erregung, die ich spürte. Da war es wieder. Das Gefährliche, das Verkommene an ihm. Die Seite, die ich nie vergessen hatte. Die Seite, die mir gefährlich werden konnte.

Er brachte seine Lippen an mein Ohr.

»Wir wissen beide, dass du dich leicht wehren könntest. Ein Uppercut, ein Jap, ein primitiver Tritt in die Eier.« Sein Finger glitt über mein Schlüsselbein. »Aber du tust es nicht. Erinnert es dich an die Nächte, in denen du mich mit den Mädchen beobachtet hast?«

Ich schluckte. Wie konnte er davon wissen? Ich war sicher gewesen, dass mich niemand entdeckt hatte. Damals, im Keller, als er …

»Ja, ich weiß es«, flüsterte er, als erriet er meine Gedanken. »Und zu wissen, dass du zugesehen hast, hat mich richtig geil gemacht.«

»Lass mich los«, wiederholte ich. Mein Herzschlag verdoppelte sich mit jeder Minute, in der ich seinen Blick auf mir spürte. Mit jeder Sekunde, in der ich seinen Körper an meinem spürte. Ich hasste es, dass es mich anturnte. »Scheiß Klischee«, murmelte ich.

Esh leckte sich über die Lippen. »Stimmt. Dieses Hass-Fick-Ding entspricht jedem Klischee, aber die Leute wissen nicht, wie gut es sich anfühlt.« Sein Finger wanderte über meine Brust, ich schlug ihn weg. Elisha lächelte. »Wehr dich. Du weißt, wie hart mich das macht.«

Ein Kribbeln breitete sich in meinem Bauch aus. Früher war ich diejenige gewesen, die seine Aufmerksamkeit gesucht hatte. Die ihm wie ein Hund hinterhergerannt war, um beachtet zu werden. Doch seit ich zurück war, konfrontierte er mich bei jeder Gelegenheit und suchte meine Nähe. Ich war nicht sicher, ob es ihm darum ging, seine Überlegenheit zu demonstrieren oder mich einzuschüchtern, aber es sollte mir recht sein. Vielleicht bekam ich die Chance, ihm eine Dosis seiner eigenen Medizin zu verabreichen. Und vielleicht brauchte ich es, um endlich abschließen zu können.

Ich hob mein Kinn und atmete gegen sein Ohr. Elisha stöhnte auf.

»Ich muss dich enttäuschen. Es wird keinen Hass-Fick geben, Esh.« Ich schloss die Augen und sog seinen Duft in mir auf. Er roch nach Feuerholz und Seife. Schon damals hatte mich sein Duft verrückt gemacht. »Ich hasse dich nicht. Ich verabscheue dich aus tiefstem Herzen.«

»Auch das kann sehr prickelnd sein. Sex und Wut passen perfekt zusammen.«

»Fick dich!«

Er legte den Kopf schief. »Du hast damals kaum den Mund aufbekommen. Was ist aus dem schüchternen Mädchen geworden?«

»Das ist gestorben«, flüsterte ich, griff sein Kinn und lächelte. »Du hast es getötet.«

Nach dem Streit mit Braxton war es genau das, was ich brauchte. Ich legte einen Arm um seinen Nacken und zog ihn zu mir.

Noch nie hatte ich mich stärker gefühlt.

Mein Herz raste, in meinem Bauch flatterten Schmetterlinge.

Es war berauschend.

Esh leckte sich über die Lippen. Ich brauchte seine Gedanken nicht erraten. Der Blick, mit dem er mich durchbohrte, genügte, um die Absicht dahinter zu erkennen.

»Du willst spielen?« Er legte seine Hand an meine Kehle und drückte leicht zu.

»Standen die Mädchen darauf, wenn du das mit ihnen gemacht hast?«

Elisha drückte fester zu. Sein Daumen rieb über die Stelle, an der mein Puls raste. Ich kannte die Antwort, noch bevor er sie aussprach. Adrenalin schoss durch meinen Körper, zwischen meinen Beinen kribbelte es.

»Du hast zugesehen. Sag du es mir.«

»Wenn du die Hände um ihren Hals gelegt hast, haben sie geschrien und ihre Nägel in deinen Rücken gekrallt.«

Die Spannung zwischen uns glich einem Kraftfeld, von dem sich die Härchen in meinem Nacken aufstellten. Zum ersten Mal, seit ich zurück in Miami war, spürte ich Vertrautheit. So sollte es sich mit Braxton anfühlen. Doch jetzt, wo ich bei ihm war, benahm er sich, als bedeutete ich ihm nichts.

Auch, wenn ich Elisha verachtete, war er mir vertraut. Ich wusste, dass er Sport und schnelle Autos mochte. Dass er am liebsten bis mittags schlief oder dass sein Lieblingsplatz eine Bank im Lummus Park war, in die er vor acht Jahren seine Initialen geritzt hatte. Ich kannte seine zwei Gesichter. Kannte sein ehrliches und sein aufgesetztes Lächeln.

Seine Atmung beschleunigte sich. »Tja, schätze, es hat sie angemacht.«

Die Beule in seiner Hose presste sich gegen meinen Bauch. »Aber sie waren nicht die Einzigen, oder, Schwesterchen?«

»Du brauchst das. Macht über andere zu haben, turnt dich an. Vielleicht hältst du mich immer noch für ein dummes Kind. Aber das bin ich schon lange nicht mehr. Wenn du verlieren kannst, dann los, lass uns spielen.«

Sein Blick fiel auf mein Dekolleté, er lächelte. »Nein, du bist wirklich kein Kind mehr.«

Mit einem Ruck stieß ich meine Hände gegen seine Brust, er taumelte zurück und stützte sich an der Wand hinter ihm ab. Esh lächelte. »Du beeindruckst mich, Phoe. Ich glaube, das könnte lustig werden.«

Er richtete sich auf, lief zu seinem Apartment und wandte den Kopf zur Seite. »Weißt du, was ich mich frage, seitdem du zurück bist? Warum du hier bist. Das mit Braxton und dir …« Er zuckte mit den Schultern. »Sieht für mich nicht nach der großen Liebe aus. Man könnte meinen, es gibt einen anderen Grund für deine Rückkehr.«

Bevor ich etwas erwidern konnte, verschwand er in seiner Wohnung.

In meiner Tasche vibrierte das Handy.

Ich zog es heraus, schaute aufs Display und nahm ab. »Hi Dad.«

Meine Stimme klang heiser. Ich räusperte mich. »Schön, dass du anrufst.«

»Hey Süße. Alles gut? Wie fühlt es sich an, zurück in der Heimat zu sein?«

Ich starrte den Flur entlang auf die Türen zu Elishas und meinem Apartment und seufzte. »Verwirrend, aber ich bekomme das hin.«

Kapitel 4

ELISHA

Die Tür fiel hinter uns ins Schloss und meine Kehle schnürte sich zusammen. Der Raum sah aus, wie ich es aus Filmen kannte. Kahle Betonwände, ein kleines Fenster mit Gittern davor und billig aussehende Tische und Stühle, die Platz für zehn Besucher und Häftlinge boten.

Ich folgte K zu einem Tisch in Nähe des Fensters und nahm neben ihm Platz.

Noch immer wusste ich nicht, warum er ausgerechnet mich gebeten hatte, mitzukommen, und bisher hatte ich es vermieden, ihn darauf anzusprechen. Als er vor ein paar Tagen den Zeitungsartikel über seinen Vater gelesen hatte, meinte er, dass es Zeit sei, das Kapitel Logan Moore abzuschließen.

Er wollte eine letzte Antwort, um alles hinter sich zu lassen.

K legte die Hände auf den Tisch und ballte sie zu Fäusten. Er hatte die gesamte Fahrt hierher geschwiegen. Etwas, das mich an Harlan erinnerte, nicht an ihn.

Ich stand auf, lief zum Getränkeautomaten neben der Tür, kramte in meiner Hosentasche nach zwei Dollar und holte zwei Dosen Cola. Ich setzte mich wieder neben ihn und schob ihm die Dose rüber.

»Warum hast du nicht Harlan oder Tyler mitgenommen?«

K öffnete die Dose und trank einen Schluck. »Weil es sie beide an etwas erinnern würde, das sie vergessen wollen.«

»Du willst es auch vergessen, oder?«

»Ich muss ihm die Frage noch einmal stellen, damit ich abschließen kann.«

Es war nicht zu übersehen, wie sehr es ihn quälte.

K war nie ruhig. Er saß nie still und knetete sich die Hände vor Nervosität. Vielleicht wäre es einem Außenstehenden nicht aufgefallen, aber ich sah, dass es ihn fertigmachte.

»Kannst du damit leben, dass er sterben wird?«

Ich suchte nach einer Gefühlsregung in seinem Blick, aber fand keine. Es war, als stand eine Mauer zwischen dem, was er fühlte, und dem, was er mich sehen lassen wollte. »Kannst du damit leben, dass du deinen Vater nie kennengelernt hast?«

Ich wusste nicht, worauf er hinauswollte. »Ich kenne es nicht anders. Er hat nie eine Rolle in meinem Leben gespielt.«

K nickte. »Deswegen. Logan war immer kalt. Er war nie ein guter Vater, geschweige denn Ehemann. Mom hat das nicht verdient.« Er biss die Zähne zusammen und schloss die Augen. »Sie hatte nicht verdient, wie Müll verscharrt zu werden. Sie hatte nicht verdient zu sterben, weil sie ein guter Mensch war. Logan …« Er atmete aus. »Ist Abschaum. Also ja, ich kann verdammt gut damit leben, dass er krepiert.«

Ich trank einen Schluck und beschloss, ihn in Ruhe zu lassen. Ich hatte keine Ahnung, wie er sich fühlen musste. Ich wollte nur, dass es ihm gut ging.

Schritte hallten über den Gang, die Tür wurde geöffnet. Gefolgt von einem Wärter betrat Kierans Vater den Raum. Nur der orange Gefängnisoverall ließ erkennen, dass er ein Insasse war, aber sonst erinnerte nichts daran. Er sah gepflegt aus. Seine Haare schimmerten grau-weiß, er trug schwarze Lederschuhe, die von der Politur glänzten, und lief geschmeidig, als hätten ihm die letzten Jahre hinter Gittern nichts anhaben können.

Moore reichte dem Wärter seine Hand und ich sah den Hundert-Dollar-Schein. »Danke, Marcus.«

Der Wärter sah sich rechts und links um, nickte und lief zur Tür. »Zehn Minuten. Das hier ist eine absolute Ausnahme.«

Moore nahm uns gegenüber Platz, wartete, bis der Wärter den Raum verlassen hatte, und wandte sich an K. »Schön, dass wir uns sehen. Wie geht es Farren?«

Ks Kiefer spannte sich an. »Lassen wir den Small Talk. Ich will nur eine Antwort.«

»Lass mich raten.« Moore lächelte. »Warum? Warum habe ich deine Mutter aus dem Weg geschafft? Warum konnte ich euch so etwas antun?«

Er sprach gleichgültig, im lockeren Plauderton und ich befürchtete, dass K auf ihn losgehen würde.

Doch er rührte sich nicht. »Ich will wissen, ob du uns irgendwann mal geliebt hast.«

Ich schluckte, erschrocken darüber, wie zerbrochen K klang.

Moore seufzte. »Liebe ist so ein großes Wort. Ich habe tiefe Zuneigung für deine Mutter empfunden. Und ich war stolz, als du die Firma übernommen hast und was für ein Mann aus dir geworden ist.«

K presste die Lippen zusammen, senkte den Blick und nickte.

»Ich dachte schon, du hättest mich vergessen«, sagte Moore.

Ihn kümmerte es nicht, wie sich sein Sohn fühlte. Ich legte meine Hand für einen Moment auf Ks Schulter und nahm sie dann weg. Er war nicht alleine.

»Wenn du deinen letzten Atemzug gemacht hast, werde ich dich vergessen.«

»Es wundert mich, dass du Mr. Deleon mitgebracht hast.« Moore sah mich an. »Ich hatte gehofft, wir hätten ein wenig Privatsphäre.«

Obwohl sein Blick meine Kehle zuschnürte, hielt ich ihm stand. Moore war sicher ein guter Geschäftsmann gewesen, er beherrschte den Pokerblick perfekt. Ich erkannte nichts an seinen dunklen Augen, das mich an Kieran erinnerte.

»Privatsphäre?« K lachte bitter. »Mit deiner Kohle bist du selbst hier drinnen ein Prominenter, oder?«

Moore zuckte mit den Schultern. »Geld hilft.« Er lächelte. »Es bringt durchaus Vorteile mit sich.«

»Du meinst, so wie die Extrabesuchszeiten und unser Treffen im Besucherraum?«

Ich wusste, dass Insassen, die zum Tode verurteilt waren, normalerweise hinter einer Scheibe saßen, um mit ihren Angehörigen über ein Telefon miteinander zu kommunizieren. Und dass sie Handschellen trugen.

Aber wie so vieles erleichterte Geld selbst hier drinnen das Leben.

»Unter anderem.« Moore sah erst K, dann mich an. »Wie geht es Ihnen, Mr. Deleon?«

»Alles bestens, danke.«

»Ich weiß, warum Kieran Sie mitgebracht hat.«

Ich erwiderte nichts.

Moore lachte. »Mein Sohn mag Ihren Humor. Aber wir wissen alle, dass mehr hinter Ihrem Lächeln steckt, oder Mr. Deleon?«

Ich runzelte die Stirn. Die Situation war absurd genug. Was wollte Moore von mir?

»Halt Elisha da raus.« K öffnete die Hände und ballte sie sofort wieder zu Fäusten. »Ich werde dafür sorgen, dass du nicht lange auf die Vollstreckung warten musst.«

»Du warst schon immer ein Problemlöser, das hast du von mir.«

»Wag es ja nicht. Ich bin kein bisschen wie du.«

Moores Blick traf meinen. »Wir drei sind uns ähnlicher, als ihr denkt. Irgendwann wirst du das auch erkennen.«

Das beklemmende Gefühl wuchs. Es war, als drückte mir jemand die Luft ab. Ich wollte raus hier. Wie hatte Tyler seine Zeit im Gefängnis überstanden, wenn ich mich schon nach zehn Minuten eingesperrt fühlte?

Kierans Faust donnerte auf den Tisch. »Halt dein verfluchtes Maul.«

Jeder Muskel in meinem Körper spannte sich an. Noch ein Wort von Moore und Kieran würde auf ihn losgehen.

»Schon gut. Beruhig dich.« Er lehnte sich in seinem Stuhl zurück und streckte die Beine aus. »Lassen wir das. Wie geht es deinen Freunden? Wie ich gehört habe, gehört Mr. Kinley nicht nur wieder dazu, er hat dich auch zum Onkel gemacht.« Moore lächelte. »Tate? Wäre nicht meine Namenswahl, aber schön, dass ihr erwachsen werdet. Wann wirst du Farren schwängern, oder Sie, Mr. Deleon? Haben Sie vor, Kinder in die Welt zu setzen?«

Ich legte meine Hand auf Kierans Schulter und spürte, wie angespannt seine Muskeln waren. Ich übte etwas Druck aus, um ihn zu beruhigen, und beugte mich zu ihm. »Mach keinen Scheiß. Lass uns abhauen.«

K erhob sich. »Du bist erbärmlich. Du bezahlst viel Geld für Informationen, die dir nichts mehr nützen. Du gehörst nicht mehr zu meinem Leben. Du verrottest schon ganz bald in der Erde. Die Würmer werden dich fressen und ich werde keinen Gedanken mehr an dich verschwenden. Niemand wird sich an dich erinnern.«

Moore sah zu ihm auf. Selbst jetzt noch lächelte er. »Mag sein, dass ich mit diesen Informationen nichts anfangen kann. Dabei würden dir schon ein, zwei Auskünfte helfen.« Sein Lächeln wurde breiter, es erinnerte mich an einen Hai. »Du wirst mich nicht vergessen. Im Gegenteil. Du wirst dich jeden Tag an mich erinnern.«

K stürmte zur Tür, hämmerte dagegen und als der Wärter uns öffnete, drängte Kieran sich an ihm vorbei, lief in den Gang und lehnte die Stirn gegen die Wand.

Mit einem Ball in den Händen und einem breiten Lächeln im Gesicht stakste Tate auf mich zu. Sie drängte Dobby, Kierans Mops, der neben ihr herlief, aus dem Weg, und warf den Ball unbeholfen zu mir.

Ich hob ihn vom Boden auf und gab ihn ihr. »Hier, Süße.«

»Ball ham, Onkel Eshi«, sagte sie und lief zu Tyler, der neben mir im Gras saß.

Kieran und Harlan beobachteten sie.

Tyler breitete die Arme aus, Tate ließ den Ball fallen und fiel ihrem Vater um den Hals.

»Na Tattles, willst du lieber mit Daddy kuscheln, anstatt mit Onkel Elisha spielen?«

Sie legte ihre Hände rechts und links an Tylers Wange und drückte ihm einen dicken Kuss auf den Mund. »Eshi langweilig, Daddy kuscheln.«

Er lachte. »Kein Mann wird jemals so gut wie dein Dad sein, Süße. Aber lass das meine Sorge sein, ich trete allen in die Eier, bevor sie an dich rankommen.«

»Hundert Punkte für deine Weisheiten, Ty.« Blake kam in den Garten und reichte jedem von uns eine Flasche Bier. Sie warf Tyler einen Eisblick zu und stemmte die Hände in die Hüften. »Kommst du mit, Tate? Farren, Storm und Mommy wollen einen Mädchentag mit dir verbringen.«

Tate schüttelte den Kopf. »Mit Daddy kuscheln.«

Tyler grinste. »Sorry, Babe. Hast du jemals erlebt, dass mich eine Frau freiwillig verlässt?«

Der Schlagabtausch zwischen Tyler und Blake war immer wieder amüsant. Manchmal schlossen Kieran und ich Wetten ab, wer von den beiden gewann. Meistens gingen die Punkte an Blake. Sie hatte ihn besser im Griff als jeder andere.

»Mommy nimmt ihr Skateboard mit und wir besuchen Joe und Rusty«, rief Blake.

Tate schoss herum, klatschte in die Hände und rannte zu ihrer Mutter, die sie hochhob und an sich drückte. Sie warf Tyler einen triumphierenden Blick zu.

»Hey Tattles, ich dachte, wir kuscheln.«

Tate schüttelte den Kopf. »Daddy langweilig, Mommy skaten.«

Tyler fasste sich an die Brust, tat so, als hätte ihn eine Kugel getroffen, und ließ sich rückwärts ins Gras fallen. Tate kicherte.

»Sorry, Ty. Bei mir lernt sie nicht nur einen brauchbaren Wortschatz, sondern auch noch skaten.« Blake lächelte ihn an, nickte uns zu und verschwand mit Tate.

Trotz der ständigen Sticheleien spürte man, wie sehr sich die beiden liebten. Tyler und Blake waren unzertrennlich.

»Ich liebe dich, pass auf meine Tochter auf«, rief Ty ihr hinterher.

»Ich dich auch, bis später.«

Ich trank einen Schluck und schloss die Augen. Die Sonne brannte in meinem Nacken und meine Unterarme röteten sich. Solange das Wetter noch gut war, wollte ich es genießen. Die Regensaison rückte näher. Schon bald würden Gewitter und Stürme über Miami hinwegziehen. Ich mochte die Sonne, aber Regensaison bedeutete Partys in St. Cilline und Aktivitäten, die im Sonnenlicht nur halb so aufregend waren, als wenn es draußen stürmte und der Himmel sich in eine graue Decke verwandelte.

Ich legte den Kopf in den Nacken und lauschte dem Gespräch der anderen. Seit Tasty zurück war, spürte ich etwas, das ich seit Ewigkeiten vermisst hatte. Herausforderung, Nervenkitzel. Ihre Nähe war besser als der freie Fall beim Bungee-Jumping, besser als die Kämpfe, besser als die Partys, auf denen ich gesichtslose Frauen vögelte und Gras rauchte. Es erinnerte mich an früher, als alles kompliziert wurde. Als sich das Blatt zwischen uns wendete und ich sie zerstören, anstatt beschützen wollte. Phoenix hatte jeden Grund, mich zu verabscheuen. Ich hatte sie gedemütigt und ihre Naivität und

Schwärmerei ausgenutzt. Vielleicht sollte ich mich schuldig fühlen, doch das tat ich nicht. In jeder Schule gab es Außenseiter. Wenn die Schulzeit vorbei war, lachte man darüber. Ich konnte verstehen, dass sie mich ätzend fand. Ich verstand nur nicht, warum sie es nicht auf sich beruhen ließ und nach vorne sah. Sie war kein Kind mehr. Jetzt bot sie mir die Stirn und forderte mich heraus. Tasty hatte keine Ahnung, dass sie mich damit nur mehr anheizte.

Ich lächelte, drehte den Kopf zur Seite und stieß meine Flasche gegen Tylers.

»Warum prostest du mir zu?«

»Ich hab gute Laune.«

Tyler hob die Augenbrauen und schnippte mit dem Finger, damit K und Harlan zu uns sahen. »Hey, hört mal her, der Kleine will was sagen.«

Lachend schüttelte ich den Kopf. Typisch Ty. Wenn es um Frauen ging, besaß er den siebten Sinn. Er witterte schmutzige Gedanken, bevor sie einer von uns überhaupt dachte. Obwohl es niemand vermutete, waren Tyler und ich uns ähnlicher, als man auf den ersten Blick erkannte. Im Gegensatz zu mir verbarg er seine dunkle Seite nicht. Bei ihm wusste man, was man bekam. Ich hingegen war ein Meister der Tarnung. Ein Wolf im Schafspelz.

Die meisten Menschen waren dumm. Sie ließen sich von einem Lächeln blenden. Tyler spielte nicht.

Er zeigte seine Dämonen, es scherte ihn nicht, was andere dachten. Das war einer der Gründe, warum ich ihn bewunderte. Als er damals von K aus der Gruppe ausgeschlossen worden war, hatte ich mich für ihn eingesetzt. Nicht so offensichtlich wie Harlan, aber auch ich hatte einen Teil für seine

Rückkehr beigetragen, als ich K überredete, ihm noch eine Chance zu geben. Meine Freunde hielten mich für einen unreifen Jungen, der nur Spaß im Kopf hatte. Zum Teil stimmte es. Ich genoss mein Leben, dachte nicht über vergangene Fehler nach und lebte von einem Tag zum anderen. Aber sie unterschätzten mich. Niemand wusste, zu was ich fähig war oder was ich Phoe angetan hatte.

»Hey!« Tyler deutete mit der Bierflasche in seiner Hand auf mich. »Rückst du jetzt endlich mit der Sprache raus und erzählst uns, was zwischen deiner Schwester und dir läuft?«

»Stiefschwester. Tasty ist meine Stiefschwester.«

»Tasty.« Tyler rieb sich das Kinn. »Schmeckt ihre Pussy so gut?«

»Keine Ahnung, ich hab nie ihren Honig gekostet. Den Namen hat sie, weil sie damals ordentlich was auf den Hüften hatte.«

»Na ja, sie hat immer noch gut was drauf«, antwortete K. »Ihr Körper ist nicht ganz meins, aber sie hat Feuer und ihr Arsch gefällt mir.«

Ich war froh, dass er den Besuch bei seinem Vater vor ein paar Tagen gut verkraftet hatte. Er sprach nicht mehr darüber und auch, wenn ich mich fragte, was Moore mit seinen merkwürdigen Aussagen bezwecken wollte, schwieg ich, um ihn nicht runterzuziehen.

»Ich bin sicher, Farren freut sich, dass du so über andere Frauen sprichst.« Harlan verdrehte die Augen. »Wie alt seid ihr? Denkt ihr nur mit dem Schwanz?«

Kieran kniff die Augen zusammen. »Du bist echt ein Spielverderber. Ich dachte, Storm macht dich endlich lockerer. Wenn wir jetzt, nur weil wir vergeben sind, die schönen

Themen auslassen sollen, können wir uns gleich begraben.« Mit dem Kopf deutete er zu Tyler. »Selbst Daddy redet nicht nur über Spielplätze und Kindergeburtstage.«

Ty trank einen Schluck und grinste. »Ich wüsste da andere Spielplätze.«

»Wie sieht's aus? War das nur Gequatsche, dass wir es noch mal richtig krachen lassen, bevor du abhaust?« Ich wandte mich an K und Ty. Harlan war bei dieser Sache von Anfang an raus. »Eine letzte Party. Ihr seht zu und genießt. Die haben mittlerweile sogar einmal im Monat 'ne Jungfrau da.«

Ty verschluckte sich und hustete. »Fuck! Spinnst du? Die ficken Jungfrauen? Du verarschst uns doch.«

Beim Gedanken an meine letzte Party schoss Hitze in meinen Magen. Ich atmete aus und riss mich zusammen. Scheiße, seid Tasty hier war, stand ich unter Strom. Ich musste dringend Druck ablassen. »Ohne Scheiß, Mann. Gibt tatsächlich welche, die mitmachen. Sie entscheidet, wer zuerst ran darf. Danach kommen die anderen. Wortwörtlich.« Ich lachte.

Ty fuhr sich durchs Haar. »Warum gab es das vor ein paar Jahren noch nicht? Jungfrauen sind heiß.«

»Sorry, das ist krank und die Mädchen, die bei so was mitmachen, sind es ebenfalls.« Harlan stand auf und verschwand im Haus.

Ich wandte mich an K und Tyler und hob die Augenbrauen. »Kommt schon, nur zugucken. Das ist nichts anderes als ein Live-Porno.«

Kieran rieb sich den Nacken. »Klingt verdammt heiß. Aber Farren macht da nie mit. Was ist mit dir, Ty?«

»Ich rede mit Blake. Sie weiß, dass ich nie was machen würde, was unsere Beziehung gefährdet, aber sie weiß auch, was ich brauche. Wir müssen da hin.«

Kieran seufzte. »Ich brauche Trouble damit nicht anzukommen. Sie ist nicht so locker wie Blake.«

»Dann frag sie nicht und erspar dir den Ärger«, antwortete ich. »Du fickst ja keine. Veranstaltet sie auch so ein Theater, wenn du Pornos guckst?«

Kieran legte den Kopf in die Hände und lachte. »Wenn sie das rauskriegt, bin ich tot.«

»Bist du auch, wenn du bei dem Spektakel nur zusehen darfst«, antwortete ich.

Zu erleben, wie zehn, zwanzig Männer um eine Frau standen und ihr der Reihe nach gaben, was sie brauchte, turnte mich an. Aber nichts kam an das Gefühl heran, sich zu nehmen, was man brauchte. Ihr zu zeigen, zu was man fähig war. Wenn die Stimmung im Raum überkochte, weil ihre Schreie lauter und lauter wurden, die Typen mit jedem Stoß wilder wurden, fühlte ich mich lebendig. In diesen Momenten schaltete sich mein Verstand aus und ich ließ mich von meinen Trieben leiten. Ty und Kieran kannten das Gefühl. Es war animalisch und mit nichts vergleichbar. So ging es mir mit Phoenix. Jetzt, wo sie sich durchsetzte und mir Widerstand leistete, war ich der Jäger und sie die Beute. Es brachte mich auf eine Idee, einen weiteren Kick.

»Hey, wie wär's mit einer Wette?«

Kieran hob den Kopf. »Hast du nichts aus der kahlen Stelle in deinem Nacken gelernt?« Er lachte. »Du bist drei Wochen mit Basecap rumgelaufen, weil dich jeder drauf angesprochen hat.«

Ty grinste. »Lass ihn doch. Es ist immer witzig.«

»Diesmal ist es was anderes. Wetten, ich bekomme Tasty noch mal rum?«

Kieran schüttelte den Kopf. »Sorry, das ist echt daneben. Ich bin raus und du solltest die Scheiße auch lassen. Wenn die Mädchen das rausfinden, killen sie dich.«

Es überraschte mich nicht. Seit K mit Farren zusammen war, verstand er keinen Spaß mehr, wenn es um schlechte Ideen ging. Früher hatte er solche Dinge lockerer gesehen.

»Wenn ihr die Klappe haltet, werden sie es niemals erfahren.«

»So wie die Kleine auf dich abgeht, wird sie dich noch nicht mal an eine Titte lassen. Du kannst einpacken.« Ty steckte sich eine Zigarette in den Mund, zündete sie an und zog daran. Er sah Kieran an. »Was ist mit Braxton? Gilt der Kodex auch für ihn?«

Eine der Regeln lautete, dass die Teilnehmer an den Kämpfen die Finger von den Freundinnen der anderen ließen. Verstieß jemand gegen dieses Gesetz, fand er sich im Krankenhaus wieder und wurde für immer ausgeschlossen.

Kieran fuhr sich mit beiden Händen durch die Haare. »Ihr bringt mich in Schwierigkeiten. Braxton hat bisher nur zwei Kämpfe bestritten und die Aufnahmeprüfung nicht absolviert. Also gehört er offiziell nicht dazu.« Als er mein zufriedenes Grinsen bemerkte, runzelte er die Stirn. »Trotzdem ist das die beschissenste Idee, die du je hattest, Kleiner.«

Tyler zuckte mit den Schultern. »Die beschissene Idee gefällt mir. Die eigene Schwester ficken ist schräg.« Er lachte. »Also, um was wetten wir?«

Kieran schüttelte den Kopf, doch ich ignorierte seine Bedenken. Ja, es war daneben, Braxtons Freundin flachlegen zu wollen. In den letzten Monaten hatte er Zeit mit uns verbracht und ich mochte ihn.

Aber ich wollte sie. Ich wollte sie noch einmal spüren. Erleben, wie es war, wenn sie sich unter meinem Körper wand. Wie sie meinen Namen schrie, wenn ich in ihr war und wie sie ihre Augen aufriss, wenn ich die Hände um ihren Hals legte und zudrückte. Es sollte Spaß bringen, einen Kick. Ich wollte weder Phoenix noch Braxton verletzen. Ließ sie sich darauf ein, erwartete sie sicher nicht mehr als eine heiße Nacht. Niemand würde leiden. Phoenix reizte mich und die Wette machte die Sache nur interessanter.

Für gewöhnlich wettete ich um Geld. Bei den Kämpfen und Autorennen hatte ich schon öfter eine beachtliche Summe gewonnen. Doch Geld schien mir in diesem Fall unangebracht. Als ob meine Idee nicht krank genug war.

»Wenn ich gewinne, wirst du in einem Spitzenkleid und High Heels am Ocean Drive rumlaufen und rufen: Mein Name ist Tyler Kinley. Ich bin eine kleine Schwuchtel.«

Schon die Vorstellung bescherte mir einen Lachanfall. Tylers Gesicht sorgte dafür, dass mir heiß wurde und meine Bauchmuskeln vom Lachen schmerzten. Mein Freund sah mich an, als hätte ich Blake gevögelt.

Er presste Ober- und Unterkiefer zusammen. »Ich kann nicht glauben, dass ich das mal sage, aber du bist absolut irre.« Tyler wandte das Gesicht ab und sah zu Boden, als überlegte er, ob es die Sache wert war, seinen Ruf zu verlieren. »Okay.« Er beugte sich zu mir. »Du hast keine Chance. Wenn ich gewinne und das werde ich, dann wirst du eine Stunde lang alte Säcke am South Beach umarmen. Nackt. Shorts sind nicht erlaubt. Wirst du vorher verhaftet oder niedergeschlagen, darfst du zwei Monate an keinem Kampf teilnehmen. Wenn du sie in zwei Monaten nicht gevögelt hast, gilt die Wette als verloren.«

Das war hart. Dass ich nackt durch die Gegend laufen sollte, störte mich nicht. Mit meinen eins achtzig, definierten Schultern und meinem Sixpack konnte ich mich sehen lassen. Auch die alten Säcke beunruhigten mich nicht, das würde lustig werden.

Der Haken waren die Kämpfe.

Seit drei Monaten war ich ungeschlagener Sieger und gehörte damit zur Elite. Sieger besaßen ein hohes Ansehen. Man bekam gratis Drogen, die sich bei mir auf Cannabis beschränkten, weil ich kein Idiot war, der sich seine Gesundheit durch Chemie ruinieren wollte, und genoss neben einem Platz in der ersten Reihe bei den Partys viele weitere Vorzüge. Tyler wusste so gut wie ich, dass diese Pluspunkte nur für aktive Sieger galten. Nahm man zwei Monate hintereinander an keinem Kampf teil, verlor man seinen Status und begann wieder bei null. Phoenix ins Bett zu bekommen, würde nicht einfach werden, aber es war möglich. Schon einmal hatte sie ihre Beine für mich breit gemacht und das, obwohl ich ihr zu dem Zeitpunkt schon ein Jahr lang das Leben schwer gemacht hatte.

Mochte sein, dass sie mich verabscheute, aber unsere Begegnung letztens im Hausflur hatte ihr genauso gefallen wie mir. Schon früher hatte sie sich hinter ihren Rehaugen und dem Puppengesicht versteckt. Niemand hätte vermutet, dass die brave Phoenix Sofia Hendry, damals übergewichtig und jungfräulich, auf dieselben Spielchen wie ihr Bruder stand. Dass Macht und Dunkelheit auch sie anzogen.

Dinge, die man im Verborgenen tat, wenn die Nacht sich wie ein schwarzer Schleier über die Stadt legte und man Orte besuchte, die normale Menschen mieden.

Sie hatte nicht nur zugesehen, wie ich die Mädchen im Keller gefickt hatte, sie hatte sich dabei die Finger ins Höschen geschoben und es sich besorgt. Ich wusste, was ihr gefiel und ihr Herz zum Rasen brachte.

Der Sieg gehörte mir.

Ich nickte und reichte Tyler meine Hand. »Abgemacht.«

»Trainier schon mal, damit dein Arsch in Form ist, wenn dich die Cops abführen.« Er schlug ein und lachte.

Stimmen, die wie durch Watte in meinen Ohren hallten, und Sonnenstrahlen, die mein Gesicht erwärmten, weckten mich aus einem unruhigen Schlaf. Ich drehte den Kopf zur Seite, blinzelte, als das Sonnenlicht durch die Glasfront meines Schlafzimmers schien und tastete, ohne hinzusehen, nach meinem Handy auf dem Nachttisch. Nach zwölf, wenigstens hatten sie mich heute länger schlafen lassen. Ich schob die Decke zurück und setzte mich im Bett auf. Durch die Wände hörte ich, wie Braxton auf Phoenix einredete. Ich verstand kein Wort, aber seine Tonlage ließ keinen Zweifel, dass er wütend war. Ich stand auf, zog mir eine Jogginghose an und legte mein Ohr an die Wand. Phoenix war noch nicht lange zurück in Miami und schon stritten sie. Nicht zum ersten Mal fragte ich mich, was zwischen den beiden schieflief. Meine Schwester war vieles, aber nie war sie streitsüchtig gewesen.

Jetzt war sie wie ausgewechselt. Sie trug schwarze Band-Shirts und Skinnyjeans, die ihre runden Hüften betonten, ohne sie dick wirken zu lassen. Ihr Haar, das früher die Farbe von Karotten gehabt hatte, leuchtete wie zündelnde Flammen in Rubinrot. Genauso wie ihre Lippen. Außer rotem Lippenstift trug sie kein Make-up. Sie war nicht schlank, aber vom Übergewicht, unter dem sie als Kind gelitten hatte, sah man nichts mehr. Ihre üppigen Titten, ihr praller Arsch – Phoenix' Körper war besser in Form als je zuvor. Und ihre Art? Sie imponierte mir nicht nur, sie turnte mich an. Aus dem schüchternen Mädchen war eine kratzbürstige Frau geworden. Ich musste ihre Lippen noch einmal spüren. Ich wollte wissen, wie sich ihr Körper anfühlte und ob sie das auslebte, was sie früher gewesen war. Ein Mensch mit einer hellen und einer dunklen Seite. Ein Mensch, der bei Tag so lebte, wie es die Allgemeinheit verlangte, der bei Nacht die Maske abstreifte, und seine andere Seite zeigte. Die Seite, die uns zu Freaks machte. Jeder Mensch besaß ein Gesicht für die Öffentlichkeit und ein verborgenes, das er nur im Schutz der Dunkelheit zeigte. Jeder von uns wollte dazugehören.

Die Stimmen aus der Nachbarwohnung schwollen an und ich drückte mein Ohr dichter gegen die Wand, um besser hören zu können. Phoenix sprach ruhig. Bei mir rastete sie jedes Mal aus.

Was ist passiert? *Warum verhältst du dich wie ein anderer Mensch, Baby?*

Kapitel 5

PHOENIX

»Warum ausgerechnet jetzt? Warum hast du mir das nicht eher gesagt?« Mit dem Unterarm wischte ich die Tränen von meiner Wange und sah Braxton an. Ich suchte nach einem Zeichen von Schuldbewusstsein in seinen Augen, doch alles, was ich fand, war Resignation.

»Ich wollte nichts sagen, bevor es nicht spruchreif ist. Du hättest wieder ein riesiges Theater veranstaltet.«

»Ich hätte wieder Theater gemacht?« Fassungslos schüttelte ich den Kopf. Ich war erst seit ein paar Tagen zurück und jetzt teilte er mir mit, dass er eine Stelle in Washington angenommen hatte. Aber natürlich war ich diejenige, die überreagierte.

Braxton setzte sich neben mich, wollte seinen Arm um meine Schultern legen, doch ich rutschte zur anderen Ecke des Sofas und verschränkte die Arme vor der Brust. »Wie stellst du dir das vor?«

»Ich komme alle zwei Wochen nach Hause. Mit dem Flugzeug sind das drei Stunden. Und wahrscheinlich bin ich in sechs Monaten wieder zurück.«

Ich stand auf. Ich konnte nicht ruhig sitzen bleiben und mir seinen Schwachsinn weiter anhören, ohne auf ihn einschlagen zu wollen. »Okay, na dann. Viel Erfolg.«

Brax runzelte die Stirn. »Wo ist der Haken? Du gibst nicht einfach so schnell nach.«

Er hatte recht.

Normalerweise kämpfte ich für Dinge, die mir wichtig waren. Und in gewisser Weise tat ich es auch jetzt. Braxton bedeutete mir viel.

Trotz unserer Streitereien liebte ich ihn. Doch wenn ich etwas gelernt hatte, dann war es, dass ich mich mehr liebte. Dass ich Dinge, die mir nicht guttaten, aus meinem Leben verbannte. Zu viele Jahre hatte ich mich nach anderen gerichtet und war dabei selbst fast zugrunde gegangen.

Ich lief ins Schlafzimmer, riss seine Reisetasche aus dem Schrank und warf sie ihm vor die Füße. »Du hast gewonnen. Viel Erfolg mit dem Job. Du brauchst mich nicht besuchen, ich komme klar.«

»Komm schon, Baby. Mach nicht so ein Theater.« Er seufzte. »Ich verdiene richtig gutes Geld und in sechs Monaten bin ich zurück.«

Tränen stiegen in meine Augen. Ich ballte die Hände zu Fäusten und sah ihn an. »Du wolltest, dass ich nach Miami ziehe, damit wir zusammen sind. Warum lässt du mich jetzt hängen?«

»Wie ich schon sagte ... Ich verdiene super und hatte Lust darauf. Ich fand, es ist keine große Sache.«

»Keine große ...« Ich schüttelte den Kopf. »Natürlich nicht.«

»Phoe, hey.« Er stand auf, streckte seine Hand nach mir aus, doch ich wich zurück. Wenn er mich jetzt in den Arm nahm, würde ich nachgeben und ihm sagen, dass wir unsere Probleme in den Griff bekämen. Aber ich wusste, dass ich verloren hatte, und was ich wollte. Auch wenn es mir das Herz brach. Alleine ging es jedem von uns besser als zusammen. Es war bitter, dass ich erst hierherziehen musste, um zu begreifen, dass Braxton sich nicht ändern würde.

Er war ein guter Mensch, aber er war egoistisch und nicht dazu bereit, Kompromisse einzugehen.

Bevor wir ein Paar wurden, war Braxton mein bester Freund gewesen. Der erste Mensch, dem ich nach der Sache mit Elisha vertraute. Braxton lehrte mich nicht nur das Boxen. Er zeigte mir, dass ich mehr wert war, als ich es für möglich hielt. Dass ich stark war, als ich dachte, ich wäre längst zerbrochen. Er half mir zurück ins Leben, ermutigte mich, meinen Ängsten ins Gesicht zu sehen und gegen sie anzukämpfen. Als Freunde waren wir perfekt, doch als Paar funktionierten wir nicht.

»Komm schon.«

»Nein! Sag nichts mehr.« Ich nahm die Tasche und drückte sie gegen seine Brust. »Wann geht dein Flug?«

»Woher weißt du das …?«

»Weil du immer das tust, worauf du Lust hast.«

»Du weißt, dass ich das nicht böse meine.« Braxton sah auf seine Armbanduhr. »Ich muss packen. Mein Flieger geht in vier Stunden.«

»Dann beeile dich lieber.«

Ohne zu antworten, verschwand er im Schlafzimmer und ließ mich zurück. Ich setzte mich auf die Couch, starrte ins Leere und überlegte, ab welchem Punkt wir uns verloren hatten. Ab welchem Punkt es schiefgelaufen war.

Der Satz, den Elisha nach unserer ersten gemeinsamen Nacht zu mir gesagt hatte, fiel mir ein. *Wer niemandem gehört, kann niemanden verlieren.*

Aber das stimmte nicht ganz. Eine der größten Tragödien war es, sich selbst zu verlieren. Das zu verlieren, was dich ausmachte. Verlor man sich, war man so gut wie tot.

Trotzdem lernten wir mit jedem Abschied, mit jedem Mal, wenn unser Herz gebrochen wurde, wie man überlebte. Wie man stärker und eine bessere Version seiner selbst wurde. Man musste hart an sich arbeiten und ein Ziel vor Augen haben.

In den letzten Jahren hatte ich meinem Namen alle Ehre gemacht.

Wie ein Phönix war ich wiedergeboren worden. *Wenn du zu Asche zerfällst, steigst du aus den Flammen empor,* hatte Braxton mir damals gesagt. Und daran klammerte ich mich.

Es war das Beste für uns, doch es tat weh.

Zehn Minuten später kam Braxton mit der Tasche über der Schulter zurück. Er nahm meine Hand, zog mich in seine Arme und gab mir einen Kuss auf die Stirn. Obwohl ich wütend und verletzt war, ließ ich ihn gewähren.

Es war unser letzter Moment als Paar.

»Ich rufe dich an, sobald ich alles geklärt habe, dann reden wir. In ein paar Wochen sehen wir uns.« Er zwinkerte mir zu. »So schnell wirst du mich nicht los.«

Er verstand nicht, dass er mir das Herz gebrochen hatte. »Ich melde mich.« *Wenn ich dazu bereit bin.*

Er griff den Gurt seiner Tasche fester. Vielleicht bildete ich es mir ein, aber als er mich ansah, wirkte er erleichtert. »Pass auf dich auf, Kleine. Ich liebe dich.«

Ich wartete, bis die Tür ins Schloss gefallen war, sank auf den Boden, legte den Kopf auf meine Knie und weinte.

»Alles okay?« Elishas Stimme gefolgt vom Hämmern gegen die Tür ließen mich zusammenzucken. Ich hob den Kopf und wischte mit dem Unterarm die Tränen von meinem Gesicht. Verdammt, er hatte mich gehört.

»Kann ich was für dich tun?« Erneut donnerte seine Faust gegen die Wohnungstür.

Ich zog die Nase hoch und wartete einen Moment, bis ich mich in der Lage fühlte, zu sprechen. »Hau ab!«

»Du meinst so wie Braxton? Was ist los bei euch? Wo ist er hin?«

Hartnäckiges Arschloch. »Verpiss dich! Mir geht's gut.« Meine Stimme brach und ich räusperte mich, um es zu vertuschen. Niemand sollte meine Tränen bemerken. Erst recht nicht Elisha.

»Du weinst, also geht's dir nicht gut.«

»Wenn du so weitermachst, bringe ich dich zum Weinen. Lass mich in Ruhe!«

»Okay, wie du meinst.«

Ich schluckte, lauschte, bis seine Haustür ins Schloss gefallen war, und ließ die Tränen wieder laufen.

Braxton war weg. Ich saß auf dem Fußboden eines Apartments, das zur Hälfte mir gehörte, in einer Stadt, in die ich ohne ihn nie mehr zurückgekehrt wäre. Es blieben zwei Möglichkeiten. Die erste und einfachere: Ich verkaufte meinen Anteil des Apartments, packte meine Sachen und ging zurück nach Michigan, um mein gewohntes Leben wieder aufzunehmen. Ich könnte Dad wieder jede Woche besuchen und ihm im Büro helfen. Ich hätte jemanden um mich, auf den ich mich verlassen konnte, und wäre nicht alleine. Oder, Möglichkeit zwei: Ich klärte die Besitzansprüche für die Wohnung, sprach mich mit Braxton aus, biss die Zähne zusammen und sah es als Chance auf einen Neuanfang. Auf ein Leben außerhalb meiner Komfortzone.

Ein Leben, das mich ängstigte, an dem ich aber wachsen konnte.

Ich stand auf, ging ins Bad, hielt die Hände unter das Wasser und wischte mit den Fingern die verschmierte Mascara weg. Ich nahm meinen Lippenstift, malte damit die verblasste Farbe nach und sah mich im Spiegel an. Obwohl meine Augen glasig und gerötet waren, erkannte ich mich. Ich besaß unsichtbare Narben, zu breite Hüften und das Shirt spannte über den Brüsten.

Trotzdem war ich schön. Aber wichtiger noch, ich war stark. Ich war ein Phönix.

Ich atmete laut aus, zupfte meine Haare zurecht, zwang mich zu einem Lächeln und nickte meinem Spiegelbild zu. »Du schaffst das. Einfach kann jeder.«

Obwohl mein Herz raste und der Zementklotz in meiner Kehle das Atmen erschwerte, fühlte ich mich besser. Auch wenn andere mich im Stich ließen, auf mich war Verlass. Ich lief in die Küche, zog mein Handy aus der Hosentasche und klickte mich durch die Playlists. Eminems *Not afraid* durchbrach die Stille, seine Worte drangen in meine Ohren. Ich streckte den Mittelfinger in die Luft und schrie die Lyrics mit. »Fuck the whole Universe!«

Als ich die Lautstärke erhöhen wollte, klingelte es.

Das Arschloch musste es weiter versuchen. Hatte Elisha sich einmal festgebissen, ließ er nicht locker. Ich gestand es mir nicht gerne ein, aber in dieser Hinsicht glichen wir uns. Ich legte das Handy auf die Theke, schlich zur Tür und lauschte, ob ich Geräusche im Hausflur hörte. Doch er schwieg.

»Verschwinde oder du lernst mich kennen, du beschissener Stalker!«

»Phoenix? Wir sind's, Storm und Farren, machst du auf?«

Scheiße. Was wollten die beiden hier? Ich griff nach der Klinke und zögerte. Wenn ich sie hereinließ, würden sie Fragen stellen und versuchen, mich mit ihrer gespielten Freundlichkeit um den Finger zu wickeln.

Das würde nicht passieren.

»Sorry, ist gerade schlecht, ich bin nackt«, rief ich ihnen zu und hoffte, sie würden abhauen, wie jeder andere in meinem Leben.

»Stört mich nicht«, antwortete Storm. »Bin ich auch immer.« Die beiden kicherten.

»Ich kann nicht.«

»Komm schon«, rief Farren. »Dir geht es nicht gut und wir können zuhören.«

Wie konnten sie das wissen? Und warum wollten sie mir helfen? Zögerlich drückte ich die Klinke nach unten.

»Na siehst du, gar nicht so schwer, oder?« Farren grinste mich an und drängte sich an mir vorbei ins Wohnzimmer. Storm folgte ihr.

»Was macht ihr hier?«

»Elisha hat Farren angerufen.« Storm zuckte mit den Schultern und setzte sich. »Er meinte, Braxton und du hattet Streit. Er hat dich weinen gehört.«

Die Sache verwirrte mich. Ich schloss die Tür und wandte mich an die beiden. »Und warum ruft Elisha euch an?«

Farren ließ sich neben Storm auf der Couch nieder und schob ihre Brille mit einem Finger auf die Nase. »Na, weil er sich Sorgen gemacht hat. Mit ihm wolltest du nicht sprechen. Er meinte, vielleicht fällt es dir mit Mädchen leichter.«

Was zur Hölle wollte er? Als ob sich mein Stiefbruder sorgte. Lieber würde ich mit einem Riesenschnauzer die politische Situation in Südkorea diskutieren, als vor ihnen mein Seelenleben auszubreiten.

Doch dann fielen mir die Vorsätze ein, die ich mir Minuten zuvor noch geschworen hatte. Ein Leben außerhalb meiner Komfortzone. Die Chance, etwas Neues zu lernen.

In meinem Kopf klang es leichter, als es war.

Ich setzte mich zu Storm und Farren und legte die Hände in den Schoß. Sie hatten nichts davon, mir zu helfen. Im Gegenteil, die beiden konnten sich sicher etwas Besseres vorstellen, als Elishas zickiger Stiefschwester Trost zu spenden. Wir mussten keine Freunde werden, aber ich wollte mich nicht wie ein Arschloch benehmen. »Danke, dass ihr hergekommen seid.« Ich ertappte mich dabei, wie ich an meinem Ohrläppchen zupfte.

»Kein Problem«, sagte Farren. »Mit Braxton läufts nicht gut, oder?«

Ich senkte den Blick. Das letzte Mal, dass ich mit einem Außenstehenden über persönliche Dinge gesprochen hatte, war vor sechs Jahren mit meinem Psychiater gewesen.

»Wir …« Ich seufzte. »Wir haben uns getrennt, er ist weg.«

Storms Augen weiteten sich. »Was? Aber ihr seid doch erst zusammengezogen.«

»Tja.« *Er ist manchmal ein egoistisches Arschloch.* Ich zuckte mit den Schultern. »Kam überraschend. Nett, dass ihr hier seid, aber ich komme klar.«

»Keiner kommt alleine klar«, antwortete Farren. »Das, was ich gesagt habe, meinte ich auch so. Wir wollen dich dabei haben.« Mit dem Kopf deutete sie über ihre Schulter zur Küche, in der mein Handy lag. Ashes Remains *On my own* spielte. »Mittlerweile habe ich so was wie ein Gespür dafür, wer zu uns passt. Glaub mir, du wirst dich wohlfühlen.«

Storm nickte. »Farren kam aus New York hierher und hatte niemanden. Ich bin auch noch nicht lange in der Clique. Was ich damit sagen will, ist, wir kennen das Gefühl, dass man sich komisch mit neuen Bekanntschaften fühlt. Aber wir können doch trotzdem etwas unternehmen. Du siehst aus, als könntest du Spaß gebrauchen.«

Die beiden waren aufdringlicher als die Zeugen Jehovas und sie klangen auch so. Heile Welt, jeder versteht sich mit jedem, niemand wollte etwas Schlechtes. Ich wusste nicht, wie ich es ihnen sagen sollte, ohne unfreundlich rüberzukommen, aber sie mussten es verstehen. Ich hob den Kopf und sah abwechselnd von Storm zu Farren. »Ihr klingt nett und ich finde es toll, dass ihr euch die Mühe gemacht habt, herzukommen … Aber reden wir Klartext. Was wollt ihr von mir? Geld habt ihr selbst, das kann's also nicht sein.«

Storm grinste und hob die Hand. »Hey, alles gut. Du bist misstrauisch. Ist verständlich, du kennst uns nicht und wir kommen hierher und denken, du vertraust uns mal eben deine Probleme an.« Sie sah mich eindringlich an. »Aber ich schwöre dir, dass dir keiner etwas Böses will. Wir wollen dich weder drängen noch deine Kohle. Ich habe keine Ahnung, was du erlebt hast. Anscheinend nichts Gutes, aber vielleicht gibst du uns eine Chance.«

Ich seufzte und wandte mich an Farren. »Tut mir leid. Ich will nicht unfreundlich sein, ihr seid nett, aber ich hab einfach zu viel Scheiße erlebt.«

»Ich verstehe das gut.« Ihre Gesichtsmuskeln entspannten sich. »Aber manchmal muss man einfach über seinen Schatten springen. Also, bist du dabei?«

Ich nickte. »Ihr habt einen guten Musikgeschmack und die Jungs boxen. Ich denke, ich mache mal eine Ausnahme.«

»Super.« Storm klatschte in die Hände. »Das wird lustig und mit Elisha verstehst du dich auch bald wieder.«

Ich war nicht sicher, auf was ich mich einließ oder ob es wirklich Spaß bringen würde. Solange ich nichts von mir preisgab, bot ich keine Angriffsfläche. Und wenn ich mich emotional an niemanden band, konnte ich niemanden verlieren oder verletzt werden.

Es war ein guter Plan und vielleicht bekam ich die Gelegenheit, es meinem Stiefbruder heimzuzahlen.

Kapitel 6

ELISHA

Sechs Jahre zuvor

In zehn Minuten beginnt die dritte Stunde. Schüler strömen auf die Flure meiner Highschool. Die Gummisohlen ihrer Sneaker quietschen, als sie über den Linoleumboden hetzen, zu ihren Spinden stürmen und die Bücher für die nächste Stunde herausholen. Türen werden zugeworfen, Mädchen kichern, gedämpfte Musik dringt aus den Kopfhörern des Typen neben mir. Er kramt in seinem Spind und nickt im Takt des Songs.

Ich schaue mich nach Phoenix um. Heute Morgen sind wir zusammen aus dem Haus gegangen, damit Mom keinen Verdacht schöpft. Phoenix ist zur Schule gefahren, während ich die ersten drei Stunden auf dem Schrottplatz nach Ersatzteilen für meinen alten Ford gesucht habe. Ich habe Gras geraucht und mit ein paar Kumpels abgehangen.

Gleich beginnt die Kunststunde bei Mr. Harold. Die beste Gelegenheit, den Rausch auszuschlafen und ein paar Stunden anwesend zu sein. Mittlerweile gibt es täglich Ärger zu Hause, weil der Direktor Mom anruft und mit meiner Suspendierung droht, sollte ich mich nicht ändern. Beim Gedanken daran schleicht sich ein Lächeln auf meine Lippen. Er redet, aber unternimmt nichts.

So sind sie alle. Das Maul aufreißen, aber nicht handeln. Scheiß drauf.

Endlich sehe ich Phoenix' Karottenhaare leuchten. Sie flattern um ihre Schultern und reichen bis zu ihren Hüften, die fast die Jeans sprengen, in die sie sich gezwängt hat. Meine Stiefschwester trägt drei Bücher, die sie vor die Brust drückt, als wären sie Schätze. Ich lehne mich mit dem Rücken gegen meinen Spind, verschränke die Arme vor der Brust und warte, bis sie mich entdeckt. Sie senkt den Blick, läuft schneller, doch ich greife ihren Ellbogen. Ihre Bücher fallen zu Boden.

»Verdammt! Was willst du?« Ihre Stimme klingt schrill. Anstatt die Bücher aufzuheben, sieht sie sich nach rechts und links um. Phoenix hat Angst, sie weiß, dass wir keine Freunde mehr sind. Sie spürt, dass sich seit ihrem Geburtstag alles geändert hat. Sie weiß nur nicht, warum.

»Ich verlasse mich drauf, dass du die Schnauze hältst. Kein Wort zu Mom oder deinem Dad, verstanden?«

»Als ob die nicht merken, dass du high bist. Der Direktor hat gestern wieder angerufen.«

»Das meine ich nicht.«

Sie kaut an ihrer Unterlippe und schielt zur Seite. »Ich sage nichts.«

Ich greife ihr Kinn und drehe ihr Gesicht zu mir, damit sie mich ansieht. In dem Moment laufen vier Mädchen an uns vorbei. Sie lachen.

»Na Tasty«, ruft eine große Blondine. »Bettelst du deinen Bruder wieder um Süßigkeiten an?«

Ihre Freundin deutet auf die am Boden verstreuten Bücher. »Oder versucht sie, dir in aller Öffentlichkeit einen zu blasen?«

Ich lächele sie über Phoenix' Kopf hinweg an, während ich ihr Kinn noch immer festhalte. »Ihr kennt sie, ständig hungrig. Selbst in der Schule kann sie den Mund nicht voll bekommen.«

»Dreckige kleine Schlampe!« Die Blonde lacht. »Bruce schwärmt immer noch von deinen Lippen.«

Die Mädchen lachen und laufen davon.

Phoenix versucht, ihr Gesicht aus meinem Griff zu befreien, doch ich umfasse ihr Kinn fester und zwinge sie, mich anzusehen. Tränen laufen über ihre Wangen, sie ist wie erstarrt. Es sollte mir leidtun, doch das tut es nicht. Es bereitet mir Genugtuung, sie zu verletzen.

Zuerst war nur ich derjenige, der sie fertigmachte. Doch dann begannen auch Ethan und die anderen. Ich streute Gerüchte, dass sie jeden Tag mit einem anderen nach Hause kommt. Nach und nach sprach sich herum, dass Phoenix leicht zu haben war. Ihre Figur und die Tatsache, dass sie sich hinter Büchern versteckt, taten ihr Übriges. Sie ist die Matratze der Schule. Das Mauerblümchen, das die wildesten Sachen mit den Jungs anstellt. Täglich lassen wir sie spüren, dass sie Abfall ist.

»Ich erzähle keinem, dass du geschwänzt hast, aber lass mich bitte los!« Ihre Stimme zittert, Tränen strömen über ihre Haut.

Ich tätschele ihre Wange und starre ihr in die Augen. »Braves Mädchen. Falls nicht, ist mein Schwanz in deinem Maul dein kleinstes Problem, verstanden?«

Der Gedanke daran turnt mich an. Manchmal stelle ich mir vor, wie sie ihn in den Mund nimmt, mit ihren großen Rehaugen zu mir aufsieht und mir gibt, was ich brauche. So wie die anderen Mädchen. Aber Phoenix ist nicht wie die anderen.

Sie sind mir egal. Meine Stiefschwester hasse ich.

Sie wischt sich mit dem Ärmel ihrer Bluse über das Gesicht und zieht die Nase hoch. Nein, sie wird niemandem etwas sagen. Zu groß ist ihre Angst vor dem, zu was ich fähig bin. Aber es liegt nicht nur daran. Sie ist verliebt in mich. Selbst jetzt noch wird sie rot, wenn ich den Raum betrete. In den Momenten, in denen wir alleine zu Hause sind, in denen ich nett zu ihr bin, obwohl ich es nicht so meine, strahlt sie wie früher. Sie ist so dumm und glaubt, wenn ich nett zu ihr bin, wird wieder alles gut. Dass wir wieder Freunde werden, die zusammen in der Sonne liegen und über Songs diskutieren.

Sie irrt sich. Ich will nicht mehr ihr Beschützer sein, ich will derjenige sein, der sie bricht. Damit sie sieht, was sie mir angetan hat.

»Heb deine Bücher auf, du willst nicht zu spät kommen, oder?«

Phoenix sieht sich um und zupft an ihrem Ohrläppchen, wie sie es immer tut, wenn sie nervös ist. Früher habe ich diese Eigenart geliebt, heute gehört sie zu den Dingen, die ich an ihr hasse.

Meine Schwester geht in die Hocke. Ich beuge mich über sie. Wie ein Baum, der ihr Schatten spendet. Schüler deuten auf Phoenix. Sie lachen, bleiben stehen und sammeln sich im Halbkreis um uns herum. Phoenix' Hände zittern stark, ein Buch rutscht aus ihrer Hand.

»Hey Tasty, hast du es so nötig, dass du sogar hier vor ihm auf die Knie gehst?«, ruft ein Typ lachend. »So was nennt man Nymphomanin!«

Ich grinse und genieße die Show.

Phoenix wird hektisch, sie sammelt zwei Bücher gleichzeitig ein, doch sie entgleiten ihr.

»Ey. Die zittert schon! Die hat Entzug!« Ein Mädchen tritt meine Stiefschwester in den Rücken.

Sie fällt auf die Knie und schluchzt. »Haut ab! Was habe ich euch getan?«

Ihre Stimme bricht, ihr Gesicht ist rot vom Weinen und vor Scham. Das Merkwürdige ist, trotz meiner Abscheu finde ich sie wunderschön. In den letzten Wochen ist der Glanz aus ihren türkisen Augen verschwunden. Früher strahlten sie wie Wasser, auf dem sich Sonnenlicht bricht. Wenn sie mich anblickte, war es, als sähe sie jeden Teil von mir. Egal, wie verborgen er auch war. Ihre Stupsnase übersät mit Sommersprossen, ihre seidige Haut, ihre Haare, die mich an Flammen erinnern. Trotz ihres Übergewichts ist sie ein schönes Mädchen. Ein Mädchen, das ich wollte, von dem ich dachte, es wäre meine Freundin.

»Wenn du nett bist, darfst du mal an meinem Schwanz lutschen.« Ethan greift sich in den Schritt. »Ich wette, du kriegst gar nicht genug davon.«

Das Läuten der Klingel unterbricht ihn. Ein Junge spuckt Phoenix ins Haar, das Mädchen tritt sie noch einmal. Sie lachen und hetzen zu ihren Klassenräumen. Im Vorbeigehen gibt Ethan mir High five.

»Deine Stunde beginnt gleich, beeil dich«, sage ich. »Nicht, dass der Direktor meine Mom anruft und ihr erzählt, dass jetzt sogar das Musterkind Probleme macht.«

Ich verschränke die Hände hinter dem Kopf. Endlich gelingt es Phoenix, die Bücher einzusammeln. Ihre Beine zittern. Als sie aufsteht, kleben die Haare an ihrer Stirn. Sie ist schweißgebadet und knallrot. Sie senkt den Kopf, will davonlaufen, ich greife ihren Ellbogen und halte sie fest.

»Was? Hast du noch nicht genug kaputt gemacht?« Mit einem Ruck befreit sie sich aus meinem Griff. »Ich werde es Dad sagen. Es reicht.«

»Es ist genug, wenn ich sage, dass es genug ist.« Jedes Wort presse ich durch die Zähne hervor. »Und du hältst verdammt noch mal das Maul, sonst ist das hier nur der Anfang.«

Sie schüttelt den Kopf. Wir beide wissen, dass sie niemandem davon erzählen wird.

»Ich habe dir nichts getan. Was ist los mit dir? Ich habe immer und immer wieder überlegt, was ich getan haben könnte. Ist es, weil ich an meinem Geburtstag mit Steve geknutscht habe? Wohl kaum. Was dann?«

Ich durchbohre sie mit meinen Augen, bis sie den Blickkontakt unterbricht und an mir vorbeistürmt, um zu ihrer Klasse zu gelangen. Ich sehe ihr nach, höre das Quietschen ihrer Gummisohlen auf dem Linoleum.

Steve war nur der Tropfen, der das Fass zum Überlaufen brachte. Was Phoenix nicht ahnt, es begann schon Monate vorher. Sie ist nicht alleine schuld, aber sie ist die Einzige, der ich wehtun kann.

Die Einzige, über die ich Macht habe. Nichts davon spielt eine Rolle. Sie muss nicht wissen, warum ich mich so verhalte, sie muss nur spüren, dass ich sie hasse.

Ich nehme meinen Rucksack, werfe ihn mir über eine Schulter und schlendere zu meinem Klassenraum. Ich komme zu spät, die anderen sitzen schon an ihren Plätzen und zeichnen. Mr. Harold sieht kurz auf, nickt mir zu und widmet sich wieder seiner Zeitung. Er ist ein Lamm wie all die anderen, die sich anpassen, um dazuzugehören. Er schwimmt mit dem Strom, geht den Weg des geringsten Widerstandes und verschließt die Augen vor der Wahrheit, damit er nichts ändern muss. Ich setze mich auf meinen Platz, lege den Kopf auf meine Arme und schließe die Augen.

Gegenwart

Ein Fingerschnippen riss mich aus meinem Tagtraum. Ich streckte die Arme über dem Kopf aus und gähnte.

»Alter, bist du schon wieder eingeschlafen?« Kieran klang amüsiert. »Ich will nicht wissen, was du nachts treibst. Lust auf die News?«

Ich setzte mich auf und spürte das Brennen auf meinen Schultern. Wir verbrachten eindeutig zu viel Zeit in der Sonne. Gut, dass sich das ab heute Abend ändern würde. Ich schob meine Sonnenbrille auf die Nase, griff nach einer Dose Cola, öffnete sie und trank einen Schluck. »Dass ich dich heute plattmache, weiß ich schon.«

K lachte. »Das wird der langweiligste Kampf, den ich je erlebt habe. In drei Minuten bin ich fertig mit dir.«

»Wie bei Farren? Ich hoffe, ich komme auch auf meine Kosten.«

»Arschloch.«

»Wie gehts deinem Bein?«

Vor ein paar Wochen war K beim Training mit Braxton gestürzt. Es war nichts Ernstes, aber manchmal entschieden Feinheiten über Sieg und Niederlage.

Er winkte ab. »Dich würde ich sogar mit nur einem Bein erledigen.«

Ich lachte. »Also, welche News?«

»Eben sind die Mädchen gekommen und rate, wer bei ihnen war.«

Farren hatte Phoenix tatsächlich dazu überredet, Zeit mit ihr zu verbringen. Alles lief nach Plan. »Ist sie heute Abend auch dabei?«

»Denke schon.« Er runzelte die Stirn. »Braxton haut ab, obwohl sie extra wegen ihm hergezogen ist. Sie muss total fertig sein. Was für ein Arschloch.«

»Ich tröste sie.«

»Du bist nicht besser als er. Warum verarschst du die Kleine?«

»Was denn? Ich werde so gut zu ihr sein, dass sie ihn bald vergessen hat.«

»Du bist ein Idiot. Selbst Ty hat nie solche Nummern abgezogen. Bei ihm wussten die Weiber, dass er sie nur ficken will. Sie ist deine Familie.«

»Glaub mir, Tasty ist nicht so unschuldig, wie sie tut. Die wird wissen, was ... Holy Fuck!«

Die Mädchen stolzierten in den Garten. Alle trugen knappe Bikinis, aber mein Blick fiel auf Phoenix. Sie trug einen schwarzen Bikini, der ihren prallen Arsch betonte, ohne dass es billig wirkte. Das Oberteil presste ihre Titten zusammen, sodass sie üppiger aussahen, als sie ohnehin schon waren.

»Scheiße, was haben wir ein Glück«, sagte K.

»Macht den Mund wieder zu.« Storm schüttelte den Kopf und stellte Calvin Harris' *Pray to god* auf ihrem Handy an.

Sie nahm Anlauf und sprang in den Pool. Wasser spritzte in alle Richtungen. Farren kreischte, sprang hinterher und winkte Blake zu. »Los, Grinch. Komm schon.«

Blake lachte und stieg die Treppen zum Pool hinab.

Phoenix blieb stehen und cremte sich in aller Ruhe ein.

»Hey Schwesterchen, soll ich das übernehmen?«

Sie ignorierte mich.

Kieran lachte. »Autsch.«

Ich stand auf, zupfte meine Shorts zurecht und lief zu ihr. »Ich habe dich etwas gefragt.«

»Ach ja?« Sie beugte sich nach vorne und verteilte die Creme auf ihren Beinen. Ich musterte sie ganz genau. Ihr Bauch war viel flacher als früher, aber es gab noch immer genug zum Anpacken. Ihre Haut war straff und geschmeidig.

»Du hast den Rücken vergessen, ich kann das übernehmen.«

Ich hörte Farren kichern, aber schenkte ihr keine Beachtung. Mein Blick haftete an Phoenix' Dekolleté, das durch einen dünnen Film Sonnenmilch glänzte. Ihre Brüste wackelten bei jeder Bewegung. Ich kam mir vor wie eine Katze, die einem Lichtstrahl hinterherjagte.

»Dann los.« Sie streckte mir die Tube entgegen. »Aber machs besser als bei dir.« Mit dem Kopf deutete sie auf meine geröteten Schultern.

»Dreh dich um.«

Phoenix warf mir einen herausfordernden Blick zu und gehorchte. Was war los mit ihr? Ein paar Stunden zuvor hatte sie mich durch die Haustür beschimpft, wollte mich nicht sehen und jetzt erlaubte sie, dass ich sie berührte? Ihr Verhalten beunruhigte und turnte mich gleichzeitig an.

Ich schob ihre Haare über eine Schulter, quetschte einen Klecks Sonnenmilch aus der Tube und verteilte die Creme in kreisenden Bewegungen auf ihrem Nacken. Ihre Haut war warm von der Sonne. Ich rieb über ihre Schultern und massierte sie. Phoe legte den Kopf schief.

Ich ließ meine Hände von ihren Schultern über ihre Arme gleiten und beugte mich zu ihrem Ohr. »Du fühlst dich gut an.«

»Du hast keine Ahnung, wie gut ich mich anfühle.«

Fuck. Was war los mit ihr?

Meine Hand glitt ihre Wirbelsäule entlang. »Wie geht's dir?«

»Bestens. Danke, dass du Farren angerufen hast.«

»Ich wollte nicht, dass du traurig bist.«

»Natürlich.« Sie lachte und warf mir einen Blick über die Schulter zu. »Vergiss die tieferen Stellen nicht.«

»Mom hat immer nach dir gefragt.«

Phoenix nickte. »Sie fehlt mir. Ich denke oft an Katherine.«

»Warum hast du dich nie gemeldet?«

»Vergiss die Seiten nicht.« Sie deutete mit dem Kopf nach unten.

Offensichtlich wollte sie nicht darüber reden. Ich lächelte, griff ihre Hüften und zog sie an mich. Mein Schwanz drückte gegen ihren Arsch, meine Hände rieben ihren Bauch und mein Herz schlug schneller. Sie fühlte sich wirklich gut an. Besser als in meiner Erinnerung.

»Gefällt dir das?«

Sie legte ihren Kopf an meine Schulter, sah mich an und lächelte. »Kann schon sein, Esh.«

»Ey Alter, was geht da ab?« K deutete mit dem Daumen hinter sich. »Wir haben oben Zimmer, falls ihr alleine sein wollt.«

Weder meine Schwester noch ich reagierten auf ihn. Ich sah ihr in die Augen und strich mit beiden Händen über ihren Bauch. »Er denkt, du bist ein braves Mädchen. K weiß nicht, dass dich Zuschauer anturnen. Wie verkommen meine kleine Schwester ist.«

Ihre Haut roch nach Sommer und flimmernder Hitze. Es war mir egal, dass die anderen um uns herum waren. An solchen Dingen hatte ich mich nie gestört. Es gehörte zum Spiel. Phoe und ich wussten das.

»Dann sollten wir ihn mal einladen.«

Ich spürte, wie das Blut von meinen Armen zwischen meine Beine schoss, und krallte meine Hände in ihre Hüften. »Ty liebt es auch, zuzusehen.«

Neben uns hörte ich Farren und die anderen tuscheln. Aber es kümmerte mich nicht, sie würden ohnehin reden.

»Du willst mich? Willst du deiner kleinen Schwester zeigen, wer der Mann im Haus ist?« Sie bewegte ihr Becken, als wollte sie sich aus meinem Griff befreien und rieb ihren Arsch gegen meinen Schwanz. Verdammt, Phoe wusste, wie man spielte.

Ich beugte mich näher zu ihr, sodass meine Lippen ihren Nacken berührten, und atmete gegen ihre Haut. Trotz der Hitze breitete sich eine Gänsehaut auf ihren Schultern aus. Ihr Körper reagierte wie meiner auf die Nähe des anderen. »Was ich will, ist kein Geheimnis. Aber du solltest vorsichtig sein. Ich durchschaue dich. Ich weiß, was du versuchst.«

»Ach ja? Was versuche ich denn?«

»Hierbei wird nur einer gewinnen, und das bist garantiert nicht du.«

Sie sah mich an, lächelte und zwinkerte mir zu. »Du bist der Mann. Ich habe nichts zu sagen.«

»Fick dich, Phoe.«

Ich ließ sie los. Ohne ihre Gegenwehr verlor das Spiel seinen Reiz.

Sie drehte sich zu mir, sah an mir herab und lächelte. »Das da sieht eher nach, fick mich aus.«

»Wer wen fickt, spielt keine Rolle. Ich bekomme, was ich will.«

»Süß. Du klingst wie ein kleiner Junge, der kein Eis bekommt.« Sie lachte. »Übrigens, das mit Farren war zu leicht zu durchschauen. Lass dir demnächst was Besseres einfallen.«

»Ich habe sie angerufen, weil ich nicht wollte, dass du weinst -«

»Bullshit. Du wolltest mich hier haben.«

»Wie auch immer.« Ich zuckte mit den Schultern und gab mich unbeeindruckt, auch wenn ich mich innerlich ohrfeigte, dass sie dahintergekommen war. »Willkommen in meiner Clique, Schwesterchen.«

Phoenix leckte sich über die Lippen und sah auf meinen Ständer. »Fanfaren und Flaggen wären zwar nicht nötig gewesen, aber danke.« Sie grinste. »Vielleicht solltest du ins kalte Wasser springen. Sieht schmerzhaft aus.«

Sie lief davon und stieg in den Pool. Blake und die anderen schwammen zu ihr und begannen ein Gespräch. Ich konnte mir denken, um was es ging.

Es war mir egal. Phoenix konnte wissen, was ich von ihr wollte. Sie hatte keine Ahnung, auf was sie sich einließ. Die Wette rückte in den Hintergrund. Es reichte nicht mehr, sie nur ins Bett zu bekommen. Ich wollte, dass sie darum bettelte.

Storms Blick fiel auf mich. Seit dem Tag, an dem uns Harlan von Emmy erzählt hatte, spürte ich die Verwirrung, die Angst in ihren Augen. Ich lächelte.

Drei Monate zuvor

Mit der Bierflasche in der Hand laufe ich in den Garten und lasse mich am Pool nieder. Ich trinke einen großen Schluck und versuche, meine Gedanken zu ordnen.

Harlan ist ein Mörder.

Mein Freund hat einem Menschen das Leben genommen und es all die Jahre vor uns versteckt.

Hitze brennt in meinen Eingeweiden, mir ist schlecht.

Seine Dunkelheit erschreckt mich. Tyler und Kieran tragen sie offensichtlich mit sich herum. Ich habe geahnt, dass auch Harlan etwas verfolgt, aber niemals hätte ich gedacht, dass er zu einem Mord fähig ist. Ich trinke einen weiteren Schluck und lege den Kopf in den Nacken.

Ich bin nicht wie Harlan.

Ich bin nicht wie meine Freunde, aber auch mich verfolgt etwas.

Das Beängstigende daran ist, es treibt mich an.

Es macht mich nicht fertig wie Tyler oder Harlan. Ich bin nicht wütend wie Kieran.

Es turnt mich an.

Hinter mir höre ich Schritte. Ich werfe einen Blick über die Schulter und entdecke Storm. Ich hebe den Kopf und reiche ihr die Flasche. »Auch einen Schluck?«

Sie schüttelt den Kopf und setzt sich neben mich. Ich rieche ihren Duft und schiele auf ihre Titten. Sie trägt keinen BH, Schweiß lässt ihre Haut glänzen. Ich mag sie. Ihre lockere Art und ihre Kurven. Als wir zusammen getanzt haben, stellte ich mir einen Moment vor, sie aus dem Haus zu locken, mit ihr zum Strand zu fahren und es bei ihr zu versuchen. Aber Storm ist nicht sie. Keine ist das.

Ich verspüre Hunger.

»Du bist ganz nass, Storm.«

»Wegen dem, was du gesehen hast, wir sollten reden.«

Ich lege den Kopf schief. »Was habe ich denn gesehen?«

»Das weißt du ganz genau.«

Oh ja. Ich erinnere mich an die Nacht vor ein paar Tagen, als Harlan sie auf der Küchentheke gefickt hat. Ich erinnere mich an den Ausdruck in ihren Augen, als sie mich entdeckte. Es hat sie angeturnt. Sein Schwanz steckte in ihr, aber ich fickte ihren Kopf.

Ich erlebe den Rausch noch einmal und lecke mir über die Lippen. »Als du mich entdeckt hast, hast du noch lauter geschrien. Ich bin so heftig gekommen, dass ich aufpassen musste, leise zu bleiben.«

Sie kneift die Augen zusammen. Ich habe sie geschockt. Sie unterschätzt mich wie alle anderen. Ich genieße es. Die Hitze breitet sich in Armen und Beinen aus. Ich stelle mir vor, wie ich sie zu Boden werfe, mich auf sie lege und sie nehme. Sie hätte keine Chance.

Sie senkt den Blick. »Es wäre lieb, wenn das unter uns bleiben könnte.«

Ich lächele. Macht zu besitzen fühlt sich gut an. »Was bekomme ich dafür?«

»Wenn du so weitermachst, eine Tracht Prügel. Was ist los mit dir?«

Sie sieht mich an, als wären mir drei Köpfe gewachsen, und ich verkneife mir ein Lachen.

Du kennst mich nicht, Kleine. Ihr denkt, ihr tut es, aber ihr seht nur die Hälfte. Phoenix weiß, zu was ich fähig bin.

Die Erinnerung an meine Schwester schneidet mich wie ein Messer. Ich vermisse sie. Ich verdränge es, so gut es geht. Rauche Gras, ficke Mädchen und wette. Ich habe Spaß. Es ist leichter so.

Noch nie war mir jemand so nah wie Phoenix. Noch nie habe ich mich hilfloser und gleichzeitig mächtiger gefühlt als mit ihr.

Storm schüttelt den Kopf.

Ich erinnere mich an ihre Frage, was los ist. »Mit mir? Du bist diejenige, die sich von meinem Freund auf der Küchentheke durchficken lässt und darauf steht, wenn sein Kumpel zusieht. Du hättest dein Gesicht sehen sollen.« Ich schlucke.

Der Blick in ihren Augen verfolgt mich. »Fuck, das war unglaublich. Und wie du nach seinem Schwanz gebettelt hast. Warum hast du Harlan nichts erzählt? Hast du auch schmutzige Geheimnisse, Storm?«

Sie zupft an ihrem Kleid, rutscht ein paar Zentimeter von mir weg. Meine Hose wird zu eng, ich werde hart. Gott verdammt, ich sollte mir ein Mädchen suchen und es an ihr auslassen.

»Also behältst du es jetzt für dich oder nicht?«

Ich nicke und beschließe, das Spiel noch etwas weiter zu treiben. Ihre Wangen sind gerötet, ihre Hände krallen sich in ihr Kleid. Ich mache sie nervös. Sie hat Angst, dass ich Harlan davon erzähle. Selbst Storm hat eine dunkle Seite.

»Ich hätte nie gedacht, dass ausgerechnet Harlan ein Mörder ist.«

Sie ballt ihre Hände zu Fäusten und presst sie gegen ihren Schoß. *Habe ich dich verärgert, Little Miss Sunshine?*

»Ist er nicht. Er wusste nicht, was er tat.«

Mag sein. Aber er hat es an seiner Freundin ausgelassen, so wie er es jetzt auf andere Weise mit Storm tut. Er lebt es aus, weil er es braucht.

»Und trotzdem hat er ein Leben genommen. Menschen sind Tiere. Sex, Mord, Gier, Dominanz ... alles Triebe und das Bedürfnis nach Macht.«

Sie steht auf und blickt auf mich herab. In ihren Augen brennt Wut. »Ich weiß nicht, was mit dir los ist, aber er stand unter Drogen. Das hatte nichts mit Macht oder sonst was zu tun. Und so wie du redest, machst du mir Angst.«

Vielleicht will ich genau das. Vielleicht will ich, dass du siehst, wer ich bin. Ich bin nicht nur gut, Storm. Harlan ist nicht nur sanft. Tyler ist nicht nur schlecht. Wir sind so viel mehr.

Sie will davonlaufen, aber ich greife nach ihrem Handgelenk. Ich brauche ein Mädchen. Wenn ich es nicht herauslasse, platze ich.

»Alles hat mit Macht zu tun. Fressen oder gefressen werden. Und weißt du, was das Faszinierende daran ist? Dass manche von uns so wirken, als wären sie das letzte Glied in der Nahrungskette. Doch je näher man kommt, je tiefer man gräbt, desto deutlicher erkennt man, dass nicht immer alles so ist, wie es zu sein scheint. Harlan ist das beste Beispiel.«

»Ich glaube, es geht gerade nicht um ihn und jetzt lass mich in Ruhe, verdammt noch mal!«

Sie reißt sich los und reibt über ihr Handgelenk.

Ich wollte ihr nicht wehtun. Wenn es mich überkommt, vergesse ich mich.

Storm hat recht. Vielleicht geht es nicht um ihn. Vielleicht will ich nur einen Moment ganz sein. Jede Seite zeigen, nichts zurückhalten.

»Er wirkt immer so kontrolliert. Ich habe ihn noch nie ausrasten sehen«, sage ich. »Aber die Geschichte mit seiner Ex oder die Art, wie er dich gefickt hat, zeigt, dass selbst die, denen man nichts Böses zutraut, Wölfe im Schafspelz sind.«

Ich wende den Blick ab und starre aufs Wasser. Ihre Schritte entfernen sich. Sie wird Harlan nichts davon erzählen. Storm möchte nicht, dass er diese Seite an ihr sieht. Vielleicht jagt sie ihr Angst ein.

Ich kenne das Gefühl.

Licht und Schatten.

Manches bleibt besser verborgen. Man muss aufpassen, wem man etwas von sich preisgibt.

Kapitel 7

PHOENIX

In der Luft lag der Geruch von Schimmel und Moder. Die Kälte, die mir von den porösen Wänden entgegenschlug, ließ mich erschaudern.

Ich verschränkte die Arme vor der Brust und folgte Kieran, Farren und den anderen durch den schmalen Flur. Manche der Türen, die rechts und links abgingen, waren geöffnet. In den Räumen standen Metallbetten. Bilder hingen an den Wänden der ehemaligen psychiatrischen Anstalt. Aus der Ferne wummerten die Bässe eines Technosongs.

Mein Blick glitt über den Boden, auf dem Betonbrocken und Teppichfetzen das Laufen erschwerten. »Hier finden Kämpfe statt?«

Farren warf mir einen Blick über die Schulter zu. »Genauso habe ich beim ersten Mal auch geguckt. Das war in einer verlassenen U-Bahn-Station. Bei den Rolltreppen dachte ich, ich breche mir das Genick.«

»Sind das richtige Kämpfe?«, fragte ich und kam mir vor wie ein Idiot. Als sie vom Boxen gesprochen hatten, war ich davon ausgegangen, dass sie Ahnung hatten und sich nicht nur prügelten.

Kieran drehte den Kopf und warf mir einen finsteren Blick zu. »Nein, wir bewerfen uns mit Wattebällchen.«

»Du weißt, was ich meine.«

Er antwortete nicht.

Tyler kam neben mich. Er nahm seine Zigarette aus dem Mund, pustete Qualm in die Luft und grinste. »Magst du keine Überraschungen, Sprite?«

Ich erwiderte nichts. Bei Tyler bekam ich kaum ein Wort heraus. Ich war nicht schüchtern, aber seine düstere Art turnte mich an. Ich mochte gefährliche Typen, die Dominanz ausstrahlten. So schätzte ich ihn ein. Immer wenn ich ihn ansah, fielen mir tausend schmutzige Dinge ein, die ich mit ihm anstellen wollte. Oder die er mit mir machen sollte. Aber er gehörte zu Blake und blieb damit nur eine Fantasie.

Er leckte sich über die Lippen und inhalierte einen tiefen Zug. Die Spitze seiner Zigarette glühte in der Dunkelheit.

»Du und Elisha also? Er hat erzählt, dass er dich gefickt hat.« Seine Stimme jagte Schauer über meinen Rücken. »War er dein Erster?«

Dieser Idiot.

Wie auf ein Stichwort erschien Elisha rechts neben mir. Jetzt lief ich zwischen den beiden durch den Flur. Sie liefen so dicht bei mir, dass die Ärmel ihrer schwarzen Hoodies meine Unterarme streiften. Wie auch Kieran und Harlan hatten sie die Kapuzen tief ins Gesicht gezogen. Es erinnerte mich an die Nächte, in denen Elisha mir gezeigt hatte, dass Menschen ihr wahres Gesicht offenbarten, wenn sie es hinter einer Maske versteckten. Mein Herzschlag beschleunigte sich.

»War ich, Ty«, antwortete Elisha an meiner Stelle. »Dir hätte gefallen, was ich mit ihr gemacht habe oder wie sie sich gewehrt hat.«

Ich schluckte, in meinen Ohren rauschte das Blut. Ich hoffte, Blake und die anderen Mädchen hörten sie nicht.

»Stimmt das?«, fragte Tyler. »Hast du dich gewehrt? Ihn gekratzt und gebissen?«

Gott, was stimmte nicht mit mir? Mein Puls raste und Wärme schoss in meinen Bauch. Die Jungs, ihre unter den Kapuzen verborgenen Gesichter, ihre Worte, das verfallene Gebäude. Mein Körper stand unter Strom. Schon immer hatte mich die Schönheit des Morbiden, des Verkommenen angezogen. Wenn andere Mädchen von romantischen Dinner bei Kerzenschein oder ihrem zärtlichen Freund erzählten, musste ich mir das Lachen verkneifen. Friedhöfe, Verfolgungsjagden, Horrorfilme, Schmutz und Sex ließen mein Herz schneller schlagen. Vielleicht war es ein Grund gewesen, warum ich mich in Elisha verliebt hatte.

»Es hat ihr gefallen«, sagte er zu Tyler. »Du kennst Mädchen wie sie. Sie wollen wissen, wem sie gehören. Sie wollen, dass man sich nimmt, was man will, solange man es ihnen gut besorgt.«

Tyler schnippte die Zigarette zur Seite und senkte seine Stimme. »Dann sollten wir ihr zeigen, wie gut wir es ihr besorgen können.«

Elisha lachte.

Unter anderen Umständen hätte ich beiden eine Ohrfeige verpasst, aber das warme Gefühl in meinen Armen und Beinen hielt mich zurück. Obwohl ich gerne Sex mit Braxton gehabt hatte, war es nie aufregend gewesen. Alleine dieses Gespräch turnte mich mehr an, als Braxton es je mit seinen Fingern geschafft hatte.

Weiter vorne erhellte sich der endlos scheinende Flur. Gebrüll und Musik hallten durch das Gebäude und versetzten mich in Euphorie. Es kribbelte in meinem Magen, als raste ich mit der Achterbahn durch einen Looping. Ich stellte mich auf Zehenspitzen und versuchte, über die Köpfe der anderen zu schauen. Doch Kieran, Harlan und die Mädchen versperrten mir die Sicht. Sie drängten sich an Leuten vorbei, die Kieran zunickten, seinen Namen im Chor riefen und zur Seite traten, als wäre er ein Rockstar. Das hier schien etwas Großes zu sein.

Elisha beugte sich zu mir herunter, seine Kapuze streifte meine Wange. »Du kannst es kaum erwarten, was?«

Wir erreichten die Tür. Meine Augen weiteten sich, als wir eine Halle betraten. Wahrscheinlich hatte sie früher als Speisesaal gedient, jetzt drängten sich Menschen aneinander wie bei einem Konzert. Sie rissen die Hände in die Luft, schwenkten die Fäuste und jubelten.

»Willkommen in meiner Welt, Phoe.«

Ich wandte das Gesicht Elisha zu. Sein Blick durchbohrte mich, er öffnete den Reißverschluss seines Hoodies, zog ihn aus und band ihn um seine Hüften. Seine nackte Brust glänzte vom Schweiß.

»Genieß die Show.« Er zwinkerte mir zu und lief an mir vorbei. Als ich das Tattoo sah, hämmerte mein Herz in meiner Brust und Wärme breitete sich auf meinen Wangen aus.

Ein orange-roter Phönix, dessen Flügel sich bis zu seinen Schulterblättern ausbreiteten, zierte Elishas Rücken. Aus einigen der Federn loderten Flammen, die seinen Schnabel umspielten und ich fragte mich, ob das Tattoo Zufall oder Absicht war.

↗

Disturbeds *Haunted* dröhnte durch die Halle und tosender Applaus brach aus.

Neben mir riss Farren die Hände in die Luft und schrie Kierans Namen. Dank ihm hatten wir einen Platz in der ersten Reihe bekommen.

Wie gebannt starrte ich Elisha an, der umringt von der Menschenmenge stand, grinste und Kieran seine Fäuste hinhielt. Keiner der beiden trug Handschuhe oder Bandagen. Vor Jahren hatte ich versucht, so zu boxen, aber die Schmerzen, wenn die Fingerknöchel auf Widerstand stießen, waren zu stark gewesen. Die Jungs mussten gut trainiert sein, wenn sie den Kampf ungeschützt bestreiten wollten.

Ein vermummter Mann im schwarzen Umhang, der sein Gesicht hinter einer Paintballmaske versteckte, stellte sich neben die beiden und nickte.

»Den gruseligen Typ nennt man Deathmaker«, schrie Farren gegen die Musik an. »Die sind nicht nur die Schiedsrichter, die regeln auch intern alles. K hat hier viel zu sagen, aber die Deathmaker machen die Regeln.«

Ich ließ meinen Blick nicht von Elisha. Seine gebräunte Haut glänzte vom Schweiß, er nahm seine Deckung auf, tänzelte zwei Schritte auf Kieran zu und holte mit seiner Rechten aus. Blitzschnell wich Kieran zur Seite und verpasste Esh eine Rechts-links-Kombination. Elisha hob die Fäuste und grinste, als hätte ihm der Schlag nichts ausgemacht. Flink tänzelte er um Kieran herum. Der verfolgte seine Bewegungen, doch Esh war schneller. Eine Kombination aus zwei Abwärtshaken traf Kierans Kinn. Sein Kopf flog nach hinten, er taumelte zurück.

»Scheiße! Pass auf, K!«, schrie Farren. Die Leute applaudierten und brüllten Elishas Namen.

Kieran schüttelte den Kopf, der Schlag hatte ihn hart getroffen. Er spuckte Blut auf den Boden, nahm seine Deckung auf und näherte sich Elisha. Beide lieferten sich einen Schlagabtausch nach dem anderen. Und auch, wenn Kieran einige Treffer landete, trafen Elishas Schläge ihn härter. Schweiß überströmt, mit blutender Nase ging Kieran zu Boden. Farren hielt sich die Hände vors Gesicht, Tyler schrie ihm zu, er solle aufstehen, die Leute buhten. Ich starrte die beiden an. Mein Körper stand unter Strom, als kämpfte ich selbst. Als wären es meine Fäuste, die auf den Gegner zuschossen und ihn zu Boden schickten. Elisha beugte sich schwer atmend über Kieran, der sich wie ein Wurm krümmte. Elisha wischte sich mit dem Unterarm über die Stirn, leckte über seine blutigen Lippen und grinste. Der Deathmaker griff seine Handgelenke und streckte seine Fäuste in die Luft. Die Menge verfiel in einen Rausch. Ihre Rufe vermischten sich mit den Bässen der Musik, die das verfallene Gebäude für eine Nacht wieder zum Leben erweckten. Ich wurde zu einem Teil davon.

Farren und Blake stürmten nach vorne, sie hockten sich neben Kieran und begutachteten seine Verletzungen, während Elisha von Leuten in den Arm genommen und gefeiert wurde.

»Hey Sprite!« Tyler schnippte mit seinen Fingern vor meinen Augen. Ich zuckte zusammen. »War das für dich ein richtiger Kampf oder soll ich ihm noch in die Eier treten?«

»Wann kämpfen die Frauen?« Ich drehte meinen Kopf nach links und sah ihn an.

»Der war gut.« Er lachte und steckte sich eine Zigarette in den Mund. »Ich fasse es nicht, dein Bruder hat gerade seinen zehnten Kampf in Folge gewonnen.«

»Dann kämpfen nur die Männer?«

Tyler musterte mich, als wäre mir ein Horn an der Stirn gewachsen. »Eben fragst du noch, ob wir richtig kämpfen, und jetzt willst du wissen, ob sie hier Weiber auf die Matte schicken?« Er zog an der Zigarette und stieß Rauch durch die Nasenlöcher aus. »Mach dich nicht lächerlich.«

»Warum …«

»Na«, unterbrach Elisha uns. Er hob die Hand und gab Tyler High five. »Das war der Zehnte. Schnallst du endlich, dass Ks Zeit vorbei ist?«

»Ich hab zehntausend Mäuse verloren«, antwortete Tyler. »Das ist mir zum letzten Mal passiert, demnächst höre ich gleich auf dich, Bruder.«

Harlan lachte. »Ich sag doch, ich habe ihn gut trainiert.«

»Vielleicht lag es aber auch nur an seiner Verletzung«, antwortete Tyler.

»Gib mir das Geld ruhig in Raten, wenn du nicht alles auf einmal hast.« Harlan klopfte Tyler auf die Schulter.

Ich ließ sie stehen und stellte mich etwas abseits der Menge, um meine Gedanken zu ordnen. Noch immer klopfte mein Herz so schnell, als hätte ich selbst gekämpft. Doch je länger ich darüber nachdachte, desto bewusster wurde mir, dass es nicht der Kampf an sich war, der mich in Hochstimmung versetzte. Dieser Ort, die Leute, die den Sieger wie einen Helden feierten, während der Verlierer am Boden lag, das war es, was dieses Gefühl in mir auslöste. Ich fragte mich, ob …

»Phoe!«

Ich fuhr herum. Vor mir stand Elisha, der den Reißverschluss seines Hoodies hochzog und die Kapuze aufsetzte. Seine Haare klebten an der Stirn, er wischte mit dem Ärmel seiner Jacke das Blut von seinen Lippen und musterte mich mit einem schiefen Lächeln. »Es hat dir gefallen.«

»Es ist ganz cool hier.«

»Ganz cool also.« Er nickte und grinste breiter. »Manches ändert sich nie.«

Tausend Fragen schwirrten durch meinen Kopf, doch ihm wollte ich keine davon stellen. Ich musste dringend mit Farren sprechen. Ich trat einen Schritt auf ihn zu und reckte das Kinn, sodass meine Lippen nur wenige Zentimeter von seinem Ohr entfernt waren. Selbst durch den Stoff der Jacke fühlte ich die Wärme seiner Haut und Erinnerungen an uns beide flackerten in mir auf. Wir beide nackt. Er in mir, seine Hände um meinen Hals gelegt, seine Augen, die mich durch die Schlitze einer Maske anblickten, während er mir die schmutzigsten Dinge zuflüsterte.

Ich schluckte und schob die Erinnerung beiseite. »Und manches ändert alles.«

Elisha drehte mir sein Gesicht zu. Für den Bruchteil einer Sekunde streiften seine Lippen meine Wange. Ich schloss die Augen und blendete die Menschen, die Jubelschreie und alles andere mit ihnen aus.

»Trotzdem liebst du solche Orte noch immer. Und das eben mit Ty …« Seine Zungenspitze glitt über mein Ohrläppchen, er biss sanft hinein und ließ es los. »Hätte es dich nicht so angemacht, hättest du uns beiden eine runtergehauen.«

»Tyler ist heiß. Ich wette, er könnte es mir richtig besorgen.«

Elisha atmete schneller. Es turnte ihn genauso sehr an wie mich. Mit dem Zeigefinger strich er mir eine Strähne hinters Ohr. »Vielleicht könnte er das. Aber wir beide wissen, dass es nicht dasselbe wäre. Ich frage ihn, ob er mitmacht. Ty steht auf kaputte Sachen.«

»Das tun wir alle. Nur tragen es die einen nach außen, während andere sich hinter einem Lächeln verstecken.« Ich legte eine Hand an seinen Nacken und zog ihn ein Stück zu mir herunter. »Vor deinen Freunden kannst du es vielleicht verbergen, aber ich kenne dich. Ich weiß, wer du bist. Und egal, wie düster Tyler auch sein mag, das hässlichste Gesicht verbirgt sich hinter dem strahlendsten Lächeln.«

Ich ließ meine Zungenspitze über seinen Hals gleiten, schmeckte das Salz auf seiner Haut, atmete seinen Duft ein und drückte mich gegen ihn. Es interessierte mich nicht, ob die anderen uns beobachteten oder nicht. Ihm endlich ebenbürtig zu sein, fühlte sich gut an. Einmal hatte ich mich wegen ihm verloren, doch diesmal würde ich meine Gefühle ausschalten, so wie er es damals getan hatte. Bei Elisha und mir ging es nicht um Gefühle. Es ging um Macht. Um die Genugtuung, dem anderen überlegen zu sein. Das Spiel hatte sich nie geändert, aber jetzt kämpften wir auf Augenhöhe.

»Warum hast du das Tattoo auf deinem Rücken?«

Er bedeckte meinen Hals mit Küssen, glitt mit dem Mund bis zu meinem Schlüsselbein und küsste jeden Zentimeter meiner Haut. Ich legte den Kopf zur Seite und schloss die Augen. Die Energie der tobenden Menge, die Wärme von Elishas Mund. Ich konnte mich daran gewöhnen. So verkommen er auch beim Sex war, seine Küsse stellten das komplette Gegenteil von dem dar. Sanft und weich.

Er brachte seine Lippen an mein Ohr. »Ein Phönix ist wunderschön. So wandlungsfähig.« Mit einer Hand griff er meine Hüfte und zog mich an sich. »Geboren aus Asche, entwickelt er sich zu einer majestätischen Kreatur. Über alles erhaben. Er ist nicht das, was er zu sein scheint.«

»Dann pass auf, dass du dir nicht die Finger an seinem Feuer verbrennst.«

Ich biss in seinen Hals, genoss es, als er aufstöhnte, und ließ ihn stehen.

Als ich zurück zu den anderen ging, lächelte ich. Das Blatt hatte sich soeben gewendet. Elisha ahnte es noch nicht, aber was auch immer sein Plan mit mir war – meiner war besser.

↗

Es klingelte, die Schüler sprangen auf, rissen ihre Rucksäcke von den Lehnen der Stühle und stürmten zur Tür. Erica lächelte mich im Vorbeigehen an und hakte sich bei ihrer Freundin unter.

»Bis bald, Ms. Hendry«, rief Owen, als er sich an der Tür zu mir umdrehte. »Ihre Stunden sind sinnlos, das einzig Gute daran ist der Anblick Ihrer Titten.«

Mir lag ein Spruch auf den Lippen, doch ich verkniff mir die Retourkutsche. Ich musste vorsichtig sein, was ich sagte. »Ich richte es Direktor Wells aus. Er freut sich sicher, dass du so interessiert dabei bist …«

Ich wollte noch etwas hinzufügen, als ich aus dem Augenwinkel Eddie entdeckte. Er saß als Einziger noch an seinem Platz und kramte in seinem Rucksack herum.

Owen grinste. »Ja, Ms. Hendry?«

»Vor der nächsten Stunde treffen wir uns bei Direktor Wells. So redest du nicht mit mir. Und jetzt beeil dich, du kommst zu spät.«

Sein Lächeln wurde breiter. Er warf mir einen Blick zu, der sagte, ich solle es versuchen, und verschwand.

Ich ging zu Eddie und setzte mich im Schneidersitz auf den Tisch neben seinem. »Alles okay? Hast du keinen Unterricht?«

Seine Hände verharrten im Rucksack, als hätte ich ihn überrascht. Er schaute nicht auf. Stattdessen spielte er mit der Zunge an seinem Lippenpiercing. »Das, was Sie letztens gesagt haben …« Er schüttelte den Kopf. »Nicht so wichtig.«

»Doch ist es.« Ich deutete auf seinen Notizblock, auf den er mit einem Bleistift kleine Comicbilder gemalt hatte. »Du zeichnest wirklich gut, darf ich?«

Zögerlich nickte er. Ich nahm den Block und sah mir die Zeichnungen genauer an. Neben Spiderman, der sich an einem dünnen Faden von Dach zu Dach schwang, hatte er Batman, Hulk und Captain America mit filigranen Linien auf das Papier gezeichnet.

»Magst du Superhelden?«

Er hob den Kopf und strich sich die schwarzen Haare aus der Stirn. Eine Strähne fiel in sein Gesicht und verdeckte sein rechtes Auge. »Jeder mag Superhelden.«

»Weil sie stark und beinahe unbesiegbar sind«, antwortete ich.

Es hatte eine Zeit gegeben, in der ich mir gewünscht hatte, diese Fähigkeiten zu besitzen.

Dass kein Hindernis, kein Gegner, mochte er noch so mächtig sein, sich mir in den Weg stellen konnte. Doch die Realität sah anders aus. Kein Umhang, kein Panzer schützte uns vor Worten. Sie drangen ungefiltert in unsere Ohren, säten Zweifel und zerstörten uns langsam wie Gift. Es war erstaunlich, welche Macht Worte besaßen. Wie ein nettes Wort unser Herz zum Schweben brachte und ein unüberlegtes es zerbrechen konnte.

»Niemand legt sich mit Spiderman an«, antwortete Eddie und nahm mir den Block aus der Hand. Mit dem Zeigefinger seiner rechten Hand zeichnete er die Umrisse nach, als spielte sich in seinem Kopf ein Film ab. »Und wenn es einer tut, dann hat er keine Chance. Die Helden gewinnen immer, egal, wie schwer es für sie ist.«

Ich musste behutsam sein, aus eigener Erfahrung wusste ich, dass es schwer war, über etwas zu sprechen, das uns angreifbar machte.

»Owen … Er macht dir das Leben schwer, oder?«

Eddie zuckte mit den Schultern. »Ich bin anders. Wenn man anders ist, passt man nirgendwo rein.«

Ich blinzelte die Tränen weg und unterdrückte den Impuls, ihn in meine Arme zu nehmen. Er war sechzehn Jahre alt und glaubte, dass seine Welt für immer aus dem Jetzt bestehen würde. Dass ihm nichts anderes übrig blieb, als es zu überstehen. Doch das stimmte nicht.

»Ganz vielen Menschen geht es so.« Ich glitt vom Tisch und setzte mich auf den Stuhl neben ihn. Für einen Moment trafen sich unsere Blicke, doch er senkte schnell den Kopf und starrte auf seinen Notizblock.

»Wir müssen erst unseren Platz in der Welt finden. Oft müssen wir erst mal uns selbst finden, bis wir wissen, wohin wir gehören.«

»Sie sind nett«, murmelte er. »Und vielleicht wollen Sie uns wirklich helfen. Aber ich glaube nicht, dass Sie das können.«

»Warum denkst du das?«

»Weil alle große Reden schwingen, aber niemand wirklich etwas unternimmt.«

Das Vibrieren meines Handys durchbrach die Stille. Ich ignorierte das Summen an meinem Oberschenkel, nahm einen Bleistift und schrieb meine Nummer auf den Block.

»Ich würde dir gerne zeigen, dass es Leute gibt, die ihr Wort halten. Egal, was ist, du kannst mich immer anrufen. Was ist mit deinen Eltern? Unterstützen sie dich?«

»Die sind mit sich selbst beschäftigt. Sie haben mal versucht, mit dem Direktor zu reden, aber es kam nichts dabei rum. Wells macht nur bei dem Programm mit, damit er die Fördergelder bekommt.« Endlich sah er mich an. »Sie sind die Erste, die sich Zeit nimmt und zuhört.«

Wieder vibrierte mein Handy. Wahrscheinlich war es Farren, mit der ich verabredet war. Nach dem Kampf gestern Nacht hatte ich keine Gelegenheit gehabt, in Ruhe mit Farren zu reden. Sie war zu sehr um Kieran besorgt. Doch zum Glück sahen seine Verletzungen schlimmer aus, als sie waren. Bis auf Prellungen und Blutergüsse schien er okay. Ein Wunder, bei den Schlägen, die er abbekommen hatte.

Mein Handy summte ununterbrochen, ich achtete nicht weiter darauf, um Eddie nicht das Gefühl zu geben, dass ich es eilig hatte. Farren konnte warten.

Eddie nahm seinen Notizblock, sammelte seine Stifte ein und verstaute alles in seinem Rucksack. »Gehen Sie ran, ich muss eh los.«

»Nein, ist okay. Ich hab Zeit.«

Er stand auf, warf sich den Rucksack über eine Schulter und winkte ab. »Ist wirklich okay.«

Für mich war es das nicht. Ich wusste noch nicht wie, aber ich wollte ihm helfen.

»Du bist mutiger als ich.«

Eddie blieb im Türrahmen stehen, drehte sich zu mir und legte den Kopf schief.

»Ich habe mit niemandem darüber geredet, weil ich Angst hatte, es würde nur schlimmer werden.«

»Sie?«

Ich lächelte. »Man sieht es niemandem an. Die tiefsten Narben sind unsichtbar. Aber du bist nicht alleine. Und irgendwann verstehst du, dass Superhelden nur Menschen sind, die überlebt haben.«

Eddie nickte nachdenklich. »Meinen Sie wirklich?«

»Du brauchst kein Cape oder übernatürliche Fähigkeiten. Du bist stärker, als du denkst.«

Zum ersten Mal an diesem Tag erhellten sich seine Augen und ein Lächeln schlich sich auf seine Lippen.

Kapitel 8

ELISHA

Mom lächelte, stellte K und mir Gläser mit Cola hin und setzte sich zu uns an den Tisch. Sie musterte Kieran und verzog den Mund. »Habt ihr euch wieder geprügelt?«

Ich biss auf meine Faust, um das Lachen zu unterdrücken. Immer wenn wir sie besuchten, fühlten wir uns wie kleine Jungs, die eine Predigt von ihrer Mutter bekamen. Seitdem meine Mutter vor ein paar Jahren vom Tod von Kierans Mom erfahren hatte, sorgte sie sich um ihn. Ich hatte ihr damals die Geschichte von Ks Dad und dem Auftragsmord an seiner Frau erzählt und dass es Kieran deswegen schlecht ging. Sie bat mich, ihn mitzubringen, damit sie ihm ihr Beileid aussprechen konnte. Bis heute wusste ich nicht, warum K damals darauf eingegangen war. Er sprach mit niemandem darüber. Vielleicht hatte er es aus Anstand getan oder, weil er Trost suchte, dem ihm sonst niemand geben konnte. Doch seitdem besuchten Kieran und ich meine Mutter regelmäßig.

Sie lebte alleine und liebte es, Leute zu umsorgen. Mom fühlte sich für jeden verantwortlich und wollte, dass es allen gut ging. Auch Phoenix hatte sie wie eine Tochter behandelt. Doch so, wie sie sich für K interessierte, vermutete ich, dass sie scharf auf ihn war. Es war zu einem Running Gag unter uns geworden. Obwohl er es nicht zugeben wollte, fühlte er sich geschmeichelt, dass eine ältere Frau auf ihn stand.

K trank einen Schluck und zwinkerte meiner Mutter zu. »Wir haben geboxt. Und wenn es Sie beruhigt, Ihr Sohn hat's mir gezeigt.«

Sie schüttelte den Kopf. »Ich finde das nicht lustig.«

»Ach Katherine, entspannen Sie sich. Machen Sie sich lieber Gedanken um Ihren Sohn.« Er boxte gegen meine Schulter. »Waren er und seine Stiefschwester eigentlich immer wie Hund und Katze? Geht wild her zwischen den beiden.«

Scheiße. Mein Herz tat einen Satz.

Die Augen meiner Mutter weiteten sich. »Phoenix. Sie ist hier? Seit wann?«

Ich stieß einen Seufzer aus und winkte ab, damit sie dem Thema keine große Bedeutung zusprach. Ich hatte ihr Phoenix' Anwesenheit aus verschiedenen Gründen verschwiegen. Ich wollte nicht, dass ihr wieder das Herz gebrochen wurde, denn nachdem mein Stiefvater mit seiner Tochter die Stadt verlassen hatte, litt Mom sehr. Nicht wegen Bayron, die Beziehung der beiden war den Bach runtergegangen, aber wegen Phoenix. Meine Mutter hatte sie wie ihre eigene Tochter geliebt und ihren Weggang nie überwunden. Als sie nie wieder etwas von ihr hörte, war sie am Boden zerstört. Der zweite Grund für mein Schweigen war weniger selbstlos. Ich befürchtete, dass Phoe wieder einen Keil zwischen meine Mutter und mich trieb. Mom war alles, was ich an Familie besaß. Bis zu meinem dreizehnten Lebensjahr hatte es nur uns beide gegeben. Wir waren zurechtgekommen, bis sich mein Stiefvater und Phoe in unser Leben drängten und sich die Dinge änderten.

»Jetzt sag doch was!« Mom riss die Augen auf. »Wie lange bleibt sie?«

»Sie wohnt hier.«

Meine Mutter legte eine Hand vor den Mund, ihre Augen füllten sich mit Tränen. Genau das wollte ich vermeiden.

»Kommt sie mich besuchen?«

»Ich weiß es nicht.« Phoe schien kein Interesse daran zu haben, sie wiederzusehen. Mom versuchte seit Jahren, Kontakt mit ihr aufzunehmen, doch meine Schwester hatte alle Anrufe ignoriert. »Ich rede mit ihr.«

Sie schüttelte den Kopf. »Gib mir ihre Adresse, ich fahre selbst hin.«

Sie konnte gerade nicht klar denken, aber ich war sicher, dass Phoe ausrasten würde, wenn Mom unangemeldet bei ihr auftauchen würde.

»Das ist keine gute Idee, lass mich das machen.«

Aus dem Augenwinkel bemerkte ich Kierans fragenden Blick. Keiner der anderen wusste, was genau zwischen Phoenix und mir vorgefallen war. Auch meine Mutter kannte nur die halbe Wahrheit. Sie wusste nichts von den Schikanen und Demütigungen, mit denen ich Phoe das Leben zur Hölle gemacht hatte. Selbst jetzt, wo ich ihr nicht mehr wehtun konnte, schwieg sie.

Das Einzige, das jeder wusste, war, dass ich meine Stiefschwester gevögelt hatte. Dass ich Bayrons braves Mädchen gefickt hatte, während er und meine Mutter im Zimmer nebenan lagen.

»Wahrscheinlich hast du recht.« Mom wischte sich mit dem Handrücken die Tränen von der Wange. »Habt ihr euch ausgesprochen? Ich meine, warum ist sie zurück?«

»Ihr Freund wohnt hier, aber es läuft nicht gut.«

Bevor sie weitere Fragen stellen konnte, erhob ich mich. »Wir müssen los. Heute geht's zum Campen.«

K verstand. Er erhob sich. »Ja, Farren und die anderen warten. Wir wollen noch vor Sonnenuntergang am Strand sein.«

»Schade. Wir sehen uns hoffentlich bald wieder.« Sie stand auf, knickte mit dem Fuß um und hielt sich an der Tischplatte fest. Die Zeitschriften fielen zu Boden. »Oh Mist.«

»Ich mach das.«

»Nein, schon gut!«

Kieran war schneller, er bückte sich und hob die Zeitungen auf. Als er einen Blick darauf warf, veränderte sich sein Gesichtsausdruck. »Mein Vater … Seine Berufung wurde abgelehnt.« Er legte die Zeitungen zurück. »Ich hoffe, sie vollstrecken das Urteil bald.«

»Er ist dein Vater, Kieran.« Mom streckte eine Hand aus und legte sie an seine Wange. »Vielleicht solltest du ihn besuchen, bevor es zu spät ist. Ich bin sicher, er ist nicht nur schlecht. Kein Mensch ist nur schlecht.«

Kieran schob die Hand meiner Mutter beiseite. »Logan ist kein Mensch.« Er verabschiedete sich mit einem Kuss auf ihre Wange und verließ das Haus.

Mom seufzte. »Ich hoffe, er bereut das nicht irgendwann. Manchmal weiß man einfach nicht, was das Beste ist.«

Mom wirkte zerbrechlich und klein. Sie reichte mir bis zur Brust und musste sich auf Zehenspitzen stellen, um mir in die Augen zu sehen. »Sprichst du mit Phoenix? Du hast aus deinem Fehler gelernt. Niemand macht dir noch Vorwürfe. Aber ich vermisse sie und würde sie gerne sehen. Ist sie böse auf mich?«

Ich küsste Moms Stirn. »Es liegt nicht an dir. Sie hat sich verändert. Wer weiß, was ihr durch den Kopf geht.«

Ich verabschiedete mich von meiner Mutter und versicherte ihr, ich würde alles versuchen, um Phoe zu einem Besuch zu überreden. In Wahrheit bezweifelte ich, dass meine Stiefschwester sich bei ihr melden würde. Es schien, als hätte Tasty nicht nur mit mir abgeschlossen. Als ich zu K ins Auto stieg, lächelte ich, bis ich es fühlte. Tyler und die anderen warteten schon. Ich konnte kaum erwarten, meine Wette zu gewinnen.

Als K und ich das Wohnzimmer betraten, saßen Ty und Harlan auf der Couch und unterhielten sich. Sie begrüßten uns mit Handschlag. K setzte sich neben Tyler und nahm ihm die Dose Cola aus der Hand. Oben hörte ich Farren lachen, wahrscheinlich hing sie mit Blake und Storm wieder vor ihrem Bücherregal und tauschte Lektüre aus. Mein Blick fiel auf Phoe, die auf dem Boden saß und lächelte, während sie Tate einen Ball zuwarf. Sie war so in das Spiel vertieft, dass sie uns nicht bemerkte.

»Tate, komm mal her, ich will dir was zeigen«, rief sie.

Ich setzte mich auf einen Sessel, stützte die Ellbogen auf die Knie und lehnte mich nach vorne.

»Sie spielt schon eine Stunde mit Tate«, flüsterte Harlan. »Deine Schwester kann gut mit ihr umgehen. Tate ist gar nicht durchs Haus gesprungen, als Blake ihr gesagt hat, dass ihr Großvater heute auf sie aufpasst.«

Ich beobachtete die beiden. Tate rannte zu Phoenix und sah sie erwartungsvoll an.

»Du bist ein hübsches Mädchen.« Phoe lachte. Zum ersten Mal seit …

Ich erinnerte mich nicht daran.

Mein Magen zog sich zusammen. *Du bist schuld daran, du Arschloch. Siehst du das? So war sie früher. Bevor du das mit ihr gemacht hast.*

Die Erkenntnis traf mich härter als ein rechter Haken.

Bisher hatte ich das, was ich Phoenix angetan hatte, als einen Fehler in der Vergangenheit abgetan. Etwas, das passiert und nicht mehr zu ändern war. Nachdem sie weggegangen war, fühlte ich mich zuerst erleichtert. Meine Mutter und ich waren wieder alleine und Bayron konnte mir nichts mehr sagen.

Mit jedem Monat verblasste nicht nur die Wut auf meine Stiefschwester, sondern auch der Hass. Ein paar Jahre später, als ich längst zum festen Bestandteil von Ks Clique geworden war, Tylers Hass auf Blake mitbekam, realisierte ich, wie kindisch ich mich meiner Stiefschwester gegenüber verhalten hatte. Ich schrieb ihr einen Brief, den sie dank ihres Vaters nie bekam. Ich vermisste sie, aber hakte es ab und nahm an, sie würde dasselbe tun. Doch jetzt realisierte ich, dass sie es nie vergessen hatte.

Für Phoenix war es nicht nur ein dummer Kinderstreich gewesen.

Es hatte sie verändert.

Ich hatte sie verändert.

Aus dem lachenden Mädchen, das offen auf Menschen zuging, das die Welt erkunden wollte, war jemand geworden, der anderen gegenüber misstrauisch und verschlossen war. Sie war stark und selbstbewusst. Doch zu welchem Preis?

Eine Schlinge legte sich um meinen Hals und zog sich mit jeder Sekunde, in der ich Phoenix' Lächeln sah, mehr und mehr zusammen.

Ein beklemmendes Gefühl wuchs in meinem Brustkorb. Ich ballte die Fäuste und sah sie an.

Ich bekam nicht genug von ihrem Anblick. Ihrem Lächeln. Es war, als hätte jemand einen Film zurückgespult, bei dem ich Zuschauer und Schauspieler zugleich war.

Tate saß auf Phoenix' Schoß und hörte ihr aufmerksam zu.

» … Das Löwenbaby war ganz alleine. Es hatte große Angst, weil seine Mutter verschwunden und es jetzt auf sich gestellt war. Es war schwach -«

»Aber Löwe.« Tate schüttelte den Kopf. »Löwen nicht schwach.«

Phoe strich ihr eine Strähne hinters Ohr. »Aber sie sind auch nicht immer stark. Stell dir mal deinen Dad vor. Ist der stark?«

Tate nickte heftig und ich grinste. Tyler in Verbindung mit dem Wort ›Dad‹ zu hören, fühlte sich noch immer fremd an.

»Und jetzt stell dir mal vor, dein Dad bricht sich ein Bein. Oder er ist richtig krank. Ist er dann stark oder schwach?«

Tate runzelte die Stirn. Mit dem nachdenklichen Blick ähnelte sie Blake. »Daddy mich Arm nehmen. Nicht schwach.«

»Ja vielleicht.« Phoenix lächelte. »Man kann sich auch innerlich schwach fühlen. Zum Beispiel, wenn man müde oder sehr traurig ist.«

»Mommy oft müde.«

»Deine Mom ist ein gutes Beispiel. Sie ist stark, denn sie beschützt dich und kümmert sich um dich. Aber siehst du, auch deine Mom fühlt sich manchmal schwach. Wenn sie kaum geschlafen oder Sorgen hat.«

Tate nickte nachdenklich. »Man ist alles?«

»Genau. Aber weißt du, was das Tolle daran ist?« Phoes Augen funkelten, ihre Wangen glühten. »Dass man selbst entscheidet, ob man stark oder schwach ist.«

»Juhuu!« Tate klatschte in die Hände und sah zu uns herüber. »Onkel Shisha, Haha, Keiren, Dad stark!«

Phoenix' Blick traf meinen und ich wünschte, ich könnte den Film noch einmal zurückspulen. Das Lächeln auf ihrem Gesicht verschwand, ihre Augen verdunkelten sich. Sie setzte ihre Maske wieder auf. Meine bekam Risse.

»Hey.« Ich grinste sie an und gab mich lässig, auch wenn mir nicht danach zumute war. Auf einmal gefiel mir die Idee mit der Wette nicht mehr. Was war los mit mir?

Phoe antwortete nicht. Stattdessen wandte sie den Blick ab und sah Tate hinterher, die davonlief, um ihren Ball zu holen.

Ich wusste nicht, warum, aber ich verspürte das Bedürfnis, mit Phoe zu reden. Ihr nah zu sein. Den Moment, ihr Lächeln noch einmal zu erleben.

Ich stand auf und nickte ihr zu, damit sie mit mir kam. Die anderen stellten schon genug Fragen, ich wollte nicht, dass jeder erfuhr, was zwischen meiner Schwester und mir vorgefallen war. Als sie keine Anstalten machte, reichte ich ihr die Hand. »Bitte, eine Minute.«

Phoe schlug sie weg, stand auf und folgte mir in den Garten.

Ich setzte mich auf eine Liege und deutete mit dem Kopf auf den Platz neben mir. »Setz dich.«

»Was willst du?« Sie setzte sich neben mich. »Soll ich dir auch die Geschichte vom tapferen Löwen erzählen?«

Ich wusste nicht, was ich ihr sagen sollte oder wie ich sie erreichen konnte. Jedes Mal machte sie dicht. Ich wünschte, ich wäre noch einmal der dreizehnjährige Junge, der mit seiner Schwester Lego gespielt hatte, mit ihr auf Bäume geklettert war und die verrücktesten Gespräche geführt hatte. Seit wann war alles so kompliziert geworden?

»Du magst Tate?«

»Und?«

»Bitte, Phoe.« Ich ließ die Hände im Schoß baumeln und sah sie an. »Ich will einfach nur reden.«

Sie kniff die Augen zusammen. »Warum auf einmal? Das letzte Mal, dass wir geredet haben, ist …« Sie zuckte mit den Schultern. »Keine Ahnung wie lange das her ist.«

»Vielleicht sollten wir wieder damit anfangen.«

»Ich wüsste nicht, was das bringen soll. Es gibt nichts mehr zu bereden.«

Die Resignation in ihrer Stimme versetzte mir einen Stich. »Warum magst du Tate?«

Sie senkte den Blick und schwieg einen Moment. »Kinder und Tiere sind ehrlich. Du weißt, woran du bist. Sie stoßen dir nicht von hinten das Messer ins Herz.«

Die Wette. Ich kam mir vor wie ein Heuchler. »Mom würde dich gerne sehen. Als ich ihr erzählt habe, dass du wieder da bist, hat sie sich gefreut.«

Phoenix hob den Kopf. Für den Bruchteil einer Sekunde wurde der Ausdruck in ihren Augen weicher, doch als sie blinzelte, verschwand die Sanftheit. »Bestell ihr schöne Grüße.«

»Sie kann nichts dafür. Das war eine Sache zwischen uns beiden.«

Das war nur die halbe Wahrheit, meine Mutter ahnte nichts davon, aber auch sie traf Schuld.

Manchmal erfand man Gründe, die gut genug schienen, um unser Verhalten zu rechtfertigen. Man begnügte sich damit, es war besser als nichts. Doch je mehr Abstand man bekam, je älter man wurde, desto differenzierter betrachtete man diese Gründe. Und man erkannte, dass es nur Ausreden waren, um sich nicht mit sich selbst auseinandersetzen zu müssen. Jetzt erkannte ich es. Ich war schwach gewesen. Phoenix hatte eine Bedrohung dargestellt. Ich tat das, was alle Loser taten. Ich unterdrückte und demütigte sie, um besser dazustehen.

Ihr Schweigen machte mich nervös.

Ich wippte mit einem Fuß und räusperte mich. »Du solltest sie besuchen.«

Phoe schüttelte den Kopf. »Ich kann nicht. Vielleicht irgendwann, aber nicht jetzt.«

»Warum? Weil du vor ihr nicht die Harte spielen kannst? Weil sie immer noch das Mädchen von damals erkennen würde?«

Sie öffnete den Mund, um etwas zu erwidern, doch in dem Moment summte ihr Handy. Sie stand auf, zog es aus der Tasche und ging ran. »Hallo?«

Ich nutzte die Chance, um sie zu beobachten. Ihr graues Shirt spannte über den Brüsten, ihre Wangen waren gerötet und ihre Augen funkelten, als sie ihrem Gesprächspartner zuhörte. Rote Strähnen fielen in ihr Gesicht, sie pustete sie beiseite und zupfte an ihrem Ohrläppchen. Ihre Stirn glänzte von einem dünnen Schweißfilm.

Phoenix war wunderschön.

Sie stemmte eine Hand in die Hüfte und nickte. »Beruhig dich erst mal, Eddie. Es ist gut, dass du anrufst.« Sie lief auf der Stelle auf und ab und warf mir gelegentlich einen finsteren Blick zu. »Wenn du willst, komme ich vorbei. Oder wir treffen uns am Lummus Park.«

Mit wem sprach sie? Hatte sie jemanden kennengelernt und deshalb Streit mit Brax? Obwohl es lächerlich war, spürte ich einen kurzen Stich in der Magengrube. Sie gehörte mir, ebenso wie ich ihr. So war es immer gewesen. Selbst meine Wut, die Jahre, in denen wir uns nicht gesehen hatten und ihr Techtelmechtel mit Braxton hatten nichts daran geändert. Seit sie zurück und meine Wut verschwunden war, spürte ich es wie früher. Die Anziehung und Sehnsucht. Verdammt, ich wollte sie. Damals war Phoe verrückt nach mir gewesen. Sie wusste nicht, dass es mir genauso gegangen war. Ich hatte sie zerstört, jetzt wollte ich wieder ein Teil ihres Lebens sein. Selbst ihre Abscheu war besser, als unsichtbar für sie zu sein. Ich legte den Kopf schief, spielte mit dem Reißverschluss meiner Kapuzenjacke und gab mich gelangweilt.

»… Klar, so machen wir es. Geht es dir ein bisschen besser?« Sie nickte nachdenklich. »Ich bin froh, dass du angerufen hast. Sollte noch irgendetwas sein, weißt du ja, dass ich immer da bin.«

Phoe lächelte. Gott verdammt, ich genoss ihren Anblick mehr, als mir lieb war.

Sie steckte das Handy zurück in die Hosentasche und sah mich an. »Willst du ein Passbild, oder warum gaffst du so?«

»Wer war das?«

»Geht dich nichts an.«

»Trotzdem interessiert es mich.«

»Vergiss es, Esh.«

Ich beschloss, nicht weiter nachzufragen. Früher oder später würde ich es sowieso erfahren. »Fahren wir zusammen nach Hause? Hast du deine Sachen schon gepackt?«

Ich hoffte, die Mädchen hatten sie überreden können, mit zum Campen zu kommen. Phoe zuckte mit den Schultern. »Von mir aus, dann kannst du weiter versuchen, mir ein Gespräch aufzuzwingen.«

Ich lachte. Sie war wirklich eine Herausforderung.

Kapitel 9

PHOENIX

Ich stocherte mit dem Stock im Feuer herum und dachte über Elishas merkwürdiges Verhalten und Eddies Anruf nach. Mehrere Schüler hatten ihm über Facebook Nachrichten geschrieben, in denen sie ihn beleidigten. Er hatte sich nicht mit mir treffen wollen, aber immerhin rief er an und machte es nicht mit sich alleine aus. Ich hatte ihm geraten, sein Profil privat zu stellen, die Nachrichten zu speichern, damit wir dagegen angehen konnten, und sich seinen Eltern anzuvertrauen. Gegenwehr, darauf aufmerksam machen, war das Erste, doch ich wusste, dass man auch an sich selbst arbeiten musste. Nicht, um anderen zu gefallen, sondern um sich selbst wieder zu gefallen. Ich kannte den Drang, sich für andere ändern zu wollen, weil man meinte, sie würden aufhören, wenn man sich anpasste. Doch das war ein Trugschluss. Es bedeutete eine neue Angriffsfläche. Für Leute wie Owen, Elisha und andere Schwächlinge würde man nie richtig sein. Die beste Verteidigung lag darin, sein Selbstbewusstsein aufzubauen und sich Unterstützung zu holen.

»Hey Träumerin.« Blakes Stimme riss mich aus den Gedanken. Ich zog den Stock aus dem Feuer und seufzte, weil mein Marshmallow zu einer braunen Masse geschmolzen war.

Blake reichte mir einen neuen. »Alles okay? Ist es wegen Elisha?«

Auch Farren und Storm, die im Sand neben mir saßen, sahen mich an.

Ich schüttelte den Kopf. Meine Probleme konnten warten, aber ich musste mir etwas wegen Eddie einfallen lassen.

»In der Klasse, in der ich den Kurs halte, gibt es jemanden, um den ich mir Sorgen mache. Eddie ist super, aber ein paar Idioten sehen das anders. Ich weiß nicht genau, was bisher passiert ist, aber er leidet.« Ich zog den Stock aus dem Feuer, pustete und biss ein Stück vom Marshmallow ab.

Kieran schlenderte auf uns zu, setzte sich neben Farren und stellte den MP3-Player seines Handys an. *Pain* von Three Days Grace spielte, Kieran trommelte mit einer Hand auf sein Knie. »Was ist los?« Er kniff die Augen zusammen und sah uns der Reihe nach an. »Kein Lachen oder plötzliches Schweigen? Also ging es weder um Sexpraktiken noch um einen von uns. Sagt nicht, ihr werdet langweilig, Ladys.«

Farren lachte. »Klar, alles, was uns betrifft, ist langweilig, du Spinner.« Sie nahm seine Hand und verschränkte ihre Finger mit seinen. Für einen Moment dachte ich an Braxton und seinen Anruf heute Mittag, als ich in der Schule gewesen war. Nach dem Unterricht hatte ich gesehen, dass er versucht hatte, mich zu erreichen. Ich brauchte noch ein paar Tage, bis ich mit ihm reden konnte. Brax fehlte mir, aber noch mehr als das, fühlte ich mich einsam. Der Gedanke an Braxton brachte mich auf eine Idee.

Ich nickte Kieran zu. »Trainierst du auch andere?«

»Vergiss es, Phoenix. Ich glaube, du solltest dir lieber ein Studio suchen, in dem du -«

»Nicht mich«, unterbrach ich ihn. »Wie wär's, wenn du dein Talent für etwas Gutes nutzen würdest?«

Er hob die Augenbrauen und deutete mit seinem Zeigefinger auf seine geschwollene Lippe. »Mein Talent? Ich glaube, mittlerweile wäre dein Bruder der bessere Ansprechpartner.«

Mit Sicherheit nicht.

Wie ich von Farren gehört hatte, boxte Kieran seit Ewigkeiten. Er war ein Anführer, jemand, der wusste, was zu tun war. Farren hatte seine Erziehungsmethoden erwähnt. Sie waren in vielen Hinsichten überspitzt, aber er hatte Farren gezeigt, wie sie sie selbst sein konnte, wie sie selbstbewusst wurde. Er war genau der Richtige für meinen Plan.

»Wenn ich euch bekannt mache und er Lust dazu hat, würdest du zwei-, dreimal die Woche einen Jungen trainieren?«

»Warum? Gibt genug Studios.«

»Kann sein, aber ich glaube, dass du Eddie besser helfen kannst. Er braucht jemandem, der ihm zeigt, worauf es ankommt.«

Er starrte ins Feuer. »Ich weiß nicht, ich muss arbeiten und -«

»Ach komm schon, du trainierst eh jeden Tag.« Farren zog an seiner Hand. »Ich kann mir vorstellen, wie er sich fühlt. Bitte K. Du kannst ihm helfen.«

Kieran seufzte. »Wie alt ist er?«

»Sechzehn. Eddie wird in der Schule von seinen Mitschülern schikaniert. Ich denke, wenn wir uns zusammentun, können wir etwas bewirken.«

»Warum trainierst du ihn nicht selbst? Du hast gesagt, du boxt auch.«

Ich verdrehte die Augen. »Ich helfe ihm gerne, aber du glaubst wohl kaum, dass er Lust hat, mit einer Frau zu trainieren. Ich glaube, dass du gut für ihn wärst.«

Von den Dünen her hörte ich Elisha lachen. Ich hob das Kinn und beobachtete, wie er und Tyler sich rangelten, während Harlan die Schnüre eines Zeltes im Sand verankerte. Kein Wunder, dass die anderen Esh mochten. Er versteckte sich hinter seinen blöden Witzen und seinem Dauergrinsen.

»Okay. Wenn es euch wichtig ist, versuche ich es.« Kieran legte einen Arm über Farrens Schulter und sah mich an. »Wenn er Lust hat, bring ihn die Tage mit und wir besprechen alles weitere.«

Ich lächelte. »Danke. Auch dir, Farren.«

Gerade waren die beiden auf meiner Sympathieskala um zehn Punkte gestiegen. Hoffentlich fand Eddie die Idee genauso gut wie ich.

Ein Grollen aus der Ferne ließ mich zusammenzucken. Erst jetzt bemerkte ich, dass der Wind zugenommen hatte und die Luft elektrisch geladen schien. Ich schluckte.

»Hatten sie für heute Gewitter angesagt?« Ich bereute meine Frage sofort. Die Jungs kamen zu uns und ließen sich am Feuer nieder.

Storm nickte. »Die Regensaison geht los.«

»Und warum zelten wir dann?«

»Warum nicht?« Kieran zuckte mit den Schultern. »Das hat was.«

Elisha zwinkerte mir zu. »Keine Angst, Phoe, ich pass auf dich auf.«

»Da bin ich mir ganz sicher.« Tyler lachte, steckte sich eine Zigarette an und zog Blake an sich.

Ein Gewitter hatte mir gerade noch gefehlt. Ich warf Esh einen grimmigen Blick zu, sah über seinen Kopf hinweg auf die Dünen und erschrak.

»Da fehlt eins.« Ich deutete mit dem Stock zu den Zelten. »Ich schlafe nicht mit meinem Stiefbruder in einem Zelt.«

Elisha setzte ein schiefes Lächeln auf. »Komm schon, wie in alten Zeiten, als wir zusammen im Garten übernachtet haben.«

»Lieber schlafe ich auf einem Nadelkissen.«

»Wie du willst.«

»Hey, zur Not teilen wir uns ein Zelt.« Farren wandte sich an mich, doch als Kieran seine Hand auf ihren Ellbogen legte, biss sie sich auf die Lippen. »Ach so, geht ja nicht, ich hab K versprochen, ganz für ihn da zu sein.«

Sie lächelte mich extra breit an, als wüsste ich nicht, was hier lief. Mein Bruder hatte das geplant und seine Freunde unterstützten ihn bei seinem Vorhaben.

Ich umgriff den Stock fester und stocherte im Feuer herum, um mir meine Wut nicht anmerken zu lassen. Wieder einmal wurden Entscheidungen über meinen Kopf hinweg getroffen, doch ich durchschaute Elishas Spiel. Ich war nicht sicher, warum, aber das Arschloch wollte mir an die Wäsche gehen. Der Gedanke daran jagte mir einen warmen Schauer über den Rücken.

»Wir verziehen uns dann mal.« Tyler nahm Blakes Hand. »Und egal, was ihr hört, ich töte sie nicht.«

Blake kicherte und folgte ihm zum Zelt.

Palmenblätter rauschten im Wind, das Meer türmte sich auf und ein Regentropfen fiel auf meine Nasenspitze.

»Gebt ihr mir die Autoschlüssel?«, fragte ich in die Runde. »Dann schlafe ich auf der Rückbank.«

Farren rutschte auf dem Baumstamm hin und her, ihr schien die Sache unangenehm zu sein. Kieran, Storm und Harlan verzogen keine Miene.

»Wir hauen uns auch aufs Ohr.« Kieran stand auf, nickte Harlan zu, der Storm an die Hand nahm.

»Sorry, aber die Autos sind voll bepackt.« In Kierans Augen spiegelte sich das Feuer. »Wenn Elisha die Finger nicht bei sich behalten kann, verpass ihm 'nen Jab und gut ist.«

Er sah Esh an. »Lass sie in Ruhe, du kennst meine Meinung dazu.«

Er wandte sich ab und verschwand mit den anderen.

»Danke für eure Hilfe.« Ich warf den Stock ins Feuer und ärgerte mich über mich selbst, weil ich auf ihren bescheuerten Plan hereingefallen war.

Das Grollen ging in ein Donnern über. Regentropfen fielen auf meine Arme.

Elektrizität lag in der Luft.

Der Duft von Sommerregen auf Asphalt und Kaminfeuer stieg in meine Nase und ich erinnerte mich an die Zeiten, in denen ich mit rot-weiß getupften Gummistiefeln durch Pfützen gesprungen war und mein Dad mich nicht mehr ins Haus bekam, bis der Schauer aufhörte. An die Zeiten, in denen ich ein neunjähriges Mädchen gewesen war.

»Bleiben also nur noch du und ich.« Esh lächelte. Im Schein des Feuers leuchtete sein Gesicht wie das Tattoo auf seinem Rücken.

»Was soll das? Bekommst du keine ab oder warum versuchst du, mich anzubaggern?«

»Vielleicht will ich einfach nur das, was am Schwierigsten zu haben ist. Vielleicht habe ich nie etwas anderes gewollt.«

»Wie meinst du das?«

»Vielleicht solltest du es herausfinden.« Das Lächeln verschwand aus seinen Augen und der Blick, den er mir zuwarf, ging mir durch und durch. Elisha versuchte, mich um den Finger zu wickeln. Ich würde kein zweites Mal auf ihn hereinfallen.

»Es ist erstaunlich, wie viel sich in sechs Jahren verändert. Früher bin ich *dir* hinterhergelaufen.«

»Mir gefällt es so auch ganz gut.«

»Schön, dann gewöhn dich -«

Ein helles Zucken am Horizont ließ mich zusammenschrecken. Es donnerte und mein Herz schlug schneller. Schweiß lief meine Wirbelsäule entlang. Seit dem Brand in der Fabrikhalle litt ich unter Panik bei Gewittern.

Elisha erhob sich, löschte das Feuer mit Sand und deutete mit dem Kopf zum Zelt. »Lass uns reingehen, Phoe.«

Hier draußen zu bleiben, war idiotisch, aber ich wollte nicht neben ihm schlafen. Ihm nah zu sein, war gefährlich. Ich traute weder ihm noch mir. Nach außen hin gab ich mich unverwundbar, doch niemand wusste, wie es wirklich in mir aussah. Das Misstrauen, das ständige auf der Hut sein, waren anstrengend. Und obwohl es sechs Jahre her war, tat es immer noch weh.

Dicke Tropfen prasselten auf meine Knie, Blitze zuckten am Himmel. Farren stieß einen Schrei aus und kicherte. Das Licht in ihrem Zelt erlosch.

Esh hielt sich die Hände über den Kopf und drehte sich um. »Wie du meinst«, rief er mir im Gehen zu. »Schlaf gut.«

Ich sah ihm nach und schlang die Arme um meinen Oberkörper.

Jedes Mal, wenn ein Blitz die Nacht erhellte, erschrak ich. Wasser tropfte aus meinen Haaren, ich zitterte. Die Wellen türmten sich auf und krachten ans Ufer. Ich rannte zu Storms Zelt und hockte mich davor. »Storm? Seid ihr noch wach?«

Niemand antwortete. Nebenan hörte ich ein Stöhnen und das Geräusch von aneinanderprallender Haut. Mein Herz schlug schneller. Beim Gedanken daran, was Tyler mit Blake anstellte, schoss ein kurzer, elektrischer Impuls durch meine Nervenenden.

»Ja, gib's mir. Härter, Ty.« Blakes Stöhnen wurde lauter.

Ein Krachen ließ mich zusammenzucken. Ich hielt die Arme über meinen Kopf und rannte zu Elishas Zelt. Als ich den Reißverschluss öffnete, saß er auf seinem Schlafsack, als hätte er auf mich gewartet. Ich war sicher, dass ein breites Grinsen auf seinem Gesicht lag. Ich krabbelte auf meine Seite, drehte ihm den Rücken zu und zog das durchnässte Shirt über meinen Kopf. Meinen BH ließ ich an.

In der Dunkelheit spürte ich Eshs Blick auf meiner Haut. Doch ich ignorierte ihn genauso wie mein pochendes Herz und die wachsende Erregung. Ihm nah zu sein, Blakes Stöhnen, die Angst vor dem Gewitter, verdammt, es turnte mich an. Ich nahm ein neues Shirt aus meiner Tasche, wollte es überziehen, als seine Finger meine Wirbelsäule entlangstrichen. Ich bewegte mich nicht und wartete ab, was er vorhatte.

»Du bist nass.« Elishas Atem streifte meinen Nacken. »Und du hast Angst.«

Ich zog mein Shirt über, legte mich hin und presste die Beine zusammen, um das kribbelige Gefühl festzuhalten. Plötzlich spürte ich seine Brust an meinem Rücken, er drängte sich dicht an meinen Körper. Ich schloss die Augen. Seit Ewigkeiten hatte ich mich nicht mehr begehrt gefühlt. Braxton zuliebe hatte ich meine Bedürfnisse zurückgeschraubt, doch jetzt war Schluss damit. Braxton, Esh, sie alle konnten mich mal.

Mein Bruder dachte, er könnte mich rumbekommen, weil wir die Nacht zusammen verbrachten, aber er hatte die Rechnung ohne mich gemacht. Mal sehen, wie ihm das Spiel gefiel, wenn wir fertig waren.

Nur weil wir uns amüsierten, hieß es nicht, dass ich ihn an mich heranließ. Mochte sein, dass mein Körper ihn wollte, aber mein Herz war sicher. Elisha konnte mir nicht mehr schaden.

»Ich verabscheue dich, weißt du das?« Ich presste meinen Hintern gegen seinen Schoß und bewegte meine Hüften in kreisenden Bewegungen.

Er stöhnte und schob einen Arm unter meinen Kopf. »Das macht es so aufregend.«

Mit der anderen Hand strich er über meine Hüfte. Seine Haut an meiner ließ mich zittern. Ich streckte das Kinn, sodass mein Hals frei lag. Seine Lippen berührten die Stelle, an der mein Puls raste. Das Gewitter trat in den Hintergrund. Die Angst wich und schaffte Platz für etwas, nach dem ich mich seit Ewigkeiten sehnte. Ich genoss die sanften Küsse, mit denen er jeden Zentimeter meines Halses bedeckte.

»Seit du verschwunden bist, habe ich mir das vorgestellt.« Elishas Hand wanderte unter mein Shirt, bis zu meiner Brust. Er knetete sie und drängte seinen Ständer gegen meinen Hintern. »Noch einmal deinen Körper spüren und so tun, als wäre nichts geschehen.«

Ich schlang einen Arm um seinen Nacken. »Ich fühle mich gut an, oder Esh?«

Er biss in mein Ohrläppchen. »Verdammt gut.«

Ich griff seine Hand und schob sie bis zum Bund meiner Shorts. »Hier fühle ich mich noch besser an.« Ich drehte mein Gesicht etwas zur Seite und sah ihn an. »Warm, nass und weich.«

»Fuck!« Er griff mein Bein, legte es über seine Hüfte und schob seine Hand in meine Shorts.

Elishas Finger begannen, meine Klit zu reiben. Das Gefühl war überwältigend. Ich stöhnte, legte meine Hand auf seine und schob sie dorthin, wo ich sie brauchte.

»Daddys kleines Mädchen gibt sich nicht nur mit einem netten Fingerfick zufrieden, was?« Er stieß drei Finger auf einmal in mich, zog sie raus, um sie dann wieder in mich zu rammen. Er streckte den Arm unter meinem Kopf, legte die Hand um meinen Hals und drückte zu.

»Ah…«

»Wenn du dachtest, du könntest mich herausfordern, muss ich dich enttäuschen, Schwesterchen.« Seine Finger stießen in mich. Rein, raus, rein, raus, während seine Hand um meinen

Hals zudrückte. »Versuch nicht, mich zu ficken, Phoenix. Ich bin derjenige, der fickt, verstanden?«

Das Blut rauschte in meinen Ohren. Ich drängte mein Becken gegen seine Finger, um sie tiefer in mir zu spüren, und jagte dem Orgasmus hinterher.

»Wenn du so weitermachst, schlafe ich ein.« Gott, er fühlte sich so gut an. »Tyler würde nicht mit mir kuscheln.«

»Ach ja?« Elisha drückte mein Gesicht ins Kissen und biss in meinen Nacken.

Mit schnellen, harten Stößen rammte er seine Finger in mich, bis ich sie überall spürte.

»Deshalb zuckt deine Fotze auch, während meine Finger in dir stecken. Halt die Klappe und komm endlich.«

Seine Worte waren das, was ich brauchte.

Das Kissen erstickte meine Schreie. Der Gedanke, dass seine Freunde uns hören konnten, turnte mich nur mehr an. Ich hob den Kopf, bewegte mein Becken gegen seinen Schoß und stöhnte.

»Härter, gib mir mehr.«

Er rieb meine Klit schneller und schneller und ein Orgasmus, so stark, dass alles andere nicht mehr existierte, zuckte durch meinen Körper.

Kapitel 10

ELISHA

Ihre Muskeln zogen sich um meine Finger zusammen. Aus dem Stöhnen wurde ein Wimmern. Bei jedem weiteren Stoß versuchte sie, die Schenkel zusammenzupressen, doch ich legte mein Bein über ihres und rammte ein letztes Mal meine Finger in sie. Verdammt, ich wusste nicht, wann ich das letzte Mal so geil gewesen war. Die Mädchen auf den Partys waren okay, aber keine reizte mich so sehr wie meine Schwester. Mein Puls raste, mein Schwanz drückte gegen meine Hose. Ich zog die Finger aus ihr und schob meine Shorts von den Hüften. Ich musste in ihr sein. Nur mit Mühe hatte ich mich zurückgehalten, um nicht selbst zu kommen. »Zieh dich aus.«

Als sie nicht gehorchte, griff ich den Bund ihrer Shorts, doch Phoenix' Hand stoppte mich.

Sie drehte mir das Gesicht zu. Ihr Atem ging stoßweise, ihre Brust hob und senkte sich schnell. »Ach so, du wolltest auch?« Phoe lächelte. »Mach dich nicht lächerlich. Als ob ich mich noch mal von dir vögeln lasse.«

»Wie bitte?«

Sie drehte sich um und lachte. »Wenn du dachtest, du hättest auch nur den Hauch einer Chance, muss ich dich enttäuschen. Ich schlafe nicht mit Schwächlingen.«

»Du lässt dich nur von ihnen fingern?«

»Ich war geil, du warst zur Stelle. Es war ganz nett.«

Sie wollte spielen? Gut, spielten wir.

Ich griff ihre Schulter, drehte sie auf den Rücken, drängte mich zwischen ihre Beine und packte ihre Handgelenke.

»Geh runter von mir.«

Mit einer Faust hielt ich ihre Handgelenke über dem Kopf zusammen, während ich mit der anderen versuchte, ihre Shorts nach unten zu schieben. »Du magst es auf die harte Tour, ja? Hast du noch immer nicht genug?« Ich zerrte an ihrer Hose.

Phoenix wandte sich unter mir, warf den Kopf von einer Seite zur anderen. Genau wie ich es liebte. Je mehr Widerstand sie leisteten, desto härter wurde ich.

»Hör auf. Spinnst du?«

Sie war schon immer eine gute Schauspielerin gewesen. Damals hatten unsere Eltern ihr die Brave-Mädchen-Nummer abgekauft wie alle anderen. Nur ich hatte gesehen, dass wir aus demselben Holz geschnitzt waren.

Ich griff ihre Handgelenke fester und ließ meine Zungenspitze über ihren Hals gleiten. Ihre Haut schmeckte nach Salz und Regen. Ich nahm einen tiefen Atemzug und genoss ihren Duft. »Keine Angst, ich werde gut sein. Das eben war erst der Anfang.«

»Geh runter, verdammt noch mal, nein. Ich will nicht.« Sie versuchte, sich unter mir aufzubäumen, doch gegen mein Gewicht hatte sie keine Chance. Sie warf den Kopf von rechts nach links, keuchte und protestierte. Es sollte mir nicht gefallen, doch das tat es. Kieran dachte, Tyler wäre unberechenbar, aber er kannte meine Dämonen nicht. Niemand außer Phoenix kannte sie.

»Lass mich los!« Ein lautes Donnern übertönte ihren Schrei.

Ich gehorchte und rollte mich von ihr. Bevor ich realisierte, was geschah, klatschte ihre Hand in mein Gesicht.

»Du Arschloch! Ich habe Nein gesagt.«

Wieder schlug sie zu.

Ich setzte mich auf und hob die Hände. »Krieg dich ein. Ich dachte, das gehört zum Spiel.«

»So wie früher? Du weißt nie, wann es genug ist.« Sie saß in ihrer Ecke des Zeltes und zog sich die Decke über die Beine. Phoenix' Stimme zitterte. »Aber manche Spiele sind nicht lustig, Esh.«

Der Schmerz in ihren Worten traf mich wie ein Giftpfeil. Ich zog meine Hose hoch, die Lust war mir vergangen. Vorsichtig, weil ich mit Gegenwehr rechnete, rückte ich näher zu ihr. Sie wandte das Gesicht ab.

Lag es an mir, oder war sie traurig wegen Braxton?

»Ist er wegen ihm abgehauen?«

»Was? Wen meinst du mit ihm?«

»Ist Braxton wegen dem Typen, mit dem du telefoniert hast, abgehauen?«

Sie schüttelte den Kopf. »Du bist unglaublich. Ich verarsche niemanden. Warum willst du wissen, was bei mir los ist?«

»Weil es mich interessiert.«

»Weil es dich …« Phoe lachte bitter. »Seit wann? Warum? Weil ein anderer deine Chance, mich ins Bett zu bekommen, zunichtemachen könnte?«

Ich biss die Zähne zusammen.

Sie durchschaute mich mühelos und doch sah sie nur die halbe Wahrheit. Ich wollte nicht, dass jemand anders ihr Lächeln und ihre Sanftheit bekam. Ich wollte ihre Wut, ihre Stärke, ihre Verletzlichkeit. Ich wollte ihr Licht und ihre Schatten.

Ich wollte alles.

»Weil ich denke, dass wir wieder reden sollten.«

»Wie ich schon sagte. Es gibt nichts zu reden. Aber falls es deinem Ego irgendwie hilft … Eddie ist ein Schüler. Er wird von den Arschlöchern in seiner Schule fertiggemacht, weil sie sich selbst nicht leiden können. Kommt dir das bekannt vor?« Phoe zog sich die Decke bis unters Kinn. »Ich lasse nicht zu, dass die ihn kaputt machen. Er ist nicht alleine. Wir werden es denen zeigen.«

Sie schluckte und wandte das Gesicht ab.

Ich war erleichtert, dass sie keinen anderen hatte, aber ich fühlte mich hilflos. »Kann ich irgendwie helfen?«

»Hilf dir selbst und such dir eine, bei der du landen kannst.«

Scheiße, sie tat, als hätte es ihr nicht gefallen, und stellte mich hin, als hätte ich es nötig. Ich ballte die Fäuste und unterdrückte meine Wut. »Mach dir um mich keine Sorgen. Du hast nicht genug von meinen Fingern bekommen. Bist du sicher, dass du nicht auch meinen Schwanz willst?«

Phoenix legte sich hin und drehte mir den Rücken zu. »Ich war geil, weil ich Tyler und Blake gehört habe. Und es war süß, wie du dir Hoffnung gemacht hast.« Sie lachte. »Ich schlafe nur mit Typen, für die ich etwas empfinde.«

Allmählich verstand ich, wie sehr Worte schaden konnten. Es tat weh, sie so reden zu hören. Die Wette, unser Spiel, es verlor immer mehr an Wert.

»Du findest mich scheiße. Also empfindest du etwas für mich.«

»Oh wow. Und da denken immer alle, dass ich kalt bin.«

»Ich finde dich ziemlich heiß.«

»Leg dich hin und behalt die Finger bei dir. Beim nächsten Mal trete ich dir in die Eier.«

»Beim nächsten Mal wirst du mich anflehen, dich zu berühren.«

»Mit Sicherheit, Esh.«

Ich legte mich hin, verschränkte die Hände hinter dem Kopf und starrte an die Decke des Zeltes. Das Gewitter zog weiter, Regen trommelte aufs Dach.

Als sie sich Minuten später nicht mehr regte und ihre Atmung in einen stetigen Rhythmus übergegangen war, legte ich mich vorsichtig zu ihr. Ich schob ihre Haare auf eine Seite und vergrub die Nase an ihrem Nacken. Mein Herz schlug schneller. So vieles hatte sich verändert, aber nicht ihr Duft.

Noch immer benutzte sie das Vanille-Himbeer-Shampoo, von dem sie sagte, ihre Mutter habe ihr damit die Haare gewaschen, seitdem sie vier Jahre alt gewesen war. Phoe liebte diesen Duft, er erinnerte sie an ihre Mutter. Mich erinnerte er an das Mädchen, das meiner Mom Geschichten erzählt hatte, die es sich ausdachte. Er erinnerte mich an die Phoenix, die mit zehn Jahren in meine Familie gekommen war und sechs Jahre später aus meinem Leben verschwand. In einer Zeit, als ich mich selbst verlor. An die Phoenix, die mich mit großen Augen angesehen hatte, als ich ihr St. Cilline zeigte.

Ich strich mit einem Finger über ihre Wange und küsste sie. »Ich vermisse dich, Phoe. Ich vermisse dein Lachen.«

Ich schloss die Augen und versuchte, meine Gedanken zu sortieren. Morgen würde sie mich wieder hassen und ich würde so tun, als wäre es mir egal. Ich fragte mich, wann das Spiel begonnen hatte, keinen Spaß mehr zu machen.

Zwei Tage waren seit unserem Campingausflug vergangen und genau wie das Wetter hatte sich auch Phoes Verhalten mir gegenüber geändert. War sie vorher angriffslustig gewesen, so ignorierte sie mich jetzt und tat, als existierte ich nicht.

Doch seitdem ich ihr Lächeln gesehen hatte, seitdem ich den Teil von ihr gesehen hatte, von dem ich dachte, ich hätte ihn für immer verloren, wollte ich mehr davon. Mehr noch als unsere kleinen Spielchen, die heiß waren, aber nicht mehr reichten.

Tyler saß neben mir auf der Couch, boxte gegen meine Schulter und grinste. »Und, hast du sie klargemacht?« Er zog an seiner Zigarette. »Wenn sie dich in der Nacht nicht rangelassen hat, hast du keine Chance mehr.«

Ich hielt mir Mittel- und Zeigefinger unter die Nase, schloss die Augen und lächelte. »Üb schon mal, auf High Heels zu laufen. Ich wollte dir nur Zeit zur mentalen Vorbereitung geben.«

Ty lachte und stieß Rauch durch die Nasenlöcher aus. »Du durftest sie nur fingern? Sprite ist zäher, als ich dachte.«

»Ich genieße noch etwas das Vorspiel.« Ich lächelte, ohne es zu fühlen.

»Mir soll's recht sein.« Ty beugte sich zu mir. »Kann es sein, dass sie vor dem Kampf total angeturnt war? Ich hatte erwartet, dass sie uns die Eier abreißt. Sorry, Bruder. Ich fürchte, sie will mich.«

Phoes Andeutungen waren mir nicht entgangen. Sie sagte die Sachen über Ty nicht nur, um mich wütend zu machen. Ich kannte sie und wusste, auf welchen Männertyp sie stand. Ty passte eindeutig ins Schema. Er strahlte Gefahr und Dominanz aus. Kein Wunder, dass es mit Braxton nicht funktioniert hatte. Er war cool, aber zu nett.

Ich zog die Augenbrauen hoch. »Wir wollen dich alle. Du hast gerade ernsthaft meine Gefühle verletzt.«

»Fick dich!«

»Ich dich auch, Baby.«

Ty lachte und hob den Kopf, als er Kierans und Harlans Stimmen aus dem Flur hörte.

Die beiden betraten mit Phoenix und einem hageren Jungen den Raum. Er trug schwarze Jeans, ein gleichfarbiges Shirt und sah zu Boden. Phoe nickte Ty zu und ignorierte mich.

»Wo habt ihr den Typen her?« Ich lachte, um meine Kränkung zu überspielen. »Sind Emokinder nicht etwas zu Neunziger?«

»Sterben Arschlöcher nie aus?« Sie verschränkte die Arme vor der Brust und mein Grinsen wurde breiter. Mit ihrer Wut konnte ich umgehen.

»Halt die Schnauze.« Kieran legte eine Hand auf die Schulter des Jungen. »Das ist Eddie. Ed ist mein neuer Kumpel und wenn ihm einer blöd kommt, dann kommt er mir blöd.« Er warf Ty und mir einen Blick zu, der sagte, wir sollten die Klappe halten. »Und wer mir blöd kommt, der kann sich verpissen, verstanden, Großvater?«

Verdammt, ausgerechnet jetzt kam er mir mit dem Scheiß. Ich hatte den Spitznamen längst aus meinem Gedächtnis verbannt. Er war eine genauso schwachsinnige Idee wie die Wette gewesen.

»Hey, sorry.« Ich hob die Hände. »Ich hab nur Spaß gemacht. Gruftis sind so cool wie Veganer.«

Harlan verdrehte die Augen. Wahrscheinlich hatte Storm ihn mit ihren Früchtemüslis und Chiasamen auch schon umgekrempelt.

Die Ader an Kierans Hals pulsierte und ich verkniff mir einen weiteren Spruch. Wenn er wütend war, verstand er keinen Spaß.

»Ed wird ab und zu hier sein und ich will, dass ihr beide ihn mit Respekt behandelt, verstanden?« Er sah zwischen Ty und mir hin und her. »Und wenn ich irgendwas höre, dann seid ihr -«

»Ja, kapiert. Krieg dich ein, Bruder.«

Ich hörte das Lachen in seiner Stimme, presste eine Hand vor den Mund und kam mir vor, als würde ich im Unterricht einen Lachflash bekommen. Es war idiotisch, aber ich hatte nie behauptet, es nicht zu sein.

»Wir sind lieb zu deinem neuen Freund. Hey Ed …« Ich nickte dem Jungen, der die Hände in die Taschen seiner Hose gesteckt hatte, zu. »Kannst du auch selbst sprechen?«

»Äh … ja.« Er hob die Hand und kaute an seinem Lippenpiercing. »Schön, euch kennenzulernen.«

»Gleichfalls.« Ich lachte. »Pass auf, dass K dir nicht an den Arsch geht. Er hat es bisher bei jedem von uns versucht.«

Auf Eddies Wangen breitete sich Röte aus. Er lächelte und schielte zur Seite.

Ty und ich lachten. Selbst Ks Miene erhellte sich, er klopfte Eddie auf die Schulter. »Ty und Elisha sind die Dümmsten in der Clique. Wenn du was lernen willst, wende dich an Harlan und mich.« Er grinste Eddie an. »Aber wenn du genug trainierst, sehe ich mir deinen Arsch gerne noch mal genauer an.«

»Kieran!« Phoe verdrehte die Augen. »Er ist sechzehn.«

»Genau. Denkst du, er weiß nicht, was abgeht?« K wandte sich an uns. »Ed will Boxen lernen. Ich hab angeboten, es ihm beizubringen. Wenn ihr Lust habt, trainiert mit. Kann euch nicht schaden. Daddy verkommt sonst zum fetten Hausmann.« Er lachte.

»Ich bin besser in Form als du.« Ty sprang auf und folgte K, Harlan und Eddie in den Flur.

Phoe sah ihnen hinterher und lächelte.

Mein Herz schlug schneller. Ich stand auf, stellte mich neben sie und strich ihr eine Strähne hinters Ohr. Sie schlug meine Hand weg. »Fass mich nicht an.«

»Kommst du mit zum Rennen?«

»Was?«

»In ein paar Wochen nehmen wir an einem Autorennen teil, magst du meine Partnerin sein?«

Sie sah mich an, als wären mir drei Köpfe gewachsen. »Deine Partnerin?«

»Jeder Typ fährt mit einem Mädchen.«

Sie lachte verächtlich. »Ich würde eher über glühende Kohlen laufen.«

Ich verkniff mir einen Spruch und beschloss, das Thema zu wechseln. »Das Boxen wird ihm helfen, sich durchzusetzen.«

»Tu nicht so, als ob es dich interessiert.«

»Er sieht nicht schlecht aus. Andere Frisur, andere Klamotten und bisschen mehr Selbstbewusstsein, dann wird das.«

Phoe schüttelte den Kopf. »Darauf kommt es natürlich an. Um respektiert zu werden, muss man sich anpassen. Kein Wunder, dass so was von dir kommt.«

Ich atmete laut aus. »Egal, was ich versuche, du gibst mir einfach keine Chance.«

»Fühlt sich ätzend an, oder?«

»Willst du Rache, oder was soll das?«

Sie lachte. »Wenn ich das wollte, würdest du längst Blut spucken.«

»Wenn es dir hilft, entschuldige ich mich für die Scheiße damals.«

Sie drehte ihr Gesicht zu mir und sah mich finster an. »Vielen Dank, ich fühle mich gleich viel besser.«

»Verdammt noch mal, Phoe!« Scheiße, ich wollte sie nicht anschreien, aber ich fühlte mich hilflos. »Ich bemühe mich, okay?«

»Tja, manchmal reicht das nicht. Nicht, wenn so viel kaputt gegangen ist.«

Ich stellte mich vor sie, streckte die Hände aus, weil ich ihr Gesicht nehmen wollte, damit sie verstand, dass es mir wichtig war, doch sie stieß mich zurück.

»Es ist scheiße, wie alles gelaufen ist.« Ich suchte ihren Blick. »Und es tut mir leid, dass ich aufgehört habe, dein Freund zu sein.«

Phoe schluckte, ihre Augen glänzten und ich erkannte Tränen darin. Sie presste die Lippen aufeinander. »Hast du nicht.«

Phoenix drehte sich um, entfernte sich ein paar Schritte und blieb stehen. »Ich habe damals keinen Freund verloren.« Sie drehte sich nicht um, aber am Zittern in ihrer Stimme erkannte ich, dass sie weinte. »Ich hatte nie einen.«

Sie lief davon. Ich verlor sie ein weiteres Mal.

Kapitel 11

PHOENIX

In meiner Hosentasche vibrierte das Handy. Ich zog es heraus, sah aufs Display und schüttelte den Kopf. Braxton.

Es war sein fünfter Anruf heute, aber sicher nicht der letzte. So ging es seit Tagen. Und seit Tagen ignorierte ich ihn. Ich war noch nicht bereit, über alles zu reden.

Ich wartete, bis er auflegte, und sah, dass er mir mehrere Nachrichten hinterlassen hatte.

Warum gehst du nicht ans Handy? Ich denke an dich, Süße.

Die nächste hatte er eine Stunde später gesendet. *Hey, was ist los? Ich dachte, du beruhigst dich wieder.*

Ich seufzte und las die letzte Nachricht. *Zick doch nicht so rum. Ruf mich an.*

Unglaublich.

»Phoe?« Farren klopfte an die Badezimmertür. »Bist du fertig? Wir wollen los.«

Ich wischte mir mit dem Handrücken über die Augen. »Gib mir noch zwei Minuten, okay?«

»Klar.«

Ihre Schritte entfernten sich.

Mit zittrigen Fingern trug ich zwei extra dicke Schichten meines Nyx ›Perfect Red‹ auf. Als mein Mund wieder in einem satten Rot strahlte, lehnte ich die Stirn gegen den Spiegel und schloss die Augen.

Ich vermisse dich, Phoe. Ich vermisse dein Lachen.

Seit zwei Tagen hallten seine Worte ununterbrochen durch meinen Kopf. Immer und immer wieder. Sie verfolgten mich im Schlaf, bei jedem Schritt, mit jedem Atemzug. Worte, die etwas in mir berührt hatten, von dem ich dachte, ich hätte es verloren. Und waren es früher seine Demütigungen und verbalen Messerstiche gewesen, die mich tief verletzten, so waren es jetzt diese Worte, die meinen Panzer durchbrachen. Elisha dachte, ich hätte geschlafen, doch ich hatte alles mitbekommen. Seinen Atem in meinem Nacken, seinen warmen Körper an meinem, seine Worte. Nichts davon war gespielt gewesen. Nach sechs Jahren hatte er mir etwas Echtes gegeben. Etwas, nach dem ich mich so lange gesehnt hatte, und jetzt brachte es Gefühle in mir zum Vorschein, die gefährlich waren. Ich durfte sie nicht zulassen. Ich durfte Esh keine Macht über mich geben.

Ich hob den Kopf, blickte mich im Spiegel an und straffte die Schultern. »Es ist nichts«, sagte ich zu meinem Spiegelbild. »Du bist nur sentimental, du blöde Kuh. Reiß dich zusammen.«

Ich vergewisserte mich, dass man mir meine Tränen nicht ansah, und verließ das Bad.

Tyler, Harlan und Esh saßen an der Kücheninsel. Dahinter standen Kieran und Eddie, beide in Jogginghosen und schwarzen Shirts. Eddies sonst so blasses Gesicht leuchtete feuerrot, auf seiner Stirn und den Oberarmen glänzte Schweiß. Er strich die nassen Haare aus der Stirn und wirkte entspannter als noch vor einer Stunde.

Bevor ich zu Farren ging, wollte ich mit ihm reden.

»Hast du Spaß gehabt?«

Er nickte.

»Ed war super.« Kieran klopfte ihm auf die Schulter. Eddies Mundwinkel umspielte ein leichtes Lächeln. »Wir fangen langsam an, aber er hat's drauf.«

Aus dem Augenwinkel bemerkte ich Elishas Blick. Ich ignorierte das warme Kribbeln in meinem Magen und lächelte Eddie an. »Du machst weiter?«

»Ich glaube, ich kann viel lernen und vielleicht kann ich es Owen irgendwann heimzahlen.«

»Du kannst nicht heilen, indem du andere brichst. Man boxt nicht, um sich zu prügeln, sondern um den Geist zu stärken.«

»Hör auf sie.« Kieran nickte mir zu. »Die Frau hat Ahnung.«

»Nicht nur das.« Tyler warf mir eins seiner unverschämten Lächeln zu. »Sie hat auch einen Wahnsinnsarsch.«

»Halt die Klappe.« Eshs Blick verdunkelte sich. »Was würde Blake dazu sagen?«

»Sie würde mir zustimmen.« Tylers Lächeln wurde breiter.

»Kommst du klar?«, fragte ich Eddie, ohne Tyler und Esh Beachtung zu schenken. Sie benahmen sich wie Kleinkinder. »Ich fahr mit den Mädchen zu mir. Sollen wir dich zu Hause absetzen?«

Kieran winkte ab. »Fahrt ruhig. Wir besprechen noch was wegen den nächsten Trainingseinheiten. Außerdem wollte Ed mir Tipps für neue Videospiele geben.«

Eddie nickte. »Ja, total cool, dass K auch zockt.«

Das lief besser als erwartet. Ich wandte mich an Tyler und stemmte die Hände in die Hüften. »Und du benimmst dich. Ich hab seinen Eltern versprochen, dass ihm das helfen wird, nicht dass er hinterher hundert neue Stellungen kennt.«

Tyler zog die Augenbrauen hoch. Gott, er war heiß. »Nur hundert?«

Als er meinen Blick bemerkte, lachte er. »Schon gut, Sprite. Versprochen. Ich hoffe, dein großer Bruder sieht das auch so. Irgendwie hab ich das Gefühl, er ist schlimmer als ich.«

Ich verdrehte die Augen, verabschiedete mich von Eddie und verließ das Haus.

Ich zog die Beine auf die Couch, setzte mich in den Schneidersitz und trank einen Schluck Wein. Blake, Farren und Storm waren seit drei Stunden bei mir und zu meiner Überraschung verspürte ich weder das Bedürfnis, sie so schnell wie möglich loswerden zu wollen, noch bekam ich Aggressionen.

Unser Gespräch war von Small Talk auf ernste Themen gefallen und auch, wenn ich es mir ungern eingestehen wollte, ich mochte die Mädchen. Keine von ihnen machte einen oberflächlichen Eindruck. Farren hatte von ihrer furchtbaren Kindheit und eigenen Erfahrung mit Mobbing erzählt. Storm verriet, dass sie bis vor ein paar Monaten regelmäßig Cannabis rauchte, weil sie familiäre Probleme gehabt hatte. Sie hatte keinen Kontakt mehr zu ihrer Mutter. Harlan und die anderen waren ihre Familie geworden.

Blake schwieg die meiste Zeit, aber hörte aufmerksam zu. Selbst sie, die immer distanziert war, taute auf, als sie über Tate sprach. Gelegentlich schlich sich ein Lächeln auf ihr Gesicht. Ich fühlte mich wohl mit ihnen, aber mein Verstand wehrte sich dagegen, ihnen eine Chance geben zu wollen.

»Hey, willst du noch einen Schluck?« Storm hielt mir die Flasche vors Gesicht. »Der ist lecker, oder? Hundertprozentig vegan. Aus Bio-Anbau.«

Ich grinste und schüttelte den Kopf. »Nein danke.«

»Vielleicht besser.« Sie verzog den Mund. »Ich hab's wohl übertrieben, mir ist schlecht.«

Farren streckte die Arme über ihren Kopf und gähnte. »Das war ein guter Tag. Ich glaube, Eddie wird sich schnell wohlfühlen. K und die anderen sind manchmal krass drauf, aber jeder von ihnen hat ein gutes Herz.«

Ich lachte verächtlich. Bei Kieran und Harlan mochte es stimmen. Tyler hatte wahrscheinlich nur eine große Klappe, aber mein Stiefbruder?

»Ernsthaft«, sagte sie. »Auch Elisha. Ich weiß nicht, was zwischen euch passiert ist, aber er ist ein guter Freund. Als ich hergezogen bin, hat er mich als Einziger von Anfang an freundlich behandelt. Er kümmert sich um alle. Man kann immer zu ihm gehen.«

Scheiße, konnte sie Gedanken lesen? Ich nippte an meinem Wein, um nicht antworten zu müssen, und sah sie über den Rand des Glases an.

»Er hat total einen Knall.« Blake lachte. »Wisst ihr noch, als er sich eine Zeit lang ›Großvater‹ genannt hat?«

Storm lächelte. »Er macht ständig Witze. Elisha ist unser Animateur. Klar ist er manchmal schräg, aber das sind sie alle.« Sie legte eine Hand auf meinen Unterarm und kicherte. »Er hat sogar mit mir getanzt. Ich meine, welcher Typ tanzt?«

Ihr Lächeln verschwand. Sie sah an mir vorbei, als überlegte sie. »Ich hab ihn nur einmal komisch erlebt.«

»Wann?«

Storm wandte sich an Farren und Blake. »An dem Tag, als Harlan euch die Sache mit Emmy erzählt hat.« Sie sah mich an. »Lange Geschichte. Wenn er mich lässt, erzähle ich sie dir mal in Ruhe. Jedenfalls haben Elisha und ich uns unterhalten.«

»Ich erinnere mich. Du bist hinterher ganz schnell abgehauen«, sagte Farren.

»Was ist passiert?«, fragte ich.

Storm schluckte. »Er war wie ausgewechselt. Düster und … kalt. Er hat irgendwas von Macht erzählt. Sein Verhalten hat mir Angst gemacht.«

»Komisch.« Farren runzelte die Stirn. »Vielleicht hat ihn die Sache total mitgenommen? Ich meine, wir waren alle fertig.«

Storm zuckte mit den Schultern. »Oder es lag daran, dass er betrunken war.«

»Esh ist ein Arschloch.« Sie starrten mich an, als hätte ich ihnen in die Cornflakes gespuckt. »Er überspielt das, aber glaubt mir, er ist eins.«

Blake legte den Kopf schief. »Was hat er getan, dass du ihn so ätzend findest?«

»Er hat mich gedemütigt, beleidigt, Lügen über mich verbreitet und die gesamte Schule gegen mich aufgehetzt. Reicht das, um ein Arschloch zu sein?«

Farren riss die Augen auf. »Unser Elisha?« Sie schüttelte den Kopf. »Wow, ich bin … Ich weiß nicht, was ich dazu sagen soll.«

»Ja, das fällt eindeutig in die Kategorie», sagte Blake.

Farren rückte etwas näher. »Ich kann mir vorstellen, dass so was hängen bleibt. Wie alt warst du, als das passiert ist?«

Ich trank den letzten Schluck Wein. »Es fing an, als ich vierzehn war und ging etwas über ein Jahr. Danach sind Dad und ich weggezogen.«

Danach.

Ich senkte den Blick. Niemand sollte die ganze Wahrheit erfahren. Ich war noch nicht bereit, darüber zu sprechen. Nicht mit ihnen.

»Das klingt schlimm. Wirklich.« In Blakes blauen Augen lag Sanftheit. »Und ich kann dich verstehen. Aber wenn ich etwas gelernt habe, dann, dass jeder Mensch eine zweite Chance verdient.«

»Vielleicht. Aber selbst wenn er sich geändert hat, wie könnte ich ihm wieder vertrauen? Ich hab gedacht, er ist mein Freund. Und immer, wenn ich Hoffnung hatte, dass er sich ändert, hat er mir das Messer in den Rücken gerammt.«

»Hey.« Blake tätschelte mein Bein. »Ty hat mir lange misstraut, zwischen uns ist viel Scheiße passiert. Ich will nicht sagen, dass ich eine Expertin bin. Aber Vertrauen entsteht nur durch Vertrauen. Dir bleibt nichts anderes übrig, als es zu versuchen. Auch auf die Gefahr hin, wieder verletzt zu werden.« Ihre Mundwinkel zuckten. »Warst du in Elisha verliebt?«

Alle drei sahen mich erwartungsvoll an.

Ich nickte. Zu meiner Überraschung lachte keine von ihnen.

Storm gähnte. »Das spielt auch keine Rolle. Blake hat recht. Du solltest ihm eine Chance geben.«

Farren schob sich die Brille auf ihre Nase. »Jeder von den Jungs hat sich das ein oder andere Mal daneben benommen.

K hat damals mit einer Tussi geschlafen, weil er sich nicht eingestehen wollte, dass er etwas für mich empfindet. Aber hätte ich dichtgemacht, was wäre mir entgangen?«

Blake nickte. »Sie sind alle Idioten, aber glaub mir, Phoenix. Auch Elisha hat eine zweite Chance verdient.«

Ich seufzte. Was sie sagten, ergab Sinn. Es jagte mir Angst ein, aber sie hatten recht.

Storm stand auf, reckte sich und hielt sich die Hand vor den Mund. »Entschuldigt mich, ich muss ins Bett.«

»Für mich wird's auch Zeit«, antwortete Blake. Sie erhob sich gleichzeitig mit Farren.

Ich stellte mein Glas ab, begleitete sie zur Tür und verabschiedete mich von ihnen. Storm nahm meine Hände. »Danke für den schönen Abend. Und denk drüber nach. Übrigens, wir führen nichts Böses im Schilde.« Sie zwinkerte mir zu. »Wenn du mal reden willst, dann weißt du hoffentlich, dass du zu uns kommen kannst. Nicht alle Menschen sind schlecht, Phoenix.«

Sie drehte sich um und folgte Farren und Blake in den Flur. Ihr bodenlanges Sommerkleid flatterte um ihre nackten Füße und ließ sie wie eine Fee erscheinen. Ich schloss die Tür und stellte die Anlage an. *This is War* von Thirty Seconds to Mars spielte. Ich drehte die Lautstärke höher, zog mich aus und ging duschen.

Ich rieb mir mit einem Handtuch die Haare trocken und sah auf mein Handy. Eine neue Nachricht von Braxton. *Wir müssen reden.*

Ich stieß einen Seufzer aus und trocknete mich ab. Er gab einfach nicht auf, dabei kannte er mich gut genug, um zu wissen, dass ich stur sein konnte. Wir würden reden. Aber wenn ich dazu bereit war. Braxton konnte nicht einfach abhauen und denken, dass es damit getan sei.

Als ich zehn Minuten später zurück ins Wohnzimmer tappste, erschrak ich. Ein lautes Knacken aus Elishas Wohnung, gefolgt von Like a Storms *Love the way you hate me* ließ die Wände meines Apartments beben.

Ich schlüpfte in eine graue Dreiviertelhose, zog mein schwarzes Placebo-Shirt über und stürmte in den Hausflur. Ich donnerte mit der Faust gegen Elishas Haustür, doch bei dem Lärm hörte er mich nicht. Auf der obersten Etage lagen nur unsere Wohnungen, aber es war nach Mitternacht und man hörte die Musik sicher im ganzen Haus. Ich lief zurück und drehte den Lautstärkeregler meiner Anlage bis zum Anschlag. Placebos *Special Needs* dröhnte aus den Boxen. Nach ein paar Sekunden drehte ich die Musik ab. Es war still.

Ich rannte in den Flur und hämmerte mit den Fäusten gegen Elishas Tür. Nach dem dritten Klopfen öffnete er. Er trug nichts außer einer schwarzen Jogginghose, deren Bund locker um seine Hüften saß. Und so dämlich wie er grinste, meinte er, dass ich mich vom Anblick seines definierten Körpers ablenken ließ.

»Geht's noch lauter? Ich wollte ins Bett.«

»Passt gut, ich auch. Komm mit in meins.«

»Denkst du, nur weil du gut aussiehst, kannst du dir alles erlauben?«

»Ah. Du findest mich also immer noch gut aussehend?« Sein Grinsen wurde so breit, dass seine weißen Zähne hervorblitzten. Nicht sein Körper, sondern sein Lächeln war gefährlich für mich. Dieses verfluchte Lächeln, mit dem er Eis zum Schmelzen brachte.

»Unverschämt und ätzend trifft es eher.«

»Klar. Machen wir einen Deal.« Esh trommelte mit beiden Händen auf seinen Waschbrettbauch. »Ich stelle die Musik aus, wenn du reinkommst.«

»Gut, dann rufe ich einfach die Cops.«

Er beugte sich ein Stück herunter und ich schluckte, als ich die Wärme seiner Brust an meiner Schulter spürte. Es war idiotisch, aber manchmal wünschte ich mir, schwach zu sein. Nachzugeben und mich fallen zu lassen. Manchmal hatte ich das Kämpfen satt.

»Komm schon, Phoe. Ich will dir was zeigen.«

»Danke, auf deine Briefmarkensammlung verzichte ich gerne.«

»Bitte. Ich denke, es gefällt dir.«

Tu's nicht. Sei nicht mit ihm alleine. Doch meine Neugier war geweckt. Was hatte er vor? Was sollte schon passieren, wenn wir mitten in der Nacht, er dabei halb nackt, alleine in seiner Wohnung waren? Ich schob den Gedanken beiseite, straffte die Schultern und drängte mich an ihm vorbei. »Zehn Minuten.«

Er schloss die Tür und hob den Zeigefinger. »Nicht weggehen, ich hole sie kurz.«

»Sie?«

Esh verschwand in der Tür, die vom Wohnzimmer abging. Ich ließ meinen Blick durch den Raum schweifen. Von der Aufteilung glich sein Apartment dem meinen. Doch im Gegensatz zu meinen karamellfarbenen Wänden und dem hellen Holzboden herrschten in seiner Wohnung dunkle Töne. Auch von hier aus konnte man von der verglasten Wand aufs Meer blicken. Die Neonschilder der Restaurants auf der Strandpromenade spiegelten sich auf dem Wasser.

Schwarze Wände, eine große, gleichfarbige Eckcouch und ein riesiger LCD-Fernseher ließen das Wohnzimmer modern wirken. Die offene Küche mit ihrer dunklen Granitoberfläche fügte sich perfekt in das Bild ein.

Seine Wohnung wirkte maskulin. Sie passte zu Esh.

Ich schloss die Augen und atmete tief ein. Es roch nach in der Sonne getrockneter Wäsche und Feuerholz. Ich drückte meine Füße gegen den Holzboden und genoss den vertrauten Duft.

Plötzlich war ich wieder dreizehn und im Zimmer meines Stiefbruders.

Damals hatte ich mich in sein Zimmer geschlichen, in sein Bett gelegt und meine Nase im Kissen vergraben, um seinen sauberen Duft zu riechen.

Schritte holten mich zurück in die Gegenwart. Ich öffnete die Augen.

Elisha schaltete das Licht aus.

Dunkelheit umhüllte mich wie eine Decke, mein Herz klopfte schneller.

»Was soll das?«

Er kam näher, streckte seine Hand aus und öffnete sie. In seiner Handfläche leuchteten orange, grüne, pinke und blaue Legosteine. »Erinnerst du dich?«

Ich nahm einen grünen Stein zwischen zwei Finger und betrachtete ihn wie jemand, der den Wert eines Diamanten schätzte. »Die hast du mir geschenkt, als Dad und ich bei euch eingezogen sind.«

Ich setzte mich im Schneidersitz auf den Boden, nahm die anderen Steine aus seiner Hand und steckte sie aufeinander. Ein kleiner, leuchtender Turm erhellte einen Fleck des Bodens. Esh setzte sich neben mich.

»Mom hat dir Puppen geschenkt, aber die hast du nicht angerührt. Das ganze rosa Mädchenzeug hat dich nie interessiert.«

Ich nickte. »Ich hab mich lieber immer in dein Zimmer geschlichen und hab mit deinen Matchboxautos und Legosteinen gespielt. Wenn ich so überlege, wer hat mit dreizehn noch Legosteine?«

Er lachte. »Fragt diejenige, die ihre Puppen im Garten begraben hat.«

Ich grinste und nahm den Turm aus Steinen in meine Hand. »Du hast sie extra mit diesem komischen Zeug bestrichen, weil ich mir gewünscht habe, dass ich im Dunkeln damit spielen kann.«

»Und dein Dad hat sich aufgeregt, weil du dich aus dem Bett geschlichen hast und am nächsten Tag kaum die Augen offen halten konntest. Du hast die halbe Nacht damit gespielt.«

Sein Unterarm streifte meinen. Ich zuckte zusammen, aber ließ meinen Arm neben seinem ruhen. Die Berührung ließ mein Herz schneller schlagen.

»Warum hast du sie aufbewahrt?«

»Nachdem du weggegangen bist, wollte Mom sie loswerden. Es tat ihr zu weh, dass du nicht mehr da warst. Sie wollte alles aus dem Haus schaffen, was an dich erinnert. Ich wollte das für sie erledigen, aber ich konnte es nicht.«

Mit Miami und der Erinnerung an mein altes Leben hatte ich auch Katherine zurückgelassen. Sie war wie eine Mutter für mich gewesen und hatte mir nie das Gefühl gegeben, fremd in ihrer Familie zu sein. Anfangs vermisste ich sie. Doch nach und nach ließ ich alles zurück. Ich drängte sie mit der Erinnerung an Elisha, seinen Demütigungen und dem schlimmsten Tag meines Lebens aus meinem Gedächtnis. Ich hatte Angst, Katherine zu besuchen. Wenn ich zurück in das Haus ging, in dem ich die schönste und schlimmste Zeit meines Lebens erlebt hatte, würden Wunden aufgerissen, auf denen sich Schorf gebildet hatte.

»Warum nicht? Du musst doch froh gewesen sein, als ich weg war.«

Er schwieg. Aus dem Augenwinkel bemerkte ich, dass er mich ansah.

Ich legte die Legosteine in seine Hand und erhob mich. »Ich geh wieder rüber, ich bin müde.«

Esh kam auf die Beine. Er hielt mich am Ellbogen zurück. »Bitte bleib noch, Phoe.«

»Ich glaube, das ist keine gute Idee.«

Er schaltete den kleinen Strahler in der Decke ein, lief hinüber zur Anlage und stellte sie an.

»Esh … Ich -«

»Warte.« Er hob eine Hand. »*Broken Pieces* von Apocalyptica. Der Song erinnert mich an dich. An uns.«

Ich verschränkte die Arme vor der Brust, konzentrierte mich auf die Melodie und folgte dem Text.

Die Frauenstimme sang davon, wie das Licht sich zu Dunkelheit wandelte, von einem Doppelleben, das jemanden innerlich zerfraß.

Mit jeder Zeile zog sich die Schlinge um meinen Hals enger zusammen. Jede Strophe schnitt mich wie eine Glasscherbe. Das Lied spiegelte unsere Geschichte wider.

»Du hast mich nie verloren«, antwortete ich auf eine Textstelle und hoffte, er bemerkte das Zittern in meiner Stimme nicht. »Ich habe dir nur Macht gegeben, die du nicht verdient hast.«

Esh kam näher, stellte sich vor mich und sah mich an. Doch ich richtete den Blick aufs Meer, auf dem sich die Leuchtreklamen der Restaurants spiegelten. Sie erinnerten mich an die Legosteine auf dem Boden.

»Was ist los? Seit wir campen waren, kannst du mir kaum noch in die Augen sehen.«

Ich hob das Kinn und sah zu ihm auf. »Was erwartest du? Ich mag dich nicht. Daran ändern weder Legosteine noch deine lächerliche Pseudo-Entschuldigung irgendetwas.«

»Kann sein, aber du willst mehr.« Sein Blick verdunkelte sich. »Wenn du nicht so verdammt stolz wärst, hättest du mit mir gevögelt.«

Ich biss die Zähne zusammen und fragte mich, warum ich überhaupt hier war und mit ihm diskutierte.

Weil es dich anmacht. Weil du das brauchst.

»Ich habe dir gesagt, dass -«

»Dass du nur mit einem Typ fickst, in den du verliebt bist«, unterbrach er mich. »Gilt das auch für's Küssen?«

»Was?«

Esh grinste und leckte sich über die Unterlippe. »Du starrst auf meine Lippen. Weißt du noch, wie sehr es dir gefallen hat, wenn du mich geküsst hast?«

Ich senkte den Blick.

Der Gedanke reizte mich. Wie würde es jetzt sein? Jetzt, wo wir beide erwachsen waren? Meine Kehle kratzte, als wäre sie mit Kies gefüllt, mein Herz schlug so schnell, dass ich es in meinen Ohren pochen hörte. Verflucht, was war los mit mir?

Er kam näher. So nah, dass ich sein Parfüm roch. Holzig, männlich, sexy. Er sah mir in die Augen, sein Mund war leicht geöffnet und seine Atmung ging schneller. Durch meine Adern peitschte Adrenalin. Ich legte eine Hand auf seine Brust und ließ sie über die feinen Linien seiner Bauchmuskeln gleiten. Elishas Haut fühlte sich wie Seide an. Ich strich bis zu seinem Bauchnabel und drückte meinen Unterleib gegen seinen.

Ich wollte mehr.

Ich wollte ihn spüren und für einen Augenblick vergessen, was er mir angetan hatte. Doch so leicht war es nicht. Das war es nie.

Mit einer Hand griff er mein Haar im Nacken und zog mich näher. Er beugte sich zu meinem Ohr und eine Gänsehaut breitete sich auf meinem Hals aus. »Wir sind ganz alleine. Niemand sieht uns. Niemand erfährt hiervon«, flüsterte er. »Vergiss für einen Moment, dass du mich hasst.«

Hitze wallte in mir, ich spielte mit dem Feuer und genoss es. Ich leckte mit der Zungenspitze über seine Unterlippe, nahm sie zwischen meine Zähne und saugte daran. Esh stöhnte auf und griff mit beiden Händen meinen Hintern. Er presste seinen Ständer gegen meinen Unterleib. Zwischen meinen Beinen spürte ich Feuchtigkeit und ein Pochen. Elisha drückte seine Lippen sanft auf meine. Ich schloss die Augen und schob meine Zunge in seinen Mund. Er schmeckte so gut, wie er sich anfühlte. Und auch, wenn ich es morgen bereuen würde, für jetzt war es das, was ich brauchte.

Ich küsste ihn hungrig, schlang meine Arme um seinen Nacken und drängte mich an ihn. Elisha griff meine Hüften und schob mich rückwärts Richtung Couch. Ohne unseren Kuss zu unterbrechen, zog ich ihn mit mir und stöhnte, als er sich auf mich legte. Er nahm mein Bein unter dem Knie, legte es um seine Hüfte und drückte sein Becken gegen meinen Unterleib.

»Gott, du fühlst dich so gut an.« Eine Hand glitt unter mein Shirt, er knetete meine Brust und küsste meinen Hals. »Ich will in dir sein.«

Warum war es so schwer, aufzuhören? Warum fühlte ich mich so gut in seiner Nähe? Ich verabscheute ihn.

Tränen stiegen in meine Augen. »Hör auf.« Ich stieß ihn zurück und setzte mich auf. Mein Herz schlug so schnell, dass mir schwindelig wurde. »Ich kann nicht.«

»Warum nicht?«

Ich schüttelte den Kopf. »Ich … Es geht nicht.«

Elisha strich mir eine Strähne hinters Ohr. »Ich hab mich geändert, Phoe. Gib mir eine Chance.«

Ich stand auf, zog mein Shirt zurecht und lief zur Tür. Ich musste weg von ihm. Wenn mein Herzschlag sich beruhigt hatte, würde ich wieder klar denken können. Mein Körper reagierte nur auf Reize.

»Was muss ich sagen, damit du mir glaubst?«

Ich blieb stehen und drehte mich zu ihm. »Manchmal reichen Worte einfach nicht mehr.«

Er stand auf, aber ich winkte ab. »Nichts, was du sagst, kann das, was kaputt gegangen ist, wieder reparieren, Esh. Ich hab dir immer und immer wieder geglaubt und du hast mich jedes Mal verarscht. Die Zeiten haben sich geändert.«

Mit aller Macht unterdrückte ich die Tränen. In was für eine Scheiße war ich geraten?

»Das Tattoo.« Er kam einen Schritt auf mich zu. »Habe ich mir zwei Jahre, nachdem du weggegangen bist, stechen lassen.«

»Warum?«

»Weil es mich an das Mädchen erinnert hat, das du vorher warst.«

»Das Mädchen, das du gehasst hast?«

»Die Phoenix, die du warst, bevor ich das aus dir gemacht habe.«

»Das?« Ich lachte bitter. »Du weißt, wie man Komplimente macht.«

Er fuhr sich mit beiden Händen durch die Haare. »Du weißt, was ich meine. Ich hab dein Lachen vermisst. Die Flügel und die Flammen stehen für deine Freiheit. Du warst immer übermütig, wolltest alles ausprobieren.«

Ja, ich erinnerte mich daran.

Und es hatte mir nichts außer Probleme eingebracht.

»Du hast meine Flügel zerbrochen, aber du vergisst, dass ich Krallen habe.«

»Ich wusste nicht, wie schwer das für dich war. Ich meine, ich dachte, du kommst drüber hinweg. »

»Ist das dein Ernst?« Ich öffnete die Tür. Als ich im Hausflur stand, drehte ich mich noch einmal zu ihm um. »Es hatte auch etwas Gutes. Niemand kann mir mehr was. Jetzt bin ich vorsichtig und passe auf mich auf.«

Ich ging in meine Wohnung, legte mich ins Bett, zog die Decke über meinen Kopf und spürte Elishas Lippen auf meinen.

Zum ersten Mal war ich mir nicht mehr sicher, ob es stimmte. Ob ich mit meinem Panzer nicht auch die guten Dinge in mir wegsperrte. Ich wollte nicht ständig auf der Hut sein müssen. Ich wollte Spaß haben. Ich wollte lieben und geliebt werden, ohne Angst haben zu müssen. Ich wollte stark und schwach sein dürfen.

Ich verabscheute den Gedanken, aber ich sehnte mich nach der alten Phoenix. Nach dem Teil in mir, der sich ins nächste Abenteuer gestürzt hatte und offen war. Den Teil, den ich vor Jahren verloren hatte. *Vertrauen entsteht nur durch Vertrauen.*

Ich konnte alles haben, wenn ich bereit war, alles zu riskieren.

Ich schloss die Augen, dachte an unseren Kuss, seine Berührungen und daran, wie schnell mein Herz jedes Mal schlug, wenn Elisha in meiner Nähe war. Vielleicht war es zu spät. Vielleicht hatte ich ihn längst wieder hereingelassen. So wie damals …

Sechs Jahre zuvor

Sein Blick trifft meinen und mein Herz schlägt schneller. Seit Stunden beobachtet Esh jede meiner Bewegungen und ich frage mich, ob es am Alkohol oder der ausgelassenen Stimmung liegt, dass ich keine Abscheu, sondern etwas anderes in seinen Augen erkenne.

Vor ein paar Tagen hat er mich auf die Party eingeladen. Nach allem, was bisher geschehen ist, habe ich abgelehnt, weil ich eine neue Demütigung erwartete. Doch er hat nicht locker gelassen, war freundlich, hat mich sogar in der Schule verteidigt und ich habe zugesagt. Ich wusste nicht, woher sein plötzlicher Sinneswandel kam, aber ich genoss es zu sehr, als dass ich es hinterfragte. Vielleicht ist er endlich zur Vernunft gekommen. Vielleicht sind meine Gebete auf eine Versöhnung erhört worden.

Ich trete von einem Bein aufs andere, ertappe mich dabei, wie ich an meinem Ohrläppchen zupfe und trinke einen Schluck, damit er nicht bemerkt, dass er mich nervös macht. Esh bahnt sich den Weg durch die tanzenden Leute.

»Hey, hast du Spaß?«

»Ja, es ist super hier«, brülle ich gegen die Musik an. Unter meinen Füßen vibriert der Boden, in meinem Magen spüre ich die Bässe.

Esh streckt eine Hand aus und streicht mir eine Strähne hinters Ohr. »Oben ist es ruhiger.«

Er dreht sich um und ich folge ihm. Ich will mit ihm alleine sein, den Abend genießen und die Zeit nachholen, die wir vergeudet haben. Mein Herz rast, als er mich in ein dunkles Zimmer führt und sich aufs Bett setzt.

»Komm her.«

Ich lasse mich neben ihm nieder und trinke einen Schluck aus dem Plastikbecher. Esh nimmt ihn, beugt sich über mich und stellt den Becher auf den Nachttisch.

Er küsst mich, lässt seine Zunge über meine Unterlippe gleiten und streicht mit einer Hand über meine Wirbelsäule. Jeder Muskel in meinem Körper versteift sich. Ich habe Angst, dass es eins seiner grausamen Spiele ist, dass seine Freunde aus dem Schrank springen und mich beschimpfen.

»Entspann dich, Phoe«, flüstert er und küsst meinen Hals. Seine Küsse jagen heiße Schauer durch meinen Körper.

»Ist alles wieder gut zwischen uns?« Ich will den Moment nicht zerstören, aber ich muss es wissen.

Esh nimmt mein Kinn in die Hand. »Was passiert ist, tut mir leid. Die Scheiße in der Schule, der Stress mit Mom. Ich hab's an dir ausgelassen, aber das ist jetzt vorbei. Ich will wieder dein Freund sein, Phoe. Vielleicht sogar mehr.« Seine Lippen pressen sich auf meine, sein Kuss wird fordernder und ich entspanne mich.

Ich wünsche mir nichts sehnlicher, als dass es die Wahrheit ist. Solange ich noch hoffe, ist es nicht zu spät.

Ich streiche ihm durchs Haar. »Bitte verarsch mich nicht. Ich ertrage es nicht noch mal, dich zu verlieren.«

»Wer niemandem gehört, kann niemanden verlieren.« Er schiebt eine Hand unter mein Shirt und knetet meine Brust.

Ich ziehe den Bauch ein, Panik überkommt mich. Den Gedanken an Sex habe ich längst aufgegeben. Niemand mag mich noch.

Alle halten mich für eine Schlampe, obwohl ich noch nie mit jemandem geschlafen habe.

»Du bist heiß, Phoe«, flüstert er, während er sich weiter über mich beugt, bis ich auf dem Rücken liege.

Elisha atmet schneller und schiebt eine Hand zwischen meine Beine. Er reibt über den Stoff meiner Jeans, aber ich fühle es genau da, wo ich es brauche. Ich stöhne, Adrenalin schießt durch meine Adern, jede Berührung ist doppelt intensiv.

»Ich will dich spüren.« Er setzt sich auf und zieht sein Shirt über den Kopf.

Das Mondlicht scheint ins Zimmer und ich bewundere seine trainierte Brust, seinen Bizeps und seine samtige Haut. Kein Wunder, dass die Mädchen Schlange stehen.

Elisha greift nach meinem Shirt, will es hochziehen, aber ich lege meine Hand auf seine.

»Nicht.«

Wenn er meine Rettungsringe und großen Brüste sieht, wird er sich ekeln und mich wieder als fette Sau beschimpfen.

»Ist okay«, flüstert er und streichelt mich wieder zwischen den Beinen. »Du bist schön, Phoe. Ich will dich sehen.«

Seine Worte sind besser als seine Berührungen. Ich habe mich so sehr an die Demütigungen und Beschimpfungen gewöhnt, dass ich vergessen habe, wie gut Worte tun können.

»Ich schäme mich, ich bin hässlich.«

Er lässt seine Zunge über meinen Hals wandern, schiebt seine Hand in meine Hose und streichelt mich. »Bist du nicht.«

Ich stöhne und presse mein Becken gegen seine Hand. Er massiert mich schneller. Ich lasse mich für einen Moment fallen und denke nicht nach. Elisha greift wieder nach meinem Shirt und diesmal lasse ich es zu.

Er leckt sich über die Lippen. »Du bist perfekt.«

Seine Worte lassen Wärme durch meinen Körper fließen, wo sonst nur Kälte existiert. Ich schlinge meine Arme um seinen

Nacken, spüre seine warme Haut an meiner, küsse ihn und vergesse, was war.

In diesem Moment zählt nur noch das Jetzt. Ich gebe ihm meinen Körper, aber wichtiger noch, ich öffne ihm meine Seele.

Kapitel 12

ELISHA

Ich hielt den Boxsack fest und nickte Eddie zu. »Und jetzt mit beiden Händen, aber nimm sofort wieder die Deckung auf.«

Er wischte sich mit dem Handrücken über die Stirn, schlug dreimal halbherzig auf das Leder ein, ließ die Fäuste sinken und sah zu Boden.

»Was ist los, Großer?«

»Hab ich was falsch gemacht?«

»Wie kommst du darauf?«

Eddie scharrte mit dem Schuh über den Hallenboden, seine Gummisohlen quietschten auf dem Parkett. »Ich dachte, Kieran mag mich.«

Das war es also. Ich kam hinter dem Boxsack hervor und boxte ihm gegen die Schulter. »Hey, sei froh, dass Ty dich nicht trainiert. Der würde dich härter rannehmen.«

»Ich frag mich nur, warum er alles plant und mich dann einen Tag vorher anruft und sagt, dass er keine Zeit mehr hat.«

Ich deutete mit dem Kopf auf seine Handschuhe. »Komm, mach weiter, sonst werden deine Muskeln kalt.«

Ich stellte mich wieder in Position und gab ihm ein Zeichen, damit er zum Schlag ausholte. Auch für mich kam die plötzliche Wende überraschend. Doch im Gegensatz zu Eddie hatte ich es mir selbst ausgesucht. Vor zwei Tagen war ich zu K gegangen und hatte ihn darum gebeten, mir Eddies Training zu überlassen.

Kieran war nicht dumm. Ich musste nicht viel erklären. Er hatte blöd gegrinst und mir mit einer Tracht Prügel gedroht, sollte ich es versauen.

Verdammt, ich erkannte mich selbst kaum noch. Seit Phoe zurück war, herrschte Ausnahmezustand in meinem Kopf. Unsere Spielchen, ihre zwei Gesichter. Ich hatte keine Ahnung, wann es begonnen hatte, aber ich wollte sie.

Eddies Fäuste donnerten gegen den Boxsack. Die Muskeln in meinen Schultern und Oberarmen spannten sich unter meinem Griff so stark an, dass sie zitterten. »K hat einen Großauftrag bekommen. Er schafft das mit dem Training nicht. Und außerdem lernst du Gewinnen am besten von einem Sieger.«

Ed schlug wieder zu. »Ich dachte, du magst mich nicht.«

»Wegen den Sprüchen?« Ich lachte und stellte mich neben ihn. »Ich hab Spaß gemacht, Kumpel. Du brauchst dringend ein dickeres Fell.«

»Kann sein. Ich dachte, das kommt mit der Zeit, aber ich glaube, es ist eher das Gegenteil.« Er holte aus und versetzte dem Boxsack drei Schläge hintereinander. »Ich glaube, je mehr ich einstecke, desto weniger ertrage ich.«

Ed ließ die Fäuste sinken und kaute an dem Ring in seiner Unterlippe. Sein Schweiß tropfte auf den Boden und hinterließ Spuren auf dem Holz. Der Blick in seinen Augen war einer der Gründe, warum ich ihm helfen wollte. Er erinnerte mich daran, was ich angerichtet hatte. Was Leute wie ich Leuten wie Eddie und Phoenix antun konnten.

Manchmal reichen Worte nicht mehr.

Wenn ich ihr beweisen wollte, dass ich mich geändert hatte, mussten Taten folgen. Würde mein Plan erfolgreich sein, konnte ich drei Leuten gleichzeitig helfen.

»Du solltest auch zu Hause üben. Ich kann dir Handschuhe und einen alten Boxsack geben. Das reicht für den Anfang. Wenn du magst, komm heute Abend zum Lasertag.«

Zum ersten Mal, seit ich ihm begegnet war, zeigte sich der Anflug eines Lächelns auf seinem Gesicht. »Ehrlich? Meine eigene Ausrüstung?«

»Klar.« Ich klopfte ihm auf die Schulter. »Vorher mache ich K und die Mädchen noch fertig.«

»Danke, Elisha.«

Ich legte eine Hand auf Eddies Schulter. Sein Shirt klebte an seiner Haut, der Junge hatte sich total verausgabt. Ich holte eine Flasche Wasser aus meiner Sporttasche und reichte sie ihm. »Was wir beide besprechen, bleibt unter uns.« Ich lehnte mich mit dem Rücken gegen die Spiegelwand und verschränkte die Arme vor der Brust. »Aber damit ich dir helfen kann, muss ich es verstehen.«

Ed trank einen Schluck, schraubte den Deckel zu und kaute an seinem Lippenring. Ich konnte nur ahnen, was sie mit ihm gemacht hatten. Der Junge verhielt sich wie ein Reh im Scheinwerferlicht. Seine Schultern hingen, er konnte mir kaum in die Augen sehen. Es überraschte mich, dass er überhaupt ein Wort herausbrachte. Aber ich musste es aus seinem Mund hören.

»Komm schon, Kumpel. Erzähl mir von den Arschlöchern.«

Endlich sah er mich an. Und scheiße, jedes Gefühl in seinem Blick traf mich.

Scham.

Wut.

Enttäuschung.

Schmerz.

Hass?

Nein. Eddie war wütend, aber er hasste sie nicht. Sie hatten ihm viel genommen, aber für ihn war es noch nicht zu spät.

»Woher weißt du, dass es mehrere sind?«

»Weil sich einer alleine nicht traut.«

Ich erinnerte mich an mein altes Ich und wie stark ich mich mit Ethan und den anderen gefühlt hatte, während ich alleine kaum das Maul aufbekommen hatte. Außer bei Phoenix.

»Owen Valdecour ist der Schlimmste.«

»Valdecour?« Ich lachte. »Mit dem Namen wäre ich auch sauer.«

»Er hat Mädchen und ist Kapitän der Footballmannschaft. Alle sehen zu ihm auf.«

»Beleidigen sie dich? Spucken sie dich an? Sagen sie, dass du der Dreck unter ihren Schuhen bist?«

Eddie musste verstehen, dass es auf ihn und seine Sicht auf die Dinge ankam. Egal, was das Leben dir gab, du nahmst die Probleme an und machtest das Beste draus.

Eddie blickte zu Boden.

»Hey! Sieh mich an! Oder ignorieren sie dich?«

»Von allem etwas. Manchmal werfen sie meine Bücher ins Klo, schubsen mich und beleidigen mich als Schwuchtel.«

»Seit wann?«

Er zuckte mit den Schultern. »Keine Ahnung. Ich erinnere mich nicht daran.«

»Erinnerst du dich an den Eddie, der du vorher warst?«

Er nickte und sah mir in die Augen. »Täte ich das nicht, hätte ich längst Schluss gemacht.«

Die Hoffnungslosigkeit in seiner Stimme durchbohrte mich wie ein Messer.

Ich stieß mich von der Spiegelwand ab, lief zu ihm und stellte mich vor ihn. Automatisch sah er zur Seite.

»Sieh mich an!«

Er zögerte einen Moment, hob das Kinn und sah zu mir auf.

Ich dachte an Phoenix' Lächeln. Das Lächeln, das ich ihr genommen hatte. An alles, was ich ihr genommen hatte. Ihre Kindheit, ihre Unschuld, ihr Vertrauen.

Mit dem Zeigefinger klopfte ich gegen seine Brust. »Der Eddie ist immer noch da drin. Die haben ihn nicht kaputt gemacht. Das denken sie vielleicht, ist aber nicht so. Und du musst etwas begreifen.«

Regungslos stand er da und sah mich an. »Was?«

»Owen hat dir einen Gefallen getan. Er ist ein Loser, aber du bist keiner. Er hat dich stark gemacht. Wird Zeit, dass du das auch begreifst, Kumpel.«

Eddies Mundwinkel zuckten leicht. Er schwieg, doch er musste nichts sagen. Seine Augen sprachen aus, was er dachte.

Ich zwinkerte ihm zu. »Los, noch eine Runde.«

Als der Aufzug in der fünfzehnten Etage meines Gebäudekomplexes hielt, die Türen sich öffneten und ich heraustrat, fühlte ich mich erschöpft, aber zufrieden. Wir hatten noch eine Stunde trainiert und dafür, dass es erst Eddies zweite Stunde war, hatte er sich gut gehalten. In dem Jungen steckte mehr, als er wusste, und meine Aufgabe war es, ihm das zu zeigen. Diesmal wollte ich jemanden aufbauen, statt zerstören.

Ich schob mein Basecap zurück, wischte mit dem Arm über meine Stirn und griff den Tragegurt meiner Sporttasche fester, als ich den Gang zu meinem Apartment entlanglief. In meiner Hosentasche suchte ich nach dem Wohnungsschlüssel und seufzte, als ich ihn endlich fand. Als ich ihn ins Schloss steckte, öffnete sich die Tür nebenan. Ich verkniff mir das Grinsen, ignorierte Phoenix und tat so, als ob ich meine Haustür aufschloss, obwohl ich den Schlüssel nur im Schloss drehte.

Phoe räusperte sich. Ich presste die Lippen zusammen, um mir das Lächeln zu verkneifen, und drehte mich zu ihr. Sie hatte ihre Haare zu einem hohen Pferdeschwanz zusammengenommen, trug schwarze Sportleggins, ein neongrünes Shirt und hatte die Arme vor der Brust verschränkt. Selbst zu diesem Outfit trug sie roten Lippenstift und Erinnerungen an vorletzte Nacht schossen in meinen Kopf.

»Hi Schwesterchen. Was gibt's?«

Sie musterte mich von oben bis unten. »Du kommst vom Training?«

Was wollte sie? Nach vorletzter Nacht erwartete ich nicht, dass sie so schnell wieder ein Wort mit mir wechseln würde. Phoe zupfte an ihrem Ohrläppchen und ich lächelte.

In diesem Moment stand wieder meine kleine Schwester vor mir, die mich fragte, ob wir zusammen im Garten spielen wollten.

»Wolltest du was Bestimmtes?« Ich öffnete meine Haustür. »Ich muss duschen.«

»Ich wollte nur fragen, wie sich Eddie macht. Ich hab Kieran nicht erreicht und heute war Eddies zweite Trainingseinheit …«

Ich hatte nicht vor, ihr jetzt schon von Eddies Training mit mir zu erzählen. Vorher wollte ich ihr Ergebnisse präsentieren. Aber so wie ich Phoe kannte, würde sie ausrasten. Egal, was ich versuchte, wie sehr ich mich auch bemühte, sie sah noch immer das Arschloch von früher in mir.

»Soweit ich es mitbekommen habe, hat er Spaß. K ist begeistert.«

Phoe nickte, ihr Gesichtsausdruck entspannte sich. »Sehr gut.« Wieder zupfte sie an ihrem Ohr. »Und bei dir? Ich meine, bist du sehr geschafft?«

Ich legte einen Arm an den Türrahmen und kniff die Augen zusammen. »Warum willst du das wissen?«

Sie zuckte mit den Schultern. »Ich wollte K fragen, aber der ist anscheinend beschäftigt. Ich hab ewig nicht mehr trainiert und dachte, er könnte mir ein paar Techniken zeigen.«

Obwohl sich meine Muskeln wie Blei anfühlten und ich mich auf eine kalte Dusche gefreut hatte, gefiel mir der neue Plan besser.

»Wenn du willst, zeig ich dir ein paar Schläge.« Ich beugte mich ein Stück zu ihr und genoss den Anblick ihrer Brüste in dem engen Shirt. »Meine Techniken sind nicht zu verachten.«

Phoe verdrehte die Augen. »Wenn sie auch nur annähernd wie deine Sprüche sind, sehe ich schwarz.«

»Komm schon, ein paar Runden. Ich schlage dich auch nur, wenn du mich darum bittest.«

Sie tätschelte meine Wange. »Keine Sorge, ich bin sanft.«

Meine Erschöpfung verschwand. Selbst wenn ich kurz vor einem Zusammenbruch stehen würde, würde ich mir die Gelegenheit nicht entgehen lassen. Ich stellte die Sporttasche in meiner Wohnung ab und schloss die Tür.

»Im Keller -«

»Ich weiß.« Sie richtete ihren Zopf und lief an mir vorbei. »War einer der Gründe, warum ich das Apartment wollte. Die haben da sogar Boxhandschuhe.«

Ich folgte ihr zum Aufzug und drückte den Halteknopf. Beim Gedanken daran, mit ihr alleine zu sein, ihren Körper beim Training zu erleben, zog es unangenehm in meiner Hose.

Der Aufzug hielt, die Türen öffneten sich und Phoe stieg ein. Ich stellte mich dicht neben sie und drückte auf den Knopf. Der Aufzug setzte sich in Bewegung, niemand von uns sprach. Phoenix zupfte sich am Ohrläppchen und räusperte sich.

Die Härchen an ihren Unterarmen kitzelten meine Ellbogen und in meinem Magen tobte ein Tornado. Es war wie im Film, aber zu meinem Bedauern fiel sie nicht über mich her. Sie trat von einem Fuß auf den anderen und starrte auf die orange leuchtenden Ziffern, die die Etagen anzeigten.

Ich drückte meinen Arm gegen ihren und genoss die Wärme ihrer Haut. Kurze elektrische Impulse schossen von meinem Oberkörper in meinen Schwanz. Der Knopf für die elfte Etage blinkte auf.

Ich wandte ihr mein Gesicht zu und lächelte.

»Was?«, fragte sie, ohne ihren Blick von der Anzeigetafel abzuwenden.

Phoe nervös zu erleben, war neu. Seitdem sie zurück war, trug sie ihr Pokerface, nichts schien sie aus der Ruhe zu bringen, aber mit mir in einem Raum alleine zu sein, machte sie nervös. Ich streckte meine Hand nach ihr aus, strich mit zwei Fingern über ihre Wange und rechnete mit Gegenwehr. Doch für den Bruchteil einer Sekunde schloss sie die Augen.

»Du siehst gut aus.«

Die Spannung zwischen uns erschwerte mir das Atmen. Ich ließ meine Finger über ihr Schlüsselbein gleiten und hielt an ihrem Dekolleté inne.

»Willst du es?« Ich legte meine Hand an ihre Kehle, ließ sie dort ruhen und wartete auf ihre Reaktion. Unter meinem Daumen pulsierte ihr Puls. Auch meiner schlug schneller.

Phoe drehte ihr Gesicht zu mir. Ihr Blick traf meinen und mein Schwanz versteifte sich.

Sie schüttelte den Kopf.

Ich übte etwas Druck an ihrem Hals aus. »Nein?«

»Nein.« Sie schluckte.

Meine Hand schloss sich etwas fester. Ich wusste, an welchen Stellen ich den Druck verstärken musste, damit es sich gut anfühlte. »Doch, willst du.«

Sie legte ihre Hand auf meine und schob sie weg. »Es geht nicht immer nur um Sex.« Phoenix' Blick fiel auf das Zelt in meiner Hose, sie lächelte. »Auch, wenn du immer bereit bist.«

Fuck! Sie machte mich verrückt. Jedes Mal warf sie mir einen Happen hin, um dann einen Rückzieher zu machen. Um was ging es sonst? Ich wollte zu ihrem Leben gehören, ihr Vertrauen besitzen, ihr Freund sein. Aber wollte ich mehr? Ich fand es besser schnell heraus. Noch einmal würde Phoenix mir keinen Vertrauensbruch verzeihen. Scheiße! Die Wette. Ich musste aus der Nummer raus, bevor sie mir um die Ohren flog.

Mit einem Ruck hielt der Aufzug, die Türen öffneten sich und Phoe trat in den Flur. Ich folgte ihr den Gang entlang und genoss ihren Anblick.

Sie warf mir einen Blick über die Schulter zu. »Findest du es angemessen, deiner Schwester auf den Arsch zu starren?«

»Er ist Weltklasse.«

»Du bist ein Idiot.«

Ich lächelte und fragte mich, ob ihr Verhalten zum Spiel gehörte oder ob es etwas bedeutete.

Kapitel 13

PHOENIX

Schweiß lief über seine Stirn, seine Brust glänzte und sein Gesicht war gerötet. Nach sechs Runden zeigten sich Ermüdungserscheinungen bei Esh. Seine Bewegungen besaßen nicht mehr die Geschmeidigkeit wie ein paar Runden zuvor, aber er hielt sich gut. Mein Herz hämmerte in meiner Brust, mein Atem ging rasselnd und das Brennen in meiner Lunge zwang mich, langsam zu machen. Mein letztes Training lag Wochen zurück, aber nach dem Gespräch mit den Mädchen und Elishas Worten, als ich nachts bei ihm gewesen war, war ich zu dem Entschluss gekommen, ihm eine Chance zu geben. Es ganz vorsichtig zu versuchen.

Ich atmete tief aus. Bisher hatte ich keinen Schlag abbekommen, aber das lag sicher nicht an meiner Deckung. Er zögerte, einem Mädchen seine Faust ins Gesicht zu schlagen.

Ich tänzelte mit gehobenen Fäusten auf ihn zu und lächelte. »Komm schon, Esh. Hör auf zu kuscheln.«

Er tat einen Schritt auf mich zu und ließ die Deckung sinken. »Denkst du wirklich -«

Meine Faust donnerte auf seine Nase, ich trat mit dem Schienbein gegen sein Knie.

»Scheiße!« Elisha nahm die Deckung wieder auf und warf mir einen finsteren Blick zu. »Treten ist nicht erlaubt.«

»Sorry, war ein Reflex.«

Ich wusste, dass Tritte beim normalen Boxen nicht erlaubt waren, aber wenn ich die Gelegenheit bekam, meinen Stiefbruder auf die Matte zu schicken, ließ ich sie mir nicht durch Regeln nehmen.

Elisha stützte seine Hände auf die Knie und beugte sich schwer atmend nach vorne. »Vergiss es. Ich schlage keine Mädchen.«

»Du haust ihnen lieber verbal auf die Fresse.«

Er presste Ober- und Unterkiefer zusammen, drehte sich um und riss die Klettverschlüsse seiner Handschuhe auf.

»Ich bin noch nicht fertig. Ich dachte, du zeigst mir ein paar Schläge.«

»Ich hab zwei Stunden trainiert, ich bin fertig.«

Er ließ sich auf einer Matte nieder, streckte die Beine aus und lehnte seinen Rücken gegen den Spiegel hinter ihm. Einen Moment lang beobachtete ich das Spiel seiner Bauchmuskeln, während er die Arme über dem Kopf ausstreckte. Mir gefiel, was ich sah. Venen, die seine kräftigen Schultern überzogen. Elishas Körper schweißüberströmt.

Seit unserem Kuss vor zwei Tagen bekam ich ihn nicht mehr aus meinem verdammten Schädel. Ich wollte ihm nah sein, herausfinden, was für ein Mensch er jetzt war.

Was, wenn die Mädchen recht hatten? Was würde ich tun, wenn sich herausstellte, dass mein Stiefbruder sich geändert hatte? Vor zwei Tagen hatte ich einen Einblick bekommen, der mich zweifeln ließ. Er hatte meine Legosteine nicht weggeworfen, er bewahrte sie auf. Vielleicht tat ihm wirklich leid, was geschehen war.

Es jagte mir eine scheiß Angst ein, aber ich wollte versuchen, ihm eine letzte Chance zu geben. Nicht für Elisha, für mich. Ich war es leid, vorsichtig zu sein. Ich sehnte mich nach Echtheit. Einem Freund. Jemandem, bei dem ich die Rüstung abstreifen und mich fallen lassen konnte. Ich wusste nicht, ob Elisha dieser Mensch war, aber ich wollte es herausfinden.

Ich warf einen Blick in den Spiegel und war erleichtert, dass mein Lippenstift nicht verschmiert war. Meine große Klappe und mein Lippenstift waren die Schutzschilde, die mein Herz bewachten. Ich zog die Handschuhe aus, warf sie zu Boden und setzte mich neben Elisha. Ich zupfte am Stoff meiner Hose, weil ich nicht wusste, was ich sagen oder tun sollte.

Er drehte den Kopf zu mir. »Warum? Du würdest lieber Glasscherben schlucken, als dich mit mir abzugeben.«

»Danke, dass du die Legosteine aufbewahrt hast.« Ich senkte den Blick. »Kann ich sie haben?«

»Warum?«

Ich zuckte mit den Schultern. Ich hatte keine Verwendung für sie, aber sie waren die einzig sichtbare Erinnerung an eine Zeit in meinem Leben, in der ich noch unbeschädigt gewesen war.

Die meisten Leute bewahrten Erinnerungen in Form von Fotos auf.

Ich war nicht wie die meisten Leute.

»Gibst du mir sie nachher?«

Elisha nickte. Unsere Blicke trafen sich, ein heißer Schauer durchfuhr mich.

»Was ist los, Phoe?«

»Was meinst du?«

»Du bist nett zu mir.«

Ich fürchtete mich, ihm einen Zentimeter des Seiles zu reichen, das mich sicherte. Hielt er es in den Händen, war ich angreifbar. Zerriss er es, stürzte ich in den Abgrund.

»Ich … Will dich kennenlernen.« Ich legte ihm mein Herz in die Hände. Das, was noch davon übrig war. Mein Lippenstift beschützte mich jetzt nicht mehr. Ich fühlte mich nackt.

»Du kennst mich.«

»Das dachte ich.«

Er öffnete den Mund, doch ich legte einen Finger auf seine Lippen. »Ich will wissen, wer du jetzt bist. Was du magst, welche Musik dir gefällt, ich will wissen, ob wir wieder Freunde sein können.«

Esh zog die Augenbrauen hoch. Wäre ich nicht so aufgeregt gewesen, hätte ich über sein überraschtes Gesicht gelacht.

»Ist das dein Ernst? Eine zweite Chance?«

Gott, Phoe, du bist genauso ein Idiot wie alle anderen.

Ich nickte.

»Was, wenn ich nicht dein Freund sein will? Wenn mir deine Freundschaft nicht reicht?«

Scheiße! Das konnte nicht sein Ernst sein.

Ich versuchte, auf ihn zuzugehen, und er kam mit der Nummer. »Dann muss ich dich enttäuschen.«

Eshs Mund verzog sich zu seinem typischen, schiefen Lächeln, das meine Vorsätze ins Wanken brachte. »Keine Küsse mehr?«

Doch. »Behalt deine Lippen und Hände bei dir und beweis mir, dass du kein Arschloch mehr bist.«

»Ich werde so nett zu dir sein, dass du deinen Wunsch bereuen wirst, Schwesterchen.«

»Mit Sicherheit.«

Sein Lächeln verblasste. Er nahm meine Hand und strich mit dem Daumen über meine Fingerknöchel. »Ich sollte dir noch was -«

Das Klingeln seines Handys unterbrach ihn.

Ich zog meine Hand weg, stand auf und deutete mit dem Kopf zur Tür. »Schon gut. Ich muss sowieso los.«

Er nahm das Handy, warf einen flüchtigen Blick aufs Display und sah mich an. »Sehen wir uns heute Abend? Das könnte dir gefallen.«

»Klar, Blake hat mich eingeladen.«

Esh lächelte, schürzte die Lippen und nahm ab.

Mit pochendem Herzen verließ ich den Sportraum und hoffte, ich würde meine Offenheit nicht bereuen.

Vor mir blinkte das Rückenteil von Farrens Weste in Neongrün. Ich hob den Phaser und genoss die Aufregung, die durch meinen Körper jagte und meine Sinne schärfte. Die hohen Wände, die durch die Arena wie in einem Labyrinth führten, boten Versteckmöglichkeiten. Sie versperrten unsere Sicht. Wir mussten aufpassen, dass nicht plötzlich jemand dahinter hervorsprang und seine Waffe auf uns richtete.

»Wir sollten uns aufteilen«, rief ich Farren zu. »So erwischen sie nicht gleich zwei auf einmal.«

Sie nickte, sah sich um und verschwand rechts hinter einer Wand. Die Musik wechselte und Starsets *My Demons* dröhnte durch die Halle.

Das blinkende Licht meiner Weste und die fluoreszierenden Graffitis an den Wänden erhellten die Arena gerade genug, um ein paar Zentimeter vorausschauen zu können. Hinter jeder Wand lauerte Gefahr. Meine Gegner schlichen zwischen den Gängen umher und warteten darauf, mich mit ihrem Phaser abzuschießen. Der Gedanke daran versetzte mich in Euphorie. Unter ihnen war Elisha. In diesem Moment jagte er uns mit Tyler und vier anderen Männern hinterher.

Tyler und Elisha. Raubtiere, die sich in der Dunkelheit zurechtfanden. Sie war ihr Element, ihre eigene Welt.

Ich umklammerte den Griff der Waffe fester, wischte die andere Hand an meiner Jeans ab und konzentrierte mich auf meine Atmung. Ein Teil von mir hoffte, dass sie mich finden würden. Dass ich ihnen ausgeliefert war und sie mit mir machten, was sie wollten. Doch ich war zu ehrgeizig, um ihnen den Sieg zu gönnen.

Ich lächelte über meine verkorksten Gedanken, duckte mich und schlich in den Gang links von mir. An der nächsten Ecke hielt ich inne, streckte vorsichtig den Kopf hervor und entdeckte ein rotes Flackern in einem Meter Entfernung. Mein Puls beschleunigte sich. So vorsichtig wie möglich bewegte ich mich vorwärts, den Phaser geradeaus gerichtet, schussbereit. Mein Gegner bewegte sich. Wenn ich ihn erledigen wollte, musste ich flink sein. Ich rannte, entsicherte den Phaser, schoss pfeilschnell um die Ecke hervor und zielte.

»Scheiße!«

Der rote Punkt auf dem Brustteil seiner Weste erlosch und ich lachte, als ich die Stimme erkannte. »Sorry, K.«

Er zog seine Maske aus. »Die Deleons führen einen Rachefeldzug gegen mich.«

»Ich bin aber eine Hendry.«

»Jedenfalls scheint deine Familie was gegen mich zu haben.« Er senkte seine Waffe und schlenderte davon. Blieben noch fünf übrig. Die Jungs hatten darauf bestanden, dass jeder nur ein Leben bekam. K bereute diese Entscheidung sicher.

Ich bog nach rechts ab, duckte mich unter einem Loch in der Wand her und lief nach links.

Ein schriller Schrei gefolgt von einem heiseren Kichern ließ mich zusammenzucken. Farren.

Einer der Jungs musste sie erwischt haben. Kieran würde sich freuen. Jetzt konnten die beiden im Eingangsbereich ungestört etwas trinken, während Blake, Storm und ich versuchten, die Ehre der Mädchen zu retten.

Für einen Moment lehnte ich meinen Rücken gegen die Wand, wartete, bis sich mein Pulsschlag beruhigt hatte, und lief weiter.

»Ich sehe dich, Sprite.«

Tylers Stimme ließ mich zusammenzucken. Ich drehte das Gesicht zur Seite, aber sah ihn nicht.

Hektisch bewegte ich den Phaser auf mögliche Ziele und flüchtete vor der Stimme.

»Lauf schneller.«

Die Härchen in meinem Nacken stellten sich auf.

Er musste in der Nähe sein, ich spürte seine Anwesenheit, obwohl ich ihn nicht sah.

Durch das Licht meiner Weste stellte ich eine leichte Beute für ihn dar. Schritte näherten sich. Ich beschleunigte mein Tempo, warf einen Blick über die Schulter, aber sah ihn nicht. Jetzt wusste ich auch, warum nicht. Tyler hatte seine Weste ausgeschaltet. Seine schwarze Jeans und das gleichfarbige Shirt verschluckten ihn, ließen ihn eins mit der Dunkelheit werden.

Mit jedem Meter, den ich vor ihm flüchtete, rauschte das Blut in meinen Ohren lauter. Er genoss das Spiel.

Er schlurfte, seine Schritte hallten im selben monotonen Klang wie zuvor. Warum jagte er nicht Blake hinterher? Wo war Elisha? Das Geräusch eines Phasers ertönte. Gerade war wieder jemand ausgeschieden. Hoffentlich einer der Jungs.

Ich lief bis zur nächsten Ecke, durchquerte einen Rundbogen, der in einen weiteren Bereich der Arena führte, und drückte mich mit dem Rücken gegen eine Wand.

Rechts neben mir leuchtete ein Graffiti in Orange-Blau. In riesigen, schiefen Buchstaben stand ›Fear‹ an der Wand. Ich entfernte mich ein paar Zentimeter, um dem fluoreszierenden Licht zu entkommen, doch wenn er das Blinken meiner Weste sah, tappte ich in die Falle.

Ich genoss den Adrenalinkick und mein pochendes Herz.

Tyler jagte mich.

Ich wusste nicht, was er vorhatte, wo sich die anderen befanden oder warum Elisha nicht hinter mir her war, aber es spielte keine Rolle.

Das war gut. Richtig gut.

Ich legte den Kopf in den Nacken und senkte den Phaser.

Bevor ich reagieren konnte, griff jemand meine Schultern, drehte mich zu sich um und presste eine Hand auf meinen Mund. Mit der freien Hand entriss er mir die Waffe und warf sie zu Boden. Ich war bewegungsunfähig und blickte in finstere Augen, die mich hinter einer schwarz-weißen Paintballmaske ansahen. Meine Atmung beschleunigte sich, ich rührte mich nicht. Die Maske wirkte anonym. Heiß.

»Game over, Sprite.« Tyler ließ einen Finger über meine Wange gleiten, schob seine Maske mit der freien Hand ein Stück nach oben, sodass sie bis unter seine Nase reichte und leckte mit der Zungenspitze über seinen Finger. »Mhh, kein Wunder, dass er auf dumme Gedanken kommt.«

Ich drückte beide Hände gegen seine Brust, doch er bewegte sich keinen Zentimeter. Er lächelte.

Ich hatte keine Chance.

Ihm einen Schlag zu verpassen, wäre leicht gewesen, ein einfacher Kinnhaken würde genügen, damit er von mir abließ. Doch anstatt mich zu wehren, wartete ich auf seinen nächsten Zug. Ich sah Tyler in die Augen und legte den Kopf schief.

»Du willst mich.« Er nahm die Hand von meinem Mund, griff meine Handgelenke und hielt sie mir über dem Kopf zusammen.

Ich antwortete nicht und öffnete die Lippen. Ich fühlte mich schuldig, weil ich Blake mochte, weil ich wusste, dass es falsch war, doch gleichzeitig breitete sich Wärme in meinem Bauch aus. Sie zog in Arme und Beine und drängte die Gedanken an Blake beiseite.

Er würde mich nicht anrühren.

Ich würde ihn nicht anfassen.

Das war nur ein Spiel.

Riskant, doch nur ein Spiel. Niemand von uns würde diese Grenze überschreiten.

Tyler verstärkte den Griff um meine Handgelenke. Aus einem Impuls heraus, wölbte ich den Rücken und drückte meine Brust gegen seinen Oberkörper. Gott, es war berauschend.

»Bist du feucht?«

Ich schwieg, mein Körper kannte die Antwort.

Tyler leckte sich über die Lippen und lehnte sich nach vorne, sodass sein Atem meinen Hals streifte.

»Die Nacht beim Boxen, dein Blick. Du wolltest, dass ich dich ficke.«

Ich stöhnte auf und schloss die Augen. Noch nie hatte ich mich so schuldig und berauscht zugleich gefühlt.

»In meiner Fantasie.«

»Was, wenn wir sie wahr werden lassen?«

Ich erstarrte. »Du hast Blake.«

»Und ich liebe sie.« Er ließ meine Handgelenke los, vergrub seine Hand in meinem Haar und riss meinen Kopf zurück. »Aber ich frage mich, wie es mit dir wäre. Du bist eine von uns.« Mit seiner freien Hand griff er meine Hüfte. »Besorgt er es dir nicht gut?«

»Eine von euch?«

»Du bist total verkorkst, beschädigt.«

Ich warf den Kopf zur Seite, damit er mich losließ, doch sein Griff war so stark, dass meine Kopfhaut schmerzte. Meine Lust wandelte sich in Wut.

Er besaß kein Recht, über mich zu urteilen.

»Mit mir ist alles okay. Du bist derjenige, der die Stiefschwester seines Freundes anbaggert, während seine Frau keine Ahnung hier von hat.«

Der Ausdruck in seinen Augen veränderte sich nicht. »Die Nacht beim Boxen. Dein Bruder und ich haben über dich geredet, als wärst du unser Besitz, und deine Nippel wurden hart.« Er legte seine Hand an meinen Hals, zwischen meinen Beinen kribbelte es. Verdammt noch mal.

»Und das hier turnt dich auch an.«

Ich holte aus und klatschte ihm meine flache Hand ins Gesicht. Sein Kopf schoss zur Seite, die Maske fiel zu Boden, Tyler lächelte noch immer. »Oh, ich habe einen wunden Punkt getroffen. Hast du dich deshalb nur von ihm fingern lassen? War dein Bruder zu nett?«

Weiße Punkte tanzten vor meinen Augen, mein Magen verkrampfte sich, so wütend war ich.

Elisha hatte es ihm erzählt. Natürlich.

Ich stellte mich auf Zehenspitzen, streckte das Kinn und ließ mir meine Enttäuschung nicht anmerken.

Ich war selbst schuld. Menschen änderten sich nicht.

»Ich schlafe weder mit Losern noch mit Idioten. Ihr könnt mich alle mal.«

»Pass auf, was du dir wünschst.«

Als er nach meinem Oberarm griff, schlug ich seine Hand weg und stürmte davon. Ich rannte um die nächste Ecke und stieß gegen etwas Hartes.

»Hey, nicht so stürmisch, Phoe. Hast du Sehnsucht?«

Elisha trug eine Totenkopfmaske und seinen schwarzen Hoodie, auf dessen Brust und Rücken der Anfangsbuchstabe seines Namens stand.

Seine Augen strahlten. Ich erkannte das Lächeln darin, ohne dass ich seine Lippen sah. Er und sein verdammtes Lächeln, das mir jedes Mal zum Verhängnis wurde. Diesmal spürte ich keine Lust wie noch wenige Augenblicke zuvor.

Nur Wut, Enttäuschung und Leere.

Er versperrte mir den Weg, richtete den Phaser auf mich und legte den Kopf schief.

»Worauf wartest du? Erledige mich.«

»Sei nicht so dramatisch«, sagte er lachend. »Du bist das letzte Mädchen in der Arena. Ich überlege, ob wir das nicht anders regeln, vielleicht hast du ja noch eine Chance, es uns heimzuzahlen.«

Ja klar.

Ich verschränkte die Arme vor der Brust, es reichte. »Vielleicht solltest du Tyler um Rat bitten.«

Wie auf ein Stichwort presste sich jemand von hinten gegen mich, riss meine Arme auf den Rücken und hielt sie fest. Ich wand mich unter seinem Griff, trat um mich. Elisha kam einen Schritt auf mich zu.

»Ich fürchte, sie ist wütend, weil du mir erzählt hast, wie du es ihr besorgt hast«, sagte Tyler mit gespenstischer Ruhe. Ich fragte mich, was sein Blut zum Kochen brachte.

Esh strich mir eine Strähne hinters Ohr. »Ich hab es ihm nicht gesagt, um dich zu verletzen. Das hier«, mit dem Finger deutete er zwischen uns hin und her, »ich dachte, es gefällt dir. Ty gefällt dir. So haben wir alle etwas davon.«

Selbst durch den Stoff meines Shirts spürte ich die Hitze, die von ihren Körpern ausging. Sie umhüllte mich wie eine Decke. Ihre Düfte vermischten sich zu einer Komposition aus Holz, Deo und Moschus, die meine Synapsen auf einen Trip schickte. Ich war wütend, aber der dunkle Teil in mir, der Teil, den ich seit Jahren versteckte, schlich an die Oberfläche und betäubte meinen Ärger. Die Muskeln in meinen Armen entspannten sich, ich wehrte mich nicht länger und ließ sie gewähren. Tyler, der meine Hände auf meinem Rücken hielt, und Elisha, der sein maskiertes Gesicht an mein Ohr brachte.

»Vertrau mir. Nur einmal«, flüsterte er und strich mit dem Handrücken über meine Wange. »Das bleibt unter uns.«

Ich schluckte und bemühte mich, meinen schneller werdenden Atem zu kontrollieren. Sie sollten nicht wissen, wie sehr es mich erregte. Wie sehr mich ihre Masken, diese Situation anturnte.

Tyler hatte recht.

Ich war kaputt.

Nichts änderte etwas daran.

Weder eine Entschuldigung von Elisha noch mein Selbstbewusstsein oder der Versuch, diese Seite zu verdrängen. Wie auch meinen Stiefbruder zog mich die Dunkelheit an. Darin musste ich mich nicht verstecken, wir bildeten eine Einheit. Doch so sehr ich mich dem Rausch hingeben wollte, so sehr ängstigte es mich. Noch ein paar Stunden zuvor hatte ich ihm gesagt, dass Sex keine Rolle spiele. Dass ich ihn kennenlernen wolle, und jetzt wollte mein Körper das, vor dem mich mein Verstand warnte. Elisha warf seine Maske auf den Boden. Er presste seine Lippen auf meine und drängte seine Zunge in meinen Mund, während eine Hand unter mein Shirt wanderte und meine Brust knetete. Ich erwiderte seinen Kuss, saugte an seiner Unterlippe.

Nur ein Kuss, nicht mehr.

Doch je hungriger er mich küsste, je fordernder seine Hände über meine Hüften glitten, desto kleiner wurden meine Zweifel. Die Wärme, sein Duft, seine Lippen verdrängten meine Bedenken, ließen sie schrumpfen, bis ich sie vergaß.

Tylers Ständer presste sich gegen meinen Hintern, meine Handgelenke schmerzten von seinem festen Griff. Als Elisha zwischen unseren immer heftigeren Küssen Luft holte, drehte ich mein Gesicht zur Seite und sah Tyler an. Sein Mund war leicht geöffnet, er atmete schneller. Sein Blick jagte einen heißen Schauer durch meinen Körper. Doch bevor ich seinen Anblick weiter genießen konnte, packte Elisha mein Kinn und küsste mich wieder.

Plötzlich stolperte ich rückwärts. Tyler hatte mich losgelassen. Elisha hob den Kopf und sah ihn an.

Tyler lief an mir vorbei und beugte sich zu meinem Stiefbruder. Ein düsteres Lächeln umspielte seinen Mund. »Fick sie richtig durch, ich warte draußen.« Er lachte. »Scheiße, ich hab mir hier gerade mein eigenes Grab geschaufelt.«

Er ließ uns alleine.

Mein Herz raste, mein Shirt klebte an meinem Rücken. Ich war zurück in der Realität, doch es war zu spät. Ich griff nach dem Saum von Elishas Shirt, zog es über seinen Kopf und warf es zur Seite. Er drängte mich gegen die Wand hinter mir, befreite mich von meinem Oberteil, knöpfte meine Jeans auf und schob sie mitsamt meinen Slip nach unten, bis sie zu meinen Füßen lag. Er hatte gesagt, ich sei das letzte Mädchen im Spiel, doch ich wusste nicht, ob die Jungs noch in der Arena waren. Der Gedanke beängstigte und turnte mich gleichzeitig an. Es spielte keine Rolle. In diesem Moment existierten nur noch Elisha und ich.

»Scheiße, du bist so verdammt heiß.« Er öffnete seinen Gürtel und schob Jeans und Shorts nach unten. Mein Blick fiel auf seinen steil nach oben ragenden Schwanz und meine Klit zuckte. Ich schlang meine Arme um seinen Hals, küsste ihn und presste mein Becken gegen seinen Ständer.

Elisha lächelte nur, legte eine Hand an meine Kehle und drückte zu. Nicht fest, aber es genügte, um mich wahnsinnig zu machen. Ich wölbte meinen Rücken und sah ihm in die Augen.

»Bitte.«

Er grinste. »Bitte was?«

»Mach schon.«

Er leckte sich über Zeige- und Mittelfinger und ließ sie in kreisenden Bewegungen über meine Klit gleiten.

»Nur Freunde, ja?«

Ich schloss die Augen, stöhnte und bewegte mein Becken im Rhythmus seiner Finger. Wie hatte ich einen Moment glauben können, Elisha und ich könnten nur Freunde sein.

Sein Griff um meinen Hals verstärkte sich. Esh wusste genau, was er tat. Wenn er früher die Mädchen gewürgt hatte, hatte ich mir gewünscht, an ihrer Stelle zu sein. Der Sauerstoffmangel versetzte meinen Körper in einen Rauschzustand. Seine Finger rieben meine Klit, schoben sich in mich und stießen härter zu.

»Ahh … Bitte. Gib mir mehr.«

Seine Zunge wanderte über mein Schlüsselbein, während seine Finger in mich drangen.

»Willst du von all deinen Freunden gefickt werden, Phoe?«

Ein harter Stoß ließ mich aufschreien. »Nein.«

»Dann sag mir, was ich hören will.«

Ich öffnete die Augen. »Ich will mehr.«

»Ja?« Er lächelte und leckte über mein Kinn. »Was willst du?«

Die Hitze in meinem Bauch schoss zwischen meine Beine und ließ sie zittern. Ich biss die Zähne zusammen und schob seine Hand von meiner Klit. »Hör auf.«

»Warum?«

»Ich will noch nicht kommen. Ich will dich in mir spüren.«

»Fuck!« Esh beugte sich hinunter, griff in seine Hosentasche, riss hastig die Kondomverpackung auf und rollte es sich über. Bei dem Anblick klopfte mein Herz schneller.

Er griff mein Bein, schlang es um seine Hüfte und brachte seinen Schwanz in Position.

Ich stöhnte, als er die Spitze über meine Klit rieb und dann langsam in mich schob. Er sah mir in die Augen, drang Zentimeter für Zentimeter in mich ein und füllte mich aus.

»Das hier.« Er schluckte. »Das sind wir. Keine Freunde, keine Geschwister. Nur Phoenix und Elisha.«

Gefühle, die ich vergraben hatte, bis ich dachte, ich wäre nicht mehr zu ihnen fähig, brachen aus mir heraus.

Vertrautheit.

Euphorie.

Verbundenheit.

Ich saugte an seiner Unterlippe, küsste ihn und krallte eine Hand in sein Haar, während mein Rücken mit jedem Stoß gegen die Wand krachte. Elishas schneller Atem vermischte sich mit den Geräuschen aufeinanderprallender Haut und meinem Stöhnen. Er knetete meine Brust, biss in meine Unterlippe und fickte mich so hart, dass es wehtat. Aber ich brauchte den Schmerz. Und seine Nähe. Sie war so stark, dass sie meinen Schutzschild zum Einstürzen brachte. Die Rauheit erinnerte mich daran, wer ich gewesen war.

Elisha biss in meinen Hals. Ich vergrub meine Nägel in seinem Rücken und drängte meine Brust so dicht gegen seinen Oberkörper wie möglich.

»Härter. Fick mich!«

Er zog sich zurück und rammte sich mit einem Stoß in mich. Er griff meine Hüfte, um tiefer in mich eindringen zu können.

Die Nässe zwischen meinen Beinen, die Geräusche, seine warme Haut an meiner, trieben mich weiter fort. Meine Beine zitterten, mein Herz raste. Ein Orgasmus, so stark wie ich ihn seit Ewigkeiten nicht mehr erlebt hatte, zuckte durch meinen Körper.

Ich vergrub den Kopf an seinem Hals, um meine Schreie zu dämpfen, und griff seinen Hintern. Elisha rammte sich mit zwei Stößen und kam so heftig, dass er mir in die Brust biss. Ich spürte den Schmerz kaum, ich war weit weg.

Schwitzend, schwer atmend und erschöpft sank er in meine Arme.

↗

Zehn Minuten später betraten wir die Eingangshalle des Lasertags. Selbst ein Blinder konnte sehen, was zwischen uns passiert war, und Elishas Lächeln nach zu urteilen, war er stolz darauf.

Tyler zwinkerte mir zu und grinste. »Na, war's gut?«

Er legte seinen Arm über Blakes Schulter. Sie verdrehte die Augen, schlug ihm gegen die Brust und wandte sich an mich. »Erzähl mir morgen alles. Wir müssen los. Elternpflichten.«

Sie zog Tyler mit sich, der mir im Gehen einen letzten Blick über seine Schulter zuwarf. In seinen Augen lag derselbe Ausdruck, mit dem er mich in der Halle betrachtet hatte. Auch wenn zwischen uns nichts passiert war, fühlte ich mich schuldig, dass ich seine Anwesenheit genossen hatte.

Hinter mir hörte ich Elisha lachen und ich fragte mich, ob es eine gute Idee gewesen war, ihm nachzugeben. Jetzt hatte er erreicht, was er wollte. Ich war verwirrter als zuvor.

Tausend Fragen schossen durch meinen Kopf. Was bedeutete das für uns? Was, wenn er sich wie damals verhielt?

Hatte er mich nur benutzt, um bei seinen Freunden damit angeben zu können? Zumindest hatte ich ihn benutzt.

Der Sex war fantastisch gewesen. Genau das, was ich brauchte. Meine Beine fühlten sich wie geschmolzenes Gummi an. Meine Wangen glühten, die Haare fielen verfilzt über meinen Schultern. Ich glättete sie mit der flachen Hand und strich sie hinter die Ohren. Sicherlich ahnten auch Kieran und Farren, was passiert war. Ich straffte die Schultern und lief zu ihnen. »Wo sind Storm und Harlan?«

»Die sind nach Hause gefahren.« Farren kniff die Augen zusammen. »Habt ihr euch verlaufen oder warum hat das so lange gedauert?«

Kieran grinste und zog sich seinen Hoodie mit dem K auf dem Rücken an. Er schwieg, wofür ich ihm dankte.

»Wir konnten uns ewig nicht einigen, wer oben ist.« Esh legte seinen Arm über meine Schulter und grinste mich unverschämt an. »Aber egal, bleibt in der Familie.«

»Eww.« Farren verzog den Mund. »Zu viel Information.«

Ich schob seinen Arm von mir. »Er verkraftet es nicht, dass ich ihn fertiggemacht habe.« Als Kieran schallend loslachte, fügte ich schnell hinzu: »Beim Lasertag meine ich.«

Ich zupfte an meinem Ohrläppchen und setzte mich in Bewegung. Es war mir nicht peinlich, aber es ging niemanden an, mit wem ich Sex hatte.

Ich riss die Tür auf, betrat den Parkplatz und nahm einen tiefen Atemzug. Die Nachtluft trug die Gerüche und Feuchtigkeit des Ozeans mit sich. Mein Shirt klebte an meinem Rücken, jeder Muskel in meinen Armen und Beinen schmerzte. Ich wollte nach Hause, duschen und darüber nachdenken, was geschehen war.

Hinter mir hallten Kierans und Farrens Schritte über den Asphalt. Sie murmelten etwas und lachten. Elisha lief dicht neben mir, der Stoff seiner Jacke berührte meinen Arm. Ich verschränkte die Arme vor der Brust und schob den Gedanken an unseren Ausrutscher beiseite.

»Hey!«, rief er plötzlich. Ich hob den Kopf und entdeckte Eddie im Licht einer Laterne. Er lehnte mit dem Rücken gegen einen roten, verbeulten Jeep, seine Hände steckten in den Hosentaschen.

Was machte er hier? Elisha lief an mir vorbei, das weiße E auf seiner Jacke leuchtete im Licht der Laterne. Er begrüßte

Eddie mit Handschlag, als kannte er ihn seit Ewigkeiten, und lief mit ihm zu seinem Wagen.

Ich eilte den beiden hinterher, nickte Eddie zu und stellte mich neben meinen Stiefbruder, als er den Kofferraum seines Wagens öffnete.

»Was soll das?«

Er warf Eddie eine Sporttasche zu und lächelte. »Flipp jetzt nicht aus, Phoe. Ich erklär's dir später.«

»Aber -«

»Versprochen«, antwortete er sanft, hob einen Boxsack aus dem Kofferraum und lief zurück zu Eddies Wagen.

Ich hielt den Mund. Das Letzte, was ich wollte, war, ihm vor Eddie und den anderen eine Szene zu machen.

Kieran erschien neben mir. Er kramte in seiner Hosentasche und zog seinen Autoschlüssel heraus. »Habt ihr endlich alles geklärt?«

»Was hat er mit Eddie zu tun?«

»Klär das mit deinem Bruder.«

»Das werde ich.«

»Gut. Ich hab keine Lust, euren Babysitter spielen zu müssen. Wenn ich weg bin, will ich das -«

»Ey! Del Gardo!«, brüllte jemand. Ich hob den Kopf und erkannte Owen, seinen Kumpel Todd und einen weiteren Jungen, in ein paar Metern Entfernung gegen einen Wagen gelehnt. Owen boxte Todd gegen die Schulter. Die drei schlenderten auf uns zu und bauten sich vor Kieran und mir auf.

Owen musterte mich von oben bis unten. »Hat er sich ausgeheult oder was macht Del Gardo mitten in der Nacht bei Ihnen?«

Aus dem Augenwinkel sah ich, wie Kierans Schultern sich anspannten. Er trat einen Schritt auf Owen zu und schirmte mich mit seinem Rücken ab, als wollte er mich beschützen. Farren nuschelte etwas, doch hielt sich im Hintergrund.

»Hey, was ist dein Problem, Kleiner?«, fragte Kieran.

Ich legte meine Hand auf seine Schulter. »Schon gut. Er ist ein Schüler.«

Ich wandte mich an Owen. Seine Arroganz ging mir auf die Nerven. Am liebsten wollte ich ihm eine Abreibung verpassen, doch ich riss mich zusammen. »Wissen deine Eltern, wo du dich rumtreibst?«

»Geht meine Alten genauso einen Scheißdreck an wie Sie.«

Ich öffnete meinen Mund, um etwas zu erwidern, doch in dem Moment drängte sich Elisha an mir vorbei, verschränkte die Arme vor der Brust und baute sich vor Owen und seinen Freunden auf. Todd lachte und schielte zur Seite. Elishas Auftritt schien ihn einzuschüchtern.

»Esh, lass uns gehen.« Ich griff seinen Oberarm, doch er ignorierte mich.

»Du bist also der kleine Pisser, der das Maul so weit aufreißt«, sagte Elisha.

Ich fragte mich, woher er Owen kannte oder warum er sich für Eddie einsetzte.

»Was passt dir nicht an ihm? Seine Nase? Seine Klamotten?« Elisha ging einen Schritt auf die drei zu. Owens Freunde wichen zurück, doch er rührte sich nicht.

»Ich denke, es liegt an dir. Du findest dich selbst scheiße, deshalb machst du ihn runter.«

Ich presste meine Fäuste gegen die Oberschenkel und schielte zu Kieran, dessen Mundwinkel zuckten.

Zum ersten Mal beeindruckte Elisha mich. Ich wusste nicht, warum er sich plötzlich so verhielt, aber es imponierte mir. Er tat es nicht, um mich ins Bett zu bekommen, dafür war es zu spät. Er tat es, weil es ihm wichtig war. Doch die Sache konnte mich in Schwierigkeiten bringen. Und mein Bedarf war fürs Erste gedeckt.

»Esh, lass gut sein.«

»Wer bist du?« Owen lachte und musterte Elisha. »Eddies Lover?«

»Ich bin der, der dir ganz gewaltig den Arsch aufreißt, wenn du Ed noch mal blöd kommst.«

»Oooh, ich mache mir gleich in die Hose.«

»Du kommst dir cool vor, was?« Eshs Nackenmuskeln spannten sich an, als er den Kopf hob. »Deine Kumpel sehen das anscheinend anders oder warum verzieht ihr euch?«

Todd und der schmächtige, braunhaarige Junge tauschten unsichere Blicke aus und zuckten mit den Schultern. »Hey, Alter«, rief Todd. »Lass uns abhauen.«

Owen lehnte sich zur Seite und sah an Elisha vorbei zu mir.

»Hey Ms. Hendry. Vögelt er Sie oder warum spielt der Typ sich so auf?«

Bevor ich antworten konnte, stürzte sich Elisha auf ihn. Er riss ihn zu Boden, packte den Kragen seines Shirts und beugte sich über Owen.

Kieran kam mir zuvor und griff Elishas Schulter. »Mach keinen Scheiß, Alter.«

»Noch ein Wort zu Eddie oder meiner Schwester und du bist fällig, haben wir uns verstanden?«

Noch nie hatte ich Elisha so wütend erlebt. Selbst in seinen schlimmsten Zeiten war er ruhig geblieben.

»Spinnst du?« Adrenalin schoss durch meinen Körper. Sein Ausbruch konnte uns beide in Schwierigkeiten bringen.

Kieran zerrte an Elishas Schulter, doch er schüttelte ihn ab. »Ich hau ihm keine rein. Aber verdient hätte er's. Lass mich los.«

»Mann, der ist es nicht wert.« Kieran ließ seine Hand sinken.

Owens Gesicht leuchtete feuerrot, er atmete schwer. »Das wirst du bereuen. Du wirst dir noch wünschen, dass du mich nicht angepackt hättest, du Wichser.«

Esh ließ ihn los, stand auf und beugte sich über ihn. »Sei froh, dass ich keine Kinder schlage. Kommt noch eine Beschwerde über dich, lernst du mich kennen.« Er lachte. »Und jetzt steh auf, deine Kumpel verlieren den Respekt vor dir.«

Er wandte sich an die anderen beiden. »Wollt ihr mit so einem befreundet sein? Der Typ ist 'ne Lusche. Verzieht euch.«

Die beiden drehten sich um und rannten davon. Owen kam auf die Beine.

Ich lief zu ihm und legte eine Hand auf seine Schultern, doch er befreite sich aus meinem Griff.

»Lass uns zu deinen Eltern fahren, dann klären wir das.«

Ich wollte den Schaden in Grenzen halten, bevor uns Elishas unüberlegtes Handeln in noch größere Schwierigkeiten brachte. »Wir setzen uns zusammen und reden darüber.«

»Vergessen Sie's.« Owen warf Elisha über meinen Kopf hinweg einen verächtlichen Blick zu. »Ich weiß was Besseres!«

Er spuckte neben meine Füße, stieg in seinen Wagen und raste davon.

Elisha lachte, als wäre es ein Dummejungenstreich gewesen.

»Du findest alles lustig, oder? Werd endlich erwachsen!« Ich lief zu seinem Wagen, riss die Tür auf, setzte mich auf den Beifahrersitz und blickte in die Dunkelheit. Elisha überlegte nicht, bevor er handelte. Er ahnte nicht, wie viel seine Taten kaputt machen konnten.

Sechs Jahre zuvor

Vor drei Tagen ist etwas geschehen, das alles Bisherige verändert. Zum ersten Mal seit Monaten kann ich wieder atmen und bin glücklich. Innerhalb von Tagen hat sich mein Leben von miserabel zu großartig entwickelt.

Elisha und ich haben miteinander geschlafen. Es geschah so plötzlich wie seine neu erwachte Freundlichkeit mir gegenüber, aber ich hinterfrage es nicht, sondern genieße es.

Gestern haben wir wieder Sex gehabt und es war noch besser als auf der Party.

Mit einem Lächeln betrete ich die Cafeteria unserer Schule.

Monatelang habe ich sie gemieden, aber jetzt, wo Elisha wieder auf meiner Seite ist, haben die Beschimpfungen aufgehört und ich kann durch die Schule laufen, ohne gedemütigt zu werden. Selbst Ethan ist freundlich.

Ich schlinge die Arme um meinen Oberkörper, weil ich mich unsicher fühle, und setze mich an einen Tisch weiter hinten. Bis auf eine Gruppe Mädchen ist der Speisesaal noch leer. Ich hole eine Schüssel mit Salat und eine Dose Cola aus meinem Rucksack und breite es vor mir aus. Ich mag es nicht, in einer Schlange anzustehen, noch immer ist es merkwürdig, wieder ein Teil der Schule zu sein. Ich muss mich erst daran gewöhnen, dazuzugehören.

Ich wippe mit den Füßen, werfe einen Blick auf die Uhr und atme erleichtert aus, als es klingelt, die ersten Schüler in die Cafeteria strömen und ihren Lunch auf den Tischen ausbreiten.

»Hey Phoe!« Esh nickt mir zu, als er sich mit Ethan und zwei anderen Jungs an meinem Tisch niederlässt.

Mein Herz schlägt schneller, als ich daran denke, was er gestern Nacht mit mir gemacht hat. Es war so gut, dass ich die Stunden bis heute Abend zähle, wenn er sich in mein Zimmer schleicht und mir wieder ganz nah ist.

»Hast du ein Stipendium bekommen oder warum strahlst du so?« Ethan schiebt sich ein Stück Fleisch in den Mund.

Elisha sieht mich an, lächelt und wirft Ethan einen Blick zu. Ich halte die Luft an. Er wird es ihm erzählen. Er wird es allen sagen. Sie werden sich wieder über mich lustig machen.

»Steht ihr, oder?«, antwortet Esh.

Ich entspanne mich und warte, dass sich mein Herzschlag beruhigt. Es ist vorbei, ich muss mich nur daran gewöhnen.

»Du siehst heute besonders schön aus, Tasty«, sagt der Junge neben Ethan.

Ich beiße die Zähne zusammen. Ich hasse den Spitznamen und will nie wieder so genannt werden.

»Hey!« Esh beugt sich ein Stück über den Tisch und schlägt dem Jungen das Basecap vom Kopf. »Sie heißt Phoenix, kapiert?«

Am liebsten will ich aufstehen und ihm um den Hals fallen. Ich bin so glücklich wie lange nicht mehr. Die ganze Welt gehört mir. Ich habe nicht nur meinen besten Freund zurück, jetzt wird alles wie früher.

Ich bin keine Ausgestoßene mehr.

»Gut, dass du keine Zicke bist.« Ethan lacht. »Du bist nicht nachtragend oder so.«

»Ich finde, dass jeder eine zweite Chance verdient.«

Esh legt seinen Arm über meine Schulter. »Sie ist die Beste, oder?«

»Worauf du dich verlassen kannst, Alter.« Ethan lächelt.

Ich stochere in meinem Salat herum, weil ich keinen Bissen herunterbekomme. In meinem Bauch fliegen Schmetterlinge.

Hinter mir lacht jemand. Ich trinke einen Schluck und schiele zu Esh herüber. Seine Schultern wackeln. Was ist los?

Noch jemand beginnt zu lachen. Ein Tuscheln geht durch den Raum.

Wahrscheinlich bin ich paranoid und denke zu viel. Es ist vorbei. Ich schiebe das Gefühl beiseite und stupse Esh mit der Gabel gegen die Schulter. »Was hast du eigentlich für das Referat bekommen, ich dachte -«

»Hey Tasty!«, brüllt jemand durch die Cafeteria. »Hast du neben deinen ganzen Freiern eigentlich noch Zeit für die Schule?«

Ich erstarre.

Ethan lacht und zieht sein Handy hervor. Jetzt bemerke ich, dass alle Schüler ihre Handys in der Hand halten. Sie haben die Augen weit aufgerissen, lachen und schütteln die Köpfe.

Ich spüre, wie sich ihre Blicke in meine Haut bohren und tiefe Stiche hinterlassen.

Es ist ein Albtraum. Mehr nicht. Ich bin nicht wach. Das kann nicht sein.

Ich will davonrennen, aber kann mich nicht bewegen.

Elisha hält mir sein Handy unter die Nase und das Lachen, das Getuschel verschwinden.

Ich sehe nur noch mich und ihn. Das, was wir gestern Nacht getan haben. Er hinter mir, seine Hände um meinen Hals.

Der Raum um mich herum dreht sich, die Wärme und das Glück verschwinden. Ich kann noch nicht einmal weinen. Ich starre auf das Display und spüre Schmerz. Einen so starken Schmerz, der alles andere verdrängt.

»Hinter dem strahlendsten Lächeln verbirgt sich das hässlichste Gesicht«, hallt Elishas Stimme in meinen Ohren. »Jetzt weißt du, wie das ist. Hast du echt geglaubt, ich stehe auf dich?« Er lacht. »Ich hab dich für die Show gefickt, jetzt wird dein Dad sehen, wie verkommen seine Tochter ist.«

Jemand tippt mir auf die Schulter, wir werden ins Büro des Direktors geführt. Ich höre nicht hin, starre ins Leere und spüre mit jeder Sekunde, in der der Direktor auf mich einredet, in der Elishas Blick auf mir ruht, das gerade etwas in mir zerbrochen ist. Etwas, das nie wieder zurückkommt. Elisha hat mich nicht gedemütigt, er hat mich getötet.

Kapitel 14

ELISHA

Gegenwart

Unsere Schritte hallten über den Flurboden. Aus dem Augenwinkel bemerkte ich, dass Phoe mich ansah.

»Was soll ich noch sagen?« Ich suchte in der Hosentasche nach meinem Wohnungsschlüssel.

Schon auf der Rückfahrt hatte ich versucht, ihr die Sache mit Ed und Valdecour zu erklären. Ich hätte mir denken können, dass sie es nicht dabei beließ.

»Warum hast du das Training nicht einfach Kieran überlassen, wie abgemacht? Warum macht er da überhaupt mit?«

Ich schloss die Haustür auf und deutete mit dem Kopf in meine Wohnung. »Auch auf die Gefahr hin, dass ich mich wiederhole -«

»Vergiss es!« Sie schloss ihre Tür auf und knallte sie hinter sich zu.

So viel dazu, dass Frauen nach dem Sex kuscheln wollen.

Ich betrat mein Apartment, schaltete das Licht im Wohnzimmer an und ließ mich auf die Couch sinken.

Was für ein Abend. In kürzester Zeit war ich gleich zwei Mal gefickt worden. Der Sex im Lasertag war so gut gewesen, dass ich mehr brauchte.

Ich hatte mich zusammengerissen und ihr nicht gleich das ganze Programm gegeben. Phoe mochte es hart, aber ich war nicht sicher, wie viel sie vertrug.

Ich lachte. Ty hatte unser Spiel angemacht und ich war sicher, Blake bekam das gerade deutlich zu spüren. Er liebte sie. Ich hatte mir keine Gedanken darüber gemacht, dass er mit Phoe zu weit gehen würde.

Aber das Nachspiel hatte in meiner Fantasie anders ausgesehen. Neben ihr im Bett liegen, bereit für Runde zwei. Stattdessen tauchte das Arschloch Valdecour auf und ruinierte mir den Abend.

Durch die Wände meines Apartments drang Musik. Ich zog das Handy aus der Hosentasche und schrieb ihr.

Placebo? Willst du was Besseres hören?

Es dauerte keine zwei Minuten, da bekam ich ihre Antwort.

Es gibt nichts Besseres als Placebo.

Ich lachte und antwortete. *Welchen Song hörst du? Wollen wir ihn zusammen hören?*

Ihre Antwort kam sofort. *Netter Versuch. Skillet – Whispers in the Dark und nein danke.*

Ich lächelte und schrieb zurück.

Ich mochte das, was du mir zugeflüstert hast. Hoffentlich wiederholen wir das.

Doch auch zehn Minuten später kam keine Antwort und ich wurde nervös.

Ich musste mit ihr reden. Über das, was zwischen uns passiert war, und die scheiß Wette, die sich wie eine geladene Waffe gegen meine Schläfe presste. Phoe würde ausrasten. Aber sie musste es erfahren, bevor sie es auf anderem Weg herausfand. Ich stand auf, verließ meine Wohnung und klopfte an ihre Tür.

»Was?«

»Mach auf!«

Sie öffnete die Tür ein Stück. »Was noch? Ich will ins Bett.«

»Wir müssen reden.«

»Du hast deinen Willen bekommen, reicht das nicht?«

»Um was geht's hier? Ist es wegen dem Sex oder veranstaltest du das Theater wegen Valdecour? Der kleine Pisser hält die Klappe.«

»Und wenn nicht, kostet mich das meinen Job.«

Es reichte. Ich drückte die Hand gegen die Tür, drängte Phoe zur Seite und setzte mich auf die Couch. Ich verschränkte die Arme hinterm Kopf und sah mich um. Helle Möbel, weiße Vorhänge mit grauen Streifen, allerhand Kerzen und Teelichter. Es roch nach Vanille und Kaminholz. Der Duft erinnerte mich an Weihnachten.

An Wärme.

An sie.

Mein Blick wanderte über die Wände, an denen schwarze Bilderrahmen mit Fotos ihrer Eltern hingen. Auf einem davon saß Phoe auf Bayrons Schoß. Ihre Haare waren zu Zöpfen geflochten, sie trug ein kariertes Kleid und lächelte so breit, dass man eine Zahnlücke sah.

Ich nickte ihr zu. »Nett hier. Mach's dir doch bequem.«

Sie schloss die Tür, seufzte und ließ sich neben mir nieder. Ohne ihren Lippenstift wirkte sie fast wie auf dem Bild mit ihrem Vater. Unschuldig und verletzlich.

»Tut mir leid, dass ich dir nicht eher gesagt habe, dass ich Eddies Trainer bin.«

»Warum trainierst du ihn?«

»Ich will helfen.«

»Was soll das alles? Du lässt mich von deinem Kumpel durch die Halle jagen, gehst auf meine Schüler los … Was kommt als Nächstes?«

Die gottverdammte Apokalypse. Ich fuhr mir mit den Händen durch die Haare. »Wie ich schon sagte, ich hab mich geändert. Ich will es besser machen, okay?«

»Und das machst du, indem du auf Kinder losgehst?«

»Du verdrehst mir die Worte im Mund.«

»Verdammt!« Phoe sprang auf. »Für dich ist das alles eine riesige Party, oder? Du rennst durch die Gegend, fickst, wen du ficken willst, und siehst alles als Riesenspaß.«

Ich ballte die Hände zu Fäusten. Egal, was ich versuchte, sie ließ mich nicht an sich heran. Vielleicht spielte die Wette keine Rolle. Sie gab mir sowieso keine Chance.

Aber sie verdiente die Wahrheit.

»Ich muss dir was sagen.« Ich schluckte und bereitete mich mental auf ihren Ausbruch vor. »Ich hab mit Ty gewettet, dich noch mal ins Bett zu bekommen.«

Phoe ging nicht auf mich los, sie erstarrte und ihre Augen füllten sich mit Tränen.

Sie zerbrach vor meinen Augen und ein Messer schnitt in meine Brust. »Das war, bevor wir uns nähergekommen sind. Ich wollte es dir schon heute Morgen sagen, als wir trainiert haben.« Ich hielt inne, weil ich hoffte, sie würde mich endlich anschreien, aber sie starrte nur weiter ins Leere. Das war schlimmer als ihre Wut. Ich griff nach ihrer Hand, aber sie zog sie zurück.

»Tut mir leid, wie das gelaufen ist, Phoe. Als du hier aufgetaucht bist und anders als früher warst, da ging es nur um

Sex …« Scheiße, ich redete mich um Kopf und Kragen. »Aber jetzt ist es mehr, okay?«

Noch immer war ich nicht sicher, was das zwischen uns war. Wann aus dem Spiel Ernst geworden war oder ob meine Besessenheit für sie bedeutete, dass ich in Phoenix verliebt war. Aber sie bedeutete mir etwas.

Phoe sank zu Boden, zog die Knie an ihren Körper und schlang die Arme darum. Ihr Anblick versetzte mir einen weiteren Messerstich in die Rippen.

»Sag was. Es tut mir leid.«

»Ich kann das nicht mehr«, flüsterte sie. »Ich will nur einmal etwas Echtes. Ich will nur einmal frei sein.«

Ich setzte mich neben sie und wusste nicht, wie ich mich verhalten sollte. Mit Phoes großer Klappe kam ich zurecht, aber das war etwas anderes. Was sollte ich ihr sagen, dass es besser machte?

»Das mit Valdecour …« Ich atmete aus und legte den Kopf in den Nacken. »Ich kann mir nicht vorstellen, wie sich das für Eddie und dich angefühlt hat. Ich hasse es, wie Valdecour ihn behandelt. Ich sehe in ihm den Loser, der ich früher war. Deshalb bin ich auf ihn losgegangen.«

Sie starrte ins Leere.

Vielleicht sprach sie nie wieder mit mir, aber sie musste wissen, wie ich über alles dachte. Jetzt, nachdem ich Ed kannte, nachdem ich sah, was ich ihr angetan hatte. »Eddie und du. Ihr seid die Starken. Ihr überlebt den ganzen Scheiß und entwickelt euch, während Verlierer wie Valdecour und ich ewig auf der Stelle treten. Du hast recht, für mich war das Ganze nur eine scheiß Party.«

Kapitel 15

PHOENIX

»Überleben.« Ich lachte verächtlich und wischte mir mit dem Handrücken über die Augen. »Du hast keine Ahnung, wie es mir geht oder wie ich jeden verfickten Tag kämpfe, um alles zu vergessen. Du kennst mich nicht. Du kennst nur den Teil von mir, den ich dir erlaube zu sehen.«

»Dann erklär's mir, Phoe. Lass uns die Scheiße beenden und endlich Klartext reden.«

Für einen Moment trafen sich unsere Blicke. Ich straffte die Schultern, damit er sah, dass ich kein verdammtes Opfer mehr war. Dass mich nichts von alldem gebrochen hatte.

»Man wächst. Man wird stärker, aber die Narben bleiben. Nach unserer letzten Nacht …« Ich schluckte. »Nachdem du mich vor allen bloßgestellt hast … Ich werde ihre Blicke nie vergessen. Ich habe mich noch nie so benutzt gefühlt.«

Von allem, was mir damals passiert war, war dieses Gefühl das Schlimmste.

»Es tut mir leid.«

Als ob seine Worte irgendetwas bedeuteten. Als ob sie mir etwas von dem wiedergaben, das ich verloren hatte. »Ich hab mich so sehr geschämt.« Ich zog die Nase hoch. »Am nächsten Tag musste ich noch mal in die Schule, um meine Sachen zu holen. Dad meinte, ich muss das alleine machen, um euch zu zeigen, dass ihr mich nicht kleinkriegt …«

Ich wusste nicht, ob Elisha sich an diesen Tag erinnerte, aber mir war er im Gedächtnis geblieben. Wie ein geprügelter Hund war ich durch den Schulflur geschlichen und hatte unter den Blicken der anderen meinen Spind leer geräumt. Elisha und seine Freunde lachten, beschimpften mich und spuckten mich an. Ich hatte es ertragen, wie ich es immer tat. Noch am selben Tag fuhr Dad mit mir nach Michigan. Ich sah Elisha nie wieder. Nicht, bis zu dem Tag an Tylers Hochzeit.

»Ich war schon fast draußen, als Ethan und ein paar deiner Kumpels mich entdeckten. Sie haben mich in die Jungs- Umkleiden gezerrt …« Ich schüttelte den Kopf und presste die Lippen zusammen.

»Was ist passiert? Ethan hat nie was davon erzählt.«

»Du bist nicht der Einzige, der sich hinter einer Maske versteckt.«

»Was ist passiert?«

Ich sah ihn an und betete, dass es vorbei war, bevor ich zusammenbrach. »Zwei haben mich festgehalten. Sie haben gesagt, dass sie sehen wollen, wie nötig ich es habe. Ethan hat …«

Sein Blick verhärtete sich. »Er. Hat. Was?«

Vor meinen Augen spielte sich ein Film ab. Die Bilder waren nie verschwunden, aber sie hatten an Macht und Bedeutung verloren. Ich hasste den Film und ich hasste das Gefühl, das er in mir hinterließ, aber dieser Film gehörte zu mir. Er machte mich zu der Frau, die ich heute war.

Ich wischte die Tränen von meinen Wangen. »Ich konnte mich nicht wehren, seine Freunde haben meine Arme festgehalten.« Meine Stimme zitterte. »Ethan hat meine Hose geöffnet und seine Hand zwischen meine Beine geschoben. Er sagte, live ist es noch viel besser als auf dem Video.«

»Diese Drecksau.« Elisha schüttelte den Kopf. »Diese verdammte Sau.«

Ich hob das Kinn. »Er hat seine Finger in mich geschoben. Immer und immer wieder. Sie haben gelacht und gesagt: ›Tasty heult, weil die kleine Schlampe nur von ihrem Stiefbruder gefickt werden will‹.«

Esh starrte mich mit offenem Mund an. Er versuchte zu sprechen, doch er brachte kein Wort hervor und schüttelte den Kopf.

Ich schluckte die aufsteigende Galle herunter und zwang mich, seinem Blick standzuhalten. Jedes Mal, wenn ich daran dachte, wurde mir schlecht. »Sie haben mich runtergedrückt. Ethan hat seine Hose aufgemacht, mein Kinn festgehalten und seinen Schwanz in meinen Mund geschoben. Ich wollte zubeißen, aber er hat meine Wangen zwischen meine Zähne gedrückt. Ich hatte Panik, hab gewürgt, aber deinem Freund ging richtig einer ab. Nach zwei Minuten ist er in meinem Mund gekommen und ich habe gekotzt.«

Ich schmeckte den salzigen Geschmack und mein Magen zog sich zusammen. Ich unterdrückte ein Würgen. Bis heute verabscheute ich Oralsex. Ich hatte es einmal mit Braxton versucht und war in Tränen ausgebrochen.

Ethan hatte nicht nur meinen Körper geschändet, an dem Tag vor sechs Jahren schändete er meine Seele. Es war erstaunlich, wie schnell sich unser Körper regenerierte. Selbst große Wunden heilten innerhalb von Wochen. Doch der unsichtbare Teil von uns, der Teil, der uns ausmachte, uns Leben einhauchte, heilte auch nach Jahren nicht. Einmal beschädigt, blieben schwarze Flecken, die uns immer an das erinnerten, was wir vergessen wollten.

Elisha vergrub das Gesicht in den Händen. »Ich … Es … Tut … Scheiße, Phoe.«

Glaub mir, ich finde es bis heute scheiße.

Seine braun-grünen Augen glänzten, er erkannte, was er mir angetan hatte. »Das Video ist meine Idee gewesen. Das ist alles meine Schuld.«

»Hauptsache, die Show hat sich für dich gelohnt.« Ich zuckte mit den Schultern. »Sorry, wenn ich deine Seifenblase zerplatzen lasse. Bereit für die nächste Runde? Du willst doch die ganze Wahrheit, oder?«

Er schluckte.

»Dad hat gedacht, dass mir die neue Umgebung in Michigan guttun würde. Von der Sache mit Ethan habe ich ihm nichts gesagt. Ich wollte nur alles hinter mir lassen und vergessen. Dad hat sich wirklich bemüht.« Ich lächelte. »Er hat mir jeden Tag Pancakes gemacht, ist mit mir ins Kino gegangen und hat auf mich eingeredet. Du weißt schon, der typische Erwachsenen-Scheiß. Die Zeit heilt alle Wunden. Du kommst drüber hinweg, bla, bla, bla. Ich hab ihm zuliebe mitgespielt. Hab gelächelt und genickt.«

Ich streckte die Beine aus. »Aber es wurde nicht besser. Man überlebt, aber nicht ganz. Irgendwas in mir war kaputt gegangen. Als ob Ethan und du mir etwas genommen habt. Jeden Tag habe ich mir gewünscht, dass ich einen Unfall habe. Dass mich ein Auto überfährt oder mich jemand auf offener Straße abknallt.«

»Du hast dir gewünscht … Du wolltest sterben?«

»Ich wollte nicht mein Leben beenden, ich wollte die Schmerzen beenden. Das Ekelgefühl und meinen Selbsthass. Und ich wollte nicht, dass Dad sich die Schuld für etwas gibt, nachdem ich mich jeden Tag sehnte.«

Egal, wie ich mich anderen gegenüber verhielt. Ich kümmerte mich um die Menschen, die ich liebte. Das hatte mir niemand genommen. Es hieß, Menschen, die sich umbrachten, waren egoistisch. Vielleicht stimmte es zum Teil. Man wollte einer Welt entfliehen, die nur ihre hässlichsten Aspekte zeigte. Aber wie bei allem gab es auch hier zwei Seiten. Dad versteckte es so gut wie möglich. Aber auch er hatte gelitten. Mich so zu sehen, quälte ihn. Er nahm zehn Kilo ab und schlief kaum noch. Ich wollte auch seine Schmerzen beenden.

Elisha streckte seine Hand aus, doch ich zog meine zurück. Dachte er, Händchenhalten machte es leichter?

»Ich wusste nicht, dass es … Scheiße, ich weiß nicht, was ich sagen soll.«

Jetzt, wo ich so viel preisgegeben hatte, fiel mir der Rest der Geschichte leichter. »Das Schlimmste hatte ich hinter mir. Wenn man einmal loslässt, ist es ganz einfach. Als nichts passierte, habe ich es selbst in die Hand genommen.«

»Was heißt das?«

»Dad hat mich nicht oft alleine gelassen. Vielleicht hat er es geahnt.« Ich zuckte mit den Schultern. »Ich hab ihm gesagt, dass ich Hunger auf Vanilleeis habe, und hab eine Stunde lang gebettelt, bis er losfuhr, um es zu holen. Ich hatte Tabletten besorgt. Schlafmittel, Antidepressivum, den ganzen Kram. Ich hab alles mit viel Wein runtergeschluckt, mir Badewasser einlaufen lassen und mich in die Wanne gelegt. Dazu hab ich Placebos *Song to say goodbye* gehört.« Ich lachte bitter. »Es war so passend. Vielleicht hab ich auch einfach einen Hang zur Dramatik.«

Ich hatte keine Angst empfunden. Ich sehnte mich nur noch nach einem Ende.

Elisha öffnete den Mund, aber schwieg.

»Es war schön. Klingt vielleicht komisch, aber zum ersten Mal seit Ewigkeiten hab ich mich geborgen gefühlt. Alles war warm, die Gedanken weit weg. Zwei Tage später bin ich im Krankenhaus aufgewacht und hab mir gewünscht, sie hätten mich in Ruhe sterben lassen.«

Er sah zu Boden und wischte sich mit dem Ärmel seines Hoodies über das Gesicht.

Jetzt, wo die Worte, die ich über Jahre verschwiegen hatte, ausgesprochen waren, fühlte ich mich leer.

Vollkommen leer.

Als ob ich mit der Wahrheit auch meine Energie verbraucht hatte. Ich wollte mir eine Decke über den Kopf ziehen und tagelang schlafen.

»Ich hab dich mal gefragt, was aus dem Mädchen geworden ist, das du warst.« Seine Stimme klang brüchig. »Du hast gesagt, dass ich es getötet habe. Ich verstehe es jetzt.«

Ich wollte ihn anschreien, aber ich hatte keine Kraft mehr. Er verstand nichts. Woher sollte er wissen, wie es sich anfühlte, wenn man nur noch die Hälfte seiner selbst war? Wenn man sterben wollte, damit es endlich aufhörte.

»Ihr habt mir die Kontrolle über mein Leben genommen. Mein Tod sollte mir gehören. Wenigstens darüber wollte ich bestimmen.« Tränen liefen über meine Wangen. Ich schluckte. »Du verstehst nichts. Du hast keine Ahnung, wie es ist.«

Elisha nickte. Mit einem Finger zeichnete er Linien im Parkett nach. Ich wusste nicht, warum, aber ich empfand Mitleid für ihn. Elisha war nie jemand gewesen, der seine Gefühle zeigte. Er überspielte alles mit einem Lächeln oder einem Scherz. Dieser Moment war der intimste, den wir je miteinander geteilt hatten.

»Wie bist du da rausgekommen?«, fragte er, ohne aufzusehen.

»Braxton. Ich hab eine Therapie angefangen und das Boxen entdeckt. Brax war hartnäckig. Er hatte es nicht leicht mit mir.« Ich lächelte. »Und er hat mich mehr als einmal verflucht, aber er hat mir gezeigt, wie man etwas Negatives in etwas Gutes wandelt. Ohne Brax wäre ich nicht mehr hier.«

»Er hat das repariert, was ich zerstört habe.«

Bisher hatte ich die Gedanken an Brax beiseitegeschoben, weil sie schmerzhaft waren und ich auf der Suche nach Antworten war. Doch jetzt vermisste ich ihn und sein Lachen. Seine Art, alles locker zu sehen. Braxton hatte mich nie wie ein Opfer behandelt. Im Gegenteil. Er ließ es mir nicht durchgehen, wenn ich mich zurückzog oder über das weinte, was hinter mir lag.

Wenn du zu Asche zerfällst, steigst du aus den Flammen empor, hatte er gesagt und mich angetrieben, weiterzumachen.

Starke Menschen halfen anderen, auch stark zu werden, während schwache dich mit in die Tiefe zogen. Das Leben war eine ironische Schlampe.

»Warum?«, fragte ich Elisha. »Was ist an meinem Geburtstag passiert, dass du mich von einem Tag auf den anderen so sehr gehasst hast?«

Er hob den Kopf und strich sich die Haare aus der Stirn. »Es ist lächerlich, Phoe. Nach allem, was du durchgemacht hast, ist der Grund so was von lächerlich. Ich dachte nicht, dass aus so einer kleinen Sache so etwas Großes werden kann.«

Doch so einfach kam er mir nicht davon. Ich brauchte Antworten. »Das war meine Wahrheit, jetzt will ich deine.«

Er richtete den Blick aus dem Fenster und starrte auf den Ozean. »Ich war in dich verliebt.«

»Verliebt?«

Er nickte. »Wäre es nicht so gewesen, hätte es mir vielleicht nicht so viel ausgemacht.« Esh schaute aus dem Fenster, er konnte mir nicht in die Augen sehen. Vielleicht verstand er zum ersten Mal, wie viel er zerstört hatte.

»Ich kapiere es nicht. Du hast gesagt, dass du nicht in mich verliebt -«

»Ich hab gelogen, okay?« Er fuhr sich mit den Händen durch die Haare. »Du warst fünfzehn und noch dazu meine Stiefschwester. Es spielt auch keine Rolle, aber ich denke, deshalb hat mich alles noch mehr fertiggemacht.«

»Du hast damals eine Scheiße nach der anderen gebaut. Meinst du nicht, dass du selbst schuld warst?«

Er seufzte. »Meine Gründe sind keine Entschuldigung für das, was ich dir angetan habe, aber vielleicht verstehst du es dann besser.«

Ich sah ihn an. »Ich höre.«

Kapitel 16

ELISHA

Sechs Jahre zuvor

Ich feuere den Rucksack in die Ecke, werfe die Zimmertür hinter mir zu und lege mich aufs Bett. Obwohl ich nur zwei Stunden in der Schule war, bin ich erledigt. Kein Wunder. Ich verbringe die Nächte damit, mir Metal anzuhören, mit Freunden auf Facebook zu chatten oder um die Häuser zu ziehen.

Ich verschränke die Arme hinterm Kopf und genieße für einen Moment die Stille. Mom und Bayron sind unterwegs, Phoenix hat sich in ihrem Zimmer eingeschlossen und lernt. Ruhige Momente sind selten. Meistens sind meine Gedanken so laut, dass ich sie mit Gras dämpfe, um herunterzukommen.

Alles in meinem Leben ist laut. Ich sehne mich nach Ruhe, danach, dass alles wieder so leicht wie früher ist. Früher, als Mom und ich noch alleine waren. Als es weder Phoenix noch ihren Bastard von Vater gab, der mich jede Sekunde spüren lässt, dass ich nicht mal den Dreck unter seinen Schuhsohlen wert bin.

Ich beobachte die tanzenden Staubkörner in der Luft. Sie erinnern mich an die Pollen, die die Fenster der Schule überdecken. Der Hausmeister putzt sie nicht, stattdessen brennt ständig Licht. Ich glaube, sie machen das mit Absicht. Damit wir nicht sehen, dass draußen das Leben wartet, während wir in diesem Kasten hocken und sie uns mit Wissen über Wurzelrechnung und Zellteilung füttern, das wir nie mehr im Leben brauchen werden.

Ich hasse alles dort.

Die gelangweilten Lehrer, die sich ihrem Schicksal ergeben haben und stur den Lehrplan herunterbeten. Die Korridore, auf denen mir jeden Tag Hunderte namenloser Gesichter begegnen. Schüler, die den Rachefeldzug gegen meine Stiefschwester unterstützen, obwohl ihnen die Gründe egal sind. Obwohl ich ihnen egal bin.

Ich habe alles so satt.

Ich stehe auf, nehme Zigarettenpapier und Marihuana aus meiner Schreibtischschublade und drehe mir einen Joint. Ich stecke ihn mir in den Mund und krame in der Schublade nach einem Feuerzeug, aber ich finde keins. Ich suche im Rucksack, auch hier ist es nicht.

Ich werfe den Joint aufs Bett, um mir ein Feuerzeug zu holen. Bayrons liegt unten auf dem Wohnzimmertisch. Wenigstens dazu taugt er. Als ich den Flur betrete, knarren Holzdielen. Ich halte inne und warte einen Moment, weil ich keine Lust darauf habe, dass Phoenix mich hört. Ich will nur ein paar Stunden unsichtbar sein. Auf Zehenspitzen schleiche ich weiter, trete auf den Treppenabsatz und verharre, als ich Moms Stimme höre.

»… Mich nervt es auch. Aber er ist mein Sohn.«

Ich setze mich auf die oberste Stufe und rühre mich nicht. Ein ungutes Gefühl überkommt mich. Wie ein Feuerball erwärmt es meine Eingeweide.

Sie reden wieder über mich. Wie so oft in den letzten Monaten streiten sie wegen mir.

»Dein Sohn ist ein Loser. Mit den Drogen tötet er sich die letzten Gehirnzellen ab und ich bin es leid, dass er überall damit durchkommt.«

»Denkst du, ich weiß das nicht?« Moms Stimme klingt schrill. »Ich wünschte auch, er wäre mehr wie deine Tochter.«

Ich beiße die Zähne zusammen, Tränen brennen in meinen Augen. Warum rammt sie mir nicht gleich ein Messer zwischen die Rippen?

»Elisha muss lernen, dass er sich nicht alles erlauben kann. Er braucht Grenzen und ich bin der Einzige, der sie ihm setzen will. Du beschwerst dich andauernd über ihn, aber du lässt mich verdammt noch mal nichts unternehmen!«

»Du hast recht. Aber weißt du, wie das für mich ist?« Mom seufzt. »Ich schäme mich. Du warst alleine mit Phoe und guck, was aus ihr geworden ist. Was du geschafft hast. Sie hat gute Noten, treibt sich nicht rum und hört auf dich. Phoenix ist perfekt. Und dann sind da wir. Die alleinerziehende Alkoholikerin mit einem kiffenden Versager als Sohn.«

Ich befinde mich in einem luftleeren Raum. Meine Kehle schnürt sich zusammen, trocknet aus und verkrampft. Ich kann nicht atmen. Moms Worte hallen immer und immer wieder in meinen Ohren. Versagersohn. Ich starre auf die Haustür, will hinausrennen, aber ich kann mich nicht bewegen. Etwas hält mich zurück.

Schritte schlurfen über das Parkett. »Es tut mir leid, Kat. Ich habe nicht daran gedacht, wie das für dich sein muss. Hast du noch mal über die Sache mit dem Heim nachgedacht?«

Das Arschloch denkt, er kann mich aus meinem Zuhause werfen, damit sie alle auf heile Familie machen können? Mom ist enttäuscht, aber so weit geht sie nicht.

»Habe ich. Vielleicht ist es das Beste. Wenn er weg ist, können wir uns auf unsere Beziehung konzentrieren. Dann … Stört er nicht länger. Ich ertrage die Blicke der anderen Mütter nicht mehr.« Sie schluchzt. »Warum? Warum ist Elisha so eine Enttäuschung? Ich liebe ihn, aber es stimmt. Er ist ein Versager. Er blamiert mich und sorgt ständig für Ärger. Ich hab immer versucht, einen anständigen Menschen aus ihm zu machen, aber es ist mir nicht gelungen.«

Meine Beine verwandeln sich in Blei. Es verdrängt das Blut, strömt durch meine Adern und verwandelt meinen gesamten Körper in einen Klumpen aus Metall.

In ihren bisherigen Streitgesprächen fielen Wörter wie »Enttäuschung« und »schwer erziehbar«. Mittlerweile ist es nichts Neues mehr, dass sie so über mich sprechen.

Aber die Gewissheit, dass Mom sich für mich schämt, dass sie mich für einen Versager hält und loswerden will, lässt den Feuerball in meinem Magen explodieren.

Sie ist nicht mehr auf meiner Seite. Sie stellt ein fremdes Kind über ihr eigenes.

»Lass uns nicht mehr streiten«, sagt Mom. Sie zieht die Nase hoch. »Ich lenke mich einfach mit Plänen ab. Wir sollten in den Urlaub fahren. Nur wir drei. Ich denke, Phoenix leidet auch unter ihm. Findest du nicht, dass sie in letzter Zeit ruhiger ist?«

»Die beiden sind Freunde. Vielleicht bekommt sie in der Schule auch mit, was mit ihrem Elisha los ist. Ablenkung wird uns guttun, Kat.« Bayrons Stimme klingt sanft. »Wenn die Sache mit Elisha geklärt ist, machen wir das. Phoenix träumt von Spanien. Was sagst du dazu?«

»Klingt toll. Sie ist ein gutes Mädchen. Ich liebe sie so sehr. Es wird Zeit, dass wir wieder glücklich sind.«

Als sie weitere Pläne schmieden, höre ich nicht mehr zu. Ich starre auf die Tür und bin unfähig, davonzulaufen. Erst nach einer gefühlten Ewigkeit schaffe ich es, aufzustehen und zurück in mein Zimmer zu gehen. Dort drehe ich die Musik so laut, dass die Bässe und nicht die Wut mein Herz rasen lassen.

Plötzlich sehne ich mich nach alles übertönendem Lärm.

Es muss enden.

Bisher habe ich nur Gerüchte über Phoenix verbreitet und sie niedergemacht. Sie hat mir alles genommen, das mir wichtig ist.

Jetzt werde ich *ihr* alles nehmen.

Ihre Unschuld.

Ihren Körper.

Ihr letztes Fünkchen Ehre.

Bayron wird sehen, wie dreckig seine Tochter ist.

Meine Mutter wird sich auch für *sie* schämen.

Wenn ich mit Phoenix fertig bin, ist sie erledigt.

Kapitel 17

PHOENIX

Elisha seufzte. »Wenn du ständig hörst, was für ein Loser du bist, dass du dir ein Beispiel an deiner Schwester nehmen sollst, dann ist das zuerst ätzend. Wenn das über Wochen, Monate so geht und dir deine eigene Mutter sagt, dass ihre Stieftochter besser als der eigene Sohn ist, dann tut das verdammt weh.«

»Und was habe ich damit zu tun?« Es sollte mir leidtun, aber das tat es nicht. Esh war ständig high gewesen und hatte Ärger gemacht, er war selbst dafür verantwortlich.

»Mom hat von dir geschwärmt. Du warst ihr kleines Mädchen, die Brave. Ich hab gehört, wie sie mit Bayron über uns gesprochen hat. Für deinen Vater war ich von Anfang an nur ein Loser.«

Dad hatte vor mir nie schlecht über Elisha geredet, trotzdem hatte er seine Abneigung gegen ihn auch nie verborgen. Mein Vater verachtete Menschen, die nichts aus ihrem Leben machten.

»Willst du damit sagen, dass Dad schuld daran ist, dass du mich -«

»Nein.« Er schüttelte den Kopf. »Es kam einfach alles zusammen. Monatelang hab ich mir die Scheiße von beiden angehört und die Klappe gehalten. Bevor du zu uns kamst, sind Mom und ich super klargekommen. Aber dann kam das. Und dein Vater. Und meine Gefühle. Der Stress in der Schule.«

»Und warum hast du nicht mit mir geredet? Wir haben doch immer über alles gesprochen.«

»Klar. Als ob ich vor dir zugeben wollte, dass ich ein Verlierer bin.«

Esh hatte recht. Zumindest in dieser Hinsicht verstand ich ihn. Doch auch wenn mir leidtat, wie verloren er sich gefühlt hatte, entschuldigte das sein Verhalten nicht.

»Aber es fing erst nach meinem Geburtstag an. Warum?«

In seinen Augen lag etwas Sanftes. »An deinem Geburtstag hatte ich endgültig genug. Morgens habe ich gehört, wie du dich mit Mom unterhalten hast. Sie war wieder hin und weg von dir. Dann hab ich dich abends mit Steve rummachen sehen. Das Arschloch hat irgendeinen Witz über mich gerissen und du hast darüber gelacht. Da hat sich ein Schalter bei mir umgelegt.«

Ich schüttelte den Kopf, konnte nicht glauben, dass das der Grund für seinen Hass auf mich gewesen war.

Manchmal brachte nur ein falsches Wort, eine falsche Entscheidung das Leben ins Wanken und veränderte alles. Die Auswirkungen hatten nicht nur unsere Vergangenheit beeinträchtigt, selbst heute kämpften wir jeden Tag mit diesen falschen Entscheidungen.

»Du wusstest, dass ich dich wollte. Aber es war aussichtslos. Du hast ständig neue Mädchen mit nach Hause gebracht und sie gevögelt. Ich hatte es einfach satt, nur deine kleine Schwester zu sein.«

Esh kaute an seiner Unterlippe. »Es tut mir leid, Phoe. Ich weiß jetzt, dass es total daneben war. Auch die scheiß Wette. Ich hab meine Fehler, aber ich lerne. Ich wollte dir nicht wehtun, aber ich denke manchmal einfach nicht nach. Als ich dich wiedergesehen habe, kam alles hoch. Du warst noch heißer als früher, stark und selbstbewusst. Das hat mich gereizt.«

»Ich war das schöne, neue Spielzeug.«

»Zuerst.« Er nickte. »Aber als ich gesehen habe, was unter der Oberfläche ist, dass du immer noch Phoe bist, da wurde es mehr.«

Ich wusste nicht, was es bedeutete oder was Elisha sich davon versprach, aber es gab kein Zurück mehr. Wir hatten unsere Chance gehabt und sie verpasst.

Er begriff, dass sein Handeln Konsequenzen mit sich brachte.

Ich war nicht mehr wütend. Ich fühlte mich erleichtert, weil ich endlich Antworten hatte, aber gleichzeitig fühlte ich mich leer.

»Gut, dass wir das geklärt haben.« Ich stand auf.

Elisha erhob sich und stellte sich so dicht vor mich, dass ich einen Schritt zurückwich. Er streckte seine Hand nach meinen Haaren aus, aber ich schlug sie weg. »Du fasst mich besser nicht mehr an.«

»Egal, was du sagst, wie scheiße du mich findest, Phoe. Du spürst es auch. Wir kommen nie ganz voneinander los.«

Ich lief zur Tür, öffnete sie und deutete mit dem Kopf nach draußen. »Ich komme sehr gut ohne dich zurecht.«

Esh kam auf mich zu. »Kann sein, aber du hast mit mir geschlafen.«

»Und?«

»Du hast gesagt, du schläfst nur mit Kerlen, für die du was empfindest.«

Ich schluckte und hoffte, er würde mir nicht anmerken, dass er damit einen Nerv getroffen hatte. Was auch immer da zwischen uns gewesen war, es hatte mir etwas bedeutet.

»Geh jetzt.«

Esh legte seine Hand an meine Wange. Ich wusste nicht, ob es daran lag, dass ich mich verloren fühlte, oder ob ich Trost brauchte, doch ich ließ es geschehen.

»Du bist anders, aber trotzdem bist du immer noch du.« Er beugte sich herunter und küsste meine Stirn. »Du bist jetzt stark und selbstbewusst und so leid mir alles tut, guck, was aus dir geworden ist. Du hast nicht aufgegeben und was noch erstaunlicher ist, du hasst nicht. Selbst mich nicht. Du bist einfach nur die beste Version von Phoe, die es geben kann.«

Als ich hörte, wie seine Tür ins Schloss fiel, setzte ich mich auf die Couch, legte die Hände vors Gesicht und weinte. Ich weinte so lange, bis meine Augen wehtaten und ich zu müde war, um weiter über alles nachdenken zu müssen.

»Hey Phoe, ist wirklich alles okay?« Storm strich mit einem Grashalm über meinen Unterarm und runzelte die Stirn. »Deine Augen machen heute deinen Lippen Konkurrenz.«

Ich trank einen Schluck aus der Colaflasche, die mir Farren reichte. »Ich hatte nur eine kurze Nacht.«

Auf Farrens Gesicht schlich sich ein Lächeln. Sie sah sich nach rechts und links um, ob die Jungs in der Nähe waren. »Schweigt ihr euch deswegen an? Ist es euch jetzt peinlich? Komm schon, wir wollen alles wissen.«

Zum ersten Mal seit einer Ewigkeit musste ich lachen. Farren war so leicht zu begeistern und die Mädchen bei mir zu haben, tat gut. »Gestern fandest du es noch ekelhaft.«

Sie zuckte mit den Schultern. »Klar, aber so richtig schockt mich nichts mehr.«

Die Jubelrufe der Jungs hallten über den Schrottplatz. Sie feuerten Harlan und Kieran an. Ab und zu sah ich einen Kopf zwischen den verrosteten Karosserien und Autowracks auftauchen. Kieran hatte vorgeschlagen, Eddie hier zu trainieren, damit er unter ›lebensechteren Bedingungen‹ übte. Wahrscheinlich war es nur ein Vorwand, um sich prügeln zu können. Mir gefiel der Ort. Verblasste Farben, abgerissene Autotüren, Glasscherben, die die Wege übersäten. Genauso fühlte ich mich nach letzter Nacht. Kaputt.

Esh und ich hatten seitdem kein Wort gewechselt. Während der Autofahrt hatte er immer wieder versucht, ein Gespräch zu beginnen, aber ich wusste nicht, was ich sagen sollte. Nichts änderte etwas an seinem erneuten Vertrauensbruch. Trotz allem war ich mitgefahren.

Ich wollte mich nicht länger abschotten oder ihn gewinnen lassen.

Ich saß nicht herum und suhlte mich in Selbstmitleid.

Wenn ich fiel, stand ich auf. So war es immer und so würde es immer sein. Elisha hatte mich verletzt, aber nicht zerstört. Ich sehnte mich nach Nähe, Ablenkung und Normalität. In den letzten Wochen waren mir die Mädchen wichtig geworden. Sie akzeptierten mich, ich fühlte mich wohl mit ihnen. In unseren Gesprächen hatte ich sie kennengelernt. Es überraschte mich, wie offen sie mit mir über ihre Ängste, Sehnsüchte und Vergangenheit redeten.

Ich wandte mich an Blake, die uns schweigend zugehört hatte. Vielleicht war ich dabei, einen riesigen Fehler zu begehen, aber ich fühlte mich schuldig und wollte ehrlich zu ihr sein. »Du hast mal erzählt, dass Tyler …« *Abgefuckt ist.*

Wie sollte ich ihr beibringen, was beim Lasertag passiert war?

»Jaaa?« Sie lächelte. »Was hat er gemacht? Nimm seine Sprüche nicht ernst.« Sie beugte sich zu mir und senkte die Stimme. »Er redet gerne.«

Farren verdrehte die Augen. »Oh ja. Gestern hat er mich gefragt, ob ich die Brille beim Sex auflasse und mit K Lehrerin und Schüler spiele.«

Ich trank einen großen Schluck, wischte mit der Hand über die Flaschenöffnung und trat von einem Fuß auf den anderen. Ich wollte weder Tyler noch Blake verärgern, aber ich musste es loswerden. »Im Lasertag, er … Er hat mich … Scheiße, Blake tut mir leid.« Ich seufzte. »Er hat mich gejagt, festgehalten und versaute Sachen gesagt.«

»Ich weiß.«

»Was?«, riefen Storm und ich aus einem Mund.

Blake lachte. »Er hat mir erzählt, dass Elisha ihn drum gebeten hat. Ty hat keine Geheimnisse vor mir.«

»Was zur Hölle?« Farren schlug die Hände über dem Kopf zusammen, während ich Blake mit offenem Mund anstarrte.

»Bleibt locker und urteilt nicht über Dinge, die ihr nicht versteht.« Blake verschränkte ihre Arme vor der Brust. »Er hat seine Dämonen und ich akzeptiere sie. Ty würde nie eine andere Frau anrühren. Er riskiert unsere Beziehung nicht und ich lasse ihm seine Freiheiten.«

»Was heißt das genau?«, schoss es aus mir heraus.

»Das heißt, dass ich weiß, was er macht. Küsst er eine, greift er ihr an die Brüste oder sonst was, bin ich weg.«

»Und du glaubst ihm das?« Farrens Gesicht war kreidebleich.

»Von wegen, dich schockt nichts mehr.« Blake sah uns ernst an. »Ja, ich glaube ihm. Er ist mein bester Freund. Mein Mann. Tates Vater. Und wenn eins sicher ist, dann, dass man sich auf sein Wort verlassen kann. Ihr denkt, ihr kennt ihn, aber das tut ihr nicht. Niemand kennt ihn so wie ich. Macht euch keine Sorgen, das tue ich auch nicht.«

Ich hob das Kinn. »Ich wollte nicht petzen, nur ehrlich sein.«

»Und dafür danke ich dir.« Sie zwinkerte mir zu. »Muss dir nicht peinlich sein, dass es dich angemacht hat. Wir stehen auch auf merkwürdige Sachen, oder Storm?«

Storm lächelte und schloss für einen Moment die Augen. »Wenn Harlan mir beim Sex auf den Hintern haut und mir seine Schweinereien ins Ohr flüstert.« Sie seufzte. »Oh Mann, das ist besser als jeder Joint. Nicht, dass ich noch rauche.«

»Ich habe Ty sogar erlaubt«, mit den Fingern machte Blake Anführungszeichen in die Luft, »zu einer Party zu gehen. Und ja, *so eine* Party, Zwerg.«

»Warum betonst du das so?«, fragte ich.

Farren schüttelte den Kopf und ignorierte meine Frage. Stattdessen starrte sie Blake an. »Ich fasse es nicht. Du findest es ekelhaft, aber schickst ihn da hin und glaubst ernsthaft, dass er nur zusieht?«

»Ich schicke ihn nicht, er hat gefragt. Und ich finde die Partys nach wie vor widerlich, aber weißt du noch, was er auf der Hochzeit gesagt hat? Ich renne mit seinen Dämonen, ich zähme sie nicht.«

»Was für eine Party?«, flüsterte ich Storm zu.

Sie beugte sich zu mir. »Gangbang. Frag nicht, die Jungs standen … Stehen wohl auf so was. Gott sei Dank hat Harlan nie mitgemacht. Reicht schon, dass er … Vergiss es.«

Ich schluckte. Ich dachte, ich kannte Elishas Vorlieben, aber das war mir neu.

Farren senkte den Blick. »Ich kapiere das nicht, Blake. Das ist krass.«

»Das ist Ty. Das sind wir«, antwortete Blake. »Ich erwarte nicht, dass du es verstehst, aber urteile nicht über ihn. Wir lieben uns und ich vertraue ihm blind. Er sieht zu, ihm geht einer ab, er kommt nach Hause und wir haben gemeinsam was davon.«

Ich schluckte. »Macht Elisha da mit?«

Farren warf Blake einen verständnislosen Blick zu und wandte sich an mich. »Ich habe alle mal auf so einer Party erwischt. Elisha saß in der ersten Reihe. Keine Ahnung, ob er mitgemacht hat.«

Also ja.

Das passte zu ihm. Früher unterschätzten ihn alle, weil er harmlos wirkte. Mit seinem Charme war er selbst bei den Lehrerinnen durchgekommen.

Blake zuckte mit den Schultern. »Und selbst wenn, macht ihn das noch lang nicht zum Perversen.«

Sie war lockerer, als gedacht. Blake wirkte introvertiert, weil sie sich bei den Gesprächen im Hintergrund hielt, und wie ich verstellte auch sie sich nicht, um anderen zu gefallen. Vielleicht waren wir uns ähnlicher, als gedacht.

Die Vorstellung, wie Esh zusah, wenn seine Freunde eine Frau vögelten, erregte mich.

Vielleicht solltest du wieder zur Therapie gehen.

»Hey, aber mit dir und Elisha«, sagte Farren plötzlich. »Ich hab das Gefühl, dass ihr das trotzdem noch nicht geklärt habt.«

Ich lehnte mich mit dem Rücken gegen einen verrosteten Wagen.

»Ich hab's versucht. Ich wollte ihm vertrauen, aber gestern hat er mir gesagt, dass er mit Tyler gewettet hat, dass er mich noch mal rumkriegt.«

»Nicht dein Ernst, oder?« Blake stemmte die Hände in die Hüften. »Die beiden sind so was von bescheuert.«

Ich nickte.

Farrens Stirn legte sich in Falten. »Warum erzählt er dir davon? Ich meine, er wäre doch blöd.«

Ich verkniff mir einen Spruch. »Keine Ahnung. Wir hatten ein langes Gespräch, schätze, er wollte alles klären.«

»Was für Idioten«, antwortete Farren. »Und ich wäre auch wütend, aber wenn er es dir freiwillig erzählt hat, dann tut es ihm vielleicht leid.«

Vielleicht tat es das. Gestern Abend hatte ich eine Seite von ihm erlebt, die Elisha nicht oft zeigte. Es war für uns beide ein großer Schritt gewesen, so offen zu reden. Aber wie sollte ich mir sicher sein, dass die Spielchen zwischen uns aufhörten? Ich hatte es so satt.

»Beim Rennen kannst du dich an ihm rächen.« Blake lächelte. »Ein bisschen Zucker in den Tank und er bereut die Nummer.«

Das Autorennen, für das sich die Jungs vor Wochen angemeldet hatten, hatte ich längst vergessen.

Blakes Idee gefiel mir, war aber nicht mein Stil. Ich bevorzugte es, ihn zu ignorieren. Sollte er zusehen, wie er eine Dumme für seinen Egotrip fand.

Ich schwenkte die leere Colaflasche hin und her. »Ich muss mal pinkeln.«

Ich ließ die Mädchen zurück und lief an mehreren Autowracks vorbei, die einen Kreis bildeten. In der Mitte befand sich eine freie Fläche. Verkohlte Steine und aufgehäufte Palmenstämme dienten als Feuerstelle für Obdachlose und Jugendliche, die auf dem verlassenen Gelände Partys feierten. Jetzt trainierten die Jungs hier. Ich hörte Kieran lachen und duckte mich, damit ich unentdeckt blieb.

»Hey, machst du schon schlapp?«, rief Elisha. »Was ist heute los?«

Ich hockte mich hinter einen schwarzen Audi, dessen Windschutzscheibe eingeschlagen war, und beobachtete Elisha. Er klopfte Eddie auf die Schulter. Die beiden schlenderten in meine Richtung und mein Herz tat einen Satz. Ich hatte versucht, Eddie davon zu überzeugen, mit Kieran zu trainieren. Aber er bestand auf Elisha. Aus unerklärlichen Gründen mochte er ihn.

»Ist es wegen Valdecour?«, fragte Esh.

Ich zog den Kopf ein, schlich in der Hocke zur Beifahrertür, versteckte mich dahinter und genoss meinen beschleunigten Herzschlag.

»Ich wollte vor Tyler und den anderen nichts sagen. Warum bist du auf Owen losgegangen? Jetzt hält er mich für einen noch größeren Loser.«

Gut so, Eddie. Zeig's ihm.

Es imponierte mir, dass Eddie meinem Stiefbruder seine Meinung sagte. Er sprach selbstsicher und ich lächelte. Die Jungs mochten nicht der beste Umgang für ihn sein, aber ihre Lektionen schienen einen ersten Erfolg zu erzielen.

Esh seufzte. »Ich weiß, das war scheiße. Du bist nicht der Erste, der mir das sagt. Ich hatte meine Gründe.«

»Welche Gründe?«, fragte Eddie.

»Nenn mich egoistisch, aber ich tue das auch für mich.«

Meine Beine zitterten von der unbequemen Position, in der ich mich befand, und mein Shirt klebte an meinem Rücken, weil die Sonne direkt über mir stand. Ich wischte mit dem Handrücken den Schweiß von meiner Stirn.

»Hast du mitgekriegt, dass Phoe … Miss Hendry meine Stiefschwester ist?«

Eddie antwortete nicht. Wahrscheinlich nickte er.

»Ich hasse solche Leute wie Valdecour, weil ich früher selbst so war«, sagte Esh. »Ich habe keine Mitschüler fertiggemacht. Ich habe Phoenix wehgetan, obwohl ich sie eigentlich beschützen sollte. Ich habe ihr das Leben zur Hölle gemacht. Du musst nicht alles wissen, aber ich habe so viel kaputt gemacht, dass sie es mir nie verzeihen wird. Ich dachte immer, sie kommt drüber weg.« Er atmete laut aus. »Als ich Owen mit seinem selbstgefälligen Grinsen und seinen Freunden gesehen habe, bin ich ausgerastet, weil ich mein Spiegelbild gesehen habe. Bis letzte Nacht wusste ich nicht, wie viel ich kaputt gemacht habe. Tut mir leid, Kleiner.«

Er spielte keine Rolle, dazu gab es keinen Grund.

Es war echt.

Seine Worte erschwerten meinen Plan, mich von ihm fernzuhalten.

»Dann warst du das?«, fragte Eddie.

»Was?«

»Phoenix … Miss Hendry, hat mal angedeutet, dass es ihr so wie mir ging.«

»Ich bin nicht stolz drauf.«

Eddie nickte. »Ich bewundere deine Schwester. Ich weiß nicht, ob ich das schaffe. Weitermachen und stark sein.«

Ich wollte zu Eddie gehen, ihn in die Arme nehmen und ihm sagen, dass der Weg dorthin schwer war. Dass es immer Momente gab, in denen man sich wie ein Außenseiter fühlte. Dass man an jeder Lüge, jedem unüberlegten Wort wuchs. Und dass jeder von uns irgendwann Menschen fand, die zu uns passten.

Tränen stiegen in meine Augen, als mir etwas bewusst wurde. Ich hatte es so lange ausgesperrt, dass ich nicht bemerkte, dass es diese Menschen längst gab.

Blake. Farren. Kieran. Storm. Braxton. Dad.

Ich vertraute ihnen. Ich fühlte mich sicher bei ihnen. Ich wischte mit dem Handrücken über meine Augen.

»Ich kenne deine Geschichte nicht«, sagte Esh. »Ich weiß nicht, was sie dir alles angetan haben. Aber meine Schwester ist das beste Beispiel, dass du dich da selbst rausholen kannst. Egal, was war, wenn du kämpfst, schaffst du das. Und du bist kein Schwächling, weil du Hilfe hast. Du bist nur schwach, wenn du liegen bleibst. Also zeig's Valdecour und allen, die sich dir in den Weg stellen.«

Mein Herz schlug so schnell, als wäre ich einen Marathon gelaufen. Ich ging in die Hocke, schlich an drei Wagen vorbei, bis ich außer Hörweite war, und ließ mich auf den Boden sinken. Ich streckte die Beine aus, lehnte mich mit dem Rücken gegen die Beifahrertür eines Wagens und schloss die Augen.

Elisha war kein Schwächling mehr.

Er war noch immer ein Idiot, aber er bereute seine Fehler und versuchte, es besser zu machen. Die Wette war idiotisch, aber er hatte es mir gesagt, weil ich ihm etwas bedeutete. Was immer da zwischen uns war, er bemühte sich um mich. Vielleicht lag es jetzt an mir, die Vergangenheit ruhen zu lassen und nach vorne zu blicken.

Ich kickte meine Sneaker in eine Ecke, klickte mich durch die Playlist auf meinem Handy und stellte Breaking Benjamins *Had enough* an.

Ich warf mich auf die Couch, legte die Füße auf den Tisch, den Kopf in den Nacken und gähnte. Die halbe Nacht hatte ich wach gelegen und darüber nachgedacht, wie viel in den letzten Wochen geschehen war.

Das Leben veränderte sich ständig. Mit jedem Atemzug, jedem Wimpernschlag, mit jeder Entscheidung beeinflussten wir, in welche Richtung es ging.

Ich kannte meine jetzt.

Braxton musste erfahren, dass es wirklich vorbei war.

Ich zog das Handy aus der Hosentasche und drückte auf die Kurzwahl. Es klingelte ein paar Mal, bevor er abnahm.

Braxton klang außer Atem. »Phoe? Bist du das?«

»Nein, hier ist Santa Claus und er wollte dich nur informieren, dass du dieses Jahr keine Geschenke bekommst. Störe ich gerade?«

Er stieß einen Seufzer aus. »Natürlich nicht. Ich hab trainiert. Du bist nicht mehr böse? Scheiße, ich hab dich vermisst.«

»Wow, du kannst ja richtig begeistert sein.«

»Sehr witzig. Wie geht's dir? Ich hab versucht, dich zu erreichen, aber dann hab ich es aufgegeben. Ich dachte mir, dass du dich meldest, wenn du bereit dazu bist.«

»Du kennst mich.« Ich setzte mich im Schneidersitz hin und schloss die Augen. »Mir geht's gut.«

»Scheint so, ich höre dich lächeln.«

Das vertraute Gefühl, das ich früher empfunden hatte, als er mein bester Freund gewesen war, stieg in mir auf.

Brax räusperte sich. Als er wieder sprach, war der lockere Ton in seiner Stimme verschwunden. »Ich hatte Zeit zum Nachdenken. Ich dachte einfach, dass es funktioniert. Dass ich endlich an einem Ort bleibe und ruhiger werde …«

Er rang um Worte, doch das musste er nicht. Ich wusste, worauf er hinauswollte.

»Machst du Schluss mit mir?«

Brax schwieg einen Moment. »Es tut mir leid. Werd nicht sauer, aber das mit uns funktioniert nicht. Ich brauche einfach meinen Freiraum. Ich habe gemerkt, dass ich glücklicher bin, wenn ich niemandem Rechenschaft schulde.«

Ich atmete aus und biss die Lippen zusammen. Tränen stiegen in meine Augen, aber es war in Ordnung. Für mich war es schon viel länger aus. Es zu hören, tat trotzdem weh.

»Ich weiß.« Ich schluckte. »Deswegen habe ich angerufen. Ich wollte dir das Gleiche sagen.«

Brax stieß einen Seufzer aus. »Ich bin froh, dass du es auch so siehst. Ich dachte, ich wäre bereit für den ganzen Kram. Gemeinsame Wohnung, geregelte Arbeitszeiten. Aber das bin nicht ich, Phoe. Vielleicht in ein paar Jahren, aber nicht jetzt.«

Vielleicht sollte ich wütend sein, aber das war ich nicht. Ich fühlte mich erleichtert. »Wir sind gut als Freunde, aber nicht als Paar. Nur blöd, dass wir das erst nach zwei Jahren und einem Umzug gemerkt haben.«

Als er wieder sprach, klang seine Stimme sanft. »Ich will dich nicht ganz verlieren. Es tut mir leid, dass du in Michigan alles hinter dir gelassen hast. Wenn du willst, zahle ich dir deinen Anteil am Apartment und du kannst … Also nicht, weil ich dich loswerden will, aber weil ich weiß, dass du in Miami nicht glücklich wirst.«

So schnell änderten sich die Dinge.

Manchmal entstand selbst durch Fehler etwas Gutes.

Manchmal brachten uns erst Umwege auf den richtigen Weg.

»Das dachte ich auch.« Ich streckte die Beine aus. »Aber ich bleibe. Ich laufe nicht mehr davon, Brax. Ich weiß nicht, ob es idiotisch ist, aber ich mag die Mädchen. Wenn ich richtig darüber nachdenke, mag ich sogar die Jungs.«

»Okaaay, das ist … Wow. Woher kommt der Sinneswandel? Wo ist meine introvertierte, menschenhassende Phoe?«

Ich lachte. »Ich mag Menschen immer noch nicht. Aber vielleicht mache ich für ein paar eine Ausnahme.«

»Ernsthaft, was ist passiert?«

Verdammt viel. Ich habe mit meinem Stiefbruder geschlafen und mein Herz schlägt schneller, wenn er in der Nähe ist.

»Farren und die anderen sind in Ordnung. Die Arbeit macht mir Spaß und ich lerne viel über mich selbst. Ich will das Apartment gerne behalten. Natürlich würde ich dir deinen Anteil auszahlen.«

»Okay, das kommt überraschend.« Braxton räusperte sich. »Ich bin noch ein paar Monate in DC, aber ich kann mir danach hier ein Zimmer mieten.«

»Ich will dich nicht rausschmeißen.« Ich lachte. »Ich kann mir auch was Neues suchen oder du bleibst so lange hier wohnen, bis du was gefunden hast.«

»Mit dem Geld werden wir uns schon einig. Ich kann die Füße doch eh nie stillhalten. Ich dachte, ich bleibe in Miami, aber DC ist auch nicht schlecht. Wer weiß, wo ich noch hin will.«

Ein Lächeln breitete sich auf meinem Gesicht aus. »Ehrlich? Und es macht dir nichts aus?«

»Ja ehrlich.« Brax lachte. »Du klingst glücklich, Kleine. Ich glaube, Harlan und die anderen tun dir gut. Aber es liegt nicht nur daran, oder?«

Das war einer der Nachteile, wenn man Freunde hatte. Man konnte ihnen nichts verschweigen.

»Esh und ich haben uns ausgesprochen. Ich weiß nicht, ob wir wieder Freunde werden, aber es ist ein Anfang. Ich kann endlich wieder atmen, Brax. Ich hab eine Scheißangst, aber ich will es wagen.«

Im Moment war das alles, was ich ihm geben konnte. Wenn Braxton zurück war und ich wusste, in welche Richtung sich die Dinge mit Elisha entwickelten, würde ich ihm alles sagen.

Aber nicht am Telefon. Nicht jetzt, wo ich selbst erst herausfinden musste, wie es mit meinem Stiefbruder und mir weiterging.

»Wow. Kaum bin ich weg, räumst du auf.« Er lachte. »Du bist echt unglaublich, weißt du das? Dich kriegt keiner klein, oder?«

»Ich hatte einen guten Lehrer.«

Im Hintergrund rief jemand nach Braxton, die Leitung knackte. »So ist es richtig. Wenn du zu Asche zerfällst …«

»… steige ich aus den Flammen empor«, vervollständigte ich den Satz, den mir Braxton in meiner schlimmsten Zeit immer und immer wieder eingeredet hatte. »Und jetzt zeig ihnen, wer der Mann ist.«

Wir verabschiedeten uns und ich versprach, mich bald wieder bei ihm zu melden. Verdammt, aufräumen tat gut.

Doch die Sache, vor der ich mich am meisten fürchtete, stand mir noch bevor. Ich lief ins Bad, trug eine weitere Schicht Lippenstift auf und straffte die Schultern.

Ich war nicht die Einzige, die gelitten hatte.

Ihre Augen weiteten sich, sie presste eine Hand gegen den Mund und sah mich an, als wäre ich ein Geist. Ich streckte ihr die Blumen entgegen und lächelte.

»Hi Katherine.«

Endlich rührte sie sich. Sie nahm die Blumen und fiel mir um den Hals. »Phoenix. Oh Gott, ich habe dich so vermisst.«

Ihre Tränen tropften auf mein Shirt und hinterließen feuchte Spuren. Ich schluckte und blinzelte meine Tränen weg. Katherine war seit dem zehnten Lebensjahr wie eine Mutter für mich gewesen. Sie hatte mich in ihrer Familie aufgenommen und geliebt. Ich ertrug ihren Schmerz nicht.

Ich umarmte sie fester und strich über ihren Rücken, damit sie sich beruhigte. Sie ließ mich los, umfasste meine Handgelenke und musterte mich. »Du siehst toll aus. Mein Gott, du bist so schlank geworden.«

Ich lächelte. »Schlank werde ich wohl nie sein, aber ich bin besser in Form.«

Sie führte mich ins Haus, sagte mir, ich solle mich an den Küchentisch setzen, und stellte mir ein Glas mit Orangensaft hin.

»Ich hatte Angst, dass du mich nicht mehr sehen willst«, sagte sie, als sie mir gegenüber Platz nahm. Ihre grünen Augen waren gerötet, aber sie strahlten noch immer Wärme und Freundlichkeit aus. Katherine war nicht nachtragend. Selbst als Esh ständig für Ärger gesorgt hatte, verzieh sie ihm jedes Mal und hoffte, er besserte sich. Ich beneidete ihn um seine Mutter. Die Anspannung verflog, ich beugte mich nach vorne und nahm ihre Hand.

»Tut mir leid. Ich wollte dich nicht traurig machen, aber ich … Es ist viel passiert und ich musste erst mal klarkommen.«

Wir beide wussten, dass es nur die halbe Wahrheit war. Ich hätte anrufen oder schreiben können. Ich hätte mit ihr reden können.

Aber Katherine hatte mich an die Vergangenheit erinnert, als es keine Zukunft für mich gab. Ich hatte sie zurückgelassen wie alles andere, das mich an die alte Phoenix erinnerte.

»Hauptsache, du bist jetzt da.« Sie tätschelte meine Hand. »Dann hat dir Elisha Bescheid gesagt?«

»Er meinte, du würdest dich freuen.«

Sie lächelte. »Freuen ist untertrieben. Ich habe dich so sehr vermisst. Ich habe mich oft gefragt, ob du böse auf mich bist. Es muss schwer für dich gewesen sein, damals. Ich meine, das Video.« Für einen Moment senkte sie den Blick.

»Es ist nicht eure Schuld und es ist Vergangenheit. Ich bin hier, weil ich nach vorne sehen will.«

Katherine nickte. »Elisha hat abgeblockt, also frage ich dich. Habt ihr das zwischen euch geklärt?«

Natürlich musste die Frage kommen.

Ich trank einen Schluck, um Zeit zu schinden, und dachte über meine Antwort nach. Ich bezweifelte, dass Elisha ihr vom Mobbing erzählt hatte.

Und ich hoffte, Dad hatte sein Versprechen gehalten, ihr nichts zu sagen. Es reichte, dass er über meinen Selbstmordversuch Bescheid wusste. Ich hatte ihn angefleht, Katherine nichts zu sagen, weil ich sie beschützen wollte. Sie konnte nichts für Eshs Verhalten und jemand wie sie würde die hässliche Wahrheit nicht verkraften. Ich wollte nicht für einen erneuten Rückfall verantwortlich sein. Katherine war trockene Alkoholikerin.

Esh hatte es mir erzählt, als ich zwölf Jahre alt gewesen war. Sie wusste von dem Video, das er in der Schule verbreitet hatte. Das genügte.

»Wir arbeiten noch dran. Es wird eine Weile dauern, bis alles aus der Welt ist, aber wir reden wieder miteinander.«

Sie seufzte und strich sich die Haare aus der Stirn. »Gut für euch. Wir sind doch eine Familie und bis zu der Sache wart ihr beste Freunde.« Sie lachte. »Ich weiß noch, wie du ihn vergöttert hast. Er hat uns wirklich das Leben schwer gemacht, aber er war doch nur ein Junge.«

Nur ein Junge.

Ich kaute an meiner Unterlippe, um Worte zurückzuhalten, die sie nicht verstehen würde. Erwachsene lebten in ihrer eigenen Welt. Sie sahen nur das, was sie sehen wollten. Für sie schienen unsere Probleme winzig. Wie oft hatte Dad mir gesagt, dass ich härter werden müsse, weil »Der Ernst des Lebens erst mit einem Job, einem Kredit und der Heirat begann.« Erwachsene hatten vergessen, wie es war, sechzehn und verloren zu sein. Wie es war, wenn man nicht wusste, wohin man gehörte oder dass man sich wie der einsamste Mensch auf der Welt fühlte. Sie vergaßen, dass es schien, als hielten Schmerzen ewig an. Gefangen in seinen Gedanken und Gefühlen, fand man keine Worte, um ihnen verständlich zu machen, wie es war, ein sechzehnjähriger Mensch zu sein, für den der Ernst des Lebens längst begonnen hatte. Dieses Leben war hässlich. Ob mit sechzehn oder dreißig. Man konnte nur versuchen, daran zu wachsen und stärker zu werden.

»Dein Sohn war alt genug. Er wusste genau, was er angerichtet hat.« Ich rieb über meine Stirn. »Tut mir leid. So sollte es nicht rüberkommen.«

»Schon gut, Phoe. Ich wollte ihn nicht in Schutz nehmen. Was er getan hat, war grausam und ich kann nur erahnen, wie du dich gefühlt hast. Ich will einfach nur, dass ihr euch vertragt. Wir sind eine Familie.«

Ich beschloss, das Thema zu wechseln, bevor ich wütend wurde und sie verletzte. »Gibt's was Neues bei dir?«

Für einen Moment kniff sie die Augen zusammen und meine Muskeln verkrampften, weil ich befürchtete, sie würde es nicht auf sich beruhen lassen.

Sie lachte. »Ich bin Single, aber glücklich. Ich habe seit Jahren keinen Alkohol mehr angerührt und ich weiß nicht, ob er es dir erzählt hat, aber Kieran geht hier mittlerweile auch ein und aus.«

»Kieran?« Ich riss die Augen auf. »Warum?«

»Er tat mir leid, weil seine Mutter … Es hat sich so ergeben.«

Ich verkniff mir ein Lachen. »Er ist ziemlich cool, oder?«

Katherine zupfte an der Tischdecke, sie schien verlegen. »Er ist wirklich ein besonderer Junge. Und er sieht gut aus, auch wenn mich die ganzen Tattoos erst einmal abgeschreckt haben.«

»Kat, er ist wie alt? Achtundzwanzig?« Ich grinste. »Sag nicht, du stehst auf Kieran.«

»Nein! Um Gottes willen.« Sie lachte. »Ich finde nur, dass er ein erstaunlicher Junge … junger Mann ist.«

»Junger Mann, aha.« Ich zog die Augenbrauen hoch. »Und du hast keinerlei Hintergedanken, wenn du seinen trainierten Körper siehst? Oder wenn er mit seiner sexy, tiefen Stimme spricht?«

»Kind! Nein! Was denkst du denn von mir?«

»Ich? Natürlich nichts. Aber du hast Augen im Kopf und einen guten Geschmack, wie man an Dad gesehen hat.« Ich lachte.

Zwischen uns hatte sich nichts geändert. Nach all den Jahren war es, als wäre ich nie weg gewesen. »Und du musst schon zugeben, dass Kieran auch sonst ziemlich in Ordnung ist.«

Katherine schüttelte den Kopf. »Da geht wohl die Fantasie mit dir durch. Aber recht hast du ja. Er ist eine beeindruckende Persönlichkeit.«

»Ich bin froh, dass du glücklich bist, Kat.« Ich strich über ihre Hand.

Stück für Stück heilten meine Narben. Auf meiner Seele würden immer Schatten ein paar der hellen Stellen verdecken, sie würde nie vollkommen heilen. Aber das musste sie auch nicht. Ich hatte Braxton und Katherine zurück in meinem Leben. Mit jedem Tag in Miami bekämpfte ich meine Dämonen. Und auch, wenn sie mich in manchen Momenten überwältigten, wurde ihre Macht von Tag zu Tag kleiner. Noch fehlte der Schritt, um die größte meiner Narben zu heilen. Doch ich war auf einem guten Weg.

Als ich das Schulgebäude verließ, leerte sich der Parkplatz allmählich. Vor zehn Minuten war die letzte Stunde zu Ende gewesen, die meisten Schüler konnten kaum erwarten, ihren Nachmittag mit interessanteren Aktivitäten zu verbringen. Zu meiner Verwunderung hatte Owen nicht ein Wort über den Zwischenfall mit Elisha verloren. Stattdessen musterte er mich die ganze Stunde lang mit einem merkwürdigen Lächeln. Er plante etwas. Sollte er es versuchen. Ich war vorbereitet. Solange er Eddie in Ruhe ließ, war alles bestens.

Im Laufen suchte ich in meiner Tasche nach meinem Handy, als ich bekannte Stimmen hörte. » … Nein, ist er nicht. Elisha ist cool.«

Ich lief langsamer. Eddie klang selbstbewusst, er kam klar und falls nicht, war ich da.

»Elisha, klingt nach Schwuchtel!« Owen schleuderte die Worte wie Gift um sich. »Deshalb magst du ihn sicher so sehr.«

»Ich such mir meine Freunde nicht nach sexueller Orientierung oder sonst was aus. Hauptsache, sie sind keine Arschlöcher.«

Ich verkniff mir ein Lachen. *Eddie, Eddie.*

»Sei vorsichtig, Del Gardo. Du reißt doch nur das Maul auf, weil du jetzt mit den alten Säcken rumhängst. Spielst du ihre kleine Hure?«

Ich ballte die Fäuste und schluckte die aufsteigende Wut hinunter.

»Lass mich in Ruhe. Elisha hat recht. Du brauchst das, um dich stark zu fühlen. Du hast keine Freunde, nur Minions.«

Ich hörte, wie sich Schritte entfernten, und entspannte mich. Eshs Training bewirkte wirklich etwas. Eddie traute sich endlich, den Mund aufzumachen. Am liebsten wollte ich ihm um den Hals fallen, aber ich beherrschte mich.

Ich wartete einen Moment, um sicherzugehen, dass die Luft rein war, und lief weiter.

»Hey! Miss Hendry!«

Fuck. Ich blieb stehen, schloss kurz die Augen und drehte mich um. In einer Nische stand Owen.

»Kann ich dir helfen?«

Er schlenderte auf mich zu, baute sich vor mir auf und sah auf mich herab. Mit seinen siebzehn Jahren überragte Owen mich bereits um zwei Köpfe. »Elisha ist also Ihr Bruder?«

»Ich wüsste nicht, was dich das angeht.«

Er lächelte. »Sie predigen davon, dass man andere in Ruhe lässt, und dann hetzen Sie mir Ihre Leute auf den Hals.«

»Es tut mir leid, dass Esh sich eingemischt hat. Das war nicht okay. Ich habe dir gesagt, wir reden darüber.«

»Ich bin fertig mit reden.«

Ich erinnerte mich daran, wie er reagiert hatte, als das Thema auf seine Eltern gefallen war. »Ich denke, du bist unzufrieden. Vielleicht fühlst du dich auch ausgeschlossen. Wenn du magst, setzen wir uns zusammen. Ich weiß, das klingt uncool, aber manchmal tut es gut, es einfach rauszulassen.«

Er lachte. »Oh ich lasse es raus. Aber ich quatsche nicht, ich mache.«

»Du reagierst dich an anderen ab. Das ist nicht nur der falsche, sondern auch der feige Weg.«

»Erzählen Sie mir nichts von richtig und falsch.« Er stürmte an mir vorbei und verließ den Parkplatz.

Kapitel 18

ELISHA

Ich ignorierte das Summen meines Handys und fuhr auf den Highway. Die letzten Sonnenstrahlen des Tages verwandelten den Horizont in einen orange-roten Vorhang und ich ließ die Fenster herunter, damit der Fahrtwind meinen überhitzten Körper kühlte. Zwei Stunden hatte ich mit Ty trainiert und mit ihm über die Wette gesprochen. So gerne ich ihn auch in High Heels gesehen hätte, beschloss ich, es auf sich beruhen zu lassen. Wenn Phoenix erfahren würde, dass er seine Wettschulden einlösen musste, glaubte sie mir nichts mehr. Gestern auf der Rückfahrt vom Schrottplatz verhielt sie sich merkwürdig sanft. Nach unserer Aussprache hatte ich damit gerechnet, dass sie nie wieder mit mir reden wollte, aber sie hatte gefragt, wie das Training mit Ed laufe und ob ich eine Partnerin für das Rennen übermorgen hätte. Natürlich wollte ich mit ihr daran teilnehmen, aber ich sprach es nicht an und zerbrach mir nicht den Kopf darüber. Bei den Rennen tummelten sich genügend Mädchen, die gerne mit ihr tauschen wollten.

Ich stellte das Radio an, in dem Three Days Graces *I hate everything about you* spielte, und drehte die Lautstärke höher, weil mich der verfluchte Song an Phoenix und mich erinnerte. Ich hasste sie nicht, sie liebte mich nicht. Trotzdem verbanden uns so starke Gefühle miteinander, dass ich nicht mehr unterscheiden konnte, was das zwischen uns war. Vielleicht half die Party am Wochenende, den Kopf freizubekommen. Seit Wochen hatte ich kein anderes Mädchen mehr angesehen oder berührt. Alles drehte sich nur noch um Phoenix. Aber am Samstagabend, wenn die Kleine bereit vor mir lag und mein Schwanz so tief in ihr steckte, dass sie mich am nächsten Tag noch spürte, hörte es vielleicht auf. Ich brauchte endlich Gewissheit, was zwischen Phoe und mir war. Ich drückte das Gaspedal herunter, zog auf die linke Spur und stellte die Scheinwerfer meines Porsches an. Mein Handy vibrierte wieder. Vielleicht war es Ed. Ohne den Blick von der Fahrbahn abzuwenden, betätigte ich die Freisprechanlage am Lenkrad.

»Was gibt's, Ed?«

»Sag du es mir.«

Fuck! Ich schaltete die Musik aus und umklammerte das Lenkrad fester. »Wenn du Moms Nummer willst, die ist noch immer dieselbe wie -«

»Schön, dass ich dich erreiche.«

Bayrons Stimme klang so kalt wie früher, doch diesmal ärgerte ich mich nicht darüber. Er hatte jeden Grund, mich zu hassen. Ich wunderte mich nur, von ihm zu hören. Unser letztes Gespräch lag Monate zurück. Als Phoenix in Miami aufgetaucht war, hatte er mir deutlich zu verstehen gegeben, dass ich seine Tochter in Frieden lassen sollte. Warum rief er jetzt an?

»Phoe und ich haben uns ausgesprochen.« Mein Blick haftete auf dem Mittelstreifen, der unter dem Licht meiner Scheinwerfer aufleuchtete. »Alles, was passiert ist, was ich getan habe, tut mir leid.«

Er lachte bitter. »Oh, was genau tut dir leid? Dass sie ihr den Magen auspumpen mussten? Dass ihr Herz in der Nacht zwei

Mal stehen geblieben ist, weil ihr Körper vergiftet war? Oder dass ich ein Jahr lang nicht arbeiten konnte, weil ich Angst hatte, sie versucht es noch mal? Was davon tut dir leid?«

Ich bemühte mich, ruhig zu atmen. »Alles. Alles tut mir leid. Ich wusste nicht, wie weit das alles gegangen ist.«

»Lass die Finger von meiner Tochter, verstanden?«

Was sollte ich sagen? Er hatte recht und keine Entschuldigung reichte, um es wiedergutzumachen. Trotzdem würde ich mich nicht von Phoe fernhalten.

»Sie ist alt genug und kann auf sich selbst aufpassen, Bayron. Ich werde ihr nie mehr wehtun.«

»Such dir eine andere. Phoenix ist alles, was mir geblieben ist, und sie ist nicht so stark, wie sie vorgibt. Wenn dir wirklich etwas an ihr liegt, lässt du sie in Ruhe. Du machst nicht wieder alles kaputt.«

Bevor ich antworten konnte, legte er auf. Die Stille um mich herum machte mich nervös. Ich schaltete das Radio wieder ein und dachte an Bayrons Worte. Er war ein Arschloch, aber er sorgte sich um seine Tochter. Ich an seiner Stelle würde einem Kerl wie mir auch nicht trauen, aber wir wollten dasselbe. Wir wollten Phoenix glücklich sehen.

»Hey, bereit?« Tyler klopfte mir auf die Schulter.

»Kann sofort losgehen.«

»Du bist bescheuert.«

»Pardonne-moi?«

Ty zündete sich eine Zigarette an, nahm einen Zug und schüttelte den Kopf. »Ich meine, der Einsatz ist lahm. Bei mir hast du die Sau rausgelassen.«

Ich lachte. Nach der verpatzten Wette mit Ty überredete ich K zu einer neuen. Der Verlierer musste eine Woche lang die Jacke des anderen tragen. Im Gegensatz zu meinen sonst kreativen Wetten war sie wirklich lahm, aber K weigerte sich, um Geld zu wetten. Und zu meiner Enttäuschung hatte ich ihn auch nicht dazu überreden können, Strapse zu tragen.

»Ich muss doch bisschen für Stimmung sorgen, jetzt wo unsere Wette hinfällig ist. Und hat er dir von den Extras erzählt?«

»Extras?«

»Die Jacke und der Wagen. Eine Woche lang.« Ich grinste, als ich mir Ks Gesicht vorstellte, wenn ich mit seinem Wagen davonfuhr. »Ich wollte den Mustang schon immer mal reiten.«

»Die Weiber würden dir die Bude einrennen.« Er ließ seinen Blick über die Tribünen gleiten. »Apropos Weiber. Hast 'ne große Auswahl.« Er deutete mit dem Kopf in die vorderste Reihe zu einer winkenden Brünetten. »Die meldet sich freiwillig.«

Die Kleine sah gut aus. Seidige Haare, die ihr bis zu den Hüften reichten, schlanke Beine, die in einer engen Jeans steckten und ein strahlendes Lächeln. Ich klopfte Ty auf die Schulter und schlenderte zu ihr.

»Hey, ich bin Elisha De…«

»Deleon.« Sie nickte. »Ich weiß.«

»Ach ja?«

Sie legte den Kopf schief und lächelte. »Du gewinnst seit Monaten jeden Kampf und du bist Kieran Moores Freund.«

So viel zu Ks Ruf.

Ich schob die Hände in die Hosentaschen. Wir lebten in einer Metropole und trotzdem war unsere Welt so klein wie ein Dorf. Die Leute, die zu den Kämpfen kamen, mochten wie wir das Leben auf der Überholspur.

»Hast du Lust, mir beim Gewinnen zu helfen?«

Sie riss die Augen auf. »Wow, ja, das wäre -«

»Zu schade, um es zu verpassen«, hörte ich Phoenix' Stimme.

Ich drehte das Gesicht zur Seite. Sie stand mit verschränkten Armen vor mir und warf der Kleinen einen ihrer berühmten Fick-dich-Blicke zu. »Sorry, ich muss dich enttäuschen. Ich fahre mit meinem Bruder.«

Ich suchte in ihrem Blick nach Ironie. Doch ich fand keine.

»Was ist los, Esh? Überrascht?« Sie lächelte, stellte sich auf Zehenspitzen und brachte ihre Lippen an mein Ohr. »Ich hoffe, ich bin ein guter Ersatz.«

Mein Herz schlug schneller, als sich ihre Brüste gegen meine Brust pressten und ihr Duft nach Himbeeren und Vanille in meine Nase stieg. »Ich wollte nie was anderes.« Ich legte einen Arm über ihre Schulter und küsste ihre Wange.

»Eww, bist du wirklich ihr Bruder?«

Ich hatte die Brünette total vergessen.

Ich drehte mich zu ihr und zuckte mit den Schultern. »Manchmal berühren wir uns auch, aber nur unter Aufsicht.«

Ich achtete nicht weiter auf sie und zog Phoe mit mir. Sie befreite sich aus meinem Griff und kniff die Augen zusammen. »Übertreib es nicht gleich.«

Ich lachte. »Woher kommt der plötzliche Sinneswandel?«

Phoe lief in Richtung meines Wagens, der neben Kierans auf einem abgesperrten Stück Rasen abseits der Rennstrecke stand. Wir befanden uns in einem heruntergekommenen Baseballstadion, in dem vor Jahren das letzte Spiel stattgefunden hatte.

Phoe lehnte sich mit dem Rücken gegen die Fahrertür. »Sagen wir mal, es gibt Menschen, die ich mag, die dich mögen. Also versuchen wir es.«

Es überraschte mich, dass sie innerhalb von zwei Tagen ihre Meinung über mich geändert hatte, aber ich wollte mein Glück nicht mit Fragen überstrapazieren. Alles zu seiner Zeit.

Ich stellte mich vor sie und schielte nach unten, um sie anzusehen. Phoe trug Jeansshorts, die den Blick auf ihre Oberschenkel lenkten, und ein enges graues Shirt, unter dem sich ihre prallen Brüste abzeichneten. Ihre roten Lippen strahlten mit ihrem Haar, das in Wellen über eine Schulter fiel, um die Wette.

Verdammt, wie sollte ich mich auf die Fahrbahn konzentrieren, wenn sie direkt neben mir saß?

»Hey!« K und Farren grinsten verschwörerisch, als sie Arm in Arm auf uns zukamen. Tyler, Blake, Storm und Harlan folgten ihnen.

Auch auf Tylers Gesicht lag ein Lächeln, doch im Gegensatz zu Ks sprach seins Bände. Es ging um Sex.

»Habt ihr euch gegenseitig beim Vögeln zugesehen oder was ist wieder los?«, fragte ich.

K klopfte mir auf die Schulter. »Deine Chancen wachsen. Harlan ist draußen.«

Ich hob die Augenbrauen und sah Harlan an. »Ziehst du den Schwanz ein?«

Tyler lachte. »Genau genommen hat er ihn tief reingesteckt.«

»Wow!« Storm stemmte die Hände in die Hüften. »Wie kann man in so kurzer Zeit nur so viel Müll reden?«

Harlan legte einen Arm über ihre Schulter, zog sie zu sich und küsste ihre Stirn. »Wir sehen euch zu. Bei uns ist was dazwischengekommen.«

Ich kniff die Augen zusammen. »Und das wäre?«

»Ich bin schwanger.« Storm strahlte. »Wir wissen es auch erst seit heute Morgen.«

Phoenix' Verhalten war heute nicht die einzige Überraschung. Ich umarmte Storm, boxte Harlan gegen die Schulter und brach in Lachen aus. »Da hat sich über die Jahre ganz schön was angestaut, was? Du lässt nichts anbrennen, Bruder.«

Er grinste. »So war es nicht geplant, aber ich freue mich.«

Phoe streckte Storm die Hand hin und zog sie peinlich berührt zurück. »Herzlichen Glückwunsch.«

Storm lachte und zog meine Schwester in ihre Arme. »Danke, Phoe. Sei nicht so schüchtern.«

Ich freute mich für Harlan, aber ein merkwürdiges Gefühl schlich sich ein.

Tyler war verheiratet und Vater. K und Farren gingen ein Jahr lang fort und Harlan und Storm bekamen Nachwuchs. In den letzten Jahren hatte sich alles um uns herum verändert und auch, wenn ich es jedem Einzelnen von ihnen gönnte, vermisste ich die alten Zeiten.

Die Zeiten der Partys, Kämpfe, der Unbeschwertheit.

Die Zeiten, in denen Tyler und ich nachts durch die Stadt fuhren und Mädchen aufrissen. Zeiten, in denen wir jeden Samstagabend ungeduldig auf die Nachricht warteten, an welchem Ort der Kampf stattfand. Ich dachte an meine erste Begegnung mit Farren, bei der sie in Schlafsachen im Garten aufgetaucht war und K eine Predigt gehalten hatte. Ich erinnerte mich daran, wie Ty und Kieran sich wegen ihr gestritten hatten. Oder daran, wie Blake und Storm ein Teil unserer Clique wurden. Der Kreis schloss sich. Alle wurden erwachsen, schlugen neue Wege ein und ich fragte mich, ob sie in fünf Jahren nur noch Gesichter aus der Vergangenheit sein würden, denen ich auf der Straße begegnete, zunickte und weiterging.

Jeder von ihnen bedeutete Familie. Ich wusste, dass es meinen Freunden nicht anders ging. Aber manchmal zerstörte das Leben selbst die stärksten Bindungen. Man entfernte sich voneinander, ohne es zu bemerken. Bis es irgendwann zu spät war und man nichts weiter als eine Erinnerung im Leben des anderen blieb.

Ein lautes Knacken tönte durch die Arena und riss mich aus den Gedanken.

»In zehn Minuten startet das Pärchenrennen.« Eine tiefe Stimme dröhnte aus den Lautsprechern. »Die Teilnehmer werden gebeten, sich an ihren Wagen zu versammeln.«

»Dann mal los.« Ty nickte K und mir zu und lief mit Blake zu seinem Dodge.

Harlan gab mir einen Handschlag, wünschte uns Glück und ging mit Storm zu den Tribünen.

»Ich seh dich dann zehn Minuten, nachdem ich die Ziellinie überquert habe.« Ich zwinkerte Kieran zu.

»Bild dir nicht zu viel ein, Kleiner. Im Ring hast du mich vielleicht plattgemacht, aber ich bin schon gefahren, als du noch nicht mal krabbeln konntest.« Er lachte und wandte sich ab.

»Hey Dad, ich bin drei Jahre jünger, aber ich schubse dich schon jetzt vom Thron.«

Farren kicherte.

Ich öffnete die Fahrertür, wollte einsteigen, doch Phoenix stützte einen Arm gegen den Türrahmen und versperrte mir den Weg.

»Was wird das?«

»Ich hab doch gesagt, dass ich dir helfe.«

Ich nickte. »Danke, Schwesterchen, setz dich bitte auf den Beifahrersitz. Es geht mehr ums Image als ums Helfen.«

Sie schürzte die Lippen. »Entweder rückst du sofort den Schlüssel raus oder du bettelst bei der Braunhaarigen um eine zweite Chance.«

Sie hatte Nerven. Ich tippte ihr an die Stirn. »Ich mache mich doch nicht vor meinen Freunden zum Affen, in dem ich dich fahren lasse.«

Phoenix zuckte mit den Schultern und drängte sich an mir vorbei. »Ich gehe sie für dich fragen.«

Verdammt! Ich fuhr herum. »Das ist nicht dein Ernst, oder?«

»Uns bleiben fünf Minuten. Willst du weiter diskutieren oder wollen wir unseren Schlachtplan besprechen?«

Ich unterdrückte ein Lachen. Glaubte sie wirklich, ich würde sie hinters Steuer lassen, damit ich mir für immer Tys und Kierans Witze anhören konnte?

Phoe sah zu mir auf, ihr Blick ging mir durch und durch. Am liebsten wollte ich sie in den Wagen zerren und ihr beibringen, dass sie sich besser nicht mit mir anlegte. So wie sie mich ansah, war auch sie nicht abgeneigt. Ich beugte mich zu ihr herunter. »Ich fahre.«

»Vergiss es.«

»Dann musst du laufen.«

»Mach ich und vielleicht erzähle ich nebenbei allen, dass dir tierisch einer abgeht, wenn die Mädchen so tun, als würdest du sie zwingen.«

Mein Schwanz zuckte. Fiese kleine …

»Das juckt niemanden. Die sind andere Sachen gewöhnt.«

Phoe verdrehte die Augen, stürmte in Richtung der Tribünen, ich rannte ihr hinterher. Sie winkte im Laufen der Brünetten zu. »Er traut sich nicht, aber er will wissen, ob du nicht -«

Weiter kam sie nicht, ich presste meine Hand auf ihren Mund und drückte meine Brust gegen ihren Rücken. »Gott verdammt, musst du immer das letzte Wort haben?«

Phoe nickte.

Ich ließ sie los. »Wenn wir verlieren, dann -«

»Verlieren.« Sie lachte. »Jetzt hast du wenigstens eine Chance auf den Sieg.«

Sie lief zurück zum Wagen, setzte sich hinters Lenkrad und streckte die Hand aus.

Ich stöhnte, kramte in meiner Hosentasche nach dem Schlüssel und hielt ihn ihr vor die Nase. Als sie danach griff, zog ich ihn weg. »Dafür schuldest du mir was, Schwesterchen.«

»Ach ja? Wenn du denkst, dass ich mich flachlegen lasse, bist du falsch gewickelt.«

Wenn sie beim Fahren dasselbe Talent wie beim Lügen besaß, waren wir verloren.

»Klingt verlockend.« Ich zwinkerte ihr zu. »Aber trotzdem verlange ich als Ausgleich eine Nacht mit dir.«

»Träum weiter.«

Ich ließ den Schlüssel in ihre Hand fallen, lief um den Wagen herum und setzte mich auf den Beifahrersitz. Wenn sie dachte, ich ließ mich erpressen, musste ich sie enttäuschen. Ich beschloss, die Chance zu nutzen. »Nicht, was du denkst. Von mir aus, fahr. Aber heute Nacht verbringst du bei mir.«

Ich schielte zur Seite und erwischte sie bei einem selbstgefälligen Grinsen. »Und dann?«

Sie rieb ihre Hände über die Oberschenkel und stellte den Rückspiegel ein. »Was willst du mit mir, wenn ich dich nicht ranlasse?«

Ich lächelte. Natürlich dachte ich an bestimmte Dinge, wenn ich Phoe sah, wenn sie mir so nah wie jetzt war. Ich wollte ihre Lippen schmecken, meine Hände in ihrem Haar vergraben und sie nehmen. Aber es war nicht nur das. Ich genoss ihre Nähe. Ich mochte unsere Wortgefechte, ihre große Klappe und die Art, mit der sie mich ansah. Ich liebte ihr Lächeln, ihre Sanftheit, ihr Feuer und ihre Wut. Wir hatten uns verändert. Aber trotzdem war sie mir noch immer vertraut wie keine andere. Ich schluckte, als mir bewusst wurde, wie das klang. Ich hatte mich in sie verliebt. Scheiße.

Unter meinen Füßen vibrierte der Boden. Adrenalin schoss durch meinen Körper. Neben mir heulten die Motoren der Wagen auf. Ich vermied den Blick zur Seite, um mir die Blicke meiner Freunde zu ersparen. Ein Mädchen in knappen Shorts stellte sich in Position. Sie hielt die rot-schwarze Fahne in die Luft, sah zu uns und lächelte. Als die ersten Töne von Bullet for my Valentines *Waking the Demon* aus den Boxen hallten, sich mit dem Dröhnen der Motoren vermischten, ließ sie die Fahne sinken.

Phoe drückte aufs Gas, der Porsche schoss nach vorne, ich wurde in den Sitz gepresst. Sie schaltete vom dritten in den vierten Gang und beschleunigte. Sie lächelte, ihre Wangen glühten.

»Gleich kommt eine enge Kurve, fahr langsamer und schalte runter.« Wir hatten einen guten Start hingelegt und lagen im Mittelfeld. Ich wollte diese Position nicht durch einen dummen Fehler riskieren. Phoenix schaltete zurück und ging vom Gas. Staub wirbelte auf, als der Porsche gleichzeitig mit einem grünen Ford um die Kurve schoss. Der andere Wagen streifte meine Beifahrertür. »Fuck!«

»Bleib cool, ein bisschen Lack drüber und gut ist.«

Der Ford überholte uns, ein schwarzer BMW schoss an ihm vorbei.

»Schneller! Drück wieder auf's Gas!« Ich krallte meine Hände rechts und links in den Sitz. »Scheiße, uns haben gerade vier Wagen überholt, fahr schneller.« Ich sah zu Phoe, sie grinste, aber gehorchte nicht. Einer nach dem anderen schoss an meinem Porsche vorbei. Phoe störte sich nicht daran und mir wurde bewusst, warum. »Du ziehst die Nummer ab, um mich zu blamieren.«

Ihr Grinsen wurde breiter.

»Scheiße, gib Gas, verdammt noch mal!« Ich schlug aufs Cockpit ein. Ks Mustang tauchte vor uns auf. Er fuhr schon die zweite Runde.

»Was muss ich tun, damit du verdammt noch mal Gas gibst?«

Sie deutete mit dem Kopf auf die Mittelkonsole, in der ihr Handy lag. »Eminem, elfter Track.«

Mir blieb keine Zeit für Diskussionen. Ich klickte mich durch die Playlists von Placebo, Breaking Benjamin und Korn, fand Eminem und klickte auf den elften Song. *Till i collapse* dröhnte durchs Auto. Phoe nickte und ließ die Fenster herunter. Ich sank in den Sitz, vergrub den Kopf in meinen Händen. Das Biest wollte mich vor meinen Freunden blamieren. In meinem Magen kribbelte es, als sie endlich beschleunigte, um eine Kurve raste und zwei Wagen überholte. Ich sah zu den Tribünen. Die Masse jubelte. Sie hatten uns schon abgeschrieben. Der Porsche schoss an drei Wagen vorbei, Phoe schlug das Lenkrad ein, schlitterte um eine Kurve und raste weiter.

»Zwei Bedingungen!«, brüllte sie gegen die Musik an.

Ich stellte die Lautstärke leiser.

»Keine Spielchen mehr.«

»Geht klar, fahr schneller!«

»Und ab sofort bist du absolut ehrlich zu mir. Keine Lügen, keine Ausreden mehr.« Sie lenkte nach rechts, drängte einen roten Wagen ab und umklammerte das Lenkrad. »Ansonsten schwöre ich dir, mache ich dich fertig.«

»Okay, aber bitte, hau rein.«

Sie lachte und gab Vollgas. Die Zuschauer verschwommen zu Farbflecken. Der Wind peitschte durch mein Haar. Ich legte eine Hand auf den Fensterrahmen, krallte mich fest und betete, dass es noch nicht zu spät war.

Mit hängendem Kopf ließ ich den Schlüssel in Kierans Hand fallen.

»Keine Sorge, ich geb dir die zwanzig Dollar, die mir der Schrotthändler für die Karre noch gibt.«

»Arschloch!«

Er lachte und reichte mir seine Jacke. »Eigentlich eine Schande. Jetzt denkt jeder, du hättest was zu sagen.«

Ich starrte auf das aufgenähte, weiße K auf seiner Jacke und verzog den Mund. »Super, die macht mich zehn Jahre älter.«

Sie war identisch zu meiner, einzig die Initialen unterschieden sich, aber die Niederlage schmeckte bitter.

K streckte die Hand aus. »Gib schon her.«

»Was?«

Er nickte. »Deine Jacke.« Als er meinen Gesichtsausdruck sah, grinste er. »War kein hundertprozentiger Sieg. Ist keine Kunst, gegen eine Frau zu gewinnen.«

Ich zog meine Jacke aus und warf sie ihm zu. »Lass sie das besser nicht hören.«

Kieran hielt sich die Jacke unter seine Nase und verzog das Gesicht. »Riecht nach Pussy.«

»Falsch, nach Erfolg.«

Er klopfte mir auf die Schulter. »Ich bring euch nach Hause und keine Sorge, ich pass gut auf dein Baby auf.«

Kapitel 19

PHOENIX

Esh schloss seine Wohnungstür auf, warf den Schlüssel auf den Tisch und lief zur Küche. Ich ließ mich auf den Boden vor dem Sofa nieder und beobachtete, wie er zwei Flaschen Bier aus dem Kühlschrank nahm.

»Komm schon, beim nächsten Mal machst du sie platt.«

Er reichte mir eine Flasche und setzte sich dicht neben mich. Ich spürte die Wärme seiner Haut an meinem Körper.

Die Stille zwischen uns beunruhigte mich. Ich überlegte, was ich sagen sollte, damit er sich besser fühlte, aber Esh war noch nie ein guter Verlierer gewesen. Schon früher hatte er sich einen Tag zurückgezogen, wenn er beim Football verloren hatte.

»Hey! Immerhin ist dein Wagen bei K in guten Händen.« Ich stieß meine Schulter gegen seine, doch noch immer starrte er schweigend geradeaus.

Zuerst wollte ich wirklich verlieren, um ihm eine Lektion zu erteilen, doch danach hatte mich mein Ehrgeiz gepackt. Leider zu spät. Vielleicht war es kindisch, aber er sollte wissen, wie es sich anfühlte, gedemütigt zu werden. Es bereitete mir weniger Freude als angenommen. Ich sah viel lieber sein Lächeln.

Esh atmete aus. »Was hat Mom gesagt?«

»Okay, haken wir das Thema halt ab.«

»Also, was hat sie gesagt?«

»Dass sie mich immer noch liebt.« Ich lachte und trank einen Schluck. Auf der Rückfahrt hatte ich ihm erzählt, dass ich bei Katherine gewesen war, aber Esh war zu geknickt, um richtig hinzuhören. »Nein, im Ernst. Es war, als wäre ich nie weg gewesen. Sie sieht gut aus.«

»Ja, tut sie. Ich bin froh, dass sie vom Alkohol losgekommen ist.« Er sah mich an. »Und wegen dem anderen … Ich hatte nicht vor, dich noch mal zu belügen. Keine Spielchen mehr, Phoe.«

Mein Herz schlug schneller. Die Sanftheit in seiner Stimme, seine Worte, sein Duft, seine Wärme. In diesem Moment empfand ich etwas, das ich jahrelang nicht mehr gespürt hatte. Glück.

»Hast du in letzter Zeit mit deinem Vater gesprochen?«

»Wir telefonieren jede Woche. Warum?«

Sein Blick verdunkelte sich. »Er will, dass ich die Finger von dir lasse.«

Dad. Selbst jetzt versuchte er noch, auf mich aufzupassen. »Er macht sich Sorgen, gib ihm Zeit. Er wird schon damit klarkommen, dass wir …« Ich unterbrach mich und beschloss, das Thema zu wechseln. An die Vertrautheit mit Elisha musste ich mich erst gewöhnen. »Storm wird sicher eine tolle Mom.«

»Ty, jetzt Harlan. Irgendwann geht jeder seine eigenen Wege.«

Die Trauer in seiner Stimme traf mich. Ich streckte meine Hand nach seiner aus, doch zog sie wieder zurück.

»Ich glaube, darüber musst du dir keine Gedanken machen.« Ein Lächeln schlich sich auf mein Gesicht, als ich an Blake und die anderen dachte. »Wenn man solche Menschen gefunden hat, dann bleiben sie. Ihr seid miteinander verbunden.«

Ein Stich durchfuhr mich. Egal, wie die Jungs untereinander redeten, egal, wie sie sich manchmal benahmen, Esh und die anderen verband etwas Seltenes. Sie waren nicht nur Freunde, sie waren eine Familie. Ich kannte keinen von ihnen lange, aber ich spürte ihre Verbindung. Sie waren füreinander da, unterstützten sich und verließen sich aufeinander.

Esh griff nach meiner Hand. »Ist gut, Phoe.«

Verdammt. War das seine neue Masche? Wie sollte ich auf Abstand gehen, wenn sich seine Nähe so gut anfühlte? Wenn ich ihn lächeln sehen und berühren wollte?

Er rieb mit seinem Daumen über meinen Handrücken. »Früher mochtest du es, wenn ich deine Hand gehalten habe.«

Ich mag es immer noch. »Früher ist lange her.«

Er stellte seine Flasche auf den Boden und legte seine Hand an meine Wange.

Ich schüttelte den Kopf. »Das ist keine gute Idee.«

»Warum nicht? Es fühlt sich gut an, oder?«

Das tat es. Mehr, als ich es mir eingestehen wollte. Aber niemand von uns wusste, wohin es führte oder was das zwischen uns war. Und auch, wenn ich nach außen stark wirkte, war ich verletzlich. Eine weitere Enttäuschung von Esh würde ich nicht verkraften.

Ich zog meine Hand weg, stand auf und sah mich in seinem Apartment um. »Wie kommst du an so eine schicke Bude?«

Esh lachte. »Früher hat K hier gewohnt. Als er mit Farren zusammengezogen ist, habe ich die Wohnung übernommen.«

»Dann läuft die Arbeit gut?« Von Braxton wusste ich, dass Elisha als selbstständiger Mechaniker arbeitete. Mittlerweile gehörten ihm drei kleine Werkstätten und auch die Kämpfe brachten anscheinend genug Geld in die Kasse.

»Ich kann mich nicht beklagen.« Er senkte den Kopf. »Und wir wetten viel, die anderen verlieren oft.«

Ich verkniff mir ein Lächeln. In manchen Hinsichten würde er immer ein kleiner Junge bleiben.

»Schön, dass es so gut läuft.«

Er stand auf, nahm mir die leere Bierflasche aus der Hand und holte zwei neue aus dem Kühlschrank. Ich trank selten Alkohol. Schon jetzt drehte sich der Raum und in meinem Kopf schwebte Nebel, der meine Gedanken einhüllte.

»Falls du mich abfüllen willst, muss ich dich enttäuschen, ich werde nicht anhänglich, nur müde.«

Esh lachte. »Ich sagte doch, keine Spielchen mehr. Wenn du demnächst was von mir willst, will ich dich betteln hören.«

»Vergiss es.« Ich grinste und trank etwas.

Sein Handy vibrierte auf dem Tisch, er warf mir einen fragenden Blick zu.

Ich winkte ab. »Geh schon ran.«

Elisha nahm ab, lief zur Haustür und drehte mir den Rücken zu. Ich setzte mich auf die Couch und beobachtete ihn.

»Hi.« Er senkte die Stimme. »Morgen? Ich dachte, erst in zwei Wochen. War klar, dass du informiert bist.« Elisha lachte. »Dark Room, okay.«

Mein Lächeln verschwand. Irgendetwas an dem Gespräch gefiel mir nicht.

Esh legte auf und setzte sich neben mich. »Alles okay?«

Ich umklammerte den Flaschenhals und strich mit dem Daumen einen Tropfen davon. »Wer war das?«

»Ty. Warum fragst du?«

Weil ich kaputt bin und Angst habe. »Nur so.«

Mit einem Finger strich er über meinen Unterarm. »Willst du es wirklich wissen?«

Nein.

Ich nickte, obwohl mich eine Vorahnung beschlich.

»Wir wollen auf eine spezielle Party gehen.«

Spezielle Party. Mein Herz schlug schneller. »Gangbang«, sagte ich.

»Woher weißt du davon?«

»Die Mädchen haben mir davon erzählt.«

Esh schüttelte den Kopf. »Wenn du willst, gehe ich nicht mit.«

»Warum?«

»Was ist das zwischen uns, Phoe?« Er legte eine Hand an meine Wange und sah mich an. »Ich muss da nicht hingehen. Ein Wort von dir und ich bleibe zu Hause.«

Ich wusste keine Antwort auf seine Frage. Wir waren Stiefgeschwister, ehemalige Freunde, Menschen, die sich zueinander hingezogen fühlten und vertraut miteinander waren. Aber waren wir mehr als das?

Ich war nicht sicher. Solange besaß ich kein Recht, ihm etwas zu verbieten.

»Siehst du nur zu oder machst du mit?«

Er ließ seine Hand über meinen Hals gleiten und rieb mit dem Daumen über die Stelle, an der mein Puls raste, und starrte auf meine Lippen. »Beides.«

»Was macht dich mehr an?«

»Wenn du es wärst.«

Ich schluckte. »Du willst, dass mich andere Typen ficken?«

Die Härchen an meinen Unterarmen stellten sich auf. Die Spannung zwischen uns war fast greifbar.

Elisha schüttelte den Kopf. »Es würde mich anmachen, wenn sie zusehen, während ich dich ficke.«

Für einen Moment schloss ich die Augen. Seine Worte zeichneten Bilder in meinem Kopf, die ich selbst schon gemalt hatte.

»Also wirst du sie vögeln?«

»Nicht, wenn du es nicht willst.«

»Wir sind nicht zusammen, du kannst tun, was du willst.«

»Ich wünschte, es wäre anders.«

Ich schüttelte den Kopf. »Das würde nicht funktionieren.«

Wie sollte es? Ich war zu kaputt, um ihm zu vertrauen. Und von allen Menschen, die mir etwas bedeuteten, war er am gefährlichsten für mich. Andere konnten mich verletzen, aber Elisha konnte mich brechen. Das durfte nie wieder passieren.

Er küsste meinen Hals, legte seine Hand darum und drückte mich nach hinten. »Gib mir eine Chance«, flüsterte er und ließ seine Zungenspitze über mein Schlüsselbein gleiten.

»Ich kann nicht.«

Elishas Lippen wanderten über meinen Hals, mit einer Hand streichelte er über meinen Oberschenkel. Ich schlang einen Arm um seinen Nacken und legte meine Stirn gegen seine Schulter. Wir spielten ein gefährliches Spiel, doch für einen kurzen Moment wollte ich vergessen. Nur spüren.

Ich vergrub meine Nase an seinem Hals und roch ihn. Meine Hände glitten über sein Shirt, ich strich über die Muskeln in seinem Rücken. »Wir müssen aufhören.«

Eshs Küsse wurden fordernder, er schob seine Hand zwischen meine Beine und streichelte mich. »Es gibt keine Heiligen ohne die Sünde.«

Ich wollte ihn mit jeder Faser meines Körpers. Ich wollte mich fallen lassen und ihn spüren. Warum war es so schwer, jemandem zu vertrauen? Warum musste es ausgerechnet Elisha sein, der für all das Chaos verantwortlich war?

Ich schob ihn von mir. »Hör auf.«

»Lass es uns versuchen, Phoe. Ich will dich.« Er legte seine Hand an mein Gesicht, leckte über meine Unterlippe und saugte daran. »Bitte.«

Schwer atmend setzte ich mich auf und fuhr mir mit beiden Händen durchs Haar. Ich sah auf die Uhr. »Nach drei. Ich muss morgen früh raus.«

Esh stand auf und streckte seine Hand aus. Ich nahm sie, nicht sicher, was er vorhatte. Er deutete mit dem Kopf zu seinem Schlafzimmer. »Lass uns ins Bett gehen.«

Ich hatte vieles überstanden, zurückgelassen und überlebt, aber Elisha stellte meine schwerste Prüfung dar. Wie ein Junkie kam ich nicht von ihm los. Meine Droge besaß einen Herzschlag, braun-grüne Augen und ein Lächeln, das mich verfolgte, seitdem ich ihm das erste Mal begegnet war. Ich konnte nicht gehen, ich wollte bei ihm bleiben.

Ich folgte ihm ins Schlafzimmer und beobachtete, wie er sein Shirt über den Kopf zog. Er legte sich ins Bett und sah mich an. »Komm her.«

Ich zog meine Schuhe aus und krabbelte aufs Bett. Mein Herzschlag beschleunigte sich, als ich eine Hand auf seine Brust legte und mich an ihn schmiegte. »Wir schlafen. Nicht mehr.«

Elisha küsste meine Stirn. »Für heute.«

Ich schloss die Augen und unterdrückte die Tränen. Wie konnte er so sanft und gleichzeitig so hart sein?

»Es ist schwer, Esh.«

Er strich mir durchs Haar. »Dann hör auf zu kämpfen. Dein einziger Feind bist nur noch du selbst.«

Ich stützte mich auf einen Ellbogen, um ihn anzusehen, und gab mir keine Mühe, meine Tränen vor ihm zu verstecken. Mit jeder Minute, in der ich in seinen Armen lag, fiel ein Stück meines Panzers. »Das macht mir die meiste Angst. Dass ich mir nicht mehr trauen kann. Seitdem ich die schwache Phoenix hinter mir gelassen habe, weiß ich, wer ich bin. Bis vor Kurzem konnte ich mir trauen. Aber wenn ich mit dir zusammen bin …« Ich schüttelte den Kopf. »Dann will ich alles, was hinter mir liegt, vergessen und nachgeben. Aber ich habe Angst, die Kontrolle zu verlieren.«

Mit einem Daumen wischte er die Tränen von meiner Wange. »Du kannst loslassen. Ich fange dich auf. Sag mir, was du willst.«

Ich schmiegte mich an ihn und schloss die Augen. Ganz hinten, in der dunkelsten Ecke meines Verstandes, *wusste* ich längst, was ich wollte. Alles, was ich tun musste, war, meine Gefühle einzugestehen, das Sicherheitsseil zu kappen und mich fallen zu lassen. Entweder erwartete mich ein Abgrund oder das Paradies. Ich dachte daran, dass er morgen Sex mit einem Mädchen haben würde, das dazu stand, was es wollte.

So verkorkst es auch war, vielleicht lag darin die Lösung für mein Problem.

Ich wollte es sehen. Ich wollte dabei sein, um es zu fühlen.

↗

Die Nacht war kurz, der Tag lang gewesen. Morgens hatte ich mich aus dem Bett geschlichen und war zur Schule gefahren. Owen verhielt sich ruhig, während Eddie sich zum ersten Mal im Unterricht gemeldet hatte. Er streifte seinen Panzer nach und nach ab. Nach der Schule war ich mit Farren an den Strand gefahren, hatte mit Dad telefoniert und ihm versichert, dass ich auf mich aufpasste. Danach babysittete ich Tate eine halbe Stunde, weil Blake zu ihrem Dad musste. Ich versuchte, Kieran über die heutige Party auszufragen. Er schwieg, aber nachdem ich ihn und Tyler belauscht hatte, wusste ich, an welchem Ort sie stattfinden sollte. Mit diesem Ort verband ich viele Erinnerungen. Heute lag es an mir, eine neue zu erschaffen.

Als ich ausstieg und dem Taxifahrer das Geld durchs heruntergelassene Fenster gab, musterte er mich von oben bis unten. »Sie sind sicher, dass Sie hier hin wollen?«

Ich straffte die Schultern. »Schönen Abend noch.«

Ich wartete, bis das Taxi in der Dunkelheit verschwunden war, strich mein Kleid zurecht und betrachtete die Mauern der alten Kathedrale. Laserstrahler tauchten das Gemäuer in grünes Licht. Wummernde Bässe eines Technosongs gemischt mit Chorgesang drangen durch die zersplitterten Mosaikfenster nach draußen.

St. Cilline hatte Jahrzehnte überlebt, ohne etwas von ihrem alten Glanz einzubüßen. Wie damals, als ich zum ersten Mal hier gewesen war, schoss Adrenalin durch meine Adern und versetzte mich in einen Rausch. Ich ließ die Atmosphäre einen Moment auf mich wirken, sog den modrigen, steinigen Geruch ein und beobachtete eine Gruppe Männer, die die Treppe zum Haupteingang hinaufgingen. Vor der massiven Holztür stand ein großer Typ, der mich an einen Deathmaker erinnerte. Auch die Männer trugen schwarze Kleidung. Jeder von ihnen hatte seine Kapuze tief ins Gesicht gezogen. Sie wirkten wie Schatten, die in Gassen lauerten.

Optisch passte ich mit meinem knielangen schwarzen Kleid hierher, aber ich wusste nicht, ob Frauen auf diesen Partys erlaubt waren.

Der Deathmaker nickte den Männern zu. »Passwort.«

»Hodie nox nemo de me judicabit«, antwortete einer von ihnen.

Wer hätte gedacht, dass eine tote Sprache einmal zu einem der lebendigsten Momente meines Lebens gehören sollte?

Heute Nacht wird niemand über mich urteilen. Der Satz konnte nicht passender sein.

Der Türsteher öffnete ihnen die Tür und ließ sie eintreten. Ich atmete durch, hob das Kinn, um mir meine Unsicherheit nicht anmerken zu lassen, und lief die Treppe nach oben. Er verzog keine Miene und nickte mir wortlos zu.

»Hodie nox nemo de me judicabit.«

Eine Gänsehaut breitete sich auf meinen Unterarmen aus, als ich die Worte des Typen wiederholte. Der Deathmaker öffnete die Holztür.

Ich trat ein, wartete, bis sie sich quietschend schloss und ließ den Blick über die Partygäste schweifen. Sie waren ein Meer aus schwarz gekleideten Menschen, die tanzten, tranken und sich miteinander vergnügten.

Deleriums *Silence* hallte durch das Gemäuer, als ich mir meinen Weg durch die Menschenmenge bahnte. Ich wusste nicht, wo der spezielle Teil der Party stattfand, aber sicherlich nicht hier unten, zwischen den Leuten. Ich hielt Ausschau nach einem bekannten Gesicht, doch die Männer versteckten sich hinter Paintballmasken und Kapuzen. Einer drehte sich nach mir um, als ich auf die Treppe zusteuerte.

»Falsche Richtung, Süße«, rief er mir hinterher.

Ich drehte mich um. Beim Anblick seiner Maske lief ein Schauer über meinen Rücken.

»Die richtige Party findet unten statt.«

»Unten?«

»Folge dem Gang neben der Eingangstür.« Er nickte mir zu und verschwand in der Menge.

Ich kehrte um, lief dicht an der Wand entlang und bog in einen schmalen Gang neben der Eingangstür. Die Kerzenleuchter an den Steinwänden warfen gerade genug Licht ab, damit ich meine Füße erkennen konnte. Am Ende des Ganges führten Stufen nach unten. Ich dachte, ich kannte St. Cilline. Früher waren Elisha und ich oft hier gewesen, um die Ruine zu erkunden. Wir verbrachten Stunden in der oberen Etage, balancierten auf umgestürzten Bänken und hatten uns Geschichten erzählt. Hier unten waren wir nie gewesen.

Vorsichtig setzte ich einen Fuß auf die erste Stufe. Die Wände standen so eng beisammen, dass ihre Kanten meine Arme zerkratzten. Ich stützte mich rechts und links ab, damit ich auf den steilen Stufen nicht stürzte, stieg tiefer hinab und betrat einen weiteren Gang, von dem mehrere Tunnel abgingen. In einem leuchteten Kerzen an den Wänden. Ich zwang mich, weiterzulaufen, obwohl mich Unruhe überkam. Was würde ich zu Gesicht bekommen? War Elisha hier unten? War er schon mit dem Mädchen beschäftigt?

Je weiter ich lief, desto leiser wurde die Musik von oben. Irgendwo tropfte Wasser, gedämpfte Stimmen klangen durch die Katakomben und vermischten sich mit den Klängen von Halseys *Castle*. Ein Stöhnen.

Mein Herz schlug schneller. Am Ende des Ganges schien Licht durch einen Türspalt. Ich näherte mich der Tür und legte die Wange gegen das Holz. Eine Frau stöhnte, Männer grölten.

Wenn du da rein gehst, verändert sich alles. Danach gibt es kein Zurück mehr.

Es gab nur noch einen Weg und der lag vor mir.

Ich rieb die Hände an meinem Kleid und versuchte, ruhig zu atmen, doch es gelang mir nicht. Eine Mischung aus Neugier, Angst und Erregung pumpte durch meinen Körper.

Ich legte eine Hand auf die Klinke und drückte sie vorsichtig herunter. Beim Anblick der Frau auf dem Tisch und den Männern, die im Halbkreis um sie herum standen, hielt ich den Atem an. Mehrere Hände streichelten ihre Brüste, zwei Typen hielten ihre Handgelenke, während einer sie wie besessen fickte. Sie stöhnte, bäumte sich auf, doch die Männer drückten sie herunter und lachten.

»Fick mich härter!«, schrie sie und warf den Kopf zurück.

Meine Beine zitterten, als ich die Tür schloss und den Raum betrat. In mehreren Reihen saßen Zuschauer, die gebannt auf das Schauspiel starrten. Wenige von ihnen zeigten ihre Gesichter, die meisten trugen Paintballmasken, Kapuzen oder ein Tuch vor dem Mund. Weiter hinten standen ein paar Mädchen. Sie lachten und unterhielten sich, als wäre es das Normalste der Welt, einer Orgie zuzusehen. Hinter ihnen entdeckte ich einen Rundbogen in der Wand. Trotz der kühlen Luft bildete sich Schweiß auf meinem Rücken. Ich fühlte mich wie ein Eindringling. Wie jemand, der in ein Haus einbrach und in den Schubladen fremder Leute wühlte.

Wo waren die Jungs? Ich schlich durch die Sitzreihen und sah mich um. Es war aussichtslos. Gestalten ohne Identität, die einer Leidenschaft nachgingen, die sie alle zu Jägern machte.

»Nimm sie härter ran!«, rief eine tiefe Stimme und ich zuckte zusammen, als ich sie erkannte. Tyler.

Ich eilte zwischen den Ledersesseln in die Richtung, aus der seine Stimme gekommen war, und ließ mich in der ersten Reihe zwischen ihm und Elisha nieder.

Auch Kieran war da. Er rieb sich über die Stirn und seufzte. Sicher befürchtete er Ärger, aber er sorgte sich umsonst.

»Was machst du hier?« Elishas Gesichtsausdruck verriet keine Gefühlsregung.

Tyler zog an seiner Zigarette und blies Rauch in mein Gesicht. »Er hat dich was gefragt, Sprite.«

Ich wandte mich an Tyler. »Dasselbe wie ihr.«

»Leute beim Ficken beobachten?« Er lachte. »Tu dir keinen Zwang an. Vielleicht willst du auch mitmachen? Ich hab nichts gegen ein bisschen Lesbenaction.«

»Phoe.« Elisha legte seine Hand auf meinen Arm. »Wie kommst du hier rein?«

»Spielt keine Rolle. Ich bin hier, weil ich zusehen will.«

Geräusche von aufeinanderprallender Haut mischten sich mit ihrem Stöhnen und dem Raunen der Typen. Das blonde Mädchen schrie lauter, der Typ stieß sie immer härter, ihre Brüste wippten im Rhythmus seiner Bewegung. Ich presste die Beine zusammen und beugte mich zu Esh. »Wirst du sie vögeln?«

»Willst du das?«

Ich sah nach vorne. Zwei wechselten sich ab, während ein großer Typ seinen Reißverschluss öffnete und seinen Schwanz in ihren Mund schob. Mir wurde übel. Schon als ich Elisha damals mit den Mädchen beobachtet hatte, wusste ich, dass ich anders war. Dass ich animalischen, schmutzigen Sex wollte. Zu der Zeit war ich noch Jungfrau gewesen und hatte keine Ahnung, wie gut es sich wirklich anfühlte. Und auch, wenn ich mich dafür geschämt hatte, verschwand dieses Gefühl selbst nach Ethans Missbrauch nicht. Doch so etwas wie das hier war vollkommen neu. Es ekelte mich, aber turnte mich gleichzeitig an. Es war verstörend, aber aufregend.

Ich beugte mich dicht zu Elisha, vergrub meine Nase an seinem Hals und ließ meine Hand über meinen Oberschenkel gleiten. Das Stöhnen des Mädchens, die Sexgeräusche, Elishas Nähe, ich war noch nie so heiß gewesen.

»Was machst du da?« Eshs Stimme klang kratzig.

»Macht es dich an?«

Er biss sich auf die Lippe und stöhnte.

»Fuck! Sprite!«, sagte Tyler neben mir.

Ich spreizte meine Beine und schob meine Hand in den Slip. Meine Finger verteilten die Feuchtigkeit, ich streichelte mich und küsste Elishas Hals.

»Ich will keine Angst mehr haben, Esh.« Ich schob zwei Finger in mich und lehnte den Kopf gegen seine Schulter. »Ich will frei sein.«

Hinter mir hörte ich Typen lachen. Sie riefen mir schmutzige Dinge zu.

Ein Tuscheln ging durch den Raum, das Stöhnen erstarb. Ich hob den Kopf und sah nach vorne. Zwei Männer stützten die Frau und führten sie aus dem Raum.

»Ist es schon vorbei?«

Niemand antwortete. Die Tür öffnete sich und ein zierliches Mädchen betrat den Raum. Sie hatte dunkle Haare und bleiche Haut, die im Kerzenschein wie Gold leuchtete.

Die Männer klatschten Beifall, als Schneewittchen sich auf den Tisch setzte und die Hände vor die Brüste legte. Sie blickte zu Boden, als sich der Deathmaker neben sie stellte.

Ich legte die Hände in meinen Schoß und bemerkte aus dem Augenwinkel, dass Elisha das Mädchen anstarrte.

»Habt ihr euch gut amüsiert?« Der Deathmaker lachte. »Kommen wir zum Highlight des Abends und damit zu etwas ganz Besonderem.«

»Yeah! Endlich!«, brüllte ein Kerl aus der hintersten Reihe.

Meine Kehle zog sich zusammen. Wollte sie es oder wurde sie gezwungen? Sie wirkte schüchtern und sah nicht aus, als gefiele es ihr hier.

Ich rüttelte an Eshs Arm. »Macht sie freiwillig mit?«

Ohne seinen Blick von ihr abzuwenden, nickte er.

»Sie hat aus den Siegern der Samstagskämpfe gewählt.« Der Deathmaker streckte Schneewittchen seine Hand entgegen. Sie nahm sie und hob den Kopf.

»Wer hat heute die Ehre, dich zur Frau zu machen?«

Was zur Hölle? Ich krallte meine Finger in mein Kleid und schluckte. Welches Mädchen ließ sich vor vierzig Typen entjungfern?

Schneewittchen räusperte sich und lächelte in unsere Richtung. »Elisha Deleon.«

Ein Holzhammer traf mich direkt auf den Kopf. Der Raum drehte sich, die Wände rückten näher, das Atmen fiel mir schwer. Das konnte nicht wahr sein. Ich wusste, dass es verrückt war, hierherzukommen. Aber wie konnte er vor allen ein Mädchen vögeln, das noch nie Sex gehabt hatte?

Die Männer jubelten und applaudierten. Die Hitze ihrer Körper, ihre Erregung brachte den Raum zum Kochen.

»Ein Wort von dir und ich fasse sie nicht an«, flüsterte Esh in mein Ohr.

Ich schwieg und starrte nach vorne. Auf das Mädchen, das die Hand ausstreckte und auf meinen Bruder wartete.

Es war, als schoss ich durch einen dreifachen Looping, der über einen Abgrund führte, aber es war genau das, was ich brauchte. Das, worauf ich so lange gewartet hatte. Tränen stiegen in meine Augen.

Eshs Blick ruhte auf mir, er wartete einen Moment, doch als ich nichts sagte, zog er seinen Hoodie aus, warf ihn mir in den Schoß und ging nach vorne. Wieder applaudierten die anderen.

»Das ist nicht dein Ernst. Du willst zusehen, wie er die Kleine fickt?«, fragte Tyler.

Ich will nicht zusehen, aber ich will es fühlen. Nur eine Minute länger.

Elisha griff die Hüften des Mädchens und setzte sie so auf den Tisch, dass man ihr Profil sehen konnte.

Er will, dass du es zugibst.

Tränen liefen über meine Wangen und ich lächelte.

Kein Käfig.

Keine Angst.

Keine Zweifel.

Nichts hielt mich mehr zurück. Mein Panzer und mein Schutzschild existierten nicht mehr. Ich wollte den Moment noch etwas auskosten, den Schmerz noch eine Sekunde länger spüren und sog Elishas Anblick in mir auf. Er legte eine Hand an ihre Wange, küsste ihren Hals und sah mich an.

Das Mädchen stöhnte, sie schloss die Augen und genoss seine Berührungen. Sie wusste nicht, dass er eine andere küsste. Dass seine Berührungen nicht für sie bestimmt waren. Dass sie gar nicht existierte. Es hatte immer nur eine gegeben.

Ich lächelte, wandte mich an Tyler und beugte mich zu ihm. Sein Duft versetzte mich in Euphorie. »Ein letztes Spiel?«

Er zog an seiner Zigarette, stieß Rauch durch die Nase aus und stand auf.

»Mach keinen Scheiß, Alter.« Kierans Blick sprach Bände. Er dachte, wir wären völlig verrückt geworden.

»Sprite und ich verstehen uns. Mach dir keine Sorgen, Bruder.«

»Denk an Blake.«

»Das tue ich jede verfickte Sekunde. Alles in Ordnung, K.«

Tyler nahm meine Hand, schnippte die Kippe weg und sah zu Elisha. Ich spürte seinen Blick auf mir und folgte Tyler, der mit mir an der äußersten Sitzreihe vorbeilief und auf den Rundbogen hinten in der Wand zusteuerte.

Meine Beine zitterten, Adrenalin schoss durch meine Adern, als wir einen kleinen Raum betraten. Eine Fackel an der Wand warf schummriges Licht ab und ich erkannte einen Tisch in der Mitte des Raumes. Ich setzte mich darauf, stützte die Hände hinter mich und lehnte mich ein Stück zurück. Tyler kam auf mich zu. Seine Hände glitten über meine Oberschenkel, krallten sich in den Stoff meines Kleides und schoben meine Beine auseinander. Er stellte sich dazwischen, beugte sich zu mir. »Eigentlich bin ich für kranke Spiele zuständig, aber du hast mir gerade den Rang abgelaufen.«

Sein Zigarettenatem streifte meinen Hals und die Härchen in meinem Nacken stellten sich auf.

»Lass die Finger von ihr!«

Gleichzeitig schossen unsere Köpfe herum.

»Wurde auch Zeit.« Ty lächelte. »Sie ist bereit.«

Esh drängte Tyler beiseite, stellte sich zwischen meine Beine und schob mein Kleid bis zu meinen Oberschenkeln.

»Ich dachte schon, du willst mich Tyler überlassen.«

»Falsch gedacht, Schwesterchen.« Seine Finger krallten sich in meine Hüften. »Aber wenn du willst, kann er zusehen.«

Ich streckte mein Kinn, legte eine Hand an seinen Nacken und zog ihn zu mir. Elishas Lippen waren nur Millimeter von meinen entfernt. »Ich will, dass er mich hält, während du mich vögelst. Ich will, dass er mir Worte ins Ohr flüstert, während du mir zeigst, zu wem ich gehöre.«

»Fuck! Sprite. Du bist total verkommen.« Tyler griff mein Kinn und zwang mich, ihn anzusehen. »Sei froh, dass ich Blake habe. Ich werde dich nicht ficken, aber du wirst mich spüren.«

Ich stöhnte und genoss den Moment. Das waren wir. Elisha und ich. Für andere mochte es krank sein, aber andere interessierten mich nicht.

Es war mein Moment.

Meine Kontrolle.

Niemand anderes bestimmte über mich oder meinen Körper.

Heute Nacht wird niemand über mich urteilen.

Tyler zündete sich eine neue Zigarette an, lief an mir vorbei.

Esh zog sein Shirt aus und warf es zu Boden. Das Kerzenlicht ließ seine Brust leuchten. Ohne meinen Blick von ihm abzuwenden, zog ich mein Kleid über den Kopf und öffnete meinen BH. Mein Körper stand unter Strom, selbst die Luft im Raum schien elektrisch geladen. Plötzlich spürte ich Tyler hinter mir. Er setzte sich hinter mich und streckte seine Beine aus. Ich lehnte mich gegen seine Brust und legte den Kopf auf seine Schulter. Zwischen meinen Beinen pochte es. Seine Anwesenheit, Elishas Berührung, dieser Ort … Es war genau das, was ich wollte.

Ich streckte eine Hand nach meinem Stiefbruder aus, doch Tyler griff sie und hielt mich fest.

»Nicht so gierig, Süße.«

Ich lächelte und schlang sie um seinen Nacken. »Besser so?«

Tyler stieß Rauch durch die Nase aus und nickte.

Elisha beugte sich über mich, ließ seine Zunge über meinen Hals wandern und biss sanft in meine Haut, während seine

Hände über meinen Bauch glitten, meinen Slip griffen und ihn mir von den Hüften streiften. Er trat einen Schritt zurück und betrachtete meinen nackten Körper mit einem Hunger, den ich bei Braxton immer vermisst hatte.

»Verdammt, Phoenix.«

Sein Blick glitt von meinem Hals, über meine Brüste, meinen Bauch bis zwischen meine Beine. Ich schluckte, wollte sie zusammenpressen, doch Tyler griff mein Knie und spreizte es zur Seite. Sein Atem streifte meinen Hals. »Er will dich sehen und du wirst ihn lassen, verstanden?«

Seine Worte ließen mich aufstöhnen. Ich presste mich gegen Tylers Brust und spürte seinen Ständer an meinem Rücken. Fuck!

Dieser Moment war echt und er war besser als jede Fantasie.

Elisha griff mein anderes Bein. Ich lag entblößt vor ihm, doch ich schämte mich nicht. Ich suchte seinen Blick und sah ihm in die Augen. »Halt dich nicht zurück. Ich will alles.«

Tyler stöhnte auf. Er schnippte die Zigarette weg und nahm mein Kinn in seine Hand. In seinen Augen spiegelte sich das Kerzenlicht, doch der Ausdruck darin war kalt. Manchmal war seine Ähnlichkeit mit Elisha beängstigend.

»Sieh mich an, wenn er dir seinen Schwanz reinschiebt.«

Mein Herz schlug schnell, jeder Muskel in meinem Körper spannte sich an, als ich auf Elisha wartete, während ich Tyler ansah. Er hatte den Mund geöffnet und beobachtete meinen Stiefbruder.

Elisha streichelte meine Klit und rieb sie sanft. Er schob einen Finger in mich, verteilte die Feuchtigkeit und streichelte mich.

Er berührte mich, doch es war Tylers Blick, der mich wahnsinnig machte. Ich hob mein Becken und streckte die Hand nach Elisha aus. »Bitte.«

Tyler lachte. »Sie braucht es, gib es ihr.«

Elisha griff mit einer Hand in mein Haar. Seine Schwanzspitze berührte mein Loch, doch er schob ihn nicht in mich, sondern rieb damit über meine Klit und wiederholte das Spiel.

»Oh Gott, mach schon.« Ich brachte ihm mein Becken entgegen, meine Pussy zog sich schmerzhaft zusammen.

»So gierig wie immer, was?« Er riss meinen Kopf zurück und sah mich düster an. »Ich habe doch gesagt, dass du beim nächsten Mal darum bettelst.«

»Wie sehr willst du von deinem Bruder gefickt werden?« Tyler klang amüsiert.

»Er ist nicht mein Bruder -«

»Doch«, unterbrach er mich. »Gerade ist er dein Bruder. Das macht es schmutziger.«

Ich stöhnte. »Bitte.«

Esh rieb mit seiner Spitze über meine Klit und schob seinen Ständer ein Stück in mich. Noch nie war ich so geil und frustriert zugleich gewesen. Ich war bereit, ihm alles zu geben, wenn er mich nur endlich vögelte.

Ein schriller Schrei aus dem Nebenraum ließ mich erstarren. Ich hielt die Luft an.

»Schätze, die sind schon einen Schritt weiter.« Elisha lächelte, doch es erreichte seine Augen nicht. »Sie hätte wie ein braves Mädchen gebettelt, Phoe. Also, willst du jetzt weiter die Stolze spielen oder gefickt werden?«

Ich biss mir auf die Lippen und versuchte, den Kopf zu heben, doch sein Griff war zu fest, ich konnte mich nicht bewegen. Ich war ihm ausgeliefert.

»Bitte fick mich.«

Tyler griff wieder mein Kinn, Elishas Hände schossen zu meinem Hals und drückten zu. Langsam, Stück für Stück schob er seinen Schwanz in mich.

»Ahh.«

»Oh Fuck! Du solltest dich sehen, Sprite.« Tyler leckte sich über die Lippen. »Der Gesichtsausdruck, wenn du einem Mädchen deinen Schwanz reinschiebst ... Es gibt fast nichts Besseres.«

Elishas Hände drückten nicht stark zu, aber es reichte, um meine Gedanken in Nebel zu verwandeln. Ich spürte ihn in mir, seine Brust an meiner und Tylers Blick, mit dem er mich vögelte. Es war ein Rausch, von dem ich nicht genug bekam.

»Hast du nicht ...«

Mit einem harten Stoß, der den Tisch unter mir wackeln ließ, drang er in mich. »Was wolltest du sagen, Phoe?«

Ich schluckte, er füllte mich ganz aus. »Hast du nicht mehr drauf?«

Tyler griff mein Bein fester. »Sie fordert dich heraus, Bruder.«

»Ja, sie ist verdammt mutig. Mal sehen, wie lange noch.«

Das Stöhnen des Mädchens aus dem Nebenraum schwoll an, Männer lachten. Haut prallte an Haut.

St. Cilline erwachte für eine Nacht zu neuem Leben. Genauso ging es mir. Ich lebte, war furchtlos und wusste, was ich wollte.

Ich schlang einen Arm um Elishas Nacken, lehnte meine Stirn gegen seine und sah ihm in die Augen, während der Tisch unter jedem Stoß wackelte.

Elisha stöhnte, biss in meine Unterlippe und fickte mich härter. Seine Brust klebte an meiner, sein Duft vermischte sich mit Tylers Deo und ich schloss die Augen.

»Wie fühlt sie sich an?«Tyler strich mit zwei Fingern über meine Wange.

»Nass«, flüsterte Esh. »Gott, sie ist so verdammt heiß und nass.«

»Ich höre es.«

Elisha zog sich aus mir zurück und rammte sich mit einem heftigen Stoß in mich. Ich schrie auf und vergrub meine Nägel in seinem Rücken. Fuck, er wusste, wie er mich um den Verstand brachte.

Tylers Atem streifte mein Ohr. »Das gefällt dir, ja? In einem Verlies von deinem Bruder gefickt zu werden, während nebenan eine andere schreit?«

Ja, es gefiel mir.

So sehr, dass ich meine Nägel in Elishas Rücken krallte und alles um mich herum vergaß.

Kapitel 20

ELISHA

»Fuck!« Meine Bauchmuskeln spannten sich an, Schweiß rann über meinen Rücken und Phoes Pussy verkrampfte sich um meinen Schwanz. Ich zog ihn raus, weil ich kurz davor war, griff ihre Hüften und hob sie vom Tisch. Sie torkelte gegen die Kante, doch bevor sie etwas sagen konnte, drehte ich sie um und presste ihren Bauch gegen Tylers Brust.

Er leckte sich über die Lippen. Wahrscheinlich war das der härteste Sex, den er jemals gehabt hatte, er war so nah dabei, durfte aber nicht mitmachen.

Phoe stöhnte, sie presste ihren prallen Arsch gegen meinen Ständer. Auch sie stand kurz davor, aber ich wollte nicht, dass es schon endete.

Das hier war mein persönlicher Himmel.

Zwischen uns hatte sich etwas verändert. Sie war verändert. Ich wusste nicht, was geschehen war, aber ich hatte ihre Fassade niedergerissen. Nicht nur ihr Körper gehörte mir. Phoenix, meine Phoe war zurück. Ich biss in ihren Nacken, wickelte ihre schweißnassen Haare um meine Hand und beugte mich zu ihrem Ohr. »Versprich mir, dass du bleibst. Versprich mir, dass du mir eine Chance gibst.«

Sie drehte ihr Gesicht zur Seite und lächelte. Schweiß glänzte auf ihrer Stirn, ihre Haare klebten an ihrer Wange und ihr Lippenstift war verschmiert, aber sie war perfekter als je zuvor. »Du darfst mich vor deinem Freund vögeln.« Sie küsste mich sanft und knabberte an meiner Unterlippe. »Und es tat verdammt weh, dich mit dem Mädchen zu sehen. Also mach endlich weiter.«

Ich lachte, küsste sie und griff ihre Hüften. Als ich ihn wieder in sie schob, stöhnte sie auf und lehnte ihre Stirn gegen Tylers Schulter. Bei jedem Stoß wippten ihre Titten gegen seine Brust.

»Fuck, das ist Folter. Wisst ihr eigentlich, was ihr mit mir macht?« Er stöhnte und legte beide Hände an Phoenix' Gesicht, damit sie ihn ansah.

»Alles gut, Bruder?« Ich verkniff mir das Lachen. »Du schlägst dich tapfer.«

Er erwiderte nichts, sondern starrte Phoe in die Augen. Ty turnte es an, wenn er die Mädchen beim Sex beobachtete.

Ich senkte den Blick. Mein Schwanz glitt in sie, wieder hinaus. Als ihre Schreie lauter wurden, erhöhte ich das Tempo.

»Ahh … Esh … Fuck!«

Auch die Kleine im Nebenraum schrie. Mein Körper stand unter Strom. Mit jedem Stoß, mit jedem Schrei, jeder Bewegung verlor ich mehr und mehr die Kontrolle. Meine Muskeln spannten sich an, mein Schwanz zuckte. Ich krallte mich in ihre Hüften, beugte mich über sie und biss in ihren Nacken. Beim Sex vergaß ich mich.

Wie durch einen Tunnel hörte ich Tylers kratzige Stimme. »Spritz in ihr ab.«

»Oh Gott!« Phoe warf den Kopf zurück und presste ihr Becken gegen mich.

Ich stieß ein letztes Mal zu, pumpte meinen Saft in sie und griff mit beiden Händen ihre Titten. Phoenix richtete sich schwer atmend auf. Sie lehnte ihren Kopf gegen meine Brust. Meine Beine zitterten, ich war völlig erledigt.

Tyler glitt vom Tisch und strich ihr eine Strähne aus der Stirn. »Du hast Feuer, Sprite. Ich sag doch, dass du eine von uns bist.« Er zwinkerte mir im Vorbeigehen zu und griff sich in den Schritt.

»Ich hab viele kranke Sachen ausprobiert, aber das war der abgefahrenste Scheiß überhaupt. Blake ist gleich so was von fällig.«

Er ließ uns alleine.

Phoe drehte sich um, schlang ihre Arme um meinen Nacken und küsste mich. »Das war …« Sie schüttelte den Kopf und lachte.

»Das sind wir, Phoe. Nicht perfekt, nicht normal, aber wir.« Ich küsste ihre Stirn. »Ich fasse es immer noch nicht, dass du zugelassen hast, dass ich sie berühre.«

»Ich musste es sehen, um es zu fühlen.«

Sie legte eine Hand an meine Brust, strich darüber und sah mich an. »Lass uns abhauen, ich bin total erledigt.«

»Komm schon, er hat ihr sicher nichts gesagt.« Ich zog Phoenix die Steintreppe hoch, die zu Tylers Garten führte.

»Er erzählt ihr alles.«

Der Duft von gegrilltem Fleisch stieg in meine Nase und ließ mir das Wasser im Mund zusammenlaufen. Ich verspürte einen riesigen Hunger.

Rauch hing in der Luft, als wir Tylers Terrasse betraten. Alle bis auf Harlan, der ein Stück Fleisch auf den Grill legte, saßen in Loungesesseln, unterhielten sich und genossen die Sonne. Doch als sie uns bemerkten, stoppte das Gespräch und sie hoben die Köpfe. So musste sich ein Tier im Zoo fühlen.

Blake, die auf Tylers Schoß saß, lächelte schmutzig. Scheiße, er hatte ihr wirklich davon erzählt.

»Na, lange Nacht gehabt?« Sie musterte erst Phoe und dann mich. »Ihr seht echt fertig aus.«

»Dasselbe könnte man auch von dir behaupten«, antwortete Phoenix. »Tut das nicht weh?«

Mit dem Kopf deutete sie auf Blakes Oberschenkel. Ein tennisballgroßer blauer Fleck zeichnete sich an der Innenseite ihres Beines ab.

Blake lächelte und zuckte mit den Schultern. »Vielleicht sollte er euch öfter zusehen.« Sie wandte sich an Ty. »Du warst wie ein Tier.«

»Leute, kommt schon!« Farren schielte in Kierans Richtung, ihr Blick verdunkelte sich. »Ich will nichts mehr davon hören. Das ist total krank.«

»Krank ja.« Tyler senkte den Blick und sah sie an. »Aber verdammt geil.«

Blake und er lachten und auch Phoe entspannte sich. Sie ließ sich neben Kieran nieder, nahm sich eine Flasche Cola und schlug die Beine übereinander. »Schön, dass ihr alle Bescheid wisst, noch Fragen oder können wir dann essen?«

»Ein paar Minuten musst du noch durchhalten.« Harlan wendete ein Stück Fleisch. »Aber ihr habt genügend Gesprächsthemen.«

Ich grinste. Im Gegensatz zu den anderen wirkte Harlan so erwachsen. Er würde ein guter Vater werden, aber den Spaß musste das Kind mit Storm haben, denn selbst jetzt, wo er glücklich schien, war er noch immer ernst und verschwiegen.

»Blake? Können wir kurz reden?« Phoe zupfte sich am Ohr und stand auf.

Blake nickte, küsste Ty und verschwand mit ihr im Haus. Phoenix dachte zu viel nach. Ty und Blake sahen solche Dinge locker. Solange Ty sich benahm, sagte Blake nichts. Sie wusste, dass er nur sie sah. Nicht alle Mädchen reagierten so cool.

Ich trank einen Schluck, setzte mich neben K und legte den Kopf in den Nacken. Seit gestern war nichts mehr wie zuvor. Nach St. Cilline hatte ich Phoenix nach Hause gebracht und erwartet, dass sie mich wieder zurückstieß, aber sie wollte, dass ich bei ihr blieb. Wir redeten die halbe Nacht, vögelten und redeten wieder. Zum ersten Mal stimmte alles. Diesmal würde ich es nicht versauen. Ich würde alles tun, um ihr zu beweisen, dass Menschen sich ändern konnten.

Kieran klopfte mir auf die Schulter. »Heftige Nacht, was?«

Ich lachte. »Frag Phoe.«

»Ich hatte Angst, dass Ty zu weit geht.«

Ich schüttelte den Kopf. »Du unterschätzt nicht nur mich, Bruder.«

»Wer hätte gedacht, dass Ty mal nur noch von einem Teller isst?« Kieran lachte.

»Hast du mit Farren gesprochen?«

Er nickte. »Sie redet kaum mit mir, aber ich hab mich scheiße gefühlt. Trouble kriegt sich wieder ein.«

Ich grinste. »Wer hätte gedacht, dass du mal so zahm wirst?«

»Ist zwischen dir und ihr alles okay?«, fragte er, ohne auf meine Aussage einzugehen. »Ich hab nie kapiert, was euer Problem ist.«

Ich trank einen Schluck. »Die Kurzfassung: Ich hab fast ihr Leben kaputt gemacht. Ich meine, so richtig, K. Ich war früher echt ein Arschloch.«

»Früher?« Kieran lachte. »Wir haben alle unsere Fehler. Wie macht sich Ed?«

»Ist es dir nicht aufgefallen?«

K hob die Augenbrauen. »Gestraffte Schultern, erhobener Kopf. Der Kleine macht sich. Kam noch mal was wegen dem Typ aus seiner Schule?«

»Nicht, dass ich wüsste. Er hat jedenfalls nichts gesagt.«

Phoenix und Blake kamen zurück. Phoenix setzte sich neben mich, ihre Wangen leuchteten, sie strahlte.

»Habt ihr alles geklärt?«, fragte ich.

Sie nickte. »Ich wäre nicht so locker, wenn du dabei wärst, wenn dein Freund -«

»Dann seid ihr jetzt zusammen?«, unterbrach Kieran sie.

Ich hielt die Luft an und trank einen Schluck, damit niemand bemerkte, wie nervös mich seine Frage machte.

»Ja, sind wir zusammen, Esh?« Sie sah mich an.

Von wegen keine Spielchen mehr. Scheiße.

»Wenn du damit leben kannst, dass ich bis Mittag nicht ansprechbar bin oder die Zahnpasta im Waschbecken klebt.«

Sie hob die Augenbrauen und sah mich herausfordernd an. »Keine Sorge, ich habe auch ein eigenes Leben. Ich will nicht mit dir zusammenziehen oder dein Schatten werden.«

Anders hätte ich es auch nicht erwartet. Phoenix war keins dieser Mädchen, die für einen Typen alles liegen und stehen ließen. Sie besaß ihren eigenen Kopf und Ziele, die sie verfolgte. Genau das faszinierte mich an ihr. Sie vereinte Sanftheit mit Stärke.

Ich legte einen Arm über ihre Schulter, zog sie zu mir und küsste sie. Ihre Lippen schmeckten süß, in meinem Magen wütete ein verdammtes Feuerwerk.

»Ich bin in dich verliebt, Phoenix Sofia Hendry.«

Für einen Moment riss sie die Augen auf. Mein Geständnis überraschte sie.

Ein Lächeln breitete sich auf ihrem Gesicht aus. »Das habe ich nicht erwartet.« Sie beugte sich näher zu mir, damit die anderen nichts hörten. »Ich … Ich weiß nicht. Ich meine, ich kann noch nicht sagen -«

Ich erwartete nicht, dass sie es erwiderte. Sie trug Narben mit sich, die auch nach Jahren noch schmerzten. Aber es war okay. Ihre Narben gehörten auch zu mir. Ich hatte sie ihr zugefügt, ich würde damit leben, so wie sie es tat.

»Ist okay.« Ich strich ihr eine Strähne hinters Ohr. Die Sonne ließ ihr Haar wie Feuer leuchten. »Ich weiß, dass das hier schon viel für dich ist.«

Sie nickte. »Ich hab das Gefühl, dass endlich alles in Ordnung kommt. Dass ich einen Platz gefunden habe.«

»Und Braxton?«

»Wir haben uns ausgesprochen. Wir sind Freunde, aber als Paar waren wir echt eine Katastrophe.«

»Wie stehen unsere Chancen?«

Sie lächelte. Verdammt, daran konnte ich mich gewöhnen. So sehr ich ihre Krallen mochte, ich liebte ihre sanfte Seite.

»Du meinst das ernst, ja? Du willst das wirklich durchziehen.«

Ich legte den Kopf schief. »Klar. Ich bin bereit.«

»Ich bin nicht einfach. Ich bemühe mich, aber ich kann dir nicht versprechen, dass ich jemals richtig funktionieren werde.«

Ich legte eine Hand unter ihr Kinn und hob es an, damit sie mich ansah. »Du bist verkorkst und alles andere als normal, aber gerade das mag ich an dir. Menschen müssen nicht perfekt sein, sie müssen echt sein. Und du bist der echteste Mensch, den ich kenne, Phoe.«

Sie schluckte und sah an mir vorbei, damit ich nicht sah, dass sie die Tränen zurückhielt. Ich erwartete keine leichte Beziehung. Ich wollte keine einfache Frau an meiner Seite. Ich wollte Kämpfe, Herausforderungen und Leidenschaft. Wenn es jemanden gab, der das verstand, dann war es Phoenix.

Die Rücklichter der Wagen leuchteten rot in der Dunkelheit, im Radio spielte Disturbeds *The Vengeful One* und ich lehnte meinen Kopf gegen das Fenster, damit der Fahrtwind meine Müdigkeit vertrieb.

»Hey, machst du schon schlapp?« Kieran stellte die Musik leiser. »Sag nicht, der Kleine braucht Schlaf. Gleich geht's weiter.«

Ich drehte den Kopf zur Seite. Sein Blick war auf die Fahrbahn gerichtet, er grinste.

»Hätte mich auch gewundert, dass du so was kennst. So geht es dir, wenn du die halbe Nacht vögelst.«

Er lachte. »Ich wette, sie hat gearbeitet, während du geschlafen hast.«

Er überholte einen Wagen, reihte sich rechts ein und nahm die Abfahrt.

Als ich nichts erwiderte, lachte K auf. »Ty ist bescheuert. Ich dachte, er wird ruhiger, aber er wird immer auf abgefuckte Scheiße stehen. Gut, dass Blake kein Drama daraus macht.«

Vielleicht verstand sie, dass manche Menschen nicht domestiziert werden konnten. Dass manche von uns Seiten besaßen, die nur kontrolliert werden konnten, wenn man sie auslebte und nicht versteckte. Blake wollte Tyler glücklich sehen. Sie wusste, dass er ihr gehörte und sie ihm.

Ich lachte. »Ich weiß nicht, was Phoe schärfer gemacht hat. Mein Schwanz oder dass Ty dabei war.«

Er schüttelte den Kopf. »Deine Schwester ist unglaublich.«

Vor einer Stunde waren alle nach Hause gefahren und ich wollte endlich ins Bett, doch K hatte darauf bestanden, noch Whisky aus dem Liquor Store zu holen, und da er meinen Wagen und mich somit in der Hand hatte, musste ich wohl oder übel mitspielen. Wahrscheinlich genoss er seine Überlegenheit.

Ich sah auf die orange-leuchtenden Ziffern im Cockpit. Nach eins. Hoffentlich war Phoe noch wach, wenn ich nach Hause kam. Ich war erledigt und wollte sie nur im Arm halten und schlafen.

Schotter knirschte unter den Reifen meines Porsches, als K das Tempo verlangsamte und auf den Parkplatz des ›Medicine‹ fuhr. Er stellte den Motor aus und sah in den Rückspiegel, als ein anderer Wagen auf den Parkplatz des Liquor Stores fuhr. »Wir sind nicht die Einzigen, die ihren Stoff nachts kaufen.«

Wir stiegen aus. Ich streckte meine Arme über den Kopf und gähnte. K setzte seine Kapuze auf und schlenderte in Richtung des Eingangs. Ich lief neben ihm und schloss den Reißverschluss meiner Jacke. Noch ein paar Tage und ich konnte sie Kieran zurückgeben. Allmählich kam ich mir mit dem K auf dem Rücken bescheuert vor. Immer wenn ich jemanden traf, den wir kannten, fragte er, warum ich Kierans Jacke trug, und ließ mich spüren, dass ich sie nicht verdiente. Selbst nachdem er die letzten Kämpfe verloren hatte, war K noch immer der Star der Szene. Ich sagte es ihm nicht, aber ich bewunderte ihn. Kieran war ein Vorbild. Ich bewunderte seinen Durchblick, seine Ausstrahlung und Sicht auf die Dinge. Er gehörte zu den wichtigsten Menschen in meinem Leben.

Auf halben Weg blieb er stehen und klopfte mir auf die Schulter. »Übrigens, gut gemacht.«

»Was hast du geraucht?«

»Ich wollte es vor den anderen nicht sagen.« Er senkte die Stimme. »Weil ich weiß, dass du nicht drauf stehst, wenn ich einen auf Dad mache, aber gute Arbeit.«

»Alter, das wird immer beängstigender.«

»Mann, krieg dich ein. Wer Lob nicht annehmen kann, hat ein Problem. Ganz ehrlich. Wie du dich um Ed kümmerst, die scheiß Wette aus der Welt geschafft hast … Ich bin stolz auf dich.«

»Danke Dad.«

»Arschloch!« Er lachte und setzte sich in Bewegung. Ich schob meine Hände in die Taschen meiner Jacke und lief wortlos neben ihm her. Von K gelobt zu werden, kam einem Ritterschlag gleich.

»Und hey!« Er boxte mir gegen die Schulter. »Wenn du deinen Wagen wieder hast, forderst du mich heraus, vielleicht -«

Ein Schuss hallte durch die Luft.

Kapitel 21

PHOENIX

Das Klingeln wurde lauter und lauter. Ein Geräusch, von dem meine Ohren schmerzten. Mit geschlossenen Augen tastete ich mit einer Hand auf dem Nachttisch nach meinem Handy, doch ich fand es nicht. Ich gähnte, schaltete das Licht ein und stand auf.

Das Klingeln erstarb.

Super. Ich tappste ins Wohnzimmer und warf einen Blick auf die Uhr. Wo zur Hölle blieb Esh? Wahrscheinlich hatten es sich die Jungs anders überlegt und beschlossen, ohne uns Mädchen weiterzufeiern. Typisch.

Ich seufzte, sah auf der Küchentheke nach meinem Handy, suchte unter den Sofakissen und fand es endlich auf dem Beistelltisch neben der Couch.

Als ich übers Display strich, leuchtete das Symbol für Nachrichten auf.

Ruf sofort an!

Ich schüttelte den Kopf. Manchmal verhielt er sich wie ein Idiot.

Die zweite Nachricht war fünf Minuten später eingegangen.

Wir sind auf dem Weg ins Krankenhaus. Bitte ruf mich an.

Scheiße.

Meine Finger zitterten, als ich Eshs Nummer wählte und darauf wartete, dass er abnahm.

»Was ist passiert?«

»Du musst sofort herkommen.«

Der Klang in Elishas Stimme alarmierte mich. »Was ist los?«

Er schwieg, atmete aus und zog die Nase hoch. »K ... Ich weiß nicht ... Farren kommt auch.«

»Wo bist du?«

»Mercy Hospital, Notaufnahme. Bitte Phoe ...« Seine Stimme zitterte. »Ich glaube ... er stirbt.«

»Ich komme sofort.«

Ich legte auf, rannte ins Schlafzimmer, schlüpfte in Jeans und Shirt, klemmte das Handy zwischen Ohr und Schulter und rief das Taxi, während ich meine Sneaker anzog.

Vor zwei Stunden hatten K und Esh mich zu Hause abgesetzt. Ich wollte auf ihn warten, aber war eingeschlafen. Was war in den zwei Stunden geschehen? Was war mit Kieran? Ich griff meine Handtasche und Schlüssel, knallte die Tür hinter mir zu und rannte den Flur zu den Aufzügen entlang. Wie eine Wahnsinnige hämmerte ich auf den Knopf.

Als der Aufzug hielt, stürmte ich hinein und betete, dass Taxi käme schnell. Die Etagen leuchteten auf. Elf. Zehn. Neun. Mit jeder Sekunde wuchs meine Nervosität. Unten angekommen riss ich die Haustür auf. Das Schicksal hatte sich erbarmt, das Taxi wartete bereits. Ich stieg ein, gab dem Fahrer die Adresse und starrte aus dem Fenster. Die Lichter der Stadt rauschten in einem Meer aus Farben an mir vorbei, während der Fahrer einen Monolog murmelte, dem ich keine Beachtung schenkte. Alles, was ich fühlte, war Angst. Eine so große Angst, wie seit Jahren nicht mehr.

Als ich den Flur zur Notaufnahme entlangrannte, quietschten die Gummisohlen meiner Sneaker bei jedem Schritt auf dem Linoleumboden. Das Geräusch verstärkte meine Nervosität. Seit Eshs Anruf wütete ein Tornado aus so vielen Gefühlen in meinem Magen, dass mir schlecht war.

Ich straffte die Schultern und wischte mit dem Handrücken über meine Wangen. Ich bog um die Ecke und sah Esh den Flur auf und ab laufen, während Farren in Blakes Armen lag.

Als mich Elisha entdeckte, lief er auf mich zu, streckte seine Arme aus und drückte mich so fest an sich, dass mir die Luft wegblieb.

»Was ist passiert?«

Seine Augen waren gerötet, als hätte er geweint. »Ich weiß es nicht. Es ging zu schnell. Sie reden von einer Schussverletzung.« Er schüttelte den Kopf und fuhr sich mit den Händen durch die Haare. »Ich hab einen Knall gehört, K ist zu Boden gegangen und ein Wagen ist an uns vorbeigerast.«

»Ein Drive-by?«

»Keine Ahnung.« Er schluckte. »Die haben ihn vor einer halben Stunde in den Schockraum gebracht und keiner sagt uns, was los ist.«

Ich streckte eine Hand aus und strich sein Haar zurück. Seit ich ihn kannte, hatte ich Elisha noch nie verloren gesehen.

Ich musste stark für ihn sein. »Das ist ein gutes Zeichen, sie kümmern sich um ihn.« Ich nahm seine Hand. »Lass uns zu den anderen gehen.«

Seine Haut fühlte sich kalt an, es war, als ging seine Kälte in mich über. Ich wusste nicht, was ich Farren sagen sollte, wie ich mich verhalten sollte.

Blake blickte auf und nickte mir zu, als ich mich neben sie setzte. Tyler starrte apathisch auf die gegenüberliegende Wand. Harlans Arm ruhte auf Storms Schulter, doch so wie er aussah, brauchte er selbst Halt.

»Hey Farren«, sagte ich vorsichtig, nicht sicher, wie ich mich verhalten sollte.

Sie hob den Kopf.

»Wenn irgendwas ist, ich bin hier. Wir sind alle hier.« Es war alles, was ich ihr geben konnte, doch ich wusste, dass es nicht genügte.

Ihre Schultern bebten von dem Schluchzen. »Was, wenn er stirbt? Ich kann nicht ohne ihn leben. Ich kann nicht.«

Sie vergrub ihr Gesicht wieder an Blakes Schulter.

Mit dem Daumen strich ich über Elishas Hand. Seine Schultern hingen, er starrte zu Boden und schüttelte den Kopf. »Ich habe Angst, Phoe.«

»Ich bin hier.«

Für einen Moment blickte er auf und eine kalte Faust zerquetschte mein Herz. Ihn leiden zu sehen, tat mir weh.

»Ich hatte noch nie solche Angst.«

»Hey.« Ich wandte mich ihm zu, nahm sein Gesicht in meine Hände und sah ihm in die Augen. »Die haben wir alle. Aber wir müssen stark sein. Kieran ist stark, was immer passiert ist, er schafft das.«

Esh sprang auf, der Stuhl fiel um. »Ich bin nicht stark, okay?«

»Shhh«, sagte Harlan. »Beruhig dich.«

Ich stellte mich vor Elisha und legte meine Hände auf seine Schultern. »Doch, bist du.«

»Ich bin nicht du, Phoe. Ich kann nicht alles wegsperren und weitermachen.«

Tränen liefen über meine Wangen. »Doch verdammt, das kannst du. Du hast keine andere Wahl, als weiterzumachen. Wie würde K jetzt reagieren? Ich glaube nicht, dass er aufgeben würde. Also reiß dich zusammen und steh das mit uns zusammen durch.«

Manchmal erinnerte er mich an den unsicheren Jungen von damals.

»Wir sind alle hier. Ich bin hier«, sagte ich.

Seine Faust donnerte gegen die Wand. »Alle verschwinden. Niemand bleibt.«

Irgendwann geht jeder seine eigenen Wege.

Zum ersten Mal erkannte ich, was hinter seinen Machtspielchen und seiner Kontrollsucht steckte.

Er fürchtete sich davor, alleine zu sein. Verlassen zu werden.

Ich nahm seine Hand in meine. »Uns wirst du nicht los. Kieran kommt durch. Du bist nicht alleine.«

Er sah zu Boden und nickte.

Ich schmiegte mich an seine Brust und schloss die Augen, als er seine Arme um mich schlang. Menschen ließen sich so leicht vom äußeren Schein blenden. Man sah jemanden lächeln und hielt ihn für freundlich. Man sah Tränen und vermutete Schmerz. Doch manchmal war es nicht so einfach und meistens waren die Dinge anders, als man vermutete. Ich war nicht gut im Lügen, aber ich war gut darin, Stärke vorzutäuschen, wenn ich zerbrach. Ich ertrug es nicht, gute Menschen leiden zu sehen. Zu alldem kam meine Angst um Kieran. In den letzten Monaten war er mir wichtig geworden. Wichtiger, als ich bisher angenommen hatte. Kieran hielt die Clique zusammen, er war ihr Herz und ihre Seele. Er war zu einem Freund für mich geworden.

Vor vier Stunden hatten sie ihn in den OP gefahren und noch immer hatte uns niemand über Kierans Zustand informiert. Keiner wusste, ob er noch lebte, was geschehen war oder wie schlimm seine Verletzungen waren.

Ich stand auf. »Will jemand Kaffee?«

Farren weinte nicht mehr, regungslos lag sie in Blakes Armen. Tyler, Harlan und Storm blieben stumm. Sie starrten ins Leere. Eshs Kopf lehnte gegen die Wand, seine Augen waren geschlossen, er schlief. Auch ich war erledigt. Die letzte Nacht hatten wir mit Sex und Reden verbracht, ich brauchte dringend Schlaf. Ich lief zum Kaffeeautomaten, warf einen Dollar ein und wartete, bis sich der Becher füllte.

»Miss?«

Eine tiefe Stimme ließ mich herumfahren. Zwei Cops standen vor mir.

»Gehören Sie zu Mr. Moore?«

»Wir alle.« Ich deutete mit dem Kopf zu den anderen.

Tyler erhob sich und rüttelte Esh wach. Die beiden kamen zu uns. Er nickte den Cops zu.

»Hendrickson.« Der Dünne wandte sich an Tyler. »Das ist mein Partner, Detective Turner. Da es sich laut Dr. Miller um eine Schussverletzung handelt, leiten wir Ermittlungen ein. Wie ist Ihr Name?«

»Tyler Kinley, aber ich war nicht dabei.«

»Elisha Deleon«, antwortete Esh. »Ich war mit K … Mit Mr. Moore unterwegs, als es passiert ist.«

»Wo genau befanden Sie sich zum Zeitpunkt der Tat, Mr. Deleon?«

Esh fuhr sich durch die Haare. Er sah müde und blass aus. »Wir wollten noch was zu trinken holen. Allington Boulevard, der Laden heißt Medicine.«

»Was genau ist passiert?«

»Wir haben uns unterhalten und auf einmal ist er zusammengebrochen.«

»Haben Sie jemanden gesehen?«

Turner notierte sich etwas in seinem Block. Ich nahm meinen Becher Kaffee und hielt ihn Esh unter die Nase, er brauchte ihn dringender. Er nickte mir knapp zu und trank einen Schluck.

»Nein, da war niemand außer uns. Es ging alles zu schnell. Wir haben uns noch unterhalten, dann ist er zusammengeklappt und ein Wagen ist an uns vorbeigerast.«

»Was für ein Wagen? Welche Farbe und Marke? Haben Sie das Nummernschild erkannt?«

Elisha schüttelte den Kopf. »Nein, ich hab nur K da liegen sehen und wusste nicht, was los ist.«

»Hat Mr. Moore Feinde?«

»Nein. Ich meine, ich weiß nicht, mit wem er Stress gehabt haben soll.«

»K ist beliebt«, ging Tyler dazwischen. »Er macht keinen Ärger, warum sollte ihn jemand abknallen wollen?«

»Wir arbeiten daran, das herauszufinden, Mr. Kinley.«

Hendrickson nickte. Er reichte Elisha seine Karte. »Wenn Ihnen irgendetwas einfällt, melden Sie sich bitte.«

Elisha drehte die Karte in seiner Hand und nickte. »Was passiert jetzt?«

»Wir sprechen noch mit dem leitenden Arzt und melden uns, wenn wir etwas wissen.«

»Sie müssen die Drecksau finden.« Tyler verschränkte die Arme vor der Brust. »Wenn nicht, finden wir ihn und dann wird er sich wünschen, dass -«

»Tyler.« Ich legte eine Hand auf seinen Unterarm. »Ich denke, die Detectives geben ihr Bestes.«

Hendrickson warf ihm einen warnenden Blick zu. Sie verabschiedeten sich und ließen uns zurück.

Tyler beugte sich zu mir. »Ich mag es nicht, wenn man mich unterbricht.«

»Ich habe dich nur vor Ärger bewahrt, also lass es gut sein.«

Bevor ich wusste, was geschah, griff er meine Schultern und presste mich mit dem Rücken gegen die Wand. Elisha zerrte an seinem Arm, aber Tyler reagierte nicht.

»Pass auf deinen Ton auf, verstanden? Sonst bin ich der Nächste, der dich fickt, und glaub mir, ich bin nicht so sanft wie dein Bruder.«

»Ty! Spinnst du?« Blakes Stimme hallte durch den Gang.

Er ließ mich los, doch sein Blick sprach Bände. Am liebsten wollte er mich töten.

Blake legte eine Hand auf seine Schulter und zog ihn von mir weg. Sie sah mich an und schüttelte den Kopf »Er meint es nicht so.«

Tyler drehte sich um, sank in ihre Arme und klammerte sich wie ein Ertrinkender an sie. Wir waren alle müde und gereizt und ich ließ es auf sich beruhen. Jetzt war nicht die Zeit für Streitereien. Elisha nahm meine Hand und zog mich mit sich. Als wir uns wieder setzten, hob Farren den Kopf. Sie nahm die Brille ab und rieb sich mit dem Handrücken über ihre Augen. »Danke, dass du hier bist, Phoenix.«

Ich nahm ihre Hand. »Das ist doch selbstverständlich.«

»Auch, wenn du nicht denkst, dass wir Freunde -«

»Doch, das sind wir und Kieran wird es schaffen.«

Sie wollte etwas erwidern, doch in dem Moment öffnete sich die Glastür zum abgesperrten Bereich und ein Arzt kam auf uns zu. Die untere Hälfte seines Gesichtes versteckte er unter einem Mundschutz. Ich versuchte, seinen Blick zu lesen, doch es gelang mir nicht.

»Wer gehört zur Familie?«

Blake und Tyler stellten sich zu uns.

Farren atmete tief durch und sah mich hilfesuchend an.

»Wir sind seine Familie«, antwortete ich an ihrer Stelle.

Er runzelte die Stirn. »Entschuldigung, Miss, aber ich darf nur direkten Angehörigen Auskunft erteilen.«

Harlan stand auf. »Sie sagte, wir sind seine Familie. Also was ist mit ihm?«

Der Arzt seufzte und nahm den Mundschutz ab. »Mr. Moore hat einen Spannungspneumothorax erlitten, wir haben eine Thoraxdrainage durchgeführt, um die Lunge zu entlasten, aber er hat viel Blut verloren.«

Farrens Stimme zitterte. »Was heißt das?«

»Wir haben die Kugel entfernt. Mr. Moore hat einen Herzstillstand erlitten, aber wir konnten ihn wiederbeleben. Wir haben ihn in ein künstliches Koma versetzt, damit sich sein Körper regenerieren kann.«

»Kommt er durch?«, fragte Harlan.

»Das kann ich Ihnen zum jetzigen Zeitpunkt leider nicht sagen.«

»Nein!« Farren fiel mir um den Hals. Ihr Körper zitterte und auch meine Beine gaben nach. Ich war am Ende meiner Kräfte, aber ließ es mir nicht anmerken. Sie brauchte mich.

Der Arzt sah abwechselnd Harlan und mich an. »Sie sollten nach Hause fahren. Wir können nur abwarten, wie Mr. Moores Körper das Trauma verkraftet.«

»Wir bleiben hier. Wir lassen ihn nicht alleine«, sagte Tyler.

»Ich glaube, es ist niemandem damit gedient, wenn Sie völlig übermüdet sind. Schlafen Sie sich aus, kommen Sie morgen wieder. Sollte heute Nacht etwas sein, werden wir Sie informieren.«

»Haben Sie eine Nummer?« Blake hatte die Arme um ihren Oberkörper geschlungen. Sie wirkte klein und schwach.

»Mrs. Andrews hat uns ihre Handynummer gegeben.« Er verabschiedete sich.

»Er hat recht.« Storm nahm Harlans Hand. »Wir sind alle hundemüde und wir helfen Kieran nicht, wenn wir zusammenbrechen.«

»Wir nehmen Farren mit.« Elisha sah sie an. »Du solltest jetzt nicht alleine sein.«

Sie ließ mich los und schüttelte den Kopf. »Das ist lieb, aber ich bleibe bei Blake und Ty.«

»Okay, aber wenn irgendwas ist, rufst du uns sofort an.« Harlan umarmte sie.

»Er darf nicht sterben«, flüsterte Farren. »K hat mir das Leben gerettet, warum kann ich jetzt nicht seins retten?«

Tränen liefen über meine Wangen. Inmitten von Farren und den anderen musste ich mich nicht verstecken. Ich gehörte dazu. Hoffentlich kam diese Erkenntnis nicht zu spät. Kieran musste überleben. Ich weinte nicht nur um ihn. Ich weinte den letzten Monaten hinterher, die sich unbemerkt zu den besten meines Lebens entwickelt hatten.

Kapitel 22

ELISHA

Vor vier Tagen hatte sich unser Leben verändert und je mehr ich mich bemühte, es zusammenzuhalten, desto weniger gelang es mir. Ich bekam keinen Bissen hinunter, wachte nachts mit Herzrasen auf und hielt mich von Phoenix fern, wenn wir nicht im Krankenhaus waren.

K schwebte noch immer in Lebensgefahr.

Nichts war mehr wie vorher.

Wir wechselten uns an seinem Bett ab, redeten mit ihm, als hörte er uns, und versuchten, das Piepen der Maschinen oder die Schläuche in seinem Körper zu ignorieren.

Doch mit jedem Tag, den ich im Krankenhaus verbrachte, mit jedem Tag, an dem ich mich an Ks und mein letztes Gespräch erinnerte, bröckelte meine Fassade. Ich boxte bis zur völligen Erschöpfung, rauchte Joints und schottete mich ab, damit niemand bemerkte, wie es in mir aussah. Wie beschissen es mir ging. Sogar die Telefonanrufe meiner Mutter ignorierte ich. Ihr konnte ich nichts vormachen, sie würde mich durchschauen. Und ich hatte Angst, wie sie auf die Nachricht reagieren würde.

Ich drehte *Leave out all the Rest* von Linkin Park so laut, bis die Bässe in meinem Magen kitzelten und meine Ohren schmerzten. Ich nickte im Takt der Musik und blies Kreise aus Rauch in die Luft. Es war mein dritter Joint an diesem Tag und mit Sicherheit nicht der letzte.

Ich dachte an mein letztes Gespräch mit Kieran, daran, wie ausgelassen er gewesen war und wie er mich aufgezogen hatte. Noch nie hatte mir jemand so sehr gefehlt wie jetzt.

Er atmete. Trotzdem war es so, als wäre mein bester Freund nichts weiter als eine Hülle.

Ich nahm einen Zug vom Joint und wartete darauf, dass die Wirkung einsetzte.

Dass ich für einen Moment vergessen konnte.

Mein Blick fiel auf die Wohnungstür, unter dem Türspalt bewegte sich etwas. Ich stand auf und fand einen Zettel auf dem Boden.

Du wolltest, dass ich dich hereinlasse, aber jetzt, wo ich es tue, schließt du mich aus. Lass mich für dich da sein, Esh. Ich kenne deine hässliche Seite und sie macht mir keine Angst mehr. Wir müssen nicht reden, aber ich will bei dir sein.

PS: Stell die Musik leiser, sonst rufe ich die Cops.

Ich lächelte, schaltete die Musik aus und öffnete die Tür. Phoenix riss mir den Joint aus der Hand, drängte sich in meine Wohnung und warf ihn in die Spüle.

»Sehr erwachsen.«

Ich schloss die Tür und ließ mich auf die Couch fallen.

Mit den Armen vor der Brust verschränkt, stellte sie sich vor mich und sah auf mich herab. »Damit ist jetzt Schluss.«

»Womit?«

»Ich hab dich in Ruhe gelassen, weil du Zeit brauchtest, aber ich seh nicht zu, wie du dich hängen lässt.«

War das ihr Ernst? »Mein bester Freund liegt im Koma, keiner kann sagen, ob er überlebt, und du willst mir allen Ernstes sagen, ich soll weitermachen, als wäre alles okay?«

»Stell dir vor! Blake kümmert sich um ihre Tochter, Ty und Harlan gehen trotzdem arbeiten und Farren versucht es wenigstens. Sie brauchen dich. Kieran braucht dich.«

»K braucht ein Wunder.«

»Fick dich, Esh!« Ihre Augen formten sich zu Schlitzen. »Verdammt noch mal, sei ein Mann! Leide, aber reiß dich zusammen und lass den Scheiß mit den Drogen.«

Ich biss die Zähne zusammen, griff ihre Hüften, zog sie zu mir und warf sie auf die Couch. Phoe schlug um sich. Es war genau das, was ich brauchte.

Ich drängte mich zwischen ihre Beine. »Du willst, dass ich ein Mann bin, ja?« Mit einer Hand hielt ich ihre Handgelenke über dem Kopf zusammen, die andere schob ich in ihre Shorts und streichelte sie. »Schon so nass. Es macht dich an, wenn ich dich nehme.«

»Leck mich!«

Ich biss in ihre Unterlippe und lächelte, während ich zwei Finger in sie stieß. »Hättest du wohl gerne.«

Sie schrie auf, wand sich unter mir, doch es war mir egal. Wenn sie spielen wollte, spielten wir.

Ich ignorierte die Schläge, die auf meinen Rücken prasselten, und schob ihre Shorts mitsamt des Slips nach unten. Phoe warf den Kopf von einer Seite zur anderen, schlug und kratzte mich und stöhnte.

Mein Schwanz stand stramm, ohne dass sie mich berührte. Ihre Gegenwehr turnte mich an, es turnte uns beide an. Ich wollte vergessen. Mich in ihr vergraben und für einen Moment der Realität entfliehen.

Phoenix wölbte ihren Rücken, warf sich unter mir hin und her und ehe ich wusste, was geschah, donnerte ihre Faust in mein Gesicht.

»Scheiße!«

Ich rieb über meine Wange und schmeckte in meinem Mundwinkel den metallischen Geschmack von Blut.

Phoenix schob mich beiseite, zog ihre Shorts hoch und stand auf. »Hör damit auf, alles zu betäuben! Du musst da verdammt noch mal durch.«

Ich sank zurück und blickte zu ihr auf. Sie stand mit verschränkten Armen vor mir und warf mir einen ihrer bekannten Eisblicke zu.

»Ich verstehe, dass es dir scheiße geht. Was denkst du, wie es Farren geht? Wie es uns allen geht? Aber wir müssen weitermachen.«

Ich rieb über meine Augen und nickte. Sie hatte recht. K würde es hassen, dass ich mich gehen ließ. Dass ich schwach war, obwohl er es uns anders beigebracht hatte.

»Es tut mir leid. Du kennst mich. Wenn ich überfordert bin, drehe ich durch.«

Phoe setzte sich neben mich und strich mit einer Hand durch mein Haar. »Deswegen hast du mich. Ich lasse dir die Scheiße nicht durchgehen.«

Ich beugte mich zu ihr und küsste ihren Hals. »Ist okay. Ich reiße mich zusammen.« Meine Hand glitt unter ihr Shirt. Ich knetete eine Brust und ließ meine Zunge über ihr Schlüsselbein wandern. »Aber bitte lass es mich für einen Moment vergessen.«

Phoe stöhnte. »Nur für jetzt.« Sie legte ihre Hand auf meine Hose und streichelte meinen Schwanz. »Wir sind nur jetzt schwach.«

Ich stand auf, zog mich aus und streifte ihr die Shorts von den Hüften. Ich legte mich auf sie und zwang ihre Beine auseinander. Meine Schwanzspitze berührte ihre nasse Pussy, ich rieb darüber und genoss ihren Anblick. Phoenix kniff die Augen zusammen.

»Ja, es macht dich an, wenn ich dich nehme.« Ich presste eine Hand auf ihren Mund und schob mich in sie. »Weil du krank bist, Schwesterchen.«

Gedämpfte Schreie drangen durch den Raum, als ich mich so tief wie möglich in ihr vergrub und sie mit heftigen Stößen vögelte. Phoe hob den Kopf und sah mir in die Augen.

Wir waren eins. Ich fickte ihren Körper, sie meine Gedanken. Sie war überall, verdrängte den Schmerz und ließ mich vergessen. Meine Gedanken wurden so leise, dass sie nur noch ein Flüstern waren. Ich vergrub meine Nase an Phoes Hals, atmete ihren Duft ein und rammte mich tiefer in sie.

Sie schlang ihre Beine um meine Hüften und krallte sich mit einer Hand in meinen Rücken. Ich stieß so hart in sie, dass ihr Kopf gegen die Lehne der Couch schlug, und nahm die Hand von ihrem Mund.

»Ahh, Esh.« Sie schnappte nach Luft. »Fuck! Ja.«

Sie schob eine Hand zwischen uns und streichelte sich. Ich hielt inne und beobachtete, wie sie zwei Finger kreisend über ihre Klit bewegte. Fuck. Noch nie hatte ich etwas Heißeres gesehen.

»Machst du das öfter?«

Sie biss sich auf die Unterlippe und nickte.

»Verdammt.«

Sie sah mich an. »Mach weiter, ich brauche dich in mir.«

»Du kommst gut alleine klar.«

Sie nahm meinen Schwanz und ließ ihn in langsamen Auf- und Abbewegungen in ihrer Hand gleiten.

»Du fühlst dich gut an, Esh.« Phoenix leckte sich die Lippen. »Ich will etwas probieren.«

Gott verdammt, ich legte den Kopf in den Nacken und schloss die Augen. Ihre Hand ließ locker, drückte zu und hielt inne.

Plötzlich spürte ich ihre warmen Lippen und hielt die Luft an. Sie leckte mit der Zunge über meine Spitze, während sie mit einer Hand meine Eier massierte.

Scheiße.

Ich biss die Zähne zusammen und sah an mir herab. »Du musst nicht … Phoe, ich will nicht, dass -«

»Aber ich will es.«

Fuck! Ihre Lippen umschlossen meinen Schwanz, ihr warmer, feuchter Mund leckte und saugte an mir. Ich unterdrückte das Verlangen, in ihren Mund zu stoßen und ihre Haare zu greifen.

Das Geräusch, wie ihre nassen Lippen an meinem Schwanz saugten, turnte mich so sehr an, dass ich kurz davor stand. Ich nahm ihr Kinn in meine Hand.

»Hör auf.«

»Mache ich was falsch?«

Ich strich ihr die Haare aus der Stirn. »Nein. Du bist großartig.«

Sie lächelte, öffnete die Lippen, doch ich schob sie zurück. Ich konnte nur ahnen, was es sie an Überwindung kostete, und wollte sie nicht traumatisieren, indem ich ihr meinen Saft in den Mund spritzte.

»Ich will in dir kommen.«

Sie stöhnte, legte sich hin und spreizte ihre Beine.

Ich glitt in sie und küsste ihren Hals. Phoe schlang ihre Arme um meinen Nacken, lehnte ihre Stirn gegen meine und sah mich an. Ich spürte ihren Atem an meinen Lippen, fühlte ihren Herzschlag an meiner Brust und genoss ihre Wärme.

»Komm schon, Baby. Komm für mich.«

Ich spürte ihren Orgasmus, stieß ein letztes Mal zu und genoss ein paar Sekunden den Himmel.

Ich öffnete die Tür und schluckte, als wir das Zimmer betraten. Farren lag neben K, ihre Hand ruhte auf seiner Brust. Das Piepen der Geräte und das Rauschen der Beatmungsmaschine übertönten die Musik, doch ich erkannte Simple Plans *This Song saved my Life*, das aus Farrens Handy klang.

Sie hob den Kopf, stand vorsichtig auf und umarmte zuerst Phoenix, dann mich.

»Ich dachte, ihr kommt erst in einer Stunde«, flüsterte sie.

»Du brauchst mal eine Pause.« Phoe reichte ihr einen Becher mit Kaffee. »Fahr nach Hause, geh duschen und leg dich hin. Wir bleiben bei ihm. Blake und die anderen kommen nachher.«

Als Farrens Blick auf Phoenix' Unterarme fiel, lächelte sie. »›I love you‹. Ist das für ihn?«

»Für dich. Es ist nicht viel, aber ich fand es eine schöne Geste. Ich konnte sogar Blake zum Mitmachen überreden.«

Phoe hob ihre Ellbogen und hielt sie Farren vors Gesicht. Mit schwarzem Filzstift hatte sie auf den rechten ›I love‹ und auf den linken ›you‹ geschrieben. Für Phoenix zählten kleine Dinge. Etwas, das ich an ihr liebte.

»Das ist süß. Danke.« Farren umarmte uns.

Ich gab ihr einen Kuss auf die Stirn und setzte mich auf den Plastikstuhl neben Ks Bett.

»Ich geh noch mal kurz mit Farren vor die Tür.«

Die Mädchen verließen das Zimmer.

Ich ließ meinen Blick über die Monitore wandern, die Kierans Körperfunktionen überwachten. Zickzack-Linien, Zahlen und blinkende Lämpchen.

Kierans Brust hob und senkte sich, seine Haut war blass und auf seinem Kinn wuchsen Stoppeln. Ich beugte mich zu ihm und hoffte, Phoenix gab mir einen Moment mit ihm. »Hey Bruder.« Ich lächelte, weil ich mir blöd vorkam. »Lass den Scheiß und wach auf. Wir machen die ganze Arbeit und du ruhst dich aus.«

Doch nichts an der Sache war lustig. Ich schluckte und legte meine Hand auf Kierans Unterarm. »Ich schaffe das nicht ohne dich. Ich hab deine Jacke noch, wird Zeit, dass du sie zurücknimmst.«

Ich biss die Zähne zusammen und kniff mir in den Nasenrücken, als Tränen in meine Augen stiegen. Könnte Kieran mich sehen, würde er mich mein Leben lang damit aufziehen.

»Du fehlst mir. Es tut mir leid. Wach auf, verdammt.«

Doch er rührte sich nicht.

Das Piepen der Maschinen veränderte sich nicht. Noch nie hatte ich mich hilfloser und verlassener gefühlt. Noch nie war ich so wütend und gleichzeitig so traurig gewesen.

»Ich brauche dich. Wir alle brauchen dich, K. Ich habe es nie gesagt, aber … Du bist meine Familie. Dein Vater sollte hier liegen. Ich sollte hier liegen, aber nicht du.«

Ich legte die Stirn auf das Bett und ließ die Tränen laufen. Es war mir egal, dass ich vor meinem besten Freund heulte oder dass ich schwach war. Es spielte keine Rolle mehr. Nichts hiervon bedeutete noch etwas, wenn Kieran starb.

↗

Mom lächelte und sah mich erwartungsvoll an. Ich wollte sie nicht länger ignorieren und war zu ihr gefahren.

Als ich es nicht erwiderte, verschwand ihr Lächeln. »Okay, du machst mir Angst. Was ist los?«

Sie hatte seit Jahren keinen Schluck Alkohol angerührt, aber ich kannte auch ihre zerbrechliche Seite. Diese Seite zeigte sich, wenn es um ihre Familie ging.

Ich knetete meine Hände, nicht sicher, wie ich es ihr schonend beibringen sollte. »Kieran hatte einen Unfall, er liegt im Krankenhaus.«

Mom legte eine Hand vor den Mund, ihre Augen weiteten sich. »Wie geht es ihm?«

»Nicht gut. Er liegt im künstlichen Koma.«

»Wie oft habe ich euch gesagt, ihr sollt das Boxen aufgeben?« Sie schluchzte. »Wie ist es passiert?«

Ich stand auf, setzte mich neben sie und legte meinen Arm über ihre Schulter.

»Bitte. Was ist mit ihm?«

»Es ist nicht bei einem Kampf passiert. Er wurde angeschossen.«

»Oh Gott!« Ihre Augen weiteten sich. Tränen liefen über ihr Gesicht und sie sackte in meinen Armen zusammen. »Er darf nicht sterben. Kieran darf nicht sterben.«

»Sie haben ihn operiert, Mom. Seine Lunge hat ganz schön was abgekriegt, aber K schafft das.«

Hätte mir jemand diese Lüge erzählt, wäre ich dankbar gewesen. Manchmal war es besser, an etwas Falsches zu glauben als an nichts.

Mom schüttelte den Kopf. »Er muss das überleben, hast du verstanden?«

Ihr Schluchzen ging in ein Wimmern über, sie lehnte ihren Kopf gegen meine Schulter und tastete nach meiner Hand. Mom umklammerte sie so fest mit ihren dünnen Fingern, dass ich Angst hatte, ihre Knochen würden brechen. »Es tut mir leid. Oh Gott, es tut mir alles so leid.«

»Du kannst nichts dafür. Er wird es schaffen.«

»Aber wenn nicht? Wenn er stirbt?«

Ich wusste nicht, was ich sagen sollte. Ich hatte mit einer heftigen Reaktion, aber nicht mit einem Zusammenbruch gerechnet.

»Mom … Beruhig dich.«

»Ich kann nicht. Was, wenn alles zu spät ist?«

Ich wollte sie näher zu mir ziehen, doch sie schob mich zurück.

»Vergiss nie, dass ich dich liebe.« In ihrem Blick lag ein Ausdruck, den ich zuletzt gesehen hatte, als Phoenix verschwunden war. »Wir müssen reden. Kieran ist nicht der, für den du ihn hältst.«

Kapitel 23

PHOENIX

Ich nahm meinen Schlüssel von der Kommode, öffnete die Tür und stieß mit Farren zusammen.

»Du glaubst nicht, was passiert ist.« Sie stützte die Hände auf die Knie, beugte sich nach vorne und keuchte. »Sie haben ihn.«

»Was? Komm erst mal rein.«

Farren lief an mir vorbei und ließ sich auf die Couch fallen. Ihr Gesicht leuchtete feuerrot. Schweißtropfen liefen über ihre Schläfe. »Er hat sich gestellt.«

Ich setzte mich neben sie. »Wer?«

»Es war dieser Owen aus deiner Klasse.«

Ich riss die Augen auf, mein Magen vollzog einen Salto. »Was? Woher … Bist du sicher?«

»Ich komme gerade vom Department.« Farren schnappte nach Luft. »Ich konnte nicht einfach nur rumsitzen und darauf warten, dass K aufwacht. Detective Hendrickson hat gesagt, dass Owen sich gestellt hat.«

Sie musste sich irren.

Owen war siebzehn, hatte eine große Klappe und keinen Respekt, aber er war kein Attentäter. »Das ergibt alles keinen Sinn. Warum sollte er auf Kieran schießen?«

»Wollte er nicht.« Sie legte ihre Hand auf meinen Unterarm. »Er hat ihn mit Elisha verwechselt.«

Ihre Worte trafen mich wie der Schlag einer Panzerfaust. »Er wollte … Owen wollte Esh erschießen?«

»Wenn ich das richtig verstanden habe, wollte er ihm Angst einjagen. Keine Ahnung.« Sie legte die Hände vors Gesicht und schüttelte den Kopf. »Die verdammte Wette. Er stirbt vielleicht, nur, weil er Elishas Jacke getragen hat.«

»Dann wäre es besser, Owen hätte meinen Bruder getroffen?«

Sie hob den Kopf und starrte mich an. »Nein. Natürlich nicht. Scheiße, Phoenix. Es tut mir leid. Ich kann nicht mehr klar denken.«

Ich bereute meinen harschen Ton und zog sie in meine Arme. »Mir tut es leid. Wir sind alle fertig mit den Nerven. Ich will nicht wissen, wie du dich fühlst.«

»Ich hab viele schlimme Dinge erlebt, aber nichts davon war so schrecklich wie das.« Farrens Unterlippe zitterte. »Ohne K wäre ich nicht die, die ich jetzt bin. Keiner von uns wäre das.«

Ich verstand, was sie meinte.

Manche Menschen veränderten uns zum Positiven, manche zum Negativen.

Und manche Menschen hinterließen so tiefe Spuren, dass sie unsere DNA veränderten. Dass nach ihnen nichts mehr war wie zuvor.

»Ich hätte es sehen müssen.«

Sie wischte sich die Tränen vom Gesicht. »Was?«

»Owen war anders. Seit dem Abend beim Lasertag hat er mich mit so einem komischen Blick angesehen. Ich wusste, dass er was vorhat.«

»Du kannst nichts dafür, Phoe.«

Da war ich mir nicht so sicher. Vielleicht hätte ich es verhindern können, wenn ich zu seinen Eltern gegangen wäre oder mit ihm geredet hätte. Wenn ich irgendetwas unternommen hätte.

Tragödien entstanden durch Kettenreaktionen. Viele kleine Fehler führten zu einer Katastrophe. Owen trug nicht alleine die Schuld.

Ich sah sie an. »Gibt es was Neues von Kieran?«

»Die Ärzte wollen ihn aufwecken.«

»Das ist super.«

»Aber sie können nicht sagen, ob er von alleine atmen kann.«

Ich nahm ihre Hand. »Er schafft das. Wir reden hier von Kieran Moore.«

Es war erschreckend, wie sehr sich Farren in den letzten Tagen verändert hatte. Unter ihren Augen lagen Schatten, ihre Haut wirkte fahl. Sie lächelte schwach. »Ich vermisse unsere Streitereien. Sonst hab ich mich immer aufgeregt, dass seine Klamotten im ganzen Haus rumliegen, aber jetzt wünschte ich, dass er nach Hause kommt und einfach sein Shirt auf den Boden schmeißt.«

»Darüber streitet ihr bald wieder.«

»Ich hatte noch nie solche Angst.«

Ich strich ihr eine Strähne hinters Ohr. »Das ist okay. Versuch nur, dich nicht von ihr beherrschen zu lassen.«

Farren nickte. »Ich gebe mein Bestes. Hoffentlich hat Owen Angst. Er soll im Knast verrotten.«

»Was hat Hendrickson gesagt?«

»Dass sie erst alle Details kennen müssen. Er sitzt in U-Haft, sein Anwalt war wohl schon da.«

Ich rieb mir über die Augen und nickte. »Ich sollte auch zu ihm.«

»Du willst was?«

In ihrer Situation hätte ich nicht anders reagiert. Aber ich wollte Antworten, die mir niemand außer Owen geben konnte.

»Ich will mit ihm reden.«

»Das ist nicht dein Ernst, oder?« Sie rutschte von mir weg. »Kieran liegt im Koma und du willst das Schwein besuchen, das dafür verantwortlich ist?«

»Ich muss wissen, warum er es getan hat.«

»Weil er krank ist!« Sie sprang auf und lief zur Tür. »Weil er ein krankes Arschloch ist.«

Ich stand auf. »Farren! Bitte.«

Sie drehte sich zu mir, in ihren Augen glänzten Tränen. »Mir ist egal, warum er es getan hat. Das Arschloch ist mir scheißegal. Ich will nur K zurück.«

»Ich weiß.« Ich streckte meine Hand nach ihr aus, sie schlug sie weg.

»Lass mich in Ruhe!«

»Bitte lass uns nicht streiten. Ich weiß, es hilft Kieran nicht und wenn ich könnte, würde ich alles tun, damit er wieder gesund wird, aber das ist wichtig. Wenn ich es verstehe, kann ich es in Zukunft vielleicht verhindern.«

Farren riss die Tür auf. »Du kannst die Welt nicht verändern. Es wird immer schlechte Menschen geben.«

Bevor ich etwas erwidern konnte, stürmte sie davon.

»Aber vielleicht kann ich dafür sorgen, dass wir mehr auf andere achten.«

Die letzte Stunde hatte ich damit verbracht, einen Besuchstermin bei Owen zu beantragen. Glücklicherweise zahlte sich meine Beharrlichkeit aus. Schon morgen konnte ich zu ihm fahren. Unterwegs zum Krankenhaus versuchte ich, Farren zu erreichen, aber sie nahm nicht ab. Auch Elisha ignorierte meine Anrufe. Ich hatte ihn seit gestern Nachmittag nicht mehr gesehen und sorgte mich. Esh schottete sich nur ab, wenn es ihm schlecht ging.

Als der Aufzug mit einem Ruck in der zehnten Etage des Mercy Hospitals hielt, steckte ich mein Handy in meine Hosentasche und verschränkte die Arme vor der Brust. Ich betrat den Gang, der zu Kierans Zimmer führte. Mit jedem Schritt wurde ich nervöser. Der Gestank nach Desinfektionsmittel stach mir in der Nase und mein Magen verkrampfte sich.

Vor Kierans Zimmer hielt ich inne. Es war einer dieser Momente, in denen man weit weg sein wollte, um der Angst davonzulaufen.

Doch man entkam ihr nicht. Niemand von uns.

Ich atmete tief durch und klopfte an der Tür. Als niemand antwortete, öffnete ich sie.

Farren und Blake saßen auf Stühlen vor Kierans Bett, die Jungs standen daneben.

Elisha hob den Kopf und streckte einen Arm nach mir aus.

Ich begrüßte ihn mit einem Kuss. »Was ist los?«

»Der Arzt kommt gleich, sie wollen ihn aufwecken.«

»Ich weiß. Aber was ist mit dir? Du siehst total fertig aus.«

Er kniff sich in den Nasenrücken. »Ich habe nicht geschlafen.«

»Wie hat Katherine es aufgenommen?«

Esh schüttelte den Kopf und schwieg.

Nicht gut anscheinend. Ich rieb über seinen Rücken und sah zu Kieran. Die Schläuche und die Geräusche der Maschinen waren das Schlimmste. Ohne sie würde er aussehen, als schliefe er nur.

Auf seinen Wangen zeichneten sich Schatten ab. Feine schwarze Härchen umrandeten sein Kinn. Seine Haut war blasser als sonst, aber die Muskeln seiner Arme strahlten Stärke und Gesundheit aus. Er musste es schaffen. Alles andere lag jenseits meiner Vorstellungskraft.

Die Tür öffnete sich. Eine Schwester und ein Arzt mit Brille betraten den Raum.

»Sie müssen das Zimmer verlassen.« Er sah uns der Reihe nach an. »Wenn Mr. Moore aufwacht, braucht er Ruhe.«

»Die bekommt er«, antwortete Tyler. »Aber wir werden alle hier sein.«

Der Arzt verschränkte die Arme vor der Brust. Er musterte Tyler von oben bis unten. »Trotzdem verlassen jetzt alle den Raum.«

Tyler beugte sich vor und ich erwartete einen Ausbruch. Doch er nickte nur, nahm Blakes Hand und lief zur Tür.

Ich legte meine Hand auf Elishas Schulter. »Komm.«

»Ich bleibe hier.«

Der Arzt schüttelte den Kopf. »Das werden Sie nicht. Und wenn noch jemand von Ihnen meine Arbeit behindert, spreche ich ein Besuchsverbot aus.«

Ich verkniff mir einen Spruch, nahm Elishas Hand und zog daran. »Komm, wir warten draußen.«

Esh presste Ober- und Unterkiefer zusammen. »Sorgen Sie einfach dafür, dass er durchkommt.« Er folgte mir in den Flur.

Ich nahm ihn zur Seite und schlang meine Arme um seinen Hals. »Kieran wird wieder. Gleich wissen wir mehr.«

Doch er schob meine Hände von sich und trat einen Schritt zurück. »Ich kann das jetzt nicht, okay?«

»In Ordnung.«

Jedem gingen die Nerven durch, aber ich war es satt, der Sündenbock für alle zu sein. Ich ließ ihn stehen, lief ein Stück den Gang entlang und stellte mich neben den Kaffeeautomaten.

Schritte näherten sich und verstummten. Als ich den Kopf hob, stand Tyler vor mir.

»Hey«, sagte er.

Ich nickte und drehte ihm den Rücken zu. Ich hatte keine Lust auf Schuldzuweisungen oder Bullshit.

Tyler legte eine Hand auf meine Schulter, wollte, dass ich mich umdrehte.

Als ich nicht gehorchte, stellte er sich vor mich und strich mir mit zwei Fingern eine Strähne aus dem Gesicht.

Ich wich einen Schritt zurück.

»Dass ich dich blöd angemacht habe, tut mir leid.«

»Schon gut.«

»Und trotzdem bist du noch wütend.«

War ich so leicht zu durchschauen oder gelang es nur Tyler? Schon damals beim Lasertag hatte er meine Gedanken mit Leichtigkeit gelesen.

Ich seufzte. Es war nicht der passende Augenblick für Wut. »Ist schon okay.«

»Wirklich?«

Ich sah ihm in die Augen. »Warum ist dir das so wichtig?«

»Weil ich dich schätze, Sprite.«

Bisher hatte ich Tyler nie als besonders einfühlsam erlebt. Ich sah an ihm vorbei, doch Blake und die anderen schenkten uns keine Beachtung.

»Ist das dein Ernst? Du siehst mich als Objekt. Ich meine, nicht, dass es mir da anders ging.«

Er grinste. »Ich mag dein freches Mundwerk und ich finde dich heiß. Aber vor allem schätze ich deine Stärke.«

»Klingt, als ob du in mich verknallt bist.«

»Sorry, Süße. Mein Herz und mein Schwanz gehören nur Blake. Aber du bist stark. Und ich bewundere Frauen, die Eier haben.«

»Bewundern?«

»Keine Ahnung, was zwischen deinem Bruder und dir abgelaufen ist, aber es muss krass gewesen sein. Dann die Nummer in St. Cilline. Du bist mutig. Egal, was ist, du heulst nicht rum. Und jetzt bist du für meine Freunde da, obwohl du uns noch nicht lange kennst. Also ja, Sprite, ich schätze dich.«

Von jemandem wie Tyler hatte ich solche Worte nicht erwartet. So etwas aus seinem Mund zu hören, war etwas Besonderes. Und auch, wenn es der unpassendste Moment war, lächelte ich. »Danke, Ty.«

»Kein Problem, Süße. Und jetzt komm mit. Wenn K aufwacht, will er dich dabei haben.« Er legte eine Hand auf meine Schulter und schob mich den Gang entlang zu den anderen. Blake hob den Kopf, nickte mir zu und wandte ihr Gesicht wieder zur Tür.

»Verdammt, wie lange dauert das?«, fragte Harlan. Er wippte mit den Füßen, während Storm mit geschlossenen Augen da saß und über ihren Bauch streichelte.

Die Tür öffnete sich, der Arzt trat heraus. Wir sprangen gleichzeitig auf. Ohne seine Antwort abzuwarten, stürmte Farren an ihm vorbei. Eine Sekunde später hörte ich sie weinen.

Oh Gott. Ich achtete nicht auf den Arzt und lief zu ihr.

Farren lag auf dem Bett, hielt Kierans Gesicht in den Händen und weinte.

Seine Augen waren geöffnet, er lächelte sie schwach an.

Ich stellte mich an die Seite des Bettes, nahm seine Hand und drückte sie. »Schön, dass du wieder bei uns bist.«

Kieran wandte sein Gesicht zu mir. »Ich bin nie weg gewesen.« Seine Stimme klang kratzig, aber er war zurück.

Wahrscheinlich würde es eine Weile dauern, bis er sich vollständig erholte, aber zum ersten Mal seit Langem hatte ich das Gefühl, dass alles in Ordnung kam. Dass die Schatten sich zurückzogen und etwas vor mir lag, für das es sich lohnte, etwas zu riskieren.

Elisha umarmte Kieran und drückte ihn fest an sich.

Kieran klopfte auf seine Schulter. »Hey Bruder. Ich weiß, du liebst mich, aber du zerquetschst mich.«

Elisha ließ ihn los, wischte sich mit dem Ärmel seiner Kapuzenjacke übers Gesicht und nickte. »Scheiße Mann. Tut das gut, dich zu sehen.« Er setzte sich auf den Rand des Bettes.

»K!« Blake und die anderen kamen zu uns. Blake fiel ihm um den Hals, küsste seine Wange und strich ihm durchs Haar. Auch Tyler, Harlan und Storm versammelten sich um Kierans Bett. Harlan und Ty klopften ihm auf die Schultern, Storm fiel ihm um den Hals.

Kieran strich über ihren Bauch. »Und ich dachte, das Kleine ist schon ein Jahr alt, wenn ich wach werde.«

Sie lächelte. »Ich hab deine Witze vermisst.«

Er versuchte, sich aufzusetzen, aber verzog den Mund und griff sich an die Brust. »Ich hab ehrlich gesagt keine Ahnung, wie ich hier gelandet bin.«

»Weißt du nichts mehr?«, fragte Farren.

Er schüttelte den Kopf. »Ich erinnere mich an einen Knall, ein Brennen und dann wurde alles schwarz.«

Esh setzte sich neben mich und sah Kieran an. »Es war dieser Valdecour.«

Kieran legte den Kopf schief. »Wer?«

»Der Typ, der Ed fertiggemacht hat. Du weißt schon, der Pisser, mit dem ich mich beim Lasertag angelegt habe.«

»Scheiße, was? Der ist noch ein Kind. Warum?«

»Es galt mir«, sagte Esh.

»Die Jacke. Scheiße, da bin ich ein mal du und schon will mich jemand abknallen.« Er lachte schwach, aber verzog sofort den Mund, weil die Wunde schmerzte.

Farren strich Kieran über die Wange. »Du bist immer noch total schwach. Hat das nicht bis morgen Zeit?«

Ich legte eine Hand auf Elishas Schulter. »Sie hat recht, besprecht das morgen in Ruhe.«

Esh nickte. »K und ich müssen sowieso noch in Ruhe reden.«

»Nicht so ernst, Kleiner« Kierans Stimme war kaum mehr als ein Flüstern. Er lächelte, seine Augen fielen immer wieder zu. »Deine Liebeserklärung nehme ich auch schriftlich mit Parfüm und Lippenstift dekoriert.«

Elisha stand auf und klopfte ihm auf die Schulter. »Ruh dich aus, wir sehen uns morgen.«

Esh richtete den Blick aufs Meer. Vor einer Stunde hatten wir das Krankenhaus verlassen, waren nach Hause gefahren und er war wieder wortlos in seinem Apartment verschwunden. Ich wusste nicht, warum er sich wieder abschottete, aber mein Bruder kannte mich offensichtlich nicht, wenn er dachte, dass ich kampflos aufgab.

Nachdem ich Minuten auf ihn eingeredet hatte, hatte er sich zu einem Spaziergang überreden lassen.

Ich vergrub meine Sneaker im Sand und beobachtete die Wellen. Der Strand war menschenleer, bald ging die Sonne unter. »Okay, du willst nicht reden, gut. Dann lass uns spielen.«

Aus dem Augenwinkel sah ich, wie er den Kopf zu mir drehte und mich anstarrte.

»Bleib cool.« Ich lachte. »Beschreib deine allgemeinen Gefühle mit einem Song.«

»Du spinnst.«

»Werd nicht gleich beleidigend.«

Er schüttelte den Kopf, doch seine Mundwinkel zuckten. »Nothing else matters.«

»Wow. So schlimm?«

Er nickte. Was zum Teufel war los mit ihm? Kieran würde wieder gesund werden, wir näherten uns an, alles war bestens.

»Und wie würdest du deine momentane Lage beschreiben?«

»Phoe, das ist kindisch.«

»Es ist ja auch so erwachsen, seine Sorgen runterzuschlucken.«

Er seufzte. »Numb, Linkin Park.«

Ich verzog den Mund. »Nicht gut.«

»Nein, ist es auch nicht, Phoe.«

Das Wasser glitzerte wie tausend Kristalle im Sonnenlicht.

Ein Moment des Friedens. Schönheit im Chaos.

Ich legte meine Hand in Elishas und überlegte, wie ich anfangen sollte, ohne ihn weiter von mir zu stoßen. Bedrängte man ihn, verschloss er sich.

Ich musste ihm etwas geben. Etwas, das mir Angst machte, aber Elisha musste spüren, dass er bei mir sicher war.

Ich atmete aus und starrte auf ein Boot, das in der Ferne auf dem Wasser schaukelte.

»Okay, jetzt bin ich dran.« Ich zupfte an meinem Ohrläppchen. »Oxygen, Thousand Foot Krutch.«

»Wir haben seit Tagen kaum geschlafen, sind gereizt und du fühlst dich lebendig?«

»Seltsam, oder?«

»Jeder geht anders mit Stress um.«

»Es liegt nicht daran.« Ich sah ihn an. »Seit damals habe ich mich immer verloren gefühlt. Wie ein Boot, das seinen Hafen nicht findet. Ich habe nie dazugehört.«

Das orange-rote Sonnenlicht spiegelte sich in seinen Augen. Etwas Sanftes lag in ihnen. Und genau das war es.

Ein Blick von ihm, ein Lächeln, eine Berührung und alles andere spielte keine Rolle mehr. Elisha vereinte Dominanz, Stärke und Humor. Er war alles, was ich wollte. Alles, was ich brauchte.

»Du bist mein Hafen, Esh. Du hast mich aufgefangen, als ich neu in eure Familie kam, du warst mein Freund, als ich nicht wusste, wohin ich gehöre …«

»Bis ich es nicht mehr war.«

Ich nickte. »Manchmal kommt man vom Weg ab. Aber ich glaube, das gehört dazu. Alles, was sich lohnt, fällt uns nicht einfach in den Schoß. Man muss dafür kämpfen und Risiken eingehen.«

Er verschränkte seine Finger in meinen und senkte den Blick.

Ich war dankbar dafür, noch immer fiel es mir schwer, über meine Gefühle zu reden. »Du konntest mich nur zerstören, weil du mir etwas bedeutet hast. Man gibt nur den Menschen, die man liebt, die Macht, jemanden zu zerstören.«

»Es tut mir leid, Phoe.«

Ich schluckte. »Was ich sagen will, ich gebe sie dir wieder.«

Blut rauschte in meinen Ohren, es übertönte selbst das Rauschen der Wellen.

Elisha sah mich an. »Du hast dich in mich verliebt?«

»Du bist Disturbed, Placebo und Shaman's Harvest. Du bist in jedem Song. Ich habe Angst, aber ja. Ich bin in dich verliebt. Mehr als je zuvor.«

Er legte einen Arm über meine Schulter und küsste meine Stirn.

»Ich liebe dich.« Er legte eine Hand unter mein Kinn und hob es an. »Aber ich kann dir noch nicht sagen, was los ist.«

»Wenn das funktionieren soll, müssen wir ehrlich zueinander sein.«

»Das ist mir klar und ich werde dir alles erzählen. Es ist viel verlangt, aber bitte vertrau mir.«

Das tat ich. Es war ein zerbrechliches Gebilde, aber ich vertraute ihm.

»Es hat was mit Kieran zu tun, oder?«

Er fuhr sich mit einer Hand durchs Haar. »Hat es und ich habe eine Scheißangst.«

Was war verdammt noch mal los?

»Wenn du dich schuldig fühlst, weil Owen -«

»Das auch, aber darum geht es nicht.«

Ich seufzte. Elisha konnte so stur sein. »Versprich mir, dass es bald vorbei ist und dass du dann mit mir redest.«

»Versprochen, Baby.«

Ich kniff die Augen zusammen. »Baby?«

Mit einem Daumen strich er über meine Wange. Er beugte sich zu mir, küsste mich und saugte an meiner Unterlippe. »Es gefällt dir.«

»Schon möglich.«

»Du bist besonders, Phoe. Geh nie wieder weg.«

Ich küsste ihn und hoffte, dass die Normalität bald zurückkehrte. Dass wir alles hinter uns lassen konnten, um in die Zukunft zu blicken. Ich war bereit. Ich hatte meine Ketten, meinen Panzer und meinen Schutzschild zurückgelassen. Nichts hielt mich noch zurück.

Owen musterte mich mit dem Blick, mit dem man ein totes Tier auf der Straße ansah.

»Wenn Sie hier sind, um mir eine Predigt zu halten ... Kein Interesse.«

»Ich bin hier, weil ich es verstehen will.«

Er faltete die Hände auf dem Tisch und beugte sich ein Stück nach vorne. »Wie geht es Ihrem Freund?«

»Er ist wach. Aber es wird Monate dauern, bis er wieder gesund ist. Falls er wieder richtig gesund wird.«

Owen senkte den Kopf. »Das wollte ich nicht.«

Ich glaubte ihm. »Trotzdem bist du mit der Waffe durch die Gegend gefahren, weil du jemandem wehtun wolltest.«

»Weil ich Ihrem verdammten Bruder zeigen wollte, dass er kein Recht hat, so mit mir zu reden.«

Owen war eine tickende Zeitbombe. Jedes Mal, wenn ich mit ihm redete, musste ich aufpassen, dass er nicht explodierte. Ich sah mich um und deutete mit dem Kopf zu den grauen Betonwänden um uns herum. »Und was hat es dir gebracht? Kieran ist fast gestorben und du sitzt mit siebzehn im Gefängnis. War es das wert?«

Er drehte den Kopf zur Seite und schwieg.

»Warum denkst du, dass alle gegen dich sind?«

Noch immer sah er zu Boden, aber als er sprach, war die Aggressivität in seiner Stimme verschwunden. »Weil es so ist.«

»Erklär's mir.«

Mit einem Fingernagel ritzte er in die Maserung des Tisches. Seine Haare fielen ihm vors Gesicht, doch es kümmerte ihn nicht. »Damit Sie mich analysieren können?«

»Damit ich es verstehe. Ich bin keine Psychiaterin. Ich bin jemand, dem es wie Eddie ging. Ich weiß, wie einsam das Leben sein kann.«

Er lachte verächtlich. »Nichts an mir ist richtig. Die in der Schule denken, ich bin wer. Ich leg eine nach der anderen flach, werd auf jede scheiß Party eingeladen, damit sie sich mit mir schmücken können.« Owen hob den Kopf. »Aber nichts davon ist echt. Nichts davon bin ich.«

Zum ersten Mal empfand ich Mitleid mit ihm. »Wer willst du sein?«

»Wenn ich Ihnen das sage, lachen Sie mich aus.«

»Versuch's.«

Er stützte seinen Ellbogen auf den Tisch und legte seine Stirn in eine Hand. »Ich will mich nicht mehr schämen, weil ich den Jungs beim Umziehen auf den Arsch starre oder weil ich nichts empfinde, wenn ich ein Mädchen ficke.«

Er war schwul?

Mit nur einem Satz hatte Owen mein Bild von ihm ins Wanken gebracht. Auch er hatte nur eine Rolle gespielt.

Mit solch einer Perfektion, dass niemand bemerkte, wie es wirklich in ihm aussah.

Ich dachte an Elishas Spruch. Im Gegensatz zu meinem Bruder hatte Owen sich nicht hinter einem Lächeln versteckt. Er hatte sein hässliches Gesicht offenbart, damit niemand sah, wie zerrissen er war.

Elishas Lächeln.

Meine Härte.

Eddies Resignation.

Owens Rücksichtslosigkeit.

Tylers Dunkelheit.

Wir alle trugen unsere Masken. Jeder tat es aus einem anderen Grund, aber eins hatten wir gemeinsam. Wir sehnten uns nach Echtheit. Danach, jemandem nah zu sein, der selbst unsere hässliche Seite liebte. Nach jemandem, der uns verstand und zu uns hielt.

»Ich mag den echten Owen.«

»Es tut mir leid, Ms. Hendry. Ich wollte Ihrem Freund nicht wehtun. Ich wollte daneben schießen, um ihm Angst einzujagen, aber alles ging so schnell.« Er schüttelte den Kopf. »Ich war wütend, weil Ihr Bruder mich vor meinen Freunden gedemütigt hat. Weil er mich vor Todd gedemütigt hat.«

Ich dachte an Kieran und wie sinnlos das alles war.

Endlich sah er mir in die Augen. »Es ist einfach außer Kontrolle geraten. Ich hab es nicht mehr ertragen.«

»Du leidest, Eddie hat gelitten, Kieran ist fast gestorben. Wir müssen aufhören, uns so sehr zu verstellen, dass wir uns selbst nicht mehr leiden können.«

Er nickte. »Danke, dass Sie mir verzeihen. Ich hoffe, Eddie und Ihr Freund können das auch irgendwann.«

Ich fühlte mich elend, aber brachte ein Lächeln zustande. »Es war richtig, dich zu stellen. Das war der erste Schritt.«

»Ich weiß nicht, ob es ihm hilft, aber ich werde Eddie schreiben.« Owen legte den Kopf in den Nacken. »Es ist alles eine verdammte Scheiße.«

Die Tür öffnete sich. Ein Wärter betrat den Raum und gab mir zu verstehen, dass meine Besuchszeit vorbei war.

Ich stand auf und sah Owen an. Vor mir saß ein siebzehnjähriger Junge, der seine Fehler bereute. Ich hoffte, er hatte daraus gelernt.

»Versteck dich nicht länger. Kämpf für die Dinge, die dir wichtig sind, die dich ausmachen.«

Er nickte. »Danke, Ms. Hendry.«

Ich verließ das Gefängnis. Als ich den Parkplatz betrat, blieb ich stehen und schloss die Augen. Ich schämte mich. Ich hatte genau das getan, vor dem ich die Schüler immer warnte. Ich hatte Owen verurteilt, obwohl ich seine Geschichte nicht kannte. Ich war nicht besser als er oder Elisha. Doch dieser Besuch war wichtig gewesen. Für Owen und mich.

Kapitel 24

ELISHA

Ich hatte gedacht, dass es keine größeren Katastrophen als Kierans Koma geben würde, aber meine Mutter hatte mich eines Besseren belehrt.

Kieran war fast gestorben, doch ich war derjenige, der sich tot fühlte.

Obwohl das nicht ganz der Wahrheit entsprach. Phoe empfand etwas für mich.

Das Leben fand merkwürdige Wege, dir die Klinge zwischen die Rippen zu stoßen, sie herumzudrehen, dich ausbluten zu lassen, um dich im nächsten Moment wieder vollständig zu heilen und ins Paradies zu befördern.

Himmel und Hölle.

Licht und Schatten.

Freude und Leid.

Ich wusste nicht, was Moms Geständnis für mich bedeutete, aber ich hatte Angst. Wieder einmal wollte ich davonrennen, alles hinter mir lassen und es mit einem Lächeln überspielen. Aber seit Phoenix sich ihre Gefühle eingestanden hatte, gab es kein Zurück mehr. Ich konnte nicht länger davonlaufen.

Ich legte die Hand auf die Türklinke und drückte sie herunter.

Ks Augen waren geschlossen, in seinen Ohren steckten Kopfhörer. Er trommelte mit seinen Fingern den Takt der Musik und nickte dazu.

Ich blieb im Türrahmen stehen und beobachtete ihn.

Die Ärzte sagten, er habe sich schneller erholt, als angenommen. Natürlich würde es Wochen, vielleicht sogar Monate dauern, bis er wieder hundertprozentig fit war, aber K hatte dem Tod einen gewaltigen Arschtritt verpasst.

Ich schloss die Tür hinter mir, setzte mich auf den Stuhl neben seinem Bett und zog am Kabel der Kopfhörer.

»Fuck! Ich sterbe eher am Herzinfarkt als an einer scheiß Kugel.«

»Nicht witzig.«

»Dann weißt du, wie es uns mit deinen Scherzen geht.« Er hob die Hand, ich schlug ein.

»Hast du noch Schmerzen?«

K legte das Handy beiseite und schob die Decke zurück. Er griff nach seinem Shirt und zog es ein Stück nach oben. Die Narbe war nicht sehr groß, aber rund um die Einschussstelle war die Haut gerötet und angeschwollen.

»Kleinkaliber. Eigentlich eine Schande. Hätte der Wichser mir nicht wenigstens 'ne große Narbe bescheren können?«

»Und du willst mir erzählen, dass meine Witze scheiße sind?«

Er zog das Shirt hinunter. »Also, was gibt's? Ich war zwar gestern noch benebelt, aber das was nicht stimmt, habe ich mitbekommen.«

Ich wusste nicht, wie ich es ihm beibringen sollte. Für mich war es unbegreiflich, wie sollte es sich für K anhören? Zum Glück hatte ich meine Mutter überreden können, mich alleine mit ihm reden zu lassen.

Er würde sie nicht hier haben wollen. Wir mussten die Sache zuerst unter uns ausmachen.

Ich rückte den Stuhl näher ans Bett und wippte mit einem Fuß.

Fuck. Warum mussten wir die Scheiße ausbaden? Derjenige, der für alles verantwortlich war, saß hinter Gittern und wartete auf seine Exekution.

»Sprich, sonst bekomm ich noch Angst, Kleiner.« K setzte sich im Bett auf und verzog augenblicklich den Mund vor Schmerzen.

»Versprich mir, dass du ruhig bleibst.«

»Was ist los?«

»Vor zwei Tagen habe ich etwas erfahren, das alles ändern wird. Ich will, dass zwischen uns alles so bleibt, wie es ist.«

»Wenn du Trouble gevögelt hast, dann schwöre ich-«

»Das ist nicht witzig, K.«

»Finde ich auch. Wenn du nicht sofort sagst, was los ist, werde ich -«

»Du bist mein Bruder.«

»Erzähl mir was Neues.«

Ich schluckte. »Ich meine wortwörtlich. Logan Moore ist mein Vater. Katherine Deleon ist deine Mutter.«

Schweigen.

Er starrte mich an, als hätte er einen Geist gesehen, und mein Herz raste.

»Ich weiß, es klingt unglaublich.« Ich fuhr mir mit beiden Händen durchs Haar. »Ich hab's noch nicht begriffen. Harriet war nicht deine leibliche Mutter.«

In all den Jahren, die ich ihn kannte, hatte ich Kieran weder sprachlos noch geschockt erlebt. Ich erwartete einen Ausbruch.

Doch er saß nur wie eine Statue auf seinem Bett und starrte mich an.

Als Mom es mir gesagt hatte, war ich auf den Highway gerast und an den Strand gefahren, wo ich mich volllaufen ließ, um alles zu betäuben.

Wut.

Hass.

Enttäuschung.

Stolz.

Kieran Moore, mein Vorbild, mein bester Freund, mein Mentor, teilte mein Blut. Zum Schock über diese Offenbarung kam der Stolz.

»Das ist unmöglich.« Er schüttelte den Kopf. »Meine Mutter hätte da nie mitgespielt.«

Mom hatte mir jedes Detail ihrer Abmachung mit den Moores erzählt. »Sie konnte keine Kinder bekommen. Als deine Mutter Logan beim Fremdgehen erwischt hat, wollte sie ihn verlassen. Aber als er ihr erzählte, dass Katherine schwanger ist und ihr das Kind geben würde, änderte sie ihre Meinung.«

K lachte freudlos. »Das ergibt keinen Sinn. Warum sollte Katherine mich abgeben?«

»Weil sie keine Wahl hatte. Sie war alkoholabhängig, mittellos und hatte eine Affäre mit einem bekannten Immobilienmakler, der nie im Leben einen Skandal riskiert hätte.«

Kieran sank ins Kissen und starrte auf die Wand. »Das kann nicht sein. Du verarschst mich.«

»Es ist die Wahrheit.«

Er schwieg eine ganze Weile. »Sie hätte mich behalten und seine Kohle nehmen können.« Er zuckte mit den Schultern. »Sorry, ich meine … Es gibt genügend Frauen, die so handeln würden.«

Ich nahm es ihm nicht übel. Im Gegensatz zu mir war Kieran in Reichtum aufgewachsen. Und wie alles im Leben kam dieser Reichtum mit einem Preis. Sein Vater war machtbesessen, ein Weiberheld und Mörder. Trotz des Geldes war Kieran in einer Umgebung aufgewachsen, in der Frauen nicht viel mehr als willige Pussys waren. Jeder betrog jeden, alles drehte sich um Macht, Geld und Ansehen.

»Du kennst sie. Mom wollte, dass du sicher aufwächst. Mit Geld und einem guten Namen. Logan hat ihr jeden Monat genug überwiesen, damit sie klarkommt. Und dass er sie als Geliebte behalten hat, war sicher auch von Vorteil.«

»Er hat Farrens Mutter und deine gevögelt?« K starrte ins Leere. »Cynthia Andrews kannte er von Galas. Nichts für ungut, aber Katherine?«

Mom hatte mir von ihrer ersten Begegnung mit Logan Moore erzählt. Sie hatte sich geschmeichelt gefühlt, weil er Interesse für sie zeigte. »Sie hat für ihn gearbeitet, bevor Maria zu euch kam.«

»Sie war seine Haushälterin?« Er rieb sich die Stirn. »Die beiden fangen was miteinander an, sie gibt mich ab, wird wieder schwanger und behält das Kind?«

Ich war dankbar, dass sie es getan hatte. Trotzdem verspürte ich eine so große Wut auf meine Mutter wie noch nie zuvor.

»Sie war vom Alkohol weg und finanziell abgesichert. Es gab keinen Grund, auch das zweite Kind abzugeben.«

Meine Mutter war den Weg des einfachsten Widerstandes gegangen. Genauso wie Harriet und Logan Moore hatte sie sich die Dinge so zurechtgebogen, wie sie für sie am besten passten. Kieran und ich waren Kollateralschäden.

Jeder von ihnen hatte uns zu seinem Zweck genutzt.

»Das Schwein. Ich begreife nicht, dass Mom ihn damit hat durchkommen lassen. Sie war nicht naiv. Sie hat seinen Bullshit durchschaut.«

»Wir wissen beide, zu was man fähig ist, wenn man liebt. Und sie hatte dich.«

K starrte ins Leere. »Das hat er also gemeint.«

»Was?«

Noch immer sah er auf die Wand. »Als das damals mit Farren anfing, gab es Stress mit Logan. Lange Geschichte. Er meinte, dass Mom auch nicht die Heilige war, für die ich sie immer gehalten habe. Und dann das, was er im Knast zu uns gesagt hat. ›Du wirst dich jeden Tag an mich erinnern.‹«

Er legte das Gesicht in seine Hände. »Meine Mutter hat mich die ganze Zeit belogen.«

Ich wusste, wie enttäuscht und benutzt er sich fühlte. »Sie dachte, es wäre das Beste.« Ich lachte bitter. »Das haben sie gemeinsam. Sie wollten, dass es uns gut geht.«

»Ich will sie anschreien, damit sie sieht, wie scheiße gut es mir geht. Woher weißt du das alles?«

»Als ich Katherine von deinem Unfall erzählt habe, ist sie zusammengebrochen. Sie dachte, sie verliert dich.«

»Das kann alles nicht wahr sein. Das ist so abgefuckt, dass es nicht wahr sein kann.«

Dasselbe dachte ich auch. Aber Mom hatte keinen Grund, es länger zu verheimlichen. Kierans Unfall hatte nicht nur sein Leben aus der Bahn geworfen. Er war der Auslöser für einen weiteren Umbruch gewesen.

Kieran und ich mussten die Fehler unserer Eltern ausbaden. Uns blieb nichts anderes übrig, als damit klarzukommen.

»Wann war unser Leben mal nicht abgefuckt, K? Ich muss das selbst erst sacken lassen. Nimm dir Zeit, aber versprich mir, dass sich zwischen uns nichts ändert.«

Er drehte den Kopf in meine Richtung. »Du bist wirklich mein Bruder?«

Ich nickte.

»Das ist das einzig Gute daran.« Er hob die Hand. Als ich einschlug, zog er mich zu sich und umarmte mich. »Ich hab immer gesagt, dass wir eine Familie sind. Egal, wie viel Scheiße um uns herum passiert, daran ändert sich nichts.« Er ließ mich los. »Aber ich muss erst mal klarkommen. Katherine wird meine Mutter nie ersetzen und Logan atmet nicht mehr lange.«

Ich dachte an den Artikel in der Zeitung, den ich vor ein paar Monaten überflogen hatte. »Seine Berufung wurde abgelehnt, aber du weißt, wie lange die meisten auf die Vollstreckung warten.«

»Die meisten haben keine milliardenschweren Firmen. Ich werde ein paar Anrufe tätigen. Und wenn ich fertig bin, wird Logan Moore seinen letzten Atemzug getan haben. Es wird Zeit.«

Ich hatte meinen Vater nie vermisst und wie es schien, ging es K genauso. Ich war in dem Bewusstsein aufgewachsen, dass er abgehauen war, als ich ein Baby gewesen war. Zumindest in dieser Hinsicht hatte meine Mutter die Wahrheit gesagt. Logan Moore interessierte sich nicht für mich.

Er zahlte monatlich, aber scherte sich nicht um seinen zweiten Sohn. Natürlich hatte ich mich gefragt, wie mein Vater aussah, warum er uns zurückgelassen hatte, ob er an mich dachte und überhaupt noch lebte. Aber mir hatte es nie an etwas gefehlt. Meine Mutter nahm seine Rolle ein und gab mir das Gefühl von Vollständigkeit. Bis jetzt.

K nahm sein Handy und wandte das Gesicht ab. Er wollte alleine sein.

»Schotte dich nicht ab. Farren braucht dich und sie verdient nicht, dass du es an ihr auslässt.« Ich lief zur Tür und öffnete sie.

»Sprichst du aus Erfahrung?«

Ich nickte, ohne mich umzudrehen, und verließ das Zimmer.

Phoenix hatte recht. Die Menschen, die uns am nächsten standen, waren diejenigen, die am meisten unter uns litten. Fremden zeigte man seine beste Seite, setzte seine perfekte Maske auf, damit niemand die Risse an der Oberfläche oder unsere hässlichen Geheimnisse darunter erkannte.

Doch bei Menschen, die wir liebten, zeigten wir unser wahres Ich. Unsere schlechteste, dunkelste Seite. Manchmal taten wir es unbewusst, weil wir uns sicher mit ihnen fühlten.

Manchmal, weil sie uns im Weg standen und uns schützen wollten, wenn wir es selbst nicht konnten. Aber das Ergebnis blieb immer dasselbe.

Man gab nur Menschen, die man liebte, die Macht, uns zu zerstören.

Kapitel 25

PHOENIX

Zwei Monate später

Ich lächelte, als mein Blick auf die Legosteine fiel.

Esh hatte eine Ecke der Wand mit Hunderten von Legosteinen beklebt und mir die Überraschung vor drei Tagen mit den Worten »Damit du an mich denkst, wenn du alleine schläfst« präsentiert.

Und das tat ich. Immer, wenn ich abends im Bett lag und das Licht ausschaltete, leuchteten die Steine in Grün, Pink und Blau. Er wusste, dass es mich an die guten Zeiten erinnerte und mir jedes Mal ein Lächeln ins Gesicht zauberte. Elisha wollte mich glücklich machen und das tat er.

Ich schielte zu ihm und beobachtete, wie sich seine Brust in gleichmäßigen Bewegungen hob und senkte. »Du siehst aus wie ein Engel. Würde ich dich nicht so gut kennen, würde ich denken, du wärst nett.«

Er rührte sich nicht, aber ich wusste, dass er nur so tat, als ob er schlief. Bis eben hatte er meinen Rücken gestreichelt.

»Ich spüre deine Hände immer noch um meinen Hals.« Beim Gedanken daran, wie er in mir gewesen war, ich seine Lippen auf meinen geschmeckt hatte, bekam ich wieder Lust.

»Ich liebe diese zwei Seiten an dir. Sanft und hart. Ernst und humorvoll.«

»Das sind schon vier.« Esh stützte den Kopf auf seinen Ellbogen und küsste mich.

Seine nackte Brust berührte meine Haut. Ich schlang meine Arme um seinen Nacken und erwiderte den Kuss.

»Egal. Ich liebe alles an dir.«

»Dito, Schwesterchen.«

»Vielleicht solltest du mich nicht so nennen, wenn du nackt neben mir liegst.« Ich lachte. »Das ist pervers.«

Elishas Hand glitt über meine Hüfte, auf meinen Oberschenkel und zwischen meine Beine.

»Wirklich?« Er streichelte mich und küsste meinen Hals. »Warum sagt mir dein Körper dann was anderes?«

Ich schloss die Augen, legte den Kopf in den Nacken und genoss das Kribbeln in meinem Magen. Es breitete sich in meinem Bauch aus, bis ich es da spürte, wo er mich berührte.

Ich stöhnte, als er zwei Finger in mich schob und sie langsam in mir bewegte.

»Du bist wunderschön, Phoenix.« Sanft biss er in meinen Hals. »Du bist meine Schwester, meine beste Freundin und mein Mädchen. Also entspann dich und genieß es, wenn dein Bruder dich berührt.«

Obwohl ich nichts lieber wollte, als ihn zu spüren, schob ich seine Hand von mir.

Esh griff meine Handgelenke und hielt sie mir über dem Kopf zusammen. »Sehr gut, wehr dich, du weißt, wie du mich auf Touren bringst.«

»Ich kann nicht.«

»Was ist los?« Er wich ein Stück zurück und ließ mich los.

»Vor zwei Monaten waren wir jeden Tag im Krankenhaus und haben gehofft, dass K überlebt. Du hast angefangen, Eddie zu trainieren, und guck, was aus ihm geworden ist. Vor sechs haben wir uns sogar noch gehasst -«

»Aber wir waren Kinder und -«

Ich legte eine Hand auf seine Brust. »Du weißt, was ich meine. Manchmal macht es mir Angst, wie schnell sich alles verändert.«

»Aber es geht immer weiter und wenn man nicht aufgibt, wird es besser.«

Das war es. Für jeden von uns hatte sich alles zum Positiven gewandelt. Aber mit jeder Sekunde raste das Leben weiter und formte ein neues Schicksal. Wir konnten nicht bestimmen, in welche Richtung es sich entwickelte. Wir konnten nur versuchen, mit allem, was es uns vorsetzte, klarzukommen.

Ich nickte. »Ich weiß auch nicht. Vielleicht bin ich einfach nur nervös.«

Esh zog mich in seine Arme, streichelte meinen Rücken und gab mir einen Kuss. »So kenne ich dich sonst nur bei mir.«

»Spinner.«

»Im Ernst. Ed wird die Bude rocken. Hast du ihn dir mal angesehen? Da ist nichts mehr mit schüchternem Emo-Jungen.«

»Er hat Muskeln bekommen.«

»Die auch. Aber vor allem hat er Eier bekommen.«

Ich lachte. Mit seinem Humor schaffte er es, dass ich mich innerhalb von Minuten besser fühlte. »Er ist klasse.«

»Nicht, dass du mich noch für einen Jüngeren verlässt.«

Ich stützte mich auf meinen Ellbogen und warf ihm einen herausfordernden Blick zu. »Höchstens für Ty oder K. Ich hab eine Schwäche für meine Brüder.«

»Pech nur, dass keiner von uns dein leiblicher Bruder ist.« Er legte eine Hand unter sein Kinn, als überlegte er, und verzog dann den Mund zu einem genüsslichen Lächeln. »Bin ich pervers, wenn mich das anmacht? Und Ty ist null dein Bruder.«

»Moore hatte was mit Farrens und deiner Mom. Kennt er Tylers Mom?« Ich biss mir auf die Unterlippe. »Tyler wäre mein Lieblingsbruder.«

Bevor ich wusste, was geschah, griff Esh meine Schulter, drehte mich auf den Bauch und drückte mich gegen die Matratze. Er hielt meine Hände auf dem Rücken zusammen und beugte sich an mein Ohr. »Pass auf, was du sagst, Süße. Sonst lernst du mich richtig kennen.«

Sein Ständer presste sich gegen meinen Hintern. Ich hob das Becken. »Oh, das würde ich zu gerne.«

Mit seiner freien Hand griff er in meine Haare und riss meinen Kopf zurück. Ich stöhnte, als seine Lippen meinen Hals berührten. »Sei froh, dass ich dich so gut leiden kann, sonst würdest du deine große Klappe noch bereuen.«

Ich kicherte und schloss die Augen, als seine Zunge über meinen Hals wanderte und seine Hand zwischen meine Beine glitt.

»Du zupfst an deinem Ohrläppchen.«

Elisha lachte und sah zwischen Kieran und Katherine hin und her. »Sie gehen sich nicht an die Kehle, bleib cool.«

»Ja, Phoe, bleib cool. Ich bin's trotz abgeblasener Weltreise auch«, antwortete Kieran.

Katherine legte ihre Hand auf seinen Unterarm, Kieran zog den Arm weg. »Wichtiger ist doch, dass du lebst und bald wieder ganz gesund bist.«

Kierans Wunde war gut verheilt, aber er hatte noch Schwierigkeiten beim Atmen. Die Ärzte hatten versucht, ihn zu einer Reha zu überreden, aber K hatte abgelehnt und es selbst in die Hand genommen. Er trainierte täglich mit uns, schonte sich, wenn seine Kraft nachließ, und besuchte regelmäßig seinen Arzt. Es grenzte an ein Wunder, dass es ihm schon wieder so gut ging. Zumindest seinem Körper.

»Wir sind hier, weil wir nach dir sehen wollten«, sagte Kieran. »Wenn du dir Sorgen ums Finanzielle machst, ich -«

Katherine hob die Hand. »Nein. Dein Vater hat mir so viel gezahlt, dass ich die nächsten Jahre abgesichert bin.« Sie senkte den Blick. »Es ist nur … Ich muss mich daran gewöhnen, dass er nicht mehr da ist.«

»War er die Jahre davor auch nicht«, antwortete Elisha.

Katherine nickte. »Ich hoffe nur, dass es euch nicht irgendwann leidtut.«

»Wir sind besser ohne ihn dran.« Kieran lachte. »Er hat das bekommen, was er verdient, und es war eine Genugtuung, ihm dabei in die Augen zu sehen.«

»K, bitte.« Ich warf ihm einen warnenden Blick zu. Katherine brauchte keine Details über Logan Moores Tod. Ich wusste nicht, ob sie ihn noch liebte, aber etwas verband sie mit ihm. Etwas, das niemand von uns verstand.

Sie sah abwechselnd Kieran und Esh an. »Ich bin nur froh, dass ihr mir verzeihen könnt. Ich liebe euch. Ich wollte für jeden von euch das Beste.«

Ich lehnte mich im Stuhl zurück, trank einen Schluck und beobachtete die drei. Noch immer verwirrte mich der Gedanke, dass Kieran und Elisha Brüder waren. Ich freute mich für sie, aber trotzdem änderte sich nichts an der Tatsache, dass sie immer eine Familie gewesen waren.

Den anderen waren fast die Augen aus dem Kopf gefallen, als sie davon erfuhren. Tyler hatte ein paar Tage geschmollt, weil er meinte, er eignete sich besser als Bruder für Esh.

Esh tippte auf seine imaginäre Uhr am Handgelenk und erhob sich. »Ed killt uns, wenn wir zu spät kommen.«

»Er ist so aufgeregt.« Ich lachte. »Er hat mich heute schon viermal angerufen und gefragt, ob wir ganz sicher kommen.«

»Grüßt ihn von mir.« Katherine umarmte uns zum Abschied. »Und sagt ihm, er ist immer willkommen. So ein lieber Junge.«

Kieran zwinkerte ihr zu. »Du schmückst dich eben gerne mit jungen, knackigen Kerlen.«

Sie lachte und schlug ihm gegen die Schulter. »Wenigstens muss ich mir nicht mehr unterstellen lassen, scharf auf dich zu sein.«

Lachend verließen wir das Haus. In einer Stunde hielt Eddie seine Rede vor der gesamten Schule. Nach dem Zwischenfall mit Owen hatte Direktor Wells eingesehen, dass wir aktiv zusammenarbeiten mussten, wenn wir ein Zeichen setzen wollten. Heute fiel der Startschuss für ein neues Programm. Ich war davon überzeugt, dass wir etwas bewirken konnten.

Als ich mich in den Beifahrersitz von Elishas Porsche sinken ließ, vibrierte das Handy in meiner Jackentasche. Ich zog es heraus, sah aufs Display und stupste Esh gegen die Schulter.

»Hi Dad.«

Esh verdrehte die Augen und gab Gas.

»Hallo Schatz. Wie geht es dir?«

»Du meinst, ob du ihn am Leben lassen kannst?«

Die Jungs lachten.

Elisha und mein Vater würden nie Freunde werden, aber Dad vertraute mir und akzeptierte unsere Beziehung. Zähneknirschend, aber er tat es.

»Behandelt er dich gut?«

Ich lächelte. »Er trägt mich auf Händen.«

»Und fesselt sie dir gelegentlich«, flüsterte Kieran. Eshs Schultern wackelten.

»Wie geht es Braxton?«

Ich schüttelte den Kopf und lachte. »Warum fragst du nicht geradeheraus?«

Dad räusperte sich. »Weil es mich eigentlich nichts angeht.«

»Wir telefonieren regelmäßig und sehen uns in zwei Wochen. Er kommt für ein Wochenende her.«

»Sehr schön. Er ist gut für dich, wirf das nicht weg.«

In Dads Sprache bedeutete das so viel wie: Braxton ist gut, Elisha ist böse. Es ärgerte mich, aber ich verstand ihn. Ich hoffte nur, dass er irgendwann verstand, dass ich Elisha liebte. »Mach dir keine Sorgen, es ist alles in Ordnung.«

Mein Vater senkte die Stimme. »Er sitzt neben dir, oder?«

»Ja.« Ich presste eine Hand vor meinen Mund, um mir das Lachen zu verkneifen. »Willst du mit ihm sprechen?«

Esh riss die Augen auf, schüttelte den Kopf und flüsterte etwas, das ich nicht verstand.

Dad schwieg eine Sekunde. »Wir wollen meinen Puls nicht unnötig in die Höhe schnellen lassen. Pass auf dich auf, mein Schatz. Und wenn was ist …«

»Bist du immer da.« Ich nickte. »Ich hab dich lieb, Dad.«

»Ich dich erst. Bis bald.«

Ich legte auf und lachte, als ich Elishas Gesicht sah. Er war kreidebleich.

»Bereit?« Esh legte eine Hand an meine Hüfte, zog mich zu sich und griff mit einer Hand in mein Haar. »Oder brauchst du noch eine Runde in der Umkleidekabine?«

Ich küsste ihn und schlang meine Arme um seinen Nacken. »Mein Rücken tut immer noch weh. Morgen hab ich blaue Flecken.«

»Gut, dann spürst du mich immer noch.«

Ich saugte an seiner Unterlippe und ließ meine Zungenspitze in seinen Mund gleiten.

»Hey! Schluss mit den Trockenfickübungen oder ich mache mit.«

Gleichzeitig drehten wir die Köpfe zu Tyler, der mich mit einem unverschämten Lächeln musterte, während Blake neben ihm die Augen verdrehte.

»Du bist immer herzlich eingeladen.« Ich zwinkerte Blake zu. »Und Tyler natürlich auch.«

Blake lachte. Er drehte sich um, gab ihr einen Klaps auf den Hintern und schob sie zur Tür der Aula. »Ihr beide killt mich noch.«

Blake griff ihm an den Hintern. »Ja, Phoe und ich sind dein Untergang.«

»Und, Baby, bei dir gehe ich am liebsten unter.«

Sie verschwanden in der Aula. Stimmengewirr, aufgeregtes Tuscheln klang aus dem Saal zu uns.

»Ed schafft das.« Esh küsste meine Nasenspitze. »Er hat von der Besten gelernt.«

»Ich weiß. Ich mache mir auch keine Sorgen um ihn, aber deine Nerven sind bekanntlich nicht die stärksten.«

»Geh rein, eh ich mich vergesse. Du bist nur sicher, weil die ganze Schule zusieht.«

Ich lachte und nahm seine Hand. Wir betraten die Aula, liefen nach vorne und nahmen in der ersten Reihe Platz.

»Namaste.« Storm streichelte über ihren Bauch. »Ed hat schon nach euch gefragt.«

Farren beugte sich nach vorne. »Hey Phoe.« Sie hielt das Buch hoch, das ich ihr zum Geburtstag geschenkt hatte. »Es ist super. Hätte K mich nicht gestört, wäre ich schon fertig. Ich bin auf Seite zweihundert.« Sie schlug es auf und blätterte es durch. »Alles voller Klebezettel. Das gibt ein dreitägiges Book-Hangover vom Feinsten.«

Ich lachte. »Sehr gerne. Blake hat beim Aussuchen geholfen.«

»Shhh.« Kieran hob seine Hand. »Bei eurem Gequatsche sehne ich mich ein bisschen nach dem Koma wieder.«

»Du bist ein Idiot, K.« Ich warf ihm einen grimmigen Blick zu. »Fast schlimmer als dein Bruder.«

»Dann muss ich aufpassen, dass du mir nicht auch noch an die Wäsche willst, he?«

Ich schüttelte den Kopf und lachte.

Die Gespräche verstummten.

Direktor Wells' Schuhsohlen quietschten auf dem Parkett, als er die Bühne betrat. Er stellte sich hinter das Rednerpult, legte eine Hand ans Mikrofon und räusperte sich.

»Schön, dass alle anwesend sind. Nächste Woche startet unser neues Programm zur Prävention gegen Mobbing. Zusammen mit Ms. Hendry, einem Psychologen und Mr. Kieran Moore, der uns im Rahmen eines Selbstverteidigungskurses unterstützen wird, werden wir die Stunden intensivieren. Ms. Hendry wird Sie weiterhin betreuen, sie bietet aber ab sofort zusätzlich auch Thai-Boxen für die Mädchen an. Mr. Moore ist für die Herren zuständig.« Er räusperte sich wieder. »Wir alle sollten mehr miteinander als gegeneinander arbeiten. Und noch jemand hat sich angeboten, uns zu helfen.«

Er drehte sich zur Seite und klatschte. »Bitte begrüßt euren Mitschüler Edward Del Gardo.«

Unter tosendem Applaus trat Eddie hinter dem Vorhang hervor. Er reichte Direktor Wells die Hand und stellte sich hinter das Rednerpult.

Ed trug sein typisches Outfit. Schwarze Hose, Shirt, Beanie. Er hielt den Kopf hoch, die Schultern gestrafft und richtete den Blick ins Publikum. Ich erkannte ein leichtes Zittern, als er seine Hand ans Mikrofon legte. Er kaute an seinem Lippenpiercing und nickte, als wollte er sich selbst ermutigen.

»Die Schulzeit nimmt einen großen Platz in unserem Leben ein.« Trotz seiner Nervosität klang seine Stimme sicher. »Manche von uns haben gute Noten, andere müssen etwas mehr kämpfen, um mithalten zu können. Einige finden schnell Freunde, während manche alleine dastehen. Nicht, weil etwas falsch an uns ist, nur weil wir anders sind. Wir tragen andere Klamotten, reden anders, mögen andere Dinge. Und schon geraten wir ins Abseits. Ich war ein Ausgegrenzter. Einige von euch haben mir das Leben zur Hölle gemacht.«

Ein Tuscheln ging durch den Saal, Schüler steckten die Köpfe zusammen.

Eddie hob die Hand. »Es geht nicht um Schuldzuweisungen. Es ist egal, wie es angefangen hat. Es ist nur wichtig, dass es aufhört. Wir kennen die Namen von Schülern, wissen, welches Auto sie fahren, oder mit wem sie zusammen sind. Aber wir kennen ihre Geschichte nicht. Niemand von uns kennt den anderen wirklich. Wir wissen nicht, was sie durchgemacht haben oder wie es ihnen geht. Aber das sollten wir. Es ist okay, nicht okay zu sein. Es ist in Ordnung, sich Hilfe zu suchen. Man ist nicht schwach, weil man verzweifelt ist oder weil man da alleine nicht rauskommt. Man ist nur schwach, wenn man nichts dagegen unternimmt.«

Eddie ließ den Blick durchs Publikum schweifen, er nickte Elisha zu und sah mich an.

»Elisha Deleon und Ms. Hendry haben das verstanden. Ohne ihre Hilfe wäre ich bis heute das Opfer. So wie auch Ms. Hendry habe ich gelernt, mich selbst zu akzeptieren. Ich bin richtig, wie ich bin. Es ist nicht meine Schuld, wenn anderen meine Klamotten nicht gefallen. Ich bin genauso wertvoll wie jeder andere in diesem Raum. Jeder von euch kann etwas verändern. Jeden Tag habt ihr die Chance, etwas richtig zu machen. Kümmert euch umeinander. Schenkt euren Mitschülern ein Lächeln, ein nettes Wort oder ein paar Minuten eurer Zeit. Es sind nur kleine Gesten, aber sie machen einen Unterschied. Bevor wir andere verändern wollen, müssen wir uns selbst verändern. Also akzeptiert euch so wie ihr seid. Behandelt andere nicht von oben herab. Wir sind eine Gemeinschaft. Jeder von uns hat Fehler und Probleme, aber zusammen können wir etwas verändern. Also seid die Veränderung. Steht für diejenigen ein, die eure Hilfe brauchen. Menschen wie Ms. Hendry und ihre Freunde tun das. Sie haben damit mein Leben gerettet. Also seht hin, anstatt weg. Unterstützt euch, anstatt euch niederzumachen. Und rettet damit Leben.«

Ich schluckte. Einige Schüler applaudierten zaghaft, doch dann erhob sich Elisha und klatschte in die Hände. K, Ty und wir anderen taten es ihm gleich.

Ein Schüler nach dem anderen stand auf und applaudierte. Eddie lächelte. Er ließ seinen Blick durchs Publikum wandern, bis er schließlich mich ansah. Er brauchte keine Worte, ich verstand, was er mir sagte. Danke.

Ich nickte ihm zu und wischte mir eine Träne von der Wange.

Eddie, Farren, ich und so viele andere. Wir besaßen unsere eigene Geschichte und trotzdem waren wir gleich. Wir hatten unsere negativen Erfahrungen in etwas Positives gewandelt. Diese Erfahrungen hatten uns verändert, aber nicht gebrochen. Sie machten uns stark und zu der Person, die wir jetzt waren. Ich war stolz auf diese Person.

Esh legte seinen Arm über meine Schulter, zog mich an sich und küsste meine Stirn. Wichtiger noch als die Fähigkeit, uns weiterzuentwickeln und selbst die schwersten Zeiten zu überstehen, bewunderte ich unsere Fähigkeit, verzeihen zu können.

Epilog

ELISHA

Vier Jahre später

Es klingelte.

»Sie sind zurück!«, rief Phoe aus der Küche. »Oh Gott!«

Ich lachte, rannte zur Tür und öffnete sie. K umarmte mich, klopfte auf meine Schulter und drückte mich so fest, dass mir die Luft wegblieb.

Neben uns kreischten Phoenix und Farren vor Freude und fielen sich in die Arme.

Ich befreite mich aus Kierans Umarmung und boxte ihm gegen die Schulter. »Siehst gut aus, Bruder. Ich hab dich fast nicht wiedererkannt.«

K lächelte und schob sich an mir vorbei ins Haus. Er ließ seinen Blick über die dunklen Ledersofas wandern und hob den Daumen. »Schicke Bude. Ich war nur ein Jahr unterwegs und du machst auf seriös.«

»Erzähl doch nichts.« Phoe küsste seine Wange und drückte ihn fest an sich. »Ich hab euch so vermisst.«

»Wir euch auch. Wo sind Ty und die anderen?« Farren strahlte und ich sah ein silbernes Piercing an ihrem Lippenbändchen aufblitzen. Kieran und sie hatten wahrscheinlich sämtliche Tattooshops in Europa besucht.

Ich deutete mit dem Kopf in den Garten. »Sie sind draußen. Wartet, bis ihr River seht. Er kommt ganz nach seinem Vater.«

Farren und Phoe stürmten an uns vorbei. Einige Sekunden später drangen Freudenschreie aus dem Garten.

Ich war froh, ein paar Minuten mit Kieran alleine zu haben. Seit einem Jahr hatte ich meinen Bruder nicht mehr gesehen. Die beiden hatten endlich ihre geplante Weltreise nachgeholt und waren durch Südamerika und Europa gereist.

Ich musterte ihn von oben bis unten. K war braun gebrannt, hatte ein neues Tattoo am Hals und seine Haare waren etwas länger, doch sonst hatte er sich kaum verändert. Bis auf …

»Scheiße, sag nicht, ihr habt Ernst gemacht.«

Er lächelte und hob die rechte Hand. An seinem Finger schimmerte ein silberner Ring. »Trouble hat Ja gesagt. Wir haben uns verlobt.«

Ich schüttelte den Kopf. »Aber ich bin ja derjenige, der seriös wird.«

K lachte. »Alles gut bei euch? Was macht das Programm? Wie geht's Ed?«

Wenn ich an Ed dachte, überkam mich Stolz. »Du wirst ihn nicht wiedererkennen. Er hat seit sechs Monaten 'ne Freundin, fast breitere Schultern als ich und zeichnet die krassesten Tattoos, die ich je gesehen habe.«

»Krass, wie viel sich verändert hat. Ich sollte ihm einen Besuch abstatten. An der Wade ist noch eine Stelle frei.«

Bevor ich antworten konnte, fielen Ty und Harlan K um den Hals.

»Bist du alt geworden.« Ty lachte. »Scheiße, Bruder, mein Leben hat wieder einen Sinn.«

Wir alle waren froh, Farren und K wieder bei uns zu haben, aber Ty hatte besonders gelitten. Natürlich gab er es nicht zu, aber Blake hatte mir erzählt, dass er Kierans Telefonverbot hasste. Ein Jahr lang hatten wir nicht mit ihm gesprochen. Einmal im Monat bekamen wir eine Postkarte aus dem Ort, in dem sie sich gerade aufhielten, aber Farren und K machten ernst und verzichteten vollkommen auf Social Media und Telefonate. Es wunderte mich nicht.

Das war K. Setzte er sich etwas in den Kopf, zog er es durch.

Ich deutete in Richtung Garten. »Komm, sag Blake und den Kids Hallo.«

Die Jungs folgten mir. Als Blake und Storm Kieran bemerkten, befreiten sie sich aus Farrens Armen und rannten zu ihm. Sie küssten ihn und selbst Blake, die keine Umarmungen mochte, breitete die Arme aus und fiel meinem Bruder um den Hals.

Tate und River waren zu sehr mit einem Spielzeugauto beschäftigt, als dass sie die Aufregung um sie herum bemerkten. Die beiden waren trotz des Altersunterschiedes unzertrennlich. Manchmal erinnerten sie an Phoe und mich.

Sie spielten miteinander, als könnte sie nie etwas trennen. Als sperrten sie den Rest der Welt aus, sobald sie in ihrem winzigen Universum waren, in dem nichts weiter existierte als sie und ihr Spielzeug.

Tate kam ganz nach Blake. Sie interessierte sich für Autos und Skateboards, liebte mit ihren sechseinhalb Jahren die Transporterfilme und sagte, was sie dachte, was Tyler oft in Schwierigkeiten brachte.

Auch River sah man an, wessen Sohn er war. Für seine drei Jahre überragte er die meisten gleichaltrigen Kinder um mehrere Zentimeter. Seine schwarzen Haare, grün-braunen Augen und seine Intelligenz hatte er von Harlan geerbt. Nicht, dass

Storm dumm war, aber von ihr besaß er seine Lebensfreude, seine wilde Art und das Lächeln. Er brachte Harlan und Storm regelmäßig in Erklärungsnot, weil er alles wissen wollte, und Tyler scherzte manchmal, dass er ihn irgendwann töten musste, wenn er ins richtige Alter kam. Doch wie jeder von uns liebte er River.

Phoe umarmte mich von hinten. Sie schmiegte ihre Wange an meine Schulter. »Pass auf, was gleich passiert.«

Ich lächelte, ich konnte es mir denken.

K schob Storm und Blake sanft von sich, hockte sich hin und breitete die Arme aus.

»Wer ist euer Lieblingsonkel?«, rief er.

»Onkel Kieraaaan«, brüllten Tate und River gleichzeitig. Tate rannte auf Kieran zu und fiel ihm um den Hals. River erreichte ihn wenige Sekunden später und tat dasselbe. Sie küssten Kieran und lachten. Als sie Farren bemerkten, stürmten sie auf sie zu. Die vier begrüßten sich stürmisch.

Ty und Harlan erschienen neben mir und Tyler legte einen Arm über meine Schulter. »Gut, dass er zurück ist. Ohne K ist es nicht das Gleiche.«

Ich hatte mich damals geirrt.

Wir würden uns nie verlieren.

Kein Unfall, kein Streit oder tausend Meilen Entfernung, nicht einmal die verdammte Apokalypse brachte uns auseinander.

Für einen Moment standen wir einfach nur da und beobachteten unsere Freunde.

K und Farren, die mit den Kindern spielten.

Blake, die ihnen zusah und über ihren Sechsmonats-Bauch streichelte.

Storm, deren Haare im Wind wehten.

Jeden von uns verfolgte etwas.

Jeder von uns trug Dunkelheit in sich.

Alleine waren wir verloren.

Doch zusammen bildeten wir eine Einheit.

Die perfekte Symbiose von acht Seelen, die die Gesellschaft als Außenseiter ansah.

Niemand würde je wieder alleine sein. Wir waren eine Familie.

ENDE

Bonus

Viel Spaß mit geheimen Einblicken zur Entstehung von Damaged, einer Einladung und einer Bonusszene mit Tyler.

Insider

- Nachdem ich den Titel versehentlich in einem live Video verraten habe, suchte ich nach einem neuen, aber keiner war gut genug, also blieb Damaged
- Esh und Phoenix waren eigentlich als Halbgeschwister geplant
- Esh wurde ursprünglich nur von Phoenix so genannt. Mittlerweile haben wir anderen (ja, ich zähle mich verrückterweise zu ihnen) es übernommen
- Damaged bekam während der Überarbeitungsphase mehrere Szenen hinzugefügt, damit es runder wird
- Z.B die Szene als Phoenix Owen besucht
- Als Esh erfährt, dass Storm schwanger ist, denkt er an die alten Zeiten mit der Clique. In dieser Szene habe ich sehr geweint, weil ich selbst realisierte, dass es vorbei ist. Ich musste das Schreiben für den Tag beenden und habe nur noch geheult
- Ich wusste bis zum Besuch im Gefängnis nicht, dass Owen schwul ist
- Ich habe bei den Szenen, in denen Phoenix fertiggemacht wurde, so geweint, dass ich Pausen brauchte
- Phoenix war sehr schwer zu schreiben. Wie viele andere Menschen, wollte sie mich nicht an sich heranlassen (es klingt für Außenstehende vielleicht merkwürdig, aber für mich sind sie Menschen)

Bonusszene Tyler

TYLER

Fünf Monate.

Fünf verdammte Monate und noch immer fuhr ich rastlos von einer Stadt zur anderen, verbrachte die Nächte in Bars und zwischen den Beinen irgendwelcher Tussis, deren Namen ich genauso wenig kannte, wie den der Stadt.

Vor fünf Monaten hatte mein bester Freund – mein Bruder – mich aus seinem Kreis verbannt. Wegen einer Fotze. Wegen einer dahergelaufenen Fotze, die ihn mit ihrer Pussy um den Finger gewickelt hatte. Kieran hatte mich schon immer an der kurzen Leine gehalten, denn er erkannte das in mir, was jeder sah.

Ein Monster. Jemanden, den man kontrollieren muss, damit er nicht durchdrehte. Und K hatte seine Arbeit gut gemacht, denn während der Zeit mit ihm und den anderen, riss ich mich zusammen. Außer den Partys und Kämpfen hatte ich mir nichts zu Schulden kommen lassen. Wegen seinen Regeln.

Regel Nummer eins: Keine Drogen.

Regel Nummer zwei: Keine krummen Geschäfte.

Und die wichtigste Regel: Halt dich von Blake fern.

Doch jetzt gab es Kieran und seine Ketten nicht mehr.

Ich gab Gas, überholte einen schwarzen Ford und schaltete das Radio ein. Thirty Seconds to Mars *The Kill* dröhnte aus den Boxen, der Boden unter meinen Füßen vibrierte, so laut stellte ich die Musik. Denn ich brauchte etwas, um mich davon abzuhalten, zurück nach Miami zu fahren.

Ich ließ das Fenster herunter und atmete tief durch, als die schwüle Nachtluft in den Wagen strömte. Sie vertrieb die Müdigkeit nicht vollkommen, doch immerhin genug, um wach zu bleiben und nicht gegen die nächste Leitplanke zu rasen.

Manchmal dachte ich, es wäre leichter so. Gas geben, auf den Beton zusteuern, ein letzter Adrenalinkick auf dem Weg in die Hölle, um dann wie eine Flamme im Wind zu erlöschen.

Niemand wusste es, aber ich war schon vor vier Jahren erloschen. Vielleicht auch viel eher, doch das Ergebnis war das Gleiche.

Blake hatte mich verraten, wie jeder andere Mensch in meinem abgefuckten Leben. Über meine Mutter und K konnte ich hinwegkommen, doch Blakes Gesicht wütete seit Jahren in meinem Kopf und nur meine Freunde hatten mich davon abgehalten, ihr wehzutun.

Blake Richardson war der einzige Mensch, der mir wirklich wehgetan hatte. Denn sie war der einzige Mensch gewesen, dem ich vertraut hatte.

Doch jetzt war ich alleine. Und Blake und Miami lagen nur sechs Autostunden entfernt. Mit einer Hand strich ich meine Haare zurück und griff nach der Schachtel Zigaretten auf dem Beifahrersitz. Ich steckte mir eine in den Mundwinkel, zündete sie an und nahm einen tiefen Atmezug. Ich blies den Rauch durch die Nase aus und konzentrierte mich auf den Highway und die roten Rücklichter der Wagen vor mir.

Wie auch die Nächte davor, lag kein bestimmtes Ziel vor mir. Doch das Fahren und Trinken waren die einzigen Dinge, die mich noch im Zaum hielten. Die mich vor dem zurückhielten, was ich so sehr brauchte, wonach ich seit fünf Monaten verlangte.

Rache. Zerstören, was den letzten Rest Menschlichkeit in mir ausgelöscht hatte.

Noch nicht. Warte noch. Genieße die Vorfreude. Blake ist nicht dumm, sie erwartet dich. Lass sie sich noch eine Weile sicher fühlen. Und dann schlägst du zu. Und wie jeder andere wird auch sie sich wünschen, dich nie kennengelernt zu haben.

Mein Handy klingelte. Ich nahm es aus der Konsole und mein Herz schlug schneller.

»Hey Kinley.«

»Hast du sie?«

»Klar. Ne Beretta 92, wie du wolltest.«

Ich zog an der Zigarette und ließ den Geschmack auf meiner Zunge zergehen. Auf einmal schmeckte sie besser als zuvor. »Und die Seriennummer?«

»Denkst du, ich bin blöd? Rausgefeilt. Wann kommst du sie abholen?«

Ich gab Gas und nahm die nächste Ausfahrt. »Ich bin auf dem Weg.«

»Gut. Ich warte. Hey… Verrätst du mir jetzt, warum es ausgerechnet die sein musste? Gibt tausend Bessere.«

Ich legte auf.

Weil an der Knarre tausend Erinnerungen haften. Weil es jemanden gibt, der das sicher zu schätzen weiß.

Ich umfasste das Lenkrad fester, die Müdigkeit war nun vollkommen vertrieben und ich wusste, ich hatte eine weitere Nacht geschafft, am Leben zu bleiben.

Bonuskapitel Halloween

PHOENIX

Wie ein silbriger Schleier kriecht Nebel über den feuchten Boden. Das Mondlicht wirft kaltes Licht auf die Grabsteine, Geäst knackt und Nieselregen setzt ein. Ich fühle mich, als wäre ich Komparse in Michael Jacksons Thriller Video.

«Oh Scheiße«, flüstert Farren und krallt sich in meinen Arm.

»Shh. Sei leise.« Mein Herz hämmert gegen die Rippen, trotz der kühlen Oktoberluft bildet sich Schweiß an meinem Rücken. Wir schleichen vorbei an einem Mausoleum, dessen bunte Mosaikfenster eingeschlagen sind. Farren zuckt zusammen und hält inne. »Oh Gott.«

In der Ferne heult ein Wolf, Blut rauscht in meinen Ohren. Ein weiterer Wolf stimmt mit ein, noch ein weiterer und mir wird bewusst, dass es keine Wölfe sind.

Doch diese Raubtiere sind nicht weniger gefährlich.

»Sie sind irgendwo.« Farrens Stimme zittert.

»Natürlich sind sie hier.« Ich nehme ihre Hand und laufe schneller. Hinter uns knacken Äste, ich zucke zusammen und werfe einen Blick über die Schulter.

Nichts. Nur Nebel, Nacht und Grabsteine.

Ich fühle mich berauscht und lebendig, aber gleichzeitig spüre ich einen Anflug von Angst. Ryen sagte, die Skulls spielen grausame Spiele. Mindestens einer von ihnen ist ein Mörder. Scheiße, warum haben wir uns darauf eingelassen?

»Wo ist Blake?« Farren krallt ihre Nägel in meinen Unterarm und sieht sich hektisch um. »Ich dachte, sie ist hinter uns.«

»Hab sie aus den Augen verloren«, flüstere ich.

Wieder knackt etwas hinter uns. Farren stößt einen schrillen Schrei aus, ich fahre herum, doch es ist zu spät.

Bevor ich realisiere, was geschieht, zieht mir jemand einen Sack über den Kopf. Ich werde gepackt, von Farren weggerissen und über die Schulter geworfen.

Eine Hand klatscht auf meinen Hintern. Ich winde mich in seinem Griff, versuche, mich zu befreien, doch auf meine Gegenwehr folgt ein weiterer Schlag. Meine Haut brennt, Adrenalin strömt durch meine Adern. Ich donnere ihm meine Faust auf den Rücken, aber seine kräftigen Muskeln federn den Schlag ab, der Typ zuckt noch nicht einmal zusammen.

»Hilfe!«, schreit Farren aus der Ferne.

Ich höre die Atmung meines Entführers und spüre die kräftigen Muskeln in seiner Schulter, als er mich davon trägt.

Welcher von ihnen ist es?

»Silas?«

Niemand antwortet.

»Arian?«

Nichts. Nur das stetige Geräusch seiner Atmung. Ruhig, als würde er nicht über siebzig Kilo mit sich herumschleppen.

»D …« Ich schlucke und hoffe, ich irre mich. »Dario?«

Aber auch jetzt antwortet niemand. Ich schlage gegen seinen Rücken, trete um mich, werde zu Boden geworfen und lande auf dem Hintern.

Meine Boxerfahrung hilft mir nicht. Nicht vom Boden aus.

»Scheiße, spinnst du?« Ich greife zu dem Sack über meinem Kopf und versuche, den Knoten, mit dem er um meinen Hals befestigt ist, zu öffnen. Aber meine Finger zittern zu stark, immer wieder entgleitet mir das Band.

Schritte näher sich. Langsam, bedächtig.

Wie eine stille Warnung.

Ich krabbele rückwärts. Mein Herz rast.

Was wird er mit mir machen? In der Ferne schreit Farren. Sie kreischt und schluchzt.

»Hör auf.« Kieselsteine bohren sich in meine Handflächen. »Das Spiel ist zu Ende.«

Er lacht leise.

Ich krabbele weiter und hoffe, er lässt mich in Ruhe. »Wir wollten nur ein bisschen Spaß haben.«

Seine Schritte verstummen. »Oh, glaub mir, den wirst du haben.«

Nicht der Hauch von Humor liegt in seiner tiefen Stimme. Das ist kein Spiel mehr, schreit eine Stimme in meinem Kopf. Das ist verdammter Ernst.

Etwas hinter mir stoppt mich. Die Feuchtigkeit der Erde kriecht durch den Stoff meiner Jeans und ich strecke die Hände vor mir aus, um ihn auf Abstand zu halten. »Ich will zurück zu Farren.«

»Meine Freunde sind mit ihr beschäftigt.«

»Ryen hat gesagt, ihr tut uns nichts.«

Er lacht humorlos. »Marinov hat noch immer keine Ahnung.«

Silas oder Dario. Es muss einer von ihnen sein. Arian soll netter sein, Pyro verrückt. Dieser hier klingt geduldig, fast gelangweilt.

»Was hast du mit mir vor?«

Wieder nähern sich seine Schritte. Wieder will ich zurückweichen, aber der Grabstein, oder was auch immer hinter mir ist, erinnert mich daran, dass ich in der Falle sitze. Der warme Atem des Skulls streift meinen Hals. »Spielen.«

Er drückt etwas Spitzes gegen meinen Hals, Übelkeit steigt in mir auf. Er wird mir nichts tun. Ganz sicher nicht. Es gehört zum Spiel, oder?

Aber ich bin mir nicht sicher. Irgendetwas in seiner Stimme klingt zu lockend, zu berauscht.

»Oh, du hast eins gefangen.« Eine zweite Stimme hallt zu uns herüber, Kieselsteine knirschen unter seinen Schuhsohlen. Der Typ heult wie ein Wolf, lacht und streicht mir übers Knie. »Kätzchen, Kätzchen, du bist so was von gefickt.«

»Phoe«, ruft Farren. »Scheiße, Phoe, die sind-« Sie verstummt, dann höre ich sie gedämpft schreien, als presst ihr jemand die Hand auf den Mund.

»Oh ja, sie wird so was von gefickt.«

Der vertraut süßliche Geruch von Marihuana steigt in meine Nase und erinnert mich an Eshs schlimmste Zeiten. Aber mein Freund ist nicht hier und wäre er es, würde ihn diese Situation anmachen.

So wie mich.

Ich rühre mich nicht, bleibe still liegen und genieße den dröhnenden Herzschlag in meinen Ohren.

Ich weiß nicht, was sie mit mir vorhaben, oder wer mich gejagt hat, aber egal, welche Skulls bei mir sind, schon jetzt kriecht ein warmer Schauer über meine Wirbelsäule.

»Nimm du sie dir vor.« Ich höre, wie er Rauch ausatmet. »Sei grob, sie mag es hart.«

Bevor ich es realisieren kann, schiebt jemand meine Beine mit seinen Knien auseinander, legt sich auf mich und reißt mir den Sack vom Kopf. Ich atmete tief ein, kühle Nachtluft strömt durch meine Lungen, doch der Moment hält nicht lange an. Braune Augen blicken auf mich herab, eine pechschwarze Strähne fällt ihm ins Gesicht. Ich verdrehe die Augen, will etwas sagen, doch er presst seine Hand auf meinen Mund, drängt sein Becken gegen meinen Schoß und stöhnt.

»Guck nicht so.« Pyro kniet sich neben mich, erst jetzt bemerke ich, dass ich auf einem Grab liege. »Wir haben unsere Freunde eingeladen.«

Ich schiebe eine Hand zwischen uns, packe seine Eier und drücke zu.

Ty stöhnt und verzieht den Mund. »Scheiße, Sprite.«

»Arschloch.«

Er grinst. »Ich wette, du bist feucht.«

»Ich wette, beim nächsten Mal reiße ich sie dir ab.«

Endlich stützt er die Hände rechts und links neben mich, drückt sich hoch und steht auf. Er nimmt Dario, der düster auf mich herabblickt, den Joint ab und zieht daran.

»Tolles Vorbild, Dad.« Ich klopfe den Lehm von meiner Hose und erhebe mich. »Deine Kinder sind sicher stolz auf dich.«

»Scheiße, Phoe, musst du mir alles versauen?« Ty seufzt und reicht Dario den Joint. »Es ist Halloween, ich dachte, wir feiern.«

Das dachte ich auch, aber dieser Idiot hat mir einen Strich durch die Rechnung gemacht. Ich werfe Pyro einen Blick zu, er lächelt unverschämt und macht große Augen. »Was?«

»Was machen die anderen mit Farren?«

Er legt den Kopf in den Nacken und stößt ein Wolfsheulen aus. Von ihm kann ich keine Antwort erwarten.

Ryen hat Recht, er ist durchgeknallt.

»Deiner Freundin gehts gut, Arian und Sil sind bei ihr«, antwortet Dario.

»Vielleicht beunruhigt mich gerade das.«

Seine Mundwinkel zucken leicht, er wirf den Joint zu Boden und tritt ihn mit der Sohle seines Stiefels aus. Ryen hat nicht zu viel versprochen. Er ist genau mein Typ.

»Verstehst du jetzt, warum ich sie so scharf finde?« Ty klopft ihm auf die Schulter und mustert mich dreist, wie ich es von ihm gewöhnt bin. »Sprite hat eine große Klappe.«

Unsere Nacht mit Esh in St. Cilline liegt gefühlte zehntausend Jahre zurück und auch, wenn unsere Beziehung bis auf eine etwas kaputte Art geschwisterlich ist, geht er mir noch immer unter die Haut. Typisch Tyler. Einmal in seinem Bann wirst du ihn nicht mehr los.

«Okay, war das alles?« Ich bin ehrlich enttäuscht. Die Skulls sind braver als gedacht. »Da feiern ja die Kinder zu Hause besser.«

Dario, Pyro und Ty setzen sich in Bewegung. Sie schlendern in Richtung des großen Kreuzes, das in der Mitte des Friedhofes auf einem runden Platz steht.

»Tate und die anderen sehen sich Filme an, da läuft nichts Spannendes«, ruft Ty über seine Schulter hinweg.

Ich hole sie ein und muss lächeln. »Hat sie dir das gesagt?«

Er bleibt abrupt stehen, seine Miene ist düster und ich lache. »In St.Cilline steigt eine Party.«

»Könnt ihr mal aufhören, über eure Kinder zu reden?« Pyro verzieht angewidert den Mund. »Ich wollte heute Nacht vögeln, aber das ist so was von abturnend.«

»Blödmann, sie sind volljährig.« Ty fährt sich durchs Haar, er sieht ernsthaft mitgenommen aus, jetzt, wo er die Wahrheit weiß. »Klar rede ich von meinen Babys.«

Pyro lacht, selbst Dario lächelt.

»Gutes Alter, du hast zwei Töchter?« Pyro lacht noch immer. »Welche von beiden ist schüchterner?«

»Halts Maul, Skillton.« Er setzt sich in Bewegung.

Zehn Minuten später erreichen wir den Platz. Farren und Blake heben die Köpfe, Farren rennt auf mich zu und drückt mich fest an sich. »Tut mir leid, Ty hat mich überredet, wir wollten dir Angst machen.«

»Hat super geklappt, ich schlafe fast ein.«

Sie schüttelt den Kopf. »Dein Drang nach kaputten Sachen, hört das nie auf?«

»Ich hoffe nicht.«

Arian, Silas, Dario und Pyro erscheinen neben mir. Pyro mustert mich, als würde er jeden Moment über mich herfallen und ein warmer Schauer jagt über meinen Rücken. »Du stehst auf Angst, Redhead?«

Ich lächele.

»Sie steht auf krasse Typen«, ruft Blake. »Auf meinen Mann zum Beispiel.«

Pyro hebt die Augenbrauen und ich werfe Blake einen düsteren Blick zu, weil sie mich immer damit aufzieht.

»Du und Kinley?« Pyro beugt sich zu mir herunter, sein Parfüm steigt in meine Nase, ein Kribbeln breitet sich in meinem Bauch aus.

Ty und ich haben eine besondere Beziehung, das stimmt. Aber Blake macht sich darüber keine Gedanken, sie vertraut uns und außer harmlosen Spielchen wird nie etwas passieren.

Ich verschränke die Arme vor der Brust, sehe die Skulls der Reihe nach an und runzele die Stirn. »Okay, super Show, aber ich dachte, ihr hättet mehr drauf.«

Arian gähnt, Dario zuckt mit den Schultern und streift mit dem Daumen über die Klinge seines Messers, als wäre er gelangweilt.

Silas tritt aus dem Schatten. Er trägt sein Tuch vor dem Mund und hält einen kleinen Jungen auf dem Arm. »Hawk hält uns seit drei Nächten wach, wir sind platt.«

Blake und Farren lachen und ich presse die Lippen zusammen, um nicht loszuprusten.

»Die gefährlichen Skulls lassen sich von einem Kleinkind fertigmachen?«

»Skallls, fertigmachen.« Hawke klatscht in die Hände und zerrt Silas das Tuch vorm Mund.«

Ty klopft seinem Cousin auf die Schulter. »Na Babysitter, wirst du brav?«

»Klappe. Nur solange Havoc die Special Events hat.«

»Seit drei verdammten Nächten«, antwortet Dario. »Sil zieht uns mit rein.«

»Und das, obwohl ich kein Skull mehr bin.«

»Für heute Nacht geht das klar«, antwortet Arian.

Ich lache. Laut Ryen sollen die Skulls mysteriös und düster sein und auch, wenn ich enttäuscht bin, dass mein kleiner Halloween Nervenkitzel ausfällt, überrascht mich ihre Fürsorglichkeit.

»Ich hab Gray gesagt, ich bekomme das hin, woher sollte ich wissen, dass er ohne seine Mutter zum Teufel mutiert?«

»Willkommen im Club.« Ty zwinkert Hawke zu. »Ihr seid die eigentlichen Bad Boys.«

Hawke lässt Silas Tuch los, das er an einer Ecke nass gelutscht hat und krallt sich in Tylers Handrücken, um ihn näher an sich zu ziehen. Er verzieht den Mund. »Autsch, Kumpel.«

Hawke gluckst vor Freude.

»Okay, also keine Party, keine Jagd nichts?« Ich ziehe meine Jacke dichter an mich. Jetzt, wo der Adrenalinschub nachlässt, friere ich.

»Schafft ihr dann wenigstens einen Film?«

»Ich nicht.« Farren streckt die Hände über den Kopf. »Ich muss ins Bett.«

Ich schüttele den Kopf und wende mich an Silas. »Ihr auch?«

»Willst du uns verarschen?« Silas grinst. »Wir sind hellwach.«

Eine Stunde später lasse ich mich neben Ty, der zwischen Blake und mir sitzt, in den weichen Kinosessel fallen. Ich beuge mich zum Sitz vor uns. »Schläft er jetzt?«

Silas hält sich das Babyfon ans Ohr. »Zumindest ist er ruhig.«

Neben mir lacht Ty. »Oh Mann, wenn K und die anderen das mitkriegen würden.«

»Ein Wort zu jemandem und ich schlitze dir die …« Dario gähnt. »Ach leck mich, Kinley.«

Ty lacht lauter.

Ich lehne den Kopf gegen seine Schulter und konzentriere mich auf den Film. Halloween in der Originalversion von 1978. Wenigstens haben die Skulls Geschmack.

Ich presse die Beine zusammen und vergrabe die Nase an Tylers Hals. »Wie sind sie sonst?«, flüstere ich.

Er wendet sich zu Blake, legt eine Hand an ihren Nacken und zieht sie zu sich. Minutenlang küssen sie sich. Zuerst zärtlich, dann wilder. Blake stöhnt auf, Ty keucht und mein Puls schnellt hoch.

Gott, ich vermisse Esh.

Seit zwei Wochen ist er mit K und den anderen in New England, um dort nach dem Rechten zu sehen.

»Mach dich nachher auf was gefasst, Baby.« Ty knetet Blakes Brust, küsst sie noch einmal und wendet sich zu mir.

Er streift mit seiner Nasenspitze über meine Wange und beugt sich an mein Ohr. »Sie sind unberechenbar, Phoe.«

»Ja?« Ich liebe unsere Spielchen. »Was tun sie?«

»Die Skulls sind nicht wie wir«, flüstert er. »Sie töten.«

Wärme breitet sich in meinen Beinen aus. Ich schließe die Augen und lehne die Stirn gegen Tys Schulter.

»Wenn es Nacht wird, ziehen sie ihre Tücher übers Gesicht und gehen auf die Jagd.«

Meine Wangen brennen von der Hitze, die durch meinen Körper schießt, zwischen meinen Beinen pocht es. »Was machen sie mit Mädchen?«

Tyler reibt mit dem Daumen über meinen Oberschenkel und das Pochen verstärkt sich. »Welcher von ihnen?«

Ich brauche nicht lange zu überlegen. Meine Schwäche für die dunkelsten Männer verfolgt mich bis heute. Einer der Gründe, warum Tyler mein bester Freund ist.

»Pyro und Dario.«

»Böses Mädchen. Immer noch auf der Suche nach Gefahr.« Tyler lacht leise. »Dario hält deine Arme fest. Du wehrst dich, trittst nach Pyro, aber er ist zu stark. Er packt deine Knöchel und zerrt deinen Rock nach unten. Du trägst keinen Slip, du bist ganz nass.« Tylers warmer Atem jagt mir eine Gänsehaut über die Wirbelsäule. Ich kralle meine Nägel in seinen Unterarm und wölbe den Rücken im Sessel.

Schreie hallen durchs Kino, ich öffne die Augen. Michael Myers jagt einem Mädchen hinterher. Die Klinge seines Fleischermessers glänzt. Das Mädchen stolpert, rappelt sich auf und rennt weiter.

Mein Herz hämmert gegen die Rippen, der Drang berührt zu werden, wächst.

Ich suche Tylers Blick, schiebe die Hand in meine Hose und streichle mich. »Ich bin so nass.«

Er beißt sich auf die Unterlippe und sieht zu Blake.

Lust liegt in ihren Augen, sie sieht erst zu Ty, dann zu mir und lächelt, als sie ihre Hand ebenfalls zwischen ihre Beine schiebt.

»Gott, ihr macht mich verrückt.« Ty schluckt. »Pyro hält deine Beine auseinander. Er leckt über deine Klit, schiebt einen Finger in dich und besorgts dir.«

»Wie besorgt er es ihr?«, flüstert Blake.

Ty leckt sich die Lippen, ich lächele.

Ich bin nicht die Einzige, die kaputte Spielchen steht.

»Skillton ist abgefuckt. Er fesselt dir die Hände auf dem Rücken, während Dario dich fickt.«

»Dario ist heiß.« Blake stöhnt. »Dunkle Haare, groß, kein Gewissen … ich wette …« Sie schluckt und kneift die Augen zusammen. »Er ist gut.«

Ty beugt sich zu ihr. Mit dem Handrücken streicht er über ihre Wange, lässt die Fingerspitzen über ihren Hals wandern und drückt zu. »Oh das ist er, Baby. Aber glaub mir, ich bin besser.«

Ein sanftes Lächeln umspielt ihre Mundwinkel, ihre Brust hebt und senkt sich schneller. Tyler greift ihr Kinn und küsst sie fordernd, Blake stöhnt, in mir rollt der Orgasmus an und ich kralle meine Nägel in sein Knie.

»Ich komme, Ty.«

Immer schneller reibe ich meine Klit, höre Blakes Stöhnen, Tys schnellen Atem.

»Mach die Beine breit für Dario und Pyro breit, damit sie dich beide hart ficken können, Phoe.«

»Ahh.«

Jeder Muskel in meinem Körper verspannt sich. Hitze schießt von meinen Bauch bis zwischen meine Beine und ich komme so heftig, dass ich Ty mir eine Hand auf dem Mund presst, um mein Stöhnen zu unterdrücken.

»Oh fuck, Ty!« Blake keucht, aber ich bin zu sehr im Moment gefangen, um nach ihr zu sehen. Mein gesamter Körper steht unter Strom, erst langsam kehre ich in die Realität zurück.

Als ich den Kopf zur Seite drehe, zieht Tyler seine Hand aus Blakes Jeans und leckt sich über Zeige und Mittelfinger. Er beißt sich auf die Lippen, Blake hat die Augen noch immer geschlossen. »So viele Jahre, drei Kinder und du machst mich immer noch so verdammt geil, Baby.«

Ich lächele, setze mich auf und streiche mir eine Strähne von der Stirn. Der Film läuft noch immer, die Skulls schweigen. Glücklicherweise haben sie nichts von unserem kleinen Abenteuer mitbekommen.

»Danke für Weiber, Wein und Pussys«, sagt Tyler und sieht mich an. »Danke für kaputte Freunde und ruhige Halloweenfeiern.«

»Du wirst alt.« Ich küsse seine Wange und nicke Blake zu, die das Becken anhebt und den Reißverschluss ihrer Jeans zuzieht.

Sie zwinkert mir zu.

»Ich bin nicht alt, ich bin verdammt noch mal erschöpft. Gönn mir ein paar Stunden Ruhe, bevor ich ihn wieder bei den Cops einsammeln kann.«

»Tate passt auf ihn auf.« Das hoffe ich zumindest. Aber selbst sie kann ihren jüngeren Bruder nicht von den Schlägereien abhalten. »Und mein Angebot mit Ashton Grove steht immer.«

Ty nickt. »Man sieht ja bei K's Jungs, wie gut das funktioniert.«

Idiot.

Ein schriller Schrei hallt durchs Kino.

Im Sessel vor uns schrickt Silas zusammen.

»Ahhh«, schreit Hawke. Silas reibt sich übers Gesicht und sieht sich hektisch um. »Was?«

»Dein Pflegekind schreit.« Mit dem Kopf deutet Ty aufs Babyphone in Silas Hand, aber so wie er aussieht – halb geschlossene Augen und ein Blick, als wäre er high, dauert es einen Moment, bis er versteht, was los ist.

Er springt auf und stößt gegen die Rücklehne des Sessels vor ihm.

Dario schießt hoch. »Maniacs?«

Ich lache. »Sagt nicht, ihr seid eingeschlafen.«

Dario streckt die Arme über den Kopf und gähnt, Silas stürmt aus dem Raum.

Pyro schnarcht noch immer.

Blake und ich prusten los.

Tyler lehnt sich im Sessel zurück, verschränkt die Hände hinter dem Kopf und grinst. »Happy Halloween, Leute. Willkommen bei den Erwachsenen.«

Rebels of St. Cilline

In wenigen Wochen erscheint der erste Band meiner neuen *Rebels of St. Cilline* Reihe. In dieser Reihe lernst du die Geschichten von Tate, River und den anderen Unfolder Kids kennen und ich kann es kaum erwarten, dich wieder in dieser aufregenden Welt begrüßen zu dürfen.

Mit dieser Limited Editon bekommst du Eintritt zu einem geheimen 'Raum' auf meiner Website. Dort findest du erste Einblicke zum ersten Band der Rebels Reihe.

Gehe auf www.pennylchapman.com
Suche im Menü nach »Reihen« und klicke auf »Let me tell you a secret.«

Mit dem Passwort: thousandhoot bekommst du Eintritt.
Viel Spaß beim Entdecken!

Love & Peace,
Penny

Lust auf mehr Chapman?

... Dann gefällt dir vielleicht auch die Confined Reihe.

Düsterer, böser, anders.

Am Campus der Lakeview sind Arian, Silas und Dario gefürchtet, denn sie gehören zu den Skulls, einer Gruppe, die dort ihr Unwesen treibt. Brandstiftung, Mord? Die Studenten tuscheln, die Skulls hätten damit zu tun. Doch nicht alles ist, wie es auf den ersten Blick scheint. Oder?

Eine besondere Dark Romance Serie mit bewegenden Storys, starken Mädchen und düsteren Jungs, die keine Bad Boys sondern wahre Monster sind.

»Du hast mich herausgefordert? Meine Freunde wollen mitspielen. Denn in Rache sind wir Eins.«

Nightfall

Broken Saint (überall erhältlich)

For the Boys

Kieran, danke, dass du mir gezeigt hast, dass Bad Boys nicht immer bad sein müssen. Du hast nicht nur Farren beigebracht, dass es wichtig ist, für sich selbst zu kämpfen.

Ty, ich werde deine dreiste Art vermissen. Du hast mich mehr als einmal verrückt gemacht. Vom ersten Moment an hast du mich fasziniert. Ich werde unsere Gespräche nie vergessen, oder den Moment, als du mir etwas zugeflüstert hast und ich auf offener Straße einen Lachanfall bekommen habe.

Harlan, du warst eine Herausforderung. Ich habe mit dir gelitten, deinen Schmerz gespürt und mir gewünscht, dass du endlich loslassen kannst. Ich bin froh, dass du deinen Frieden und dein Glück gefunden hast.

Elisha, weißt du noch, als dein Leben auf der Kippe stand? Ich bin froh, dass auch du eine Geschichte bekommen hast. Sie ist wichtig, weil sie wieder einmal zeigt, was wir überstehen können und wie wir an Schmerz wachsen können. Ich danke dir für deinen Humor.

Ich werde jeden Einzelnen von euch vermissen. Danke für die gemeinsame Zeit. Es war ein Höllenritt.

For the Girls

Farren, mit dir begann alles, ohne dass ich wusste, wie es endet. Es sollte nur um dich und K gehen, doch es wurde zu so viel mehr. Für dich und auch für mich. Danke, dass ich dich kennenlernen durfte. Es war mir eine Freude, dir beim Erwachsenwerden zuzusehen. Ich bin stolz auf dich.

Blake, nachts mit dir durch die Straßen zu ziehen oder in Tylers Haus einzubrechen, hat so viel Spaß gemacht wie nichts anderes. Ich konnte all das tun, was ich mich sonst nie trauen würde. Ich danke dir für das Abenteuer. Pass gut auf Ty und Tate auf.

Storm. Mein Blumenmädchen. Von allen Mädchen bist du mir am ähnlichsten. Ich weiß noch, wie wir abends am Strand saßen, aufs Meer blickten und einfach nur schwiegen. Wir brauchen keine Worte, um uns zu verstehen. Deine Flügel sind bereit, mein Herz ist es noch nicht. Ich werde dich vermissen.

Phoenix, wir hatten unsere Schwierigkeiten, dabei mochte ich dich von Anfang an. Aber als ich dich besser kennenlernte, in deine Geschichte eintauchte, desto leichter wurde es. Ich liebe deine Stärke, deinen Kampfgeist, deine Rauheit und Verletzlichkeit. Wir alle können von dir lernen.

Mit euch die Welt zu erleben, war mit nichts vergleichbar. Ich werde euch nie vergessen.

Anmerkung der Autorin

Lieber Leser

Wie in allen meinen Büchern spreche ich auch in Damaged ein schwieriges, aber mir bekanntes Thema an. Diesmal gab es kein düsteres Geheimnis, keinen ›guten‹ Grund für Elishas Verhalten und genau das war mir wichtig dazustellen. Mobbing entsteht durch Kleinigkeiten. Es gibt nie einen guten Grund, einen anderen Menschen niederzumachen und zu demütigen.

Neid, Wut auf sich selbst, Eifersucht.

Es ist einfach, solche Gefühle an anderen auszulassen, und wie Phoenix sagte: »Starke Menschen helfen anderen, schwache Menschen versuchen dich mit nach unten zu ziehen.«

Meine Geschichten werden die Welt nicht verändern, aber wenn ich nur einem Leser Mut machen kann, dann lohnt es sich.

Bitte denkt nach, bevor ihr handelt. Hinter jedem Gesicht verbirgt sich eine Geschichte und Worte können manchmal einen größeren Schaden anrichten, als man vielleicht im ersten Moment glaubt.

Achtet mehr aufeinander, redet miteinander anstatt über einander.

Auch, wenn es sich manchmal so anfühlt, ihr seid nicht alleine.

Irgendwo da draußen gibt es Menschen, die euch verstehen, die euch ähnlich sind. Ihr seid genauso richtig, wie ihr seid und wenn euch jemand schlecht behandelt, sagt das nur etwas über ihn, nicht über euch aus.

Kämpft weiter, sucht euch Hilfe, gebt nicht auf.

Es wird besser.

Du zählst, du bist wichtig, du bist einzigartig. Lass dir nie etwas anderes sagen.

Penny

Thank you!

Wow, was für ein Weg. Pretend sollte ein Einzelband werden, aber dank Mr. Kinley wurden es vier Bände.
Vier Geschichten, die mir alles abverlangt und mich oft an den Rande der Verzweiflung gebracht haben. Ohne folgende Menschen wäre ich verloren gewesen.

Meine Testlesemädels.
Irenchen, du bist die Beste. Der Fels in der Brandung. Wann immer ich schnelles Feedback benötige oder kurz vor einem Nervenzusammenbruch bin, rettest du mich. Becca und Michi, auch ihr verdient meinen Dank. Wann immer ich Meinungen brauchte, wart ihr da.

Kristina, deine Anmerkungen sind Gold wert und helfen mir besser zu werden. Zwar habe ich den Dreier in Abandoned nicht gestrichen (Was zum Teufel?), aber deine Meinung ist mir wichtig.

Teufelchen, was soll ich sagen? Seit Pretend bist du dabei und unterstützt mich so wunderbar. Ich liebe die tausend Nachrichten und farbigen Stellen, die du markiert hast.
Auf hoffentlich noch mehr Nachrichten um zwei Uhr morgens. Hellhounds forever.

Allen Blogger ein großes Danke. Für eure harte Arbeit, die Mühe, die ihr in eure Beiträge steckt und dass ihr eure Freizeit für uns Autoren opfert. Es gibt so unendlich viele wundervolle Blogger unter euch, dass es mir unmöglich macht, jeden von euch zu erwähnen. Aber ihr werdet gesehen und geschätzt.

Angela, unsere Gespräche, Diskussionen und Witze während des Schreibens sind etwas, das ich nicht mehr missen möchte. Keine andere versteht meine Autorensorgen so wie du. Ich schätze dich nicht nur als sehr harte Kritikerin, sondern auch als Mensch.
Danke für dein Vertrauen. Hoffen wir, dass nie jemand unsere Telefonate hören wird. Sonst landen wir hinter Gittern. Hellhounds forever.

Jazzi, das hast du nun davon, dass du im Chapman-Team bist. Ich liebe dein Talent und dein Auge für Details. Wenn du die Bilder in meinem Kopf visuell in Szene setzt, bin ich jedes Mal above the clouds. Danke, dass du selbst mit Kater spontan den Crashed Teaser gebastelt hast oder meine Obsession für alte Kathedralen verstehst und mein persönliches St.-Cilline-Video gebastelt hast. I believe in you, Puddin. Live your dreams and don't let anyone get in your way.

An alle Unfolder. Danke für eure Unterstützung. Für alles.

Michi, du bist mein Anker zur wirklichen Welt, mein Hafen, wenn ich mich verloren fühle und der einzige Mensch, der mich besser kennt, als jeder andere.

Leute kommen und gehen, aber uns trennt nichts. Ich liebe dich, auch wenn du Schwein nie meine Bücher liest. Die andere ist auch nicht so verkehrt. Auf weitere Zumbaeinlagen mit anschließendem Taschenlampen halten.

Brummsel, von allen Menschen um mich herum, schulde ich dir am meisten. Damit diese Geschichten entstehen konnten, hast du zurückgesteckt und dich nie beklagt. Ich danke dir aus tiefstem Herzen. Für deinen schwarzen Humor, dein Lachen und deine Liebe. Wir zwei gegen die ganze Welt.

An meine Leser,

Viele von euch sind seit dem ersten Buch an meiner Seite. Manche haben sogar schon vor Erscheinen von Pretend mitgefiebert. Damals wusste ich nicht, was auf mich zukommt und ob das Buch überhaupt gesehen wird. Für mich ist es immer noch das größte Wunder, dass jetzt Band 4 erschienen ist. Einen Großteil daran verdanke ich euch. Ohne eure Unterstützung oder die Begeisterung für meine Bücher würde ich zwar schreiben, aber es würde so viel fehlen.

Danke an jeden Einzelnen von euch. Für eure Kommentare, Rezensionen, Nachrichten, Briefe und dass ihr euren Freunden von der Clique erzählt. (Wie verrückt das schon alleine ist)

Besonders dankbar bin ich für unsere Unfolderfamily. Der verrückte Haufen Leute, der sich auf Facebook tummelt und die Zeit bis zur nächsten Veröffentlichung erträglicher macht.

Ihr seid unglaublich. Unsere Gruppe ist einmalig und auch wenn ich euch mit Andeutungen und Theorien foltere, mögt ihr es doch. Gebt es zu.

Die Clique schafft Platz für neue verrückte Jungs und Mädchen und ich freue mich, euch ganz bald einen ersten Eindruck darauf geben zu können. Auch beim neuen Manuskript merke ich, dass ich nicht dazu geschaffen bin, nette Geschichten zu schreiben. Aber dank euch sorge ich mich diesmal zumindest wegen der Moral nicht mehr. Also, danke für alles. Macht weiter, seid stark und seht immer das Licht.

Printed in Poland
by Amazon Fulfillment
Poland Sp. z o.o., Wrocław

90114358R00233